萨沃尔塔案件的真相

[西班牙] 爱德华多·门多萨 —— 著

李静 —— 译

译林出版社

图书在版编目（CIP）数据

萨沃尔塔案件的真相 /（西）爱德华多·门多萨著；李静译. -- 南京：译林出版社，2025.7. -- ISBN 978-7-5753-0354-5

I. I551.45

中国国家版本馆CIP数据核字第2024L9R397号

La verdad sobre el caso Savolta
© Eduardo Mendoza
Cover image reproduced courtesy of Éditions du Seuil, publisher of *La Vérité sur l'affaire Savolta*.
Simplified Chinese edition copyright © 2025 by Yilin Press, Ltd
All rights reserved.

著作权合同登记号　图字：10-2021-263 号

萨沃尔塔案件的真相　[西班牙]爱德华多·门多萨／著　李静／译

责任编辑	金　薇
装帧设计	吴　悠
封面绘图	景秋萍
校　　对	戴小娥　王　敏
责任印制	闻媛媛

原文出版	Editorial Seix Barral, S. A., 2008
出版发行	译林出版社
地　　址	南京市湖南路 1 号 A 楼
邮　　箱	yilin@yilin.com
网　　址	www.yilin.com
市场热线	025-86633278
排　　版	南京展望文化发展有限公司
印　　刷	江苏凤凰扬州鑫华印刷有限公司
开　　本	787 毫米 ×1092 毫米　1/32
印　　张	14.625
插　　页	2
版　　次	2025 年 7 月第 1 版
印　　次	2025 年 7 月第 1 次印刷
书　　号	ISBN 978-7-5753-0354-5
定　　价	58.00 元

版权所有·侵权必究

译林版图书若有印装错误可向出版社调换。质量热线：025-83658316

作者的话

我在和平的国家出生、成长、接受教育,大环境有秩序、有保障,会发生什么几乎都能预料。当然,谁都明白:今天的安宁是建立在过去闻所未闻、原因复杂、由来已久的暴力基础之上的,只是街头的谨言慎行似乎掩盖了这段过去,史书上也只提供了严谨的学术资料,冷冰冰的。我的意思是,没有叙事文学作品绘声绘色地讲述它,让我们在其中找到自己。当然,我在开始创作《萨沃尔塔案件的真相》时,没想去填补这个空白。我的野心没有那么大,意图也没有那么明确,只是单纯地萌生了写作冲动。此前,我写过一些东西,包括一两本篇幅不长的小说,如果没记错的话,相当经不起推敲。我很快发现,写类似这本大部头的作品,肯定不是更有把握,但感觉更舒服。我在伦敦长住过,那儿有许多令人欣慰的图书馆和慷慨提供珍贵文献的朋友,让我搜集到足够的资料,为故事情节打下了坚实的基础。其余部分,我坚持不懈、积少成多地写了好几年。我像在完成一幅大型拼图,先从外围入手。之前提到国家太安宁,我执意想逃,便调到荷兰工作。我在那里写了一篇逸事,作为小说的开端,后来改来改去,基本全改没了;然后便开始毫无章法地、一点点地拼图，无策略，无标准，完全跟着感觉走；拼完进入更艰难的第二阶段，分配整理材料，避免将同时发生的事件堆成迷宫，让作品迷失在其中；最后，面对近千页的稿子，心里乱糟糟的，不知道这些东西是怎么写出来的，为什么要写。我无知无畏地（当年二十五岁）拿去给几个朋友看，甚至还投稿给某家出版社，收到反馈后，慢腾腾地琢磨了好几个月，陆续做了许多修改，尤其是结构上的。本想让结构错综复杂，结果变成一堆乱麻。我明智地删去了某些支线和次要人物，避免情节过于繁复，让人摸不着头脑。

1973 年，我再次按捺不住，想换个环境。命运使然，我去往联合国工作。这意味着我会跟《萨沃尔塔案件的真相》的主人公一样，去纽约生活。我给人物安排这个结局时，从未想过会一语成谶。不管怎样，出国前，我趁好友佩雷·希姆费雷尔在塞伊克斯–巴拉尔编辑部工作的机会，把稿子交给他。他光速看完并向编辑部推荐，对此，我永远心怀感激。年末，我带着签好的合同动身。

我很幸运，《萨沃尔塔案件的真相》过了一阵子才出版，具体日期是 1975 年 4 月 23 日世界图书日，正值举国祈盼，似乎无法撼动的制度肉眼可见地迸出裂纹之时。[1] 怎么变，不知

---

[1] 1939—1975 年为佛朗哥独裁统治时期；1975 年 11 月佛朗哥去世，西班牙正式迈入民主转型时期。——译者注，后同

道；但变，已是迫在眉睫。鉴于此，人民时刻保持警惕，不但对政治事件，对任何事件都保持警惕。这么说吧，舆论的敏感触手可及。和前几十年不同，报刊被争相传阅，仔细思考。在那个特殊的时期，正面评价《萨沃尔塔案件的真相》对作品所起到的宣传作用是在其他时期无法想象的。

这么多年过去，我没再读过它，很难再对它做出评价。当然，我对它感情很深，是它让我在文学界赢得了令人尊敬的地位，并获益至今。我对它感情很深，更因为在记忆中，创作它的日子是文学生涯中特别充实的一段日子：无限憧憬，奋力挣扎，成果令人惊讶，经验缺乏，做出的决定却影响深远。这么说吧，当年的我孤注一掷、破釜沉舟，尽管这两个成语的含义我至今都还没参悟得透。

不知是否如众人所言，《萨沃尔塔案件的真相》开启了西班牙叙事文学的新时代。若果真如此，我会满意，但不会骄傲。这本书只是适逢其时，并非品质出众。我想，它也许独特，适逢一种理解作品（甚于理解创作）方式的出现。这种方式并不新颖，但相比之前的主流方式，更具幻想和活力。这种理解叙事文学的不同方式绝非对过去的反叛，没有形式主义作家的试验，我在《萨沃尔塔案件的真相》中所使用的叙事手法只会是落伍于时代的老古董。我也没觉得自己有什么创新。西班牙文学没有，至少没有如此有计划地重现昔日的辉煌（尽管有胡安·马尔塞[1]带讽刺意味的风俗小说和马努埃尔·巴斯克斯·蒙塔尔万[2]侦探风格的小说,仅举身边两例说明之),而拉美叙事文学已经强势进入。如果我有什么功劳,恐怕是那些年众多新生事物互相碰撞,被我无意识地博采众长时,我没有搞得太砸。

爱德华多·门多萨

1　胡安·马尔塞（Juan Marsé，1933—2020）：西班牙小说家。自学成才,撰写了一系列以巴塞罗那为背景、反映内战后生活的小说,2008年获得西班牙语文学最高奖塞万提斯文学奖,代表作为《上海幻梦》《蜥蜴的尾巴》等。
2　马努埃尔·巴斯克斯·蒙塔尔万（Manuel Vázquez Montalbán，1939—2003）：西班牙小说家,创作了20本以佩佩·卡瓦略私家侦探为主人公的社会现实主义小说,代表作为《南方的海》。

目录

第一部
- 3　I
- 66　II
- 79　III
- 115　IV
- 147　V

第二部
- 187　I
- 234　II
- 264　III
- 297　IV
- 327　V
- 358　VI
- 371　VII
- 391　VIII
- 413　IX
- 449　X

献给迭戈·梅迪纳

自身阶级的缺点
被他嘲笑。
如今阶级消亡,除了
像他这样孤独的幸存者,
谁会记着它的好。

——W. H. 奥登[1]

没什么值得害怕的:这些你摸得着、看不见的腿啊脚啊,准是一些被吊死在树上的强盗土匪。这一带地方,官家逮住这种人,总是二十一群、三十一伙地吊死在树上。如此看来,咱们离巴塞罗那不远了。[2]

——塞万提斯《堂吉诃德》

---

[1] 即威斯坦·休·奥登(Wystan Hugh Auden,1907—1973),英裔美国诗人,曾加入国际纵队支援西班牙内战,代表作为《海与镜》《阿喀琉斯之盾》《无墙的城市》等。
[2] 引自《堂吉诃德》下卷第60章,为董燕生译本。

声明

本书的某些片段（特别是以报刊文章、信件或文献形式出现的片段）摘自并适当改写自以下书籍：

P. 福伊克斯：《白色恐怖档案》
I. 博·伊·辛格拉：《蒙特伊克，历史笔记与回忆》
M. 卡萨尔：《枪手的起源与行为》
G. 努涅斯·德·普拉多：《无政府主义的不幸事件》
F. 德·P. 卡尔德隆：《恐怖主义的真相》

除此之外，所有人物、事件和场景均为虚构。

第一部

I

[一九一七年十月六日巴塞罗那《正义之声》报多明戈·帕哈里托·德·索托的署名文章,影印件。]

证物　　附件编号:1

(附法庭译员古斯曼·埃尔南德斯·德·芬威克的英语译文)

本文及之后几篇文章的作者认为,应该用言简意赅、通俗易懂的方式,向头脑简单、哪怕最没有文化的劳动者揭露那些不为劳动者所知,却让劳动者受害最深的事实。这些事实往往披着考究的文字、裹着成堆的数字,以冗长、晦涩的方式呈现给大众。该方式便于学者理解,但对渴望明了真相、不被算术绕晕的读者很不友好。只有让真相清晰呈现,让哪怕最没有文化的劳动者也能看懂,西班牙才能在文明国家中获得应有的地位。宪法保障、新闻自由和普选制已经让我们达到了文明国家的进步程度和普遍水平。此时,正值我们亲爱的祖国走出中世纪的迷雾,艰难攀登现代社会发展的高峰之时,令人绝望、恐惧、羞愧的愚民、滥权、犯罪手段让有良知的人无法容忍。因此,本人不会放过冷静、客观,同时坚决、切实地控告某实业部门卑鄙无耻行径的机会。某国际知名工厂，远没有成为新时代的种子，用劳动、秩序和公正打造未来，反倒沦为恶霸和流氓的温床。这些混蛋不仅用最不人道、最不寻常的方式剥削工人，还贬低他们的人格，专横封建，为所欲为，吓得他们战战兢兢，任人摆布。也许有人还没意会，我指的是萨沃尔塔工厂最近发生的事件。该工厂……

［一九二七年一月十日，纽约州法院，哈维尔·米兰达·卢加尔特面对F. W. 戴维森法官的第一次口供，法庭译员古斯曼·埃尔南德斯·德·芬威克。速记稿影印件。］

(自卷宗第21页起)

戴维森法官(后简称"戴")：您的姓名和职业？

米兰达先生(后简称"米")：哈维尔·米兰达，商务代理。

戴：国籍？

米：美国。

戴：入籍时间？

米：1922年3月8日。

戴：原籍？

米：西班牙。

戴：出生地点和时间？

米：西班牙巴利亚多利德，1891年5月9日。

戴：1917年至1919年间，您在哪里工作？

米：西班牙巴塞罗那。

戴：您住在巴利亚多利德，每天去巴塞罗那上班？

米：不是。

戴：为什么不是？

米：巴利亚多利德距巴塞罗那七百多公里……

戴：请把这一点解释清楚。

米：……差不多四百英里，近两天的路程。

戴：您的意思是，您搬到了巴塞罗那？

米：是的。

戴：为什么？

米：我在巴利亚多利德找不到工作。

戴：为什么找不到工作？难道没人雇用您？

米：是的，那儿总的来说，工作机会很少。

戴：巴塞罗那呢？

米：机会更多。

戴：什么样的机会？

米：薪水更高，晋升更容易。

戴：您去巴塞罗那时，有工作吗？

米：没有。

戴：那您怎么说机会更多？

米：这谁都知道。

戴：此话怎讲？

米：巴塞罗那工商业发达，每天都有其他地方的人去找工作，跟纽约一样。

戴：纽约什么样？

米：比方说，有人从佛蒙特来纽约找工作，谁也不会惊讶。

戴：为什么要从佛蒙特过去？

米：我只是打个比方。

戴：我可以认为，佛蒙特和巴利亚多利德情况相似吗？

米：我不知道。我没去过佛蒙特，也许我举例不当。

戴：那您为什么要提佛蒙特？

米：这是我脑子里第一个蹦出来的地方，也许今天早上刚在报纸上看到过……

戴：在报纸上看到过？

米：……不小心看到过。

戴：我还是看不出两者之间有什么关系。

米：我都说了，一定是我举例不当。

戴：您希望佛蒙特不要出现在证词上吗？

米：不，我不是这个意思，我无所谓。

"还以为你们不来了。"萨沃尔塔夫人跟刚到的克劳德德乌先生握手，亲吻他夫人的左右面颊。

"都怪内伍斯的臭毛病。"克劳德德乌先生指着夫人，"明明可以一小时之前到，她非要磨蹭，说不想第一个到。早到不成体统，不是吗？"

"说实话，"萨沃尔塔夫人说，"还以为你们不来了。"

"起码，"克劳德德乌夫人说，"晚宴还没开始。"

"还没开始？"萨沃尔塔夫人惊呼，"早就结束了，你们俩只能饿肚子。"

"笑死了！"克劳德德乌先生笑了，"早知道带几个三明治来。"

"带几个三明治！"萨沃尔塔夫人尖叫，"圣母啊，怎么想得出来的！"

"尼古拉斯净出馊主意。"克劳德德乌夫人垂下眼。

"喂，你们真吃完了？"克劳德德乌先生问。

"真的，当然是真的，你们以为呢？我们饿了，还以为你们不来了……"萨沃尔塔夫人装出万分沮丧的模样，但被笑声出卖，最后一句话笑着没说完。

"不会吧？弄了半天，我们还是第一个到。"克劳德德乌夫人又说。

"内伍斯，别怕。"萨沃尔塔夫人安慰她，"客人起码有两百个，相信我，挤都挤不下。没听见声音吗？"

门厅通往大厅的门里，确实传来说话声和小提琴声。门厅里反倒没人，黑乎乎、静悄悄的。花园通往房子的门口，只有一个穿制服的仆人守着。他站得笔直，板着脸，面无表情，似乎没有留意到身边聊天的三个人，有个看不见、飞来飞去的主管在盯着他。他扫了一眼镶板式天花板，在想心事或在偷听三人聊天。女仆局促不安地赶来，取走了来宾们的大衣、帽子和手杖，躲着克劳德德乌先生无耻挑逗的目光，显然更在意女主人审视的目光。女主人貌似漠不关心，其实盯得很紧。

"希望别因为我们来晚了，而推迟了晚宴。"克劳德德乌夫人说。

"哎哟，内伍斯，"萨沃尔塔夫人嗔怪道，"你又想多了。"

大厅门开了，现身的是萨沃尔塔先生。他罩着一圈光，带来相邻大厅的喧闹声。

"瞧瞧谁来了！"他责备道，"还以为你们不来了。"

"你夫人刚说过一样的话，"克劳德德乌先生说，"还吓了我们一大跳,不是吗?"

"所有人都在问你。聚会没有克劳德德乌,就像吃饭没有葡萄酒。"他向克劳德德乌夫人问好,"你好吗,内伍斯?"并恭敬地亲吻夫人的手。

"我看你们是在惦记着让我丈夫出洋相。"克劳德德乌夫人说。

"拜托,你就别管可怜的尼古拉斯了。"萨沃尔塔先生回答,把头转向克劳德德乌先生,"我有一手消息,你听了准会笑死。不好意思,"他对两位夫人说,"如果两位允许的话,我把他带走了。"

他拉着朋友的胳膊,两人消失在大厅门后。两位夫人又在门厅待了一会儿。

"告诉我,小玛利亚·罗莎表现如何?"克劳德德乌夫人问。

"哦,挺好的,就是不太兴奋,"萨沃尔塔夫人回答,"按我们的话讲,这么闹腾,她有点蒙。"

"正常,太正常了。反差太大,总得适应适应。"

"也许你说的没错,内伍斯。不过,她的性子也该改改了,明年念完书,就该规划前程了。"

"好了好了,别夸张!玛利亚·罗莎有什么好担心的?现在不用担心,一辈子都不用担心。独生女,加上你们的社会地位……就行了。随她去吧。性子要改,自然会改的。"

"你别这么想。她的性子,我倒不讨厌。甜美,文静,有点乏味,有点……怎么说呢?……有点修女范儿,你懂的。"

"你担心这个,是吗?啊,我知道你要干吗了!"

"嗯?你这话什么意思?"

"你脑子里在琢磨什么,没告诉我。别不承认!"

"我在琢磨什么?"

"罗莎,你摸着胸口跟我说实话:你在琢磨嫁女儿。"

"让玛利亚·罗莎出嫁?内伍斯,你想到哪儿去了!"

"不仅如此,你还相了个意中人。有胆儿的,就告诉我,这不是真的。"

萨沃尔塔夫人红了脸,呵呵呵干笑半天,掩饰自己的慌乱:

"哎哟,内伍斯,什么意中人啊!你都不知道自己在说什么!意中人!圣父圣母圣子啊……"

  戴:您在巴塞罗那找到工作了吗?

  米:找到了。

  戴:通过什么途径找到的?

  米:我带了几封推荐信。

  戴:谁给您写的推荐信?

  米:先父的朋友们。

戴：向谁推荐呢？

米：商人、律师和医生。

戴：其中一位接到推荐信，雇用了您？

米：是的，没错。

戴：具体是谁？

米：是位律师，科塔班耶斯先生。

戴：能拼写一下名字吗？

米：c-o-r-t-a-b-a-n-y-e-s，科塔班耶斯。

戴：这位律师为什么要雇您？

米：因为我在巴利亚多利德学过两年法律……

戴：您为科塔班耶斯先生做什么工作？

米：当他助手。

戴：说具体些。

米：去司法厅和市政法庭跑腿，陪客户录口供，去公证处送文件，去财政厅处理一些小事，整理归档，找书查资料。

戴：查什么资料？

米：各种判决、理论引证、司法学家或经济学家的观点，有时还有报刊文章。

戴：能查到吗？

米：通常能。

戴：您干这个，他付您报酬？

米：那当然。

戴：按数量还是质量？

米：付我固定月薪。

戴：没有奖金？

米：有圣诞节过节费。

戴：金额也是固定的？

米：不，会变。

戴：怎么变？

米：要是当年律所生意好，就会多发一点。

戴：律所平常生意好吗？

米：不好。

  科塔班耶斯喘个不停，他是个大胖子、光头，眼袋呈青紫色，鼻子像鹰嘴豆，厚实的下嘴唇湿漉漉地耷拉着，让人老想用它去舔邮票的背胶，光润的双下巴一直堆到马甲上端。手软乎乎的，像絮了棉花，指关节间鼓出三个粉红色的肉球球，指甲很窄，始终光泽饱满地镶在指骨中央。五个小指头攥着钢笔或铅笔，像婴儿攥着奶嘴。说起话来，口沫横飞。他懒散，拖拉，做事潦草。

  科塔班耶斯的律师事务所位于卡斯佩街一楼，有会客厅、大厅、办公室、杂物间和洗手间各一间。剩下的房间统统出让给邻居，换来一笔补偿金。地方小，家具省，保洁费也省。会客厅里有几把石榴红天鹅绒椅子，黑色的小桌上摆着几本灰扑扑的杂志。大厅四面书墙，挖出三扇通往房间的门、一扇通往楼梯间的玻璃门和单扇临街的窗，窗上挂着配套的石榴红天鹅绒窗帘。书墙中的一扇门通往办公室，屋里摆着科塔班耶斯雕着头盔、火枪、剑的深色木质办公桌，宝座般的椅子和两把皮质沙发椅。杂物间里堆满了档案柜和立柜，百叶窗式柜门从上拉到下，常会嗖的一声自己缩上去，还有一张白色小木桌和一把弹簧椅，实习生塞拉马德里莱斯就在那里工作。大厅兼图书室里摆着一张长桌，周围一圈软面椅，用来召开多人会议——尽管很少召开——我和多洛雷塔斯就在这里工作。

阳光明媚，有人在咖啡馆的露天茶座上享受暖阳。兰布拉大街的林荫道华彩夺目：来往的银行家神情倨傲，军人一脸严肃，家庭主妇衣服浆得笔挺，推着顶篷光亮的婴儿车，卖花人高声叫卖，翘课的学生拥在人群中嬉笑打闹，互开玩笑，水手们刚刚下船，还有人无法辨明身份。特蕾莎笑啊跳啊，突然收起了笑容。

"吵得我晕乎乎的，可要是街上没人，我也受不了。城市里就要人多，你不觉得吗？"

"看来你不喜欢城市。"我对她说。

"我恨它,你不恨?"

"正相反,除了城市,别的地方我都待不惯。你会习惯的,也会跟我一样。要有意愿,别抵触,只管住。"

加泰罗尼亚广场多雷酒店前方有个移动讲坛,正面盖着加泰罗尼亚区旗。演讲者站在讲坛上侃侃而谈,许多人在默默地听。

"咱们去别的地方。"我说。

特蕾莎不肯。

"我还没看过集会呢,咱们去瞅瞅。"

"要是发生骚乱怎么办?"我问她。

"不会有事的。"她回答。

我们俩凑过去,隔得远,演讲者在说什么,听不太清。但他高高在上,所有人都能看见他慷慨激昂的手势。我听到了只言片语,有关加泰罗尼亚语、<u>文化和民主传统</u>[1],以及有关<u>中央政府或中央政府故意施行的懒政</u>。大家鼓掌。之后的演讲淹没在嗡嗡嗡的评论声中和"<u>棒极了</u>!"的赞美声中,有人不连贯、无节奏地唱起了加泰罗尼亚自治区的"国歌"<u>《收割者》</u>。宪警在丰塔内利亚街的人行道上排成两列,持短卡宾枪,背向楼房,

---

1 下划线部分原文均为加泰罗尼亚语。后同。

作稍息状。

"看样子不太妙。"我说。

"别这么胆小。"特蕾莎说。

歌还在唱,夹杂着破坏分子的呼喊声。听众里走出一名年轻人,他捡起石头,愤怒地砸向马术俱乐部大楼的玻璃窗。一使劲儿,帽子掉了。这时,有人叫道:

"卡斯蒂利亚人滚出去!"

一个黑衣、白须、鸟脸的男人从窗户探出头来,振臂一呼"加泰罗尼亚!",引来阵阵嘘声和雨点般的石头。他又缩了回去。

"谁啊?"特蕾莎问。

"没看清,"我回答,"好像是坎博[1]。"

与此同时,面无惧色的宪警们正在队长的带领下继续待命,队长握着手枪。一小群一小群的人举着大头棒,从加泰罗尼亚大街高呼着"西班牙共和国!"奔来。我估摸着,他们是莱罗克斯[2]手下的"野蛮小子"。分离主义者们冲他们扔石头,宪警队长一挥手,军号响了。有石头砸到宪警身上,军号又响了,宪警们端起了枪。"野蛮小子"们挥舞着大头棒,对分离主义者大打出手。分离主义者们拳打脚踢,扔石头还击。他们虽然人

---

[1] 即弗朗西斯科·坎博(Francisco Cambó, 1876—1947),西班牙政治家、律师,曾多次担任财政和发展部长,坚决支持加泰罗尼亚独立。

[2] 即亚历杭德罗·莱罗克斯·加西亚(Alejandro Lerroux García, 1864—1949),西班牙政治家,激进共和党领袖,曾多次担任第二共和国外交部长和总理等职务。

多势众，但有老弱妇孺，战斗力不强，有人挂彩倒地。宪警们双腿分开，任石头偶尔打在身上，坚忍地站着，枪口对着打斗者。骑警们赶到佩拉约街，在加泰罗尼亚会议厅前列队，马刀出鞘，扇形推进，先小跑，再加速，最后旋风般地在椰枣树间穿行，跃过长凳和花坛，扬起尘土，猛烈的马蹄声震得地面颤抖。除了被困在肉搏战中的人，人群四散逃窜，往加泰罗尼亚大街、圣佩德罗环城路和天使门等各个方向畅通的路上跑。演讲者早没影儿了，"野蛮小子"们撕扯着那面加泰罗尼亚区旗，骑警们用马刀背去揍逃窜者。倒下的索性不站起来，免得被骑警掀翻。他们抱着脑袋，等马飞奔过去。不骑马的宪警们围成圈，堵住天使门逃逸口，鸣枪示警。有人被骑警和宪警捉住，举手投降。

一开始，我们跑到兰布拉大街，混进散步的人群中。不一会儿，来了一帮警察，中间押着三个戴手铐的人。三人对行人说：

"瞧瞧，总是我们这些人付出代价。"

行人们假装没听见，我们拉着手，继续跑。那段日子充实得不负责任，幸福得难以察觉。

［一九一七年十月六日巴塞罗那《正义之声》报多明戈·帕哈里托·德·索托的署名文章，影印件。（续上篇）］

证物　　附件编号：1

（附法庭译员古斯曼·埃尔南德斯·德·芬威克的英语译文）

……萨沃尔塔工厂最近发生的事件。该工厂近几年来，发展势头迅猛，速度难以置信，趁欧洲浴血奋战的机会，大发战争财，好比苍蝇从恶心的腐肉中汲取养分，把自己喂得胖鼓鼓的。众所周知，该工厂短短数月间，供货对象便从本国或本地有限的市场扩张为交战各方，乘人之危，坐地起价，赚得盆满钵满。时间一长，明眼人自会将生意种类和局面、施压手段和滥用行为尽数看在眼里。其行为之恶劣，不可能不引发轩然大波，遭受严厉的批评。同样众所周知的是从过去到现在，运用聪明才智，不遗余力地牟取暴利的生意人的名字：萨沃尔塔先生，工厂的创立者、大股东、掌舵人；阴险的"铁手人"，这是绰号，他分管人事，工人在他面前瑟瑟发抖，他的名字让所有无产阶级家庭又恨又怕；还有地位毫不逊色、滑头滑脑、并不忠心的莱普林斯，他……

记得11月那个寒冷的下午，帕哈里托·德·索托僵坐在大厅兼图书室会议桌尽头的椅子上，格子帽摆在膝上，围巾滑到地上，蜷在脚边，差点踩着；多洛雷塔斯在匆忙收拾大衣、皮手笼和假银手柄上镶着红绿假宝石的雨伞；记得塞拉马德里莱斯不停地在杂物间里发出声响，那里有妄图造反的档案柜、打字机和弹簧椅；科塔班耶斯没出办公室，他是唯一能缓解会面紧张气氛的人，也许正因为如此，他才会既不露面，也不吭声，一定正躲在门后偷听，透过锁眼偷看。现在想想，这两种情况都不太可能。记得帕哈里托·德·索托闭上眼，似乎这次会面如同突然燃烧的镁条，即便猜到，也不敢相信自己的眼睛。他心里有数，我先跟他暗示，又跟他明示，那个冲他笑、仔细盯着他的人就是莱普林斯，永远风度翩翩、外表清爽、有分寸、爱说笑的莱普林斯。

戴：您是因为工作原因认识莱普林斯先生的，还是因为其他原因才跟他有接触？

米：因为工作原因认识的。

戴：莱普林斯先生是科塔班耶斯先生律所的客户？

米：不是。

戴：我觉得您有些自相矛盾。

米：我没有。

戴：怎么没有？

米：莱普林斯不是科塔班耶斯的客户，但他来过一次，想寻求服务。

戴：既然如此，我称他为客户。

米：我不会。

戴：为什么您不会？

米：时常需要，并只需要某位律师提供服务的人才叫客户。

戴：莱普林斯先生不属于这种情况？

米：不属于。

戴：此话怎讲？

莱普林斯打开附在汽车脚踏板上的小箱子，掏出两把手枪。

"你会使枪吗？"

"有必要吗？"

"这可说不准。"

"我不会。"

"很简单。瞧见没？有子弹，但是打不出去。这个销子是保险，顶上去，就可以扣动扳机了。当然，我现在不会扣，扣了会出事的，只想让你看明白到时候该怎么做。不管怎样，最好开着保险，免得枪别在腰上走火，子弹沿着裤腿打下去，明白吗？瞧见没？很简单。抬起撞针，鼓轮一转，子弹就上膛了，然后只要再转鼓轮，就能退出弹壳。尽管在开枪前，之前打完的弹壳有可能退了，有可能没退。不管怎样，关键在于将撞针抬到……击发位置前，别扣扳机。瞧见没？就像我这样，然后开枪就好，千万小心。没有真实、无疑、迫在眉睫的危险，别开枪，明白吗？"

莱普林斯！

"文明要求人有信仰，好比中世纪的农民对上天有信仰。今天，我们应该认为，社会规范对我们的意义，好比一年四季、太阳和云彩对农民的意义。工人们这些要求权利的行为让我想起农民们排着队去求雨……你说什么？……再来点白兰地？……啊，革命……"

滑头滑脑、并不忠心的莱普林斯，人们对他知之甚少或一无所知，只知道他是法国人，1914年来到西班牙。当时，可怕的战争刚刚打响，已经并持续在陌生的莱普林斯先生的祖国造成了巨大的伤痛和伤亡。很快，他打进我们这座城市的贵族圈和金融圈，不仅因为脑瓜子聪明、社会地位显赫，还因为一表人才、风度翩翩、乐善好施，广受尊敬和赞美。很快，这位初来乍到者便脱颖而出，对生活十分满意，似乎邻国财富任其享用，下榻在最豪华的酒店之一，登记的名字是保罗-安德烈·莱普林斯。很快，他博得了上流社会有钱人的青睐。他们向他提供了丰厚的建议，究竟是哪些建议，我们永远不得而知。事实是，他刚出现一年，就在城里最有名、发展势头最强劲的萨沃尔塔工厂担任了领导职务……

乐队在大厅铺着天鹅绒地毯的舞台上演奏华尔兹和玛祖卡。一圈圈的人各自说话，中间留出不大的空地，给几对人跳舞。晚宴已经结束，来宾们在不耐烦地等候午夜和新年的到来。年轻的莱普林斯在跟一位年迈的夫人聊天。

"年轻人，他们老跟我说起您。可是您信吗？我还没亲眼见过您。孩子，太可怕了，我们老年人的生活简直与世隔绝……太可怕了。"

"别这么说，夫人。"年轻的莱普林斯微笑着回答，"这么说吧，您选择了安宁的生活方式。"

"孩子，哪儿的话！可怜的先夫在世时，愿他安息，日子不是这么过的。那时候，我们常出门，常聚会……现在做不到了。聚会让我心慌，人乏得很，天一黑，就想回家睡觉。孩子，我们老年人是靠回忆活着的。聚会、玩乐这些，已经不属于我们了。"

年轻的莱普林斯偷偷打了个哈欠。

"这么说，您是法国人？"老夫人接着问。

"没错,我是巴黎人。"

"听您说话,没人会以为您是巴黎人。您的卡斯蒂利亚语[1]说得棒极了,在哪儿学的?"

"家母是西班牙人,总跟我说西班牙语。可以说,我从娘胎里就开始学西班牙语了,甚至比学法语更早。"

"太棒了,不是吗?我喜欢外国人。外国人很有趣,会说些新鲜事,跟我们每天听到的不一样。我们总说老一套,也难怪,不是吗?住在同样的地方,遇到同样的人,看同样的报纸,所以没什么好说的,总是拌嘴。但跟外国人没必要拌嘴:他们说他们的事,我们说我们的事。我跟外国人比跟这儿的人相处得好。"

"我敢肯定,您跟所有人都相处得好。"

"嘿,孩子,别这么说。我爱唠叨,年纪大了,脾气也变坏了,什么都在走下坡路。不过,说起外国人,您认识皮尔逊工程师吗?"

"弗雷德·斯达克·皮尔逊?我不认识,尽管常听人说起他。"

"我认为,他很伟大!他是先夫的好友,愿他安息。当可怜的胡安,您知道吗?就是先夫。当可怜的胡安去世时,他第一个上门吊唁。您想想,那么重要的人物,用他的发明给全巴

---

[1] 卡斯蒂利亚语即西班牙语。

塞罗那人通上了电,却是第一个上门吊唁的。没错,他激动地只会冒英语。我不懂英语,孩子,明白吗?但听他说得那么温柔,那么真挚,我明白他在说,他是多么地欣赏先夫。我哭得比后来接到所有吊唁时都要伤心。没过几年,可怜的皮尔逊也去世了。"

"是的,我知道。"

> 戴:您跟莱普林斯是什么关系?
> 米:我为他提供服务。
> 戴:什么类型的服务?
> 米:各种类型的服务,都跟我的专业有关。
> 戴:什么专业?
> 米:法律专业。
> 戴:您之前说,您不是律师。
> 米:嗯……我为律师工作,处理法律事务。
> 戴:您代表科塔班耶斯为莱普林斯工作?
> 米:是……也不是。
> 戴:是还是不是?
> 米:一开始是。

我忘了我们见面的确切日子,只记得是1917年初秋。骚乱的8月已经过去：军人委员会解散了；士官们入狱又出狱；萨沃里特、安吉亚诺、贝斯泰罗和拉尔戈·卡瓦列罗还在牢里，勒鲁和马西亚已经踏上了流亡路；街上很平静，挂在墙上的匿名贴已经被雨水泡烂。莱普林斯下午最后一刻出现，要见科塔班耶斯，被请进办公室。两人谈了半小时。然后，科塔班耶斯叫我进去，向我介绍莱普林斯，问我当晚有无安排。我照实说，没有安排。他让我晚上陪莱普林斯去办事，当一晚上"类似私人秘书"。科塔班耶斯说话时，莱普林斯双手顶着手指肚，盯着地面微笑，漫不经心地微微颔首，确认他说的没错。随后，我俩出门，他带我去找他的车，是辆菲亚特两座跑车，红色车身，黑色车篷，金色五金配件。他问我怕不怕汽车，我说不怕。我们去一家豪华餐厅吃饭，那儿的人都认识他。出餐厅后，他打开附在汽车脚踏板上的小箱子，掏出两把手枪，问我：

"你会使枪吗？"

"有必要吗？"我反问道。

戴：您也是那段日子认识多明戈·帕哈里托·德·索托的？

米：是的。

戴：您能认出呈交法庭的1号证物，我的意思是，那些文章，它们是多明戈·帕哈里托·德·索托写的吗？

米：是的。

戴：您跟多明戈·帕哈里托·德·索托亲自接触过？

米：是的。

戴：经常接触？

米：是的。

戴：您认为，这位先生是无政府主义政党或某个分支的成员吗？

米：不是。

戴：您肯定？

米：我肯定。

戴：他跟您明确说过？

米：没有。

戴：那您怎会如此肯定？

佩平·马塔克里奥斯酒馆位于通往阿维尼奥街的一条小巷，小巷的名字我始终没记住，但它如果还在，我能摸过去，找到那儿。阴谋分子和艺术家们不太会光顾这家酒馆，晚上的客人多半是来巴塞罗那定居、穿着各式制服的加利西亚移民，有更夫、有轨电车售票员、夜巡警、公园和花园看守、消防员、垃圾工、政府机关差役、仆役、挑夫、影院剧场引座员、警察等等。手风琴手从不缺席，有时还会出现一位盲人女歌手，唱些刺耳的民歌，歌词中的辅音全被她吞了，只听见e-u、e-u-o、u-e-a-i-o-o-o这些元音。佩平·马塔克里奥斯小个子，病恹恹，灰蒙蒙，瘦唧唧，脑袋奇大，一根头发都没有，浓密的小胡子两头翘。他是本地的帮派分子。当年，帮派在酒馆碰头，他在柜台后操纵。

"我不公开反对道德观。"喝到第二瓶，帕哈里托·德·索托对我说，"在这方面，我既接受传统的道德观，又接受如今似乎从各种思考的脑袋里冒出的全新的、革命性的道德观。你仔细瞧，两者殊途同归，都在引导个人的社会行为，并赋予其意义。你瞧，两者的共同点是：希望获得全民认可。传统的道德观被新的道德观取代，谁都没有提出共存的可能性，谁都在反对个体的选择权。这一点，从某种程度上讲，坐实了独裁者驳民主人士的著名论断：'他们甚至想将民主强加给那些拒绝接受民主的人。'这句话你恐怕听过上千遍。于是，在悖论下，排除嘲讽的企图，他们发现了一条伟大的真理，即政治观、道德观和宗教观本身就是独裁的。逻辑世界应该跟生物界一样，遵循丛林法则，一刻都停不下来。任何观念要想在逻辑世界生存，必须持续不断地与对手争先。这就是伟大的两难困境：只要群体中的一分子不恪守观念或不遵守道德，观念或道德就会解体，就会毫无用处。观念和道德没有让奉行者更强大，反而让他们更脆弱，随时会被交到敌人手里。"

还有一次,快凌晨了,我们在码头散步时,他说:

"坦白讲,我关心个体,甚于关心社会。工人的生活条件让我难过,但更让我难过的是工人失掉了人性。"

"我不知道该说什么。这两者不应该紧密地联系在一起吗?"

"才不是。农民直接跟大自然接触,产业工人看不见阳光、星星、高山和植物。工人和农民物质上都很贫困,但工人在精神上比农民更贫困。"

"我觉得你在说傻话。果真如此,农民就不会移居到城市了。"

一天,我跟他说汽车有多好多好,他难过地摇头:

"马儿很快会输给机器,它们会被淘汰,只会用于马戏、阅兵和斗牛。"

"社会进步,马儿被淘汰,你担心这些?"我问他。

"有时候我想,进步意味着扬弃。今天被淘汰的是马儿,明天被淘汰的会是我们。"

〔一九二六年十一月二十一日前警长堂[1]亚历杭德罗·巴斯克斯·里奥斯面对美国驻巴塞罗那领事的宣誓口供。〕

---

[1] 堂(don)为尊称,置于男性人名前。女性人名前用"堂娜(doña)"。

证物　　附件编号：2

（附法庭译员古斯曼·埃尔南德斯·德·芬威克的英语译文）

本人亚历杭德罗·巴斯克斯·里奥斯，宣誓并提供以下证词：

我于1872年2月1日出生在安特克拉（马拉加），1891年4月加入警队，在巴利亚多利德服役，1907年晋升，被调至萨拉戈萨，1910年再次晋升，被调至现居住地巴塞罗那。1920年，我离开警队，改行去一家食品公司经销部工作。警队任职期间，我曾有机会密切跟进如今被称为萨沃尔塔案件的案子。在被委托调查该案之前，我就知道这个叫多明戈·帕哈里托·德·索托的人，他在劳工报《正义之声》上发表过好几篇有明显诽谤、侮辱、颠覆性质的文章。我不知道他属于哪个党派，只知道他是加利西亚人，没有明确的工作和住处，跟一个女人同居，有个儿子。两人是否缔结了天主教婚姻，我不清楚。他看过以下作家的作品：罗伯特·欧文、米格尔·巴枯宁、恩里克·马拉特斯塔、安塞尔莫·洛伦索、卡尔·马克思、爱弥尔·左拉、费尔明·萨尔沃切斯、弗朗西斯科·费雷尔·伊·瓜尔迪亚、费德里科·乌拉雷斯和弗朗西斯科·希内尔·德·洛斯·里奥斯,这些是最具代表性的作家;还有安赫尔·佩斯塔尼亚、胡安·加西亚·奥利弗、"糖块小子"萨尔瓦多·塞吉(亚)和安德烈斯·尼恩等人编写的宣传册,以及《白色杂志》《劳动之声》《被判罪的人》等反政府出版物,包括他撰稿的《正义之声》。他好像跟之前提到过的安德烈斯·尼恩(详见附件)以及其他相同或相近政治倾向的领导人有过接触。程度如何,未知……

戴:您是什么时候认识莱普林斯的?

米:确切日子忘了,记得是1917年初秋,骚乱的八月已经过去。

戴:请简单说一下认识过程。

米:莱普林斯去律所,科塔班耶斯跟他聊了一会儿,让我为他效劳。莱普林斯开车带我去吃晚饭,然后去了一家夜总会。

戴:您说去了哪里?

米:去了一家夜总会,晚间营业那种……

戴:我很清楚什么是夜总会。我这么问,不是不理解,而是很惊讶。您接着说。

夜总会面积不大，中间是四方形空地，周围摆了十二张桌子，尽头处有一架钢琴和两把椅子，椅子上放着一把萨克斯和一把大提琴。坐在钢琴前的女人浓妆艳抹，穿着侧开叉紧身曳地长裙，将波尔卡弹出梦幻曲的节奏。见我们进去，她停下不弹了。

"我就知道你们不会放我鸽子。"话说得神神秘秘。她起身，微笑着迎上前来，迈的步子像在岸边试水温，侧开叉处蒙着透明网纱，腿若隐若现。莱普林斯亲了亲她两边面颊，我向她伸出手，她一边握住，一边说："我给你们安排最好的桌子，靠近乐队那张？"

"尽量远一点，夫人。"

对话有些荒唐，明明只有一张桌子有人，坐着一个魁梧的大胡子水手。他正在埋头喝一大罐杜松子酒，几乎不怎么抬头，去呼吸夜总会里灰扑扑的空气。然后，来了一个小老头，模样很精致，抹了面霜，头发染成古铜金，要了一小杯烧酒，边喝边看表演；还来了一个孤僻的家伙，戴着酒瓶底眼镜，一看就是办公室小职员，喝东西前，把价格问了个遍，十分吝啬地向所有女人开价，无一成功。四个袒胸露乳的女人肉嘟嘟的，毛都没脱干净，在客人面前晃荡，从这张桌子走到那张桌子，你挡我，我挡你，停顿几秒，摆个姿势，似乎被闪电击中，暂时动弹不了。坚持不懈地光顾我们这桌的是"穆尔西亚母狼"雷梅迪奥斯，我们跟她要了一大罐杜松子酒，刚才看见水手喝的就是这个,点完等酒上桌。

"德国人炸了他坐的那艘船,您瞧瞧,是艘客轮。此前,我一直同情德国人,明白吗,孩子?感觉是个高贵的战斗民族。可从那时候起,我就打心眼儿里希望他们输掉这场战争。"

"那当然。"莱普林斯点头致意,转身离开。仆人递上托盘,他取了一杯香槟,喝了一口,免得边走边把酒晃出来。这时,他发现萨沃尔塔夫人和她朋友克劳德德乌夫人正在盯着自己看。他冲两位夫人笑了笑,再次点头致意。他留意到她们身边有个金发姑娘,应该是玛利亚·罗莎·萨沃尔塔,也就比少女大一点点,长发披肩,灰色罗缎晚礼服,外罩白纱褶裙,紧身背心,黑丝皮饰,末端缀着花环。年轻的萨沃尔塔小姐皮肤苍白,衬得她的眼睛又大又亮。莱普林斯盯着她眼睛,冲她笑,笑得比之前都灿烂,她却移开了目光。一个矮胖男子顶着锃亮的光头,凑到他身边:

"晚上好,莱普林斯先生[1],玩得开心吗?"

"当然开心,您呢?"莱普林斯没认出他是谁。

"我也很开心。不过,我不是来跟您说这个的。"

"哦,不是来说这个的?"

---

[1] 下划波浪线部分原文均为法语。后同。

"不是。之前我们的见面很不愉快,我来向您道歉。"

莱普林斯更加仔细地端详来人:穿得很土气,在出汗,灰色的眼睛藏在浓密的眉毛下,冷冰冰的,看着不舒服,眉毛浓得像普鲁士军官的小胡子。想不起来在哪儿见过这张脸,可是当晚,他异常敏锐,想从众人的眼睛里看出究竟,看出有大事即将发生。

"不好意思……先生,我不记得在哪儿见过您……"

"图鲁利,何塞普·图鲁利,房地产商,愿意为您效劳。不久前,我们见过,在……"

"哦,我想起来了,当然……您说,您叫图鲁鲁利?"

"图鲁利,只有一个'鲁'字。"

他握了握陌生人的手,继续在大厅中穿行。女人们珠光宝气,锦罗玉衣,芳香四溢,熏得男人们有点晕。大厅隔壁的书房里烟雾缭绕,一群人在抽雪茄,有人大笑,有人轻笑,夹杂着有关名人新近趣闻逸事的窃窃私语。

"冲他扔西红柿和臭鸡蛋了?"

"扔的是石头,雨点般的石头。当然,砸是没砸着,要的是态度。"

"不能在马术俱乐部窗口高喊加泰罗尼亚万岁,难道不是?"

"我们在说我们的朋友……"

莱普林斯笑了:

"我知道你们在说谁,这事儿我听说了。"

"不管怎样,"他说,"这家伙真是贼聪明,跟马德里玩、跟加泰罗尼亚人玩还嫌不够,还跟这些气恼的小军官玩。"

"差点把他拖到蒙特伊克城堡监狱去。"

"即便如此,人家也会在二十四小时之后获释,被狂热的民众包围,成为顶着费雷尔[1]光环的毛拉[2]。"

"别说得这么无耻。"

"我不是在维护他个人,我认为,多几个像他这样的政治家,国家的面貌会有所改变。"

"那也要看怎么变。对我而言,他跟莱罗克斯没多大差别。"

"好家伙,克劳德德乌,说话悠着点。"萨沃尔塔说。

克劳德德乌脸涨得通红:

"所有人都一个样:只要对自己有好处,可以为了西班牙,背叛加泰罗尼亚;或为了加泰罗尼亚,背叛西班牙。"

"谁不是这样呢?"莱普林斯接过话茬。

"嘘!"萨沃尔塔打断他,"她来了。"

他们往大厅看,见她穿过大厅,左右寒暄着来到书房,眉

---

[1] 即弗朗西斯科·费雷尔·瓜尔迪亚(Francisco Ferrer Guardia, 1859—1909),西班牙教育家,无政府主义者,在巴塞罗那悲惨一周中作为煽动叛乱者被处以死刑。

[2] 即安东尼奥·毛拉(Antonio Maura, 1853—1925),西班牙政治家,曾五次担任西班牙首相。

头紧锁，不苟言笑。

我们在夜总会里待了好一会儿，演出才开始。第一个人上场，水手冲他打嗝。这人是乐师，负责吹萨克斯、拉大提琴。他抱着大提琴，在钢琴的伴奏下，拉出了几个凄惨的调子。随后，弹钢琴的女人起身，致欢迎辞。水手从油布袋子里掏出一个味道难闻的三明治，小口小口地啃，面包屑等食物残渣直往桌上掉。戴着酒瓶底眼镜、忧郁的小职员把鞋脱了。小老头冲我们挤挤眼。钢琴师向大家介绍一位名叫李黄的中国人，说：

"他会牵着你们的手，把你们带进魔术王国。"

手枪硌着我大腿，很不舒服。

"但愿魔术别让他发现我们带了家伙。"我小声嘟哝。

"那给大家留下的印象可就糟透了。"莱普林斯表示同意。

中国人从几面三角旗里倒腾出一只鸽子。鸽子飞翔在舞池上方，落到水手的桌上啄食面包屑。水手用拨浪鼓一把敲断了它脖子，拔起了毛。

"哦！哎呀，"中国人说，"冷（人）真残冷（忍）！"

有恶癖的小职员提着鞋，走到水手边上，骂道：

"不要脸的家伙，请把这只小动物交还给它的主人。"

水手提着鸽子脑袋，在小职员的眼前晃啊晃：

"幸亏您眼瞎，否则的话，您会……"

小职员摘下眼镜,水手把鸽子凑到他两边面颊。鞋子滚落在地,小职员紧紧地抓着桌边,以免摔倒。

"我是个文化人。"他叫道,"瞧瞧,不幸的我都到什么地方来了!"

"孩子,你有什么不幸?"小老头捡起鞋,慈爱地扶着他问。

"我有老婆,有两个孩子,您瞧瞧,我在什么地方?在什么肮脏龌龊的地方!"

所有人都在关注小职员,中国人失去了观众,舞着彩带耍杂技,"穆尔西亚母狼"雷梅迪奥斯悄声说:

"上礼拜,有个老主顾自杀了。"

"妓院出真相。"莱普林斯断言道。

……到底是妄自尊大、油头粉面的莱普林斯的加入还是糟糕的局势,让老话"浑水摸鱼"(我要强调:主语是"肆无忌惮的人")成了真?弄清这个问题不是我的目的。事实是,将新来的法国公子"招揽"到工厂不久,工厂的利润便两倍、三倍、再两倍地往上翻。有人会说:这多好啊!勤勤恳恳的普通劳动者经济上会受益不少。为了让公司利润翻番,他们必须大幅度地提高产量,每天加班两到三个小时,放弃最基本的安全和休息保障,快速制造产品。老话怎么说来着?那些被蒙在鼓里的读者可能会想：这多好啊！拿鼓跟非人的工作条件比，鼓有点冤，实在抱歉……

"我们的活儿不好干。"巴斯克斯警长说。

莱普林斯打开雪茄盒，递给他，警长取了一根。

"哦，挺不错的雪茄。"他在冒汗，"这儿好像挺热的，对吗？"

"您把外套脱了，在我这儿，请随意。"

警长脱下外套，挂在椅背上，响亮地吸了一口，点燃雪茄，吐出一口烟，咂巴着嘴，表示赞许。

"我就说，挺不错的雪茄。没错，先生。"

莱普林斯指指烟灰缸，让他扔掉之前仔细包裹在雪茄上、点烟用的玻璃纸。

"您要是乐意，"莱普林斯说，"咱们来谈正题。"

"哦，那当然，莱普林斯先生，那当然。"

记得一开始，我对巴斯克斯警长的印象不好。他的目光令人不安，他似笑非笑，带着讥讽，他说话慢、动作慢，干那行的都那样，无疑是想让听他说话的人不耐烦，焦躁，然后突然挡不住地认罪。他早有预谋的拿腔拿调让我感觉像一条蛇正在催眠小型啮齿类动物。初次见面，我觉得他的卖弄幼稚到几乎可悲的程度；后来，他让我神经紧张；最后，我终于明白，官方姿态下是他坚忍不拔，不惜一切代价查明真相的职业决心。他不知疲倦，有耐心，明察秋毫。我知道他1920年离开了警队，估计正是调查接近尾声之时。这当中有猫腻，真相永远是个谜。几个月前，他被案子相关人员杀害。对他的死，我并不惊讶。那几年打来打去，死了好多人。他只是其中一个，也许不是最后一个。

"所有道德观只是证明了一种需要，需要最大程度地理解现实。有了无须冥思苦想、成为迫切需要的道德观，现实对人而言，就会变得明明白白。因此，对一致行为的需要使人的脑袋里冒出了道德观。"

这番话是傍晚下班后，在卡斯佩街和格兰比亚大街散步时，多明戈·帕哈里托·德·索托对我讲的。我俩坐在维多利亚·欧亨尼娅王后花园的一张石凳上，寒风料峭，花园里空寂无人。他说完，我们俩傻傻地看了一会儿喷泉。

"各人在各个时代和各个环境下的具体现实决定了具体的道德观，"他接着说，"所谓自由，就是在恪守道德的前提下，自主生活的可能性。因此，自由是可变的、相对的、无法界定的。你瞧，在这方面，我是个无政府主义者。但我认为，自由作为生存方式，必须要守规矩，严格履行义务。无政府主义者在这方面是有道理的，因为无政府主义思想源于现实需要。不考虑现实,就去构建思想,那会背叛无政府主义。"

"我对无政府主义了解得不深,无法赞同或驳斥你的观点。"我回答。

"那你对这个话题感兴趣吗?"

"那当然。"这不是真心话,只想让他高兴。

"跟我来,我带你去个有意思的地方。"

"喂,不会有危险吧?"我惊恐地问。

"别害怕,跟我来。"他对我说。

那天下午,我跟特蕾莎去了城市高处的一家舞厅,名叫"春天的王后",挨着格拉西亚区。舞厅很宽敞,但还是被挤爆,气氛很好,很欢乐。彩色玻璃罩里藏着许多盏小瓦斯灯,将一束束黯淡的光线投射在一群群舞者身上。桌边坐满了汗津津的一家家人,乐队奏着喧闹的乐曲,女招待们来来回回,忙个不停,保安们握着大棒,在舞池中巡场,察看角角落落。烟雾中,氢气球升到斑驳的天花板,撞上拉花和小旗,反弹后缓缓降下,往舞者亮晶晶的脑袋上飘。我们正玩得开心,特蕾莎突然说:

"我是一朵被折断的花儿,脚下没有泥土。热枯了,咱们走。"

这个女人在我怀里摇,我贴近了,端详着她的脸,发现她光洁的皮肤有些黯淡,灰色的小血管不规则地网状分布,眼睛和嘴巴周围开始显现出皱纹。在她眯缝着的眼睛后面,我仿佛看见了河畔。新鲜的牧场越靠近河畔,地势越低。林子里总是微风吹拂,水声潺潺,树叶在摇,东西在动,构成属于童年的暗语。我永远也忘不了特蕾莎。

    戴:莱普林斯先生常去夜总会吗?

    米:不常去。

    戴:他喝酒吗?

    米:适中。

    戴:见过他醉酒吗?

    米:见过他喝得很兴奋。

    戴:您承认见过他喝得很兴奋?

    米:见过一次,谁都会……

    戴:他还有自控力吗?

    米:有。

    戴:必要时,他能清醒吗?

    米:能。

    戴:您认为他吸食毒品吗?

    米:不认为。

    戴:您认为他疯癫或精神错乱过吗?

    米:不认为。

戴：总结一下，您认为莱普林斯是个完全正常的人吗？

米：是。

……秩序的守护者们认为世界进步不重要，保住自己的混账特权更重要，代价是各种不公平，让他人受罪。在事实面前，这帮人粗鲁的虚伪会让人大跌眼镜、惊掉下巴。结果呢？物价上涨了——可以预见，不会得民心——工资却没有相应公平地同步上涨。放债的、走私的、囤积居奇的、假冒伪劣的，总之，财阀富豪们都发了不义之财。亘古以来便是如此：富人越富，穷人越穷。有些人让穷困者，贫弱者，麻木、无人性的社会大家庭的穷亲戚们走上了唯一那条路，唯一摆在面前的那条路，这也应该受到谴责？不，只有不理智、笨脑子、瞎了眼的人才会认为这种态度应该受到谴责。先生们，我想说，我的文章正写到最黑暗、最艰难的段落之一，社会现实便是如此。萨沃尔塔工厂正在思考、筹划、尝试唯一可以思考、筹划、尝试的事。没错，先生们，是罢工。然而，无依无靠的工人们没有得到（我敢直呼其名吗？）资本守护者的支持。那人连影子都可怕，想起他，无产阶级家庭就会瑟瑟发抖……

"'铁手人'派我来的。"莱普林斯说，"你们听说过他吗？"

"先生，谁会没听说过他呢？全巴塞罗那人……"

"那咱们直奔主题。"莱普林斯说。

用来招募人手的房间并不大，但五个人说话绰绰有余。壁纸破破烂烂的，桌子坑坑洼洼的，悬挂的油灯一闪一闪，有两把椅子和一张沙发，没有窗户，也没有任何通风口。两个壮汉坐在椅子上，我和莱普林斯坐在沙发上，她披着亮闪闪的斗篷，盘腿蜷坐在桌上。

初见玛利亚·科拉尔，我印象很深，至今历历在目。浓密拳曲的黑发披在肩上，眼睛又黑又大，口小，唇厚，鼻子直，脸圆，妆特别浓，披着演出结束时穿的、缀着假宝石的天鹅绒斗篷。之前我揪着心，看她凌空翻滚，被笨拙、愚蠢、兽性十足的壮汉高抛，接住，摸来摸去。两个壮汉对她，如种牛般颐指气使。每回看她在那个见不得人的夜总会里凌空翻滚，差点摔在或砸在脏兮兮的地板上，我都会不自主地发出呻吟，诅咒那让她时运不济，落魄为杂耍艺人，在世上最卑贱、最堕落、最下流的场所表演的命运，不仅风险高，还被人瞧不起。也许，我预见到她日后会历经种种磨难。想当年，我不认识"铁手人"，但我恨他，恨环境织出有毒的蜘蛛网，将那个女孩的命运网在底层社会不幸、罪恶的迷宫中，让她无从逃脱。我恨贫穷，恨自己，恨把我拖下水的科塔班耶斯，恨萨沃尔塔工厂，最恨的是工厂。

[一九二六年十一月二十一日前警长堂亚历杭德罗·巴斯克斯·里奥斯面对美国驻巴塞罗那领事的宣誓口供。（续上篇）]

证物　　附件编号：2

（附法庭译员古斯曼·埃尔南德斯·德·芬威克的英语译文）

……后来，我得知有个叫玛利亚·科拉尔的女人，年轻貌美，搞艺术的，在我陈述的事实中扮演了复杂的角色。这个玛利亚·科拉尔，姓氏不详，来历不明，吉卜赛人（我觉得是，根据体形和肤色推测），1917年9月或10月来到巴塞罗那，同行的还有两名身份无法确认的壮汉，三人在城里一家低级夜总会表演杂技。根据从他们之前表演过的其他地方发来的报告，两名壮汉打着艺术的幌子，干着打手的勾当，这行很赚钱。一方面，他们身形魁梧，经过训练；另一方面，他们永远要从一个地方赶到另一个地方，甚至要出国表演，这些都是做职业打手的有利条件。我推测，尽管无从证实，玛利亚·科拉尔在巴塞罗那和两名壮汉分道扬镳。他们走了，她留下了。三人分手，恐怕是因为（也是推测）某个有权有势的人（莱普林斯？萨沃尔塔？"铁手人"？）横插一脚，收她做了情人。过了一阵子，她又消失得无影

无踪，1919年再次离奇地出现……

"哎呀，罗莎，"克劳德德乌夫人说，"我猜到你相中的人是谁了。"

"内伍斯，能别说傻话了吗？"萨沃尔塔夫人责备道，"我都跟你说了，她还小，还没到考虑这种事儿的时候。"

玛利亚·罗莎·萨沃尔塔离开了母亲一会儿，去拿饮料，回来时正好听见最后一句话。

"你们在聊什么呢？"

"没聊什么，孩子，没聊什么。内伍斯净说傻话。"

"亲爱的，我们在聊你。"克劳德德乌夫人偏要纠正。

"啊？在聊我……"

"那当然，你是晚会上最重要的人。我是看着你出生的，我在跟你母亲说，你已经长大成人了，还出落成了小美人。要知道，我这么说，不是为了让你高兴。我说大实话的时候，嘴可笨了……"

年轻的玛利亚·罗莎羞红了脸，盯着手中的饮料。

"我在跟你母亲说，你该考虑自己的前程了。我指的是，等你在寄宿学校念完书，接下来要做的事。我这么说，你应该明白我的意思。"

"不，不，夫人，我不明白。"玛利亚·罗莎回答。

"孩子,别叫我夫人,就叫我名字,跟我以'你'相称。别以为你这么假客气,我就会不好奇。"

"哦,不,内伍斯。我没想过……"

"我知道你想过。你以为我没年轻过?我没耍过这些小手段?好了,傻孩子,咱们做好闺密,跟我说心里话,你恋爱了吗?"

"我?内伍斯,瞧你说的……整天待在寄宿学校,我能爱上谁啊?"

"我哪儿知道!这种事是融化在血液里的。看不见男人,编都要编出来,梦都要梦到……女人在这方面很在行!当然,对你这个年龄段的女人而言。"

玛利亚·罗莎尴尬极了,帕雷利斯夫人过来,帮她解围。她凑过来说:

"你们都不知道我刚听说了什么!"

"不知道,当然不知道了!有意思吗?"

"先听,听完你们自己说。孩子,小美人,你要不去遛一圈?"

"孩子,记着:要谨慎。"克劳德德乌夫人接过话茬,嘱咐玛利亚·罗莎。

"玛利亚·罗莎,去书房看看先生们。"萨沃尔塔夫人对女儿说,"我敢肯定,你还没跟他们打过招呼!"

"妈,我才不要去书房呢!"玛利亚·罗莎求她。

"照我吩咐的去做，别顶嘴。老是难为情，笑死人了，要改！快去快去！"

小职员在摸索着找眼镜，小老头在拼命亲吻他的脸。水手拔完鸽子毛，将鸽子放进口袋。

"当早饭。"他瓮声瓮气地说。

"太魔鬼了！"小老头尖着嗓子喊。

他们让小职员坐下，小职员靠在小老头的怀里不吭声，懊悔得快要睡着。中国人早就没影儿了。

"老主顾怎么自杀的？"我问雷梅迪奥斯。

"开枪。那个失心疯！场面搞得太戏剧性，把我们害死了。我们在等警察的消息，不知道要不要关店。"

"要关店，怎么办？"

"睡大马路呗，您还有别的什么招？谁会雇我们呀！我们都不年轻了。您看我多大岁数？"

一个五十多岁、穿得像曼侬·莱斯戈[1]模样的胖女人登台，站在中国人刚才的位置。她是女低音，唱起了调子轻快、歌词双关的歌谣。

"不到三十。"莱普林斯表情讥诮。

---

1 曼侬·莱斯戈（Manon Lescaut）是同名小说和歌剧的主人公，小说和歌剧分别创作于 1731 年和 1856 年。

"小子，别逗了，老娘已经四十七了。"

"你保养得不错。"

"来，摸摸，别怕，摸摸。"

水手将吃剩的三明治往女歌手身上扔，小职员在小老头的怀里失声痛哭，女歌手甩掉粘在衣服上的面包，气得满脸通红。

"狗娘养的，我操你妈！"她中气十足地吼。

"不就唱歌嘛，我来就行。"水手扯着破嗓子，唱起了有关朗姆酒和海盗的叙事歌谣。

"婊子养的！"女歌手的声音像在打雷，"我倒是想看看，你们去巴塞罗那歌剧院，还会不会这么闹腾。"

"我倒是想看看，你会不会去那儿唱歌。"小老头松开小职员，站起来跟她比画。

"狗屎玩意儿！我去巴塞罗那歌剧院唱歌，绰绰有余！"

"你个大婊子！你是肥得绰绰有余！"

"好多女人还恨不得要我绰绰有余的东西呢！"女歌手叫道，从领口里掏出两只瓦罐大的奶子。小老头解开裤子门襟，嘲弄地冲她撒起了尿。女歌手转身，不等观众鼓掌，便袅袅婷婷、体面地退场。走到钢琴后面的幕布旁，又猛地转身，郑重其事地对他说："你个死娘炮，痰盂里出生的东西！"

小老头转向小职员，轻声说：

"亲爱的，别理她。"

雷梅迪奥斯在我椅子上落座，要不是她用巨人般的手臂拉着我，我差点摔趴在地上。

"这儿已经变成了垃圾场，"她说，"过去还挺不错的。"

我感觉窒息，用眼神向莱普林斯求助。可他喝完了一大罐杜松子酒，眼神迷离，口角歪斜。

"过去是个精致地儿。"雷梅迪奥斯说，"真的，就这个地方，你瞧，现在简直恶心至极。你都不敢相信，早几年，三四年前，还不是这样的。战争不像现在，是个圈套。"

身着侧开叉紧身曳地长裙弹钢琴的女人恳请大家，要尊重诚实工作讨生活的艺术家，也要尊重希望定定心心看演出的观众。小职员饱含热泪地走到大厅中央：

"夫人，全是我的错。乱子是我惹的，我请求接受最严厉的惩罚。"

"年轻人，别太当回事，"钢琴师说，"您请坐，跟其他人一样，玩得开心。"

"哪个国家的间谍和生意人都拥来了。"雷梅迪奥斯说，"他们想忘记战争，想找乐子。天知道政府派他们来完成什么任务的，可他们除了找乐子，压根儿就不想别的事。"

小职员张开双臂，跪倒在地。

"不公开忏悔我的罪过，我不会走。"

钢琴师有些不安，肯定是害怕闹出新的乱子，彻底毁了夜总会的生意。

"他们成群结队地来,嘲笑战争,嘲笑祖国,嘲笑他妈的一切。老板娘将他们一眼望到底,对我们说:姑娘们,准备好,间谍来了!我们知道他们的喜好:他们来自不同的国家,甚至互为敌国,但他们有共同点。我觉得他们有共同点。哎,都是些什么癖好啊!"

"找点乐子没什么不好,"钢琴师说,"咱们都是好人,不是吗?有时候淘个气,能有什么错?"

"夫人,不是有时候,"小职员说,"差不多一个礼拜一回。"

"好多人在幕布后头鸡奸。"雷梅迪奥斯对我说,"我说的是间谍。"

突然,一切发生了转变。

"洋相到此结束!演出继续!"

嚷嚷的是莱普林斯,吓我一跳,要不是雷梅迪奥斯的胳膊拉着我,我都摔趴在地上了。他怒气冲冲地站起来,头发乱糟糟的,衬衫半敞着,眼睛闪闪发光。

"没听见我在说什么吗?我在说:演出继续。您,"他对小职员说,"坐回去,别再哭哭啼啼地烦人了。你,"他又对钢琴师说,"去弹钢琴,付钱就是让你弹钢琴的。怎么了?没听见我说的话吗?"

他抓着小职员破西装的领口,将他悬空拎过舞池,放到小老头的怀里；接下来，气都没喘一口，伸脚去踹水手坐的椅子，水手被他踹醒，气得咆哮：

"发生了什么鬼事情？"

"说概括点，是您发出的噪声，说具体点，是您的鼾声吵着我了，听明白了吗？"

"明白，我要揍烂您的脸。"水手又掏出拨浪鼓，见莱普林斯拿枪指着自己，又把拨浪鼓放下。

"再吵，我就一枪打穿您眉心。"

水手狞笑着卷起裤腿，露出一条木头做的假腿：

"这让我想起在香港的遭遇，结果不太妙。"

钢琴师接着弹琴。拉大提琴的乐师不动声色地关注着事态发展，拿起萨克斯，吹了一支轻快的曲子。幕布开启，出来两个特别结实的壮汉和一个吉卜赛姑娘，黑斗篷上缀着假宝石。

……不幸的工人们达成协议。他们鼓足勇气，一条心，笨拙的脑袋里只有一个念头：罢工！他们兴高采烈地对自己说：只要几天或几小时，我们就能反败为胜，所有的不幸会像令人痛苦的噩梦一样消失，退去，退回到之前的黑夜世界。他们不是累得出汗，是紧张得出汗。那些过惯了苦日子的工人，就连酷暑天都不累、不乏、不出汗了。可是，哎！他们没有"铁手人"的铁腕和阴魂不散，也没有神秘的莱普林斯冷静、会算计的头脑……

"我是莱普林斯,'铁手人'派我来的。"

只见帕哈里托·德·索托的脸变得煞白,看我的眼神就像受刑人面对高举斧头的刽子手。我冲他微笑,让他放心。

"我读过您在《正义之声》上发表的文章,写得很好,但是有点,怎么说呢?有点过于激情四射。我不否认,年轻人应该充满激情。但您不觉得您的论断有些言过其实吗?您能证明如此浓墨重彩的陈述全都属实?不能,当然不能。我的朋友,您只是天真地道听途说,听信一面之词。出于个人立场,这么说吧,因为自身利益裹挟其中,您听到的说法会被过分夸大和歪曲。请问堂帕哈里托,我的说法,您会信吗?不会,对不对?当然了,当然不会。"

戴:你们是去夜总会消遣的?

米:哦,不是。

戴:为什么回答"哦,不是"?

米:那儿不算是个夜总会。

戴:此话怎讲?

米:就是个龌龊恶心的垃圾场。

戴:那你们去干吗?

米：莱普林斯想去见个人。

戴：偏偏要去那个龌龊恶心的地方见？

米：是的。

戴：为什么？

米：因为想见的人在那儿工作。

戴：干什么工作？

米：耍杂技，那种凌空翻滚。他们在那儿表演节目。

戴：莱普林斯为什么要去见他们？

米：他想雇用他们。

戴：莱普林斯在马戏团有投资？

米：不是。

戴：请您解释清楚。

米：耍杂技的人平时当雇佣打手。

戴：这么说，您和莱普林斯是去雇用打手的？

米：是的。

"我想，"莱普林斯开口，"不用透露我是怎么知道你们的。"

两个壮汉对视。

"那当然，"其中一个说，"我们很有名。"

"也不用描述我的提议是什么性质。"

"提议？"另一个问，"什么提议？"

莱普林斯似乎有点蒙，但还是回答：

"你们要帮我干个活儿……我的意思是，帮我们干个活儿。我听说你们除了艺术活动……也接这种活儿。"

"艺术活动？"第一个壮汉问，"哦，没错，艺术活动，就是我们表演的节目。您喜欢吗？"

"非常喜欢，"莱普林斯回答，"表演得很棒。"

"要知道，我们还有别的节目，好多别的节目，您也会喜欢的。我的搭档，他会想主意，有时候我也会想，两个人一起想，就能想出花样更多的节目。您明白吗？"

"我明白。"莱普林斯打断他，"我想先谈另一个话题：我想让你们干的活儿。"

"您当然会对节目感兴趣了。"第一个壮汉说。

"我和我的搭档总会一起想新节目，"第二个壮汉接着说，"免得让观众看腻。您看的是老节目，因为我们刚到这个城市表演。每到一个地方，先表演老节目。因为没人认识我们，没在别处看过我们的表演。嗯，换个城市……嗯，换个城市，我们先表演老节目，您明白吗？因为没人看过。"

两个壮汉吵着讨论起一个新节目，莱普林斯转头，悄声对我说：

"你上！"

"我很想听你们聊新节目。"我对两个壮汉说，"咱们先跟这位先生把事情谈妥，再定定心心地来聊新节目，好不好？"

他们惊讶地转过头来看我：

"可是，我们已经在聊新节目了！"

一片沉默。玛利亚·科拉尔发声：

"好了，先生们，想揍谁？"

莱普林斯红了脸，嗫嚅道：

"嗯……是……"

"总得把话说明白。是重要人物吗？"

"不是，"莱普林斯回答，"是根本无足轻重的小人物。"

"会带枪吗？"

"不用考虑这个，不会……"

"风险越大，价钱越高。"

"这活儿没风险，尽管价钱我也不会计较。"

"请您简单介绍一下情况。"吉卜赛姑娘打断他。

"我是代表工厂领导来的。"莱普林斯说，"我想，不用透露上司的名字。"

"当然。"

"最近，工人队伍中混进了……破坏工厂秩序的捣乱分子，人员已经通过可靠的内线锁定，您懂我指的是什么。"

"我懂。"玛利亚·科拉尔说。

"我们想……当然，是我的上司们想劝阻这些捣乱分子。目前,他们在工厂还没有构成实质性的威胁,但危机临近,他们埋下的种子有可能会在工人心中生根发芽。为了大家好,我们想将祸害连根铲除。尽管原则上,我们对劝阻机制并不认可。"

"需要定位、跟踪,还是所有资料由你们提供?"

"我们……具体来说,我秘书,"他指了指我,"会给你们提供问题人员的名单,以及按照我们的想法,应该动手的时间和地点。我应该不用告诉您:我们的指示会非常明确,任何轻举妄动,都会对我们造成极大的伤害……"

"我们知道自己该做什么,请问先生怎么称呼……"

"玛利亚·科拉尔,请允许我不透露自己的名字。"

吉卜赛姑娘笑了:

"付款方式……"

"几天之后,"莱普林斯回答,"我秘书会送来刚才提到的名单,以及商定报酬的一部分。干完第一件活儿,余款结清,开始第二件活儿,如何?"

玛利亚·科拉尔想了想,点点头。

"您……秘书不用再来这个猪狗不如的地方,我们常在附近一家酒馆吃晚饭,叫阿方索之家,出门就能看见。九点到九点半,他可以在那儿找到我们。第一次来大概什么时候?"

"很快。"莱普林斯回答,"不许再替别人办事。还有问题吗?"

吉卜赛姑娘摆出挑衅的姿态：

"就我而言……"

"我希望，"莱普林斯显然有些心神不宁，"我们的关系尽可能只限于单纯的一方出钱、一方提供服务。所有联系都由我秘书负责。万一跟当局扯上关系，哪怕需要展开调查，我和我上司的名字都不能牵涉其中。当然，活儿干完，按照惯例，你们会离开这座城市。"

"还有别的吩咐吗？"玛利亚·科拉尔问。

"有，还有个提醒：别耍我们。"

吉卜赛姑娘又笑了，我们出门。天亮了，小风冷飕飕的。我们竖起外套领子，快步走到车旁。车冻住了，半天才发动好。我们穿过无人的城市，来到我家门口。莱普林斯停车，没熄火。

"是个迷人的姑娘，不是吗？"他问。

"那个吉卜赛姑娘？是的，没错。"

"很神秘，我敢说，像从未发掘过的法老陵墓，可能蕴藏着无穷无尽、美轮美奂的宝藏，既有潜在的奥秘，又有死亡、废墟和几千年的诅咒。有点文绉绉的，对吗？你别理我。我跟所有工厂主一样，日子单调，一成不变。小小的冒险让我疯狂，我已经好多年没玩儿过通宵了。上帝啊！玩儿得真开心。喂，你睡着了？"

"没有，哪儿的话！没睡着，挺累的，合会儿眼，没睡着。"

"好吧,你去睡吧!很晚了,没准儿明天还要早起。好好休息。"

"名单、付款那些怎么弄?"我问。

"你什么都不用担心,等我的消息。去吧,去休息吧!"

"晚安。"

"晚安。"

我下车。睡意蒙眬中,发现等我进了家门,他才发动汽车。

总共四个女人,最年轻的离开后,三个夫人把脑袋凑到一块儿。帕雷利斯夫人干瘦干瘦的,满脸雀斑,脖子上全是皱纹,鼻子又高又瘦。她跟大家咬起了耳朵:

"你们不知道吧?一个礼拜前,警察在一家三流酒店撞见罗卡格罗萨夫人跟一个英国水手在一起。"

"你说什么?"克劳德德乌夫人惊呼道。

"我不信。"萨沃尔塔夫人表示。

"千真万确。警察是去抓坏人还是无政府主义者的,所有房间都搜遍了,把人带到警局。罗卡格罗萨夫人亮出身份,要求跟丈夫打电话。"

"脸皮真厚!难以置信!"克劳德德乌夫人感叹道,"她丈夫怎么说?"

"哎呀,你们听着呀!她贼精贼精的,没给丈夫打电话,一个电话打给科塔班耶斯，被他给救了。"

"你怎么知道的？"萨沃尔塔夫人问，"科塔班耶斯告诉你的？"

"不是，他才不会说这些事，事关职业操守。我是通过其他渠道，千真万确。"帕雷利斯夫人一口咬定。

"真是个惊天大丑闻！"克劳德德乌夫人说。

"那个英国人呢？"萨沃尔塔夫人问。

"不知道。也被放了，回船上，像只被戴了铃铛的猫，再也不敢出来偷腥了。是个小角色，锅炉工还是什么的。"

"她为什么要干这种事？"萨沃尔塔夫人思忖。

"哎哟，世界之大，无奇不有。"克劳德德乌夫人说，"她年轻，又有外国血统，做人方式本来就跟咱们不一样。"

"也有她丈夫的因素，"帕雷利斯夫人又说，"你们知道吗？"

"罗卡格罗萨？路易斯·罗卡格罗萨？他怎么了？"

"啊？你们不知道啊？听说……总之，他喜欢男人……"

"哎哟！"克劳德德乌夫人说，"你真是看一个，准一个。"

"那我能怎么办？我一眼就能把他们看穿。"

"喂，姑娘们，"萨沃尔塔夫人说，"我真搞不懂，你们怎么会喜欢聊这么下流的事，我都觉得恶心，忍不住要吐。"

"罗莎，这种事我也不喜欢。"帕雷利斯夫人提出抗议，"人家刚告诉我,我就来告诉你们了,不是为了聊这些破事儿寻开心的。"

"真是世风日下!"克劳德德乌夫人说。

……现在,我要控制住手抖,按捺住气愤和郁闷,用最简洁、最客观、最心平气和的方式来讲述那个不祥之夜发生的事,我要讲述得清清楚楚,明明白白。当时,距离翘首以盼、公平必要的罢工只有短短几天。

在我刚刚提到的那场纠纷中,有个叫比森特·普恩特加西亚·加西亚的工人尤其令人瞩目。他高尚,简朴,稳重,精力充沛,心思纯正,十分聪明,特别诚实。今年9月27日差不多凌晨一点,比森特·普恩特加西亚·加西亚正在安安稳稳地往家走,他家位于圣马丁区独立街,他对几分钟后即将成为恐怖袭击的对象一无所知。晚上的天气很舒服。天空泛蓝,晴朗,纯净,清澈,星星害羞地眨着眼。彰显民主的独立街静悄悄的,没有人。无声的静谧只会偶尔被夜巡警安赫尔·佩塞伊拉在片区巡逻时重重的脚步声打破。包括夜巡警在内,谁也没想到,无人的场景正在神秘地酝酿着一起悲剧性事件。形势一触即发,罪犯有十足的把握,可以逍遥法外。

不一会儿,出现了一位年轻的工人。他强壮、结实、健硕,脸瘦瘦的,朝气蓬勃,满怀憧憬。他就是比森特·普恩特加西亚·加西亚，刚开完罢工代表大会，志得意满，正想高高兴兴地回家休息。走到独立街和马略卡街的十字路口，他停下，跟夜巡警抽了根烟，聊了一会儿，然后亲切地跟他告别。

离家门口不远处，黑暗中走出两名眼神凶狠的壮汉。手无寸铁的普恩特加西亚很放心，慢悠悠地迎上前去。

"站住！"其中一人喝道。他似乎更权威，人更强盗、更浑蛋，脸更恶心。

普恩特加西亚停下。一名壮汉在查名单，无疑，龌龊行为的幕后推手是帮胆小鬼。

"你是比森特·普恩特加西亚·加西亚吗？"

"我是。"普恩特加西亚回答。

"那好，跟我们走。"两个凶巴巴的打手命令他，用铁钳般的手抓着他的手腕，把他带到一个偏僻阴暗的角落。

"别这么对我！"他叫道，"我是个普通工人，不是罪犯！"

可是，打手已经冲他脸上狠狠地揍了一拳。剧痛之下，可怜的普恩特加西亚表情扭曲，缩成一团。

"给我狠狠地打！"貌似头儿的人叫道，"一次性收拾服帖。"

可怜的普恩特加西亚泣求着，但毒打还在继续。拳头如雨点般落下，他挨了那么多下，摇晃着倒在血泊中，几乎晕了过去。两名歹徒继续对倒在地上的他拳打脚踢，不幸的普恩特加西亚被歹徒的脚肆意踩躏。他颤抖着,抽搐着,看见了一束束的光、一圈圈的光晕和一团团的火。

不幸的妻子见他久出未归,不放心,到阳台上张望,听见打人的声音,疯了般地冲上街。她号啕大哭,凄厉的哀号划破夜空。怯懦的刽子手见她冲来,兀自逃走。正直的夜巡警听见哀号,也赶了过来。普恩特加西亚遍体鳞伤,在黏稠的热血中挣扎,还在轻蔑地结结巴巴地骂他们:"浑蛋!卑鄙!"两人合力,将他抬回了家。

次日,一向准时准点、恪尽职守、无可指摘的比森特·普恩特加西亚·加西亚没去上班。他的身体糟透了,无法提醒工友们危险临近。于是,在接下来的几天晚上,工人塞希斯孟多·达尔毛·马蒂、米格尔·加利法·里乌斯、玛利亚诺·洛佩斯·奥尔特加、何塞·西莫·罗维拉、何塞·奥利瓦雷斯·卡斯特罗、阿古斯丁·加西亚·瓜尔迪亚、帕特里西奥·里韦斯·埃斯库德尔、J. 蒙福特和萨图尼诺·蒙赫·奥加萨纷纷中招。警察得知袭击事件后,展开调查,但恶棍们已经脚底抹油,溜了,遇害者们提供的线索不足以识别其身份。这出血淋淋、无耻的木偶戏是谁操纵的,路人皆知,可是无凭无据。罢工没能进行。至此,我们这座亲爱的城市最丢人、最恶心的一段历史落下了帷幕。

那年9月单调、闷热,我带着信,漫步在港口区的迷雾中。第一晚,我好不容易才找到酒馆,上一回坐车去,基本没认路。壮汉和吉卜赛姑娘晚饭快吃完了,高兴地跟我打招呼。玛利亚·科拉尔没有梳妆打扮,穿着简单的家常裙子,远离夜总会淫荡的环境,让我魂牵梦萦几个晚上的魅力大打折扣。但我承认,她不羁的笑容和说话方式还是让我心里乱糟糟的。

"知道吗?那天晚上,我挺喜欢你的。"玛利亚·科拉尔对我说。

我奉命前来,把信交给她。

"你主人这次不来了?"她嘲讽地问。

"不来了。如果我没记错的话,这是说好的。"

"是说好的,但我还是很希望见到他。明天转告他,能记住吗?"

"听你的。"

第二次去阿方索之家,我带的不是一封信,是两封信。玛利亚·科拉尔笑了,但对此未作评论。

"转告你主人,"分手时,她说,"我们不会辜负他的,哪方面都不会。"

她在门口向我抛了个飞吻,惹得客人议论纷纷。第三次,只见两个壮汉在狼吞虎咽,玛利亚·科拉尔没跟他们在一起。

"她走了,这个没良心的,"一个壮汉说,"两天前扔下我们，走了。"

"是她倒霉。"另一个壮汉安慰他，"你说，没我们，她怎么表演节目？"

"知道吗？我们无所谓，"他俩对我说，"可以照常表演，观众是冲我们来的。我气的是，我们为她做了那么多，她就这么走了。"

"我们帮了她那么多。"另一个壮汉说。

"知道吗？我们是在之前表演的一个村子遇到她的，当时她都快饿死了。我们看她可怜，才一路带着她。"

"她要是回来，可不给她好脸色看。"

"不许她再跟我们一起表演。"

"那当然。"

"她跟你们……"我问，"是什么关系？"

"忘恩负义的关系。"一个壮汉回答。

"我们为她做了那么多，她还扔下我们的关系。"另一个壮汉回答。

我不再继续打听吉卜赛姑娘的事，问他们活儿干得如何。不是夜总会里的表演，是替莱普林斯干的活儿。

"哦，挺好的。我们去找名单上的家伙，揍他一顿，等他倒在地上，对他说：'学着点，别再多管闲事！'她说一定要加上'多管闲事'这四个字。然后赶紧跑，不让警察抓着。"

"最近一次差点被人抓着。我们跑了一会儿，跑不动了，喘不过气来，钻进一家酒馆，去喝两杯啤酒。结果好巧不巧，上一次挨揍的家伙就在酒馆里头。他看见我们，吓得张大嘴巴。那家伙少了两颗牙齿，是被这人打掉的。我们冲他嚷嚷：'别再多管闲事！'那家伙撒腿就跑。保险起见，我们俩也离开了。"

那是我最后一次去阿方索之家送信。

"仔细想想，"我说，"你的理论不可避免地会指向宿命论，你对自由的想法限于事实生结果、结果生结果衍生出来的一堆条条框框。"

"我知道你是怎么想的，"帕哈里托·德·索托反驳道，"但你想得不对。既然自由跳不出现实的框框，好比飞翔的自由超出了人类的自身限制，那么，在现实的框框里，自由就是完整的，之后的状况取决于你会如何使用。比方说：这些天，工人在抗议。你能说它没受到环境的限制？不能。简直再清楚不过：工资待遇、物价和工资不匹配、工作条件，这些因素汇聚到一起，引发了这种反应。那么，结果是什么？不知道。工人阶级提出的要求能实现吗？没有人知道。为什么？因为成败在于方式方法的'选择'。因此，我的结论是：所有人以及每个人的使命不是为了努力争取抽象、空洞的进步或自由，而是努力为将来创造条件，让人类能在广阔、清晰的框框里过上更好的生活。"

[一九二六年十一月二十一日前警长堂亚历杭德罗·巴斯克斯·里奥斯面对美国驻巴塞罗那领事的宣誓口供。(续上篇)]

证物　　附件编号：2

(附法庭译员古斯曼·埃尔南德斯·德·芬威克的英语译文)

……在直接、亲自参与到如今被称为萨沃尔塔案件的案子之前，我已经得知该厂有十名工人遇袭。据说，袭击（只是单纯揍人，没有造成别的后果）是工厂领导层直接下令，由打手完成的，目的是让所谓的罢工胎死腹中。据调查（我没有参与），没有一丝一毫的证据表明袭击跟资方有关。据怀疑，袭击来自工人阶级内部，是两个有名的捣乱分子为了争夺领导权或占上风，起了内讧。他们一个叫比森特·普恩特加西亚·加西亚，是个有名的安达卢西亚无政府主义者；另一个叫J.蒙福特，是个危险的加泰罗尼亚共产党，华金·毛林的朋友（详见附件）。其中一位遇袭者（记得是个叫西莫的）报案后，警方展开了之前提到的调查，抓捕了一些人，包括比森特·普恩特加西亚和J.蒙福特，还有萨图尼诺·蒙赫·奥加萨（共产党人）、何塞·奥利瓦雷斯·卡斯特罗（无政府工团主义者）、加利法（无政府工团主义者）以及何塞·西莫·罗维拉（社会党人）。在我接手该案时，提到的所有人或几乎所有人都被立即释放了，没有人在监狱。

II

［一九二七年一月十一日，纽约州法院，哈维尔·米兰达·卢加尔特面对 F. W. 戴维森法官的第二次口供，法庭译员古斯曼·埃尔南德斯·德·芬威克。速记稿影印件。］

（自卷宗第 70 页起）

戴：请简要叙述您是怎么认识多明戈·帕哈里托·德·索托的。

米：一天，我在科塔班耶斯律所，莱普林斯来了……

戴：哪天？

米：具体日期不记得了，应该是 1917 年 10 月中旬。

戴：这是莱普林斯第一次去律所吗？

米：不是。据我所知，是第二次。

戴：第一次是什么时候？

米：差不多一个月前。

戴：说说他第一次去律所的情况。

米：我在昨天的口供里已经说过了。莱普林斯第一次去律所，要我提供服务，我陪他去了一家夜总会。

戴：好的，接着说他第二次去律所的情况。

米：莱普林斯提着公文包，一头钻进科塔班耶斯的办公室，两人交谈。后来，我被叫进办公室。

戴：办公室里除了您，还有谁？

米：莱普林斯和科塔班耶斯。

戴：您接着说。

米：莱普林斯已经将公文包里的东西铺在了桌上。

戴：请您描述一下。

米：是三份《正义之声》报。这份报纸我没看过，像宣传册，发行量小，发行时间也不固定。其中一份是打开的，内版里有一篇文章，用红铅笔勾了出来，署名也用红铅笔圈了出来。

戴：署名是谁？

米：多明戈·帕哈里托·德·索托。

戴：就是本案作为证物1a、1b和1c的文章？

米：是的。

戴：您接着说。

米：科塔班耶斯让我去找文章作者。

戴：找他干吗？

米：我当时不知道。

戴：您答应了？

米：一开始没有。

戴：为什么没有？

米：我听到有关工人遇袭的传闻，怕给自己惹麻烦……

戴：您就这么跟莱普林斯说的？

米：是的。

戴：这是原话？

米：不是。

戴：那原话怎么说的？

米：我不记得了。

戴：好好想想。

米：我问他……我问他，是不是跟上回的工作一个性质？

戴：莱普林斯明白您的意思吗？

米：他明白。

戴：您怎么知道的？

米：他笑了，叫我别怕。行动的每个阶段，他都会在场。一旦发生意外，他会随时插手来帮忙，只要我觉得有什么不对劲。

戴：于是您答应了？

米：是的。

戴：帕哈里托·德·索托很容易找吗？

米：找是找到了，但不容易。

戴：说一说，您是怎么找到他的。

找他干吗？每天工作很长时间，腿都跑断了，费劲地跟人打听，使点小钱也没用，等到花儿也谢了，四处跟踪，成效甚微，最后终于找到线索。我不惜一切代价，要把事儿办成，不仅想在科塔班耶斯面前好好表现，更想巴结莱普林斯。他要是对我感兴趣，可以为我打开未知世界的大门，满足我的各种痴心妄想。我在他身上看到了可能性，告别死水一潭的科塔班耶斯律所，告别一成不变、一事无成的漫长的下午，告别不景气、没把握的未来的可能性。每当我意志消沉，情绪沮丧时，塞拉马德里莱斯会来提醒我，道出我的心声。他说莱普林斯是"我们的中奖彩票"，需要宠，需要哄，需要百般献殷勤，表现得忠心耿耿，实用能干，总之，需要不惜一切代价。科塔班耶斯日渐老朽，脾气越来越臭，越来越懒得挣钱。跟着他，前景一片黯淡。如果换到莱普林斯手下，前途会一片光明。我会踏进巴塞罗那上流社会的金融圈和贸易圈，踏进广阔的世界。他有车，参加各种聚会，到处旅行，鲜衣华服，身旁美女如云。加泰罗尼亚寡头好比伸开爪子的猛兽，亮闪闪、叮叮当的金钱源源不断地从毛孔里往外淌。历经了各种波折，白费了许多时间，在渴望的支撑下，10月中旬或下旬的一天晚上，我终于找到了帕哈里托·德·索托。他在联合街一栋气派、凋敝的楼房里转租了一个单室套。我敲了许多扇门,失望了许多次,等找到,询问那里是否住着记者帕哈里托·德·索托时,声音已经十分疲惫。回答我的是一个笑容甜美的年轻女人,当时我不知道她叫特蕾莎,也不知道日后她会成为我生命中的第一个挚爱。当时的场景就像被海浪拍上沙滩的轮船遗骸,浮现在我的脑海中。房间方方正正的,很大,摆着各种不成套的家具,如迷宫般,打造出无隔断单室套的格局。家具根据需要(这一点要反复强调)集中放置。一个角落里摆着一张快散架的双人床,两个床头柜,一盏落地灯,一只小摇篮,小男孩睡在里面;另一个角落里摆着一张桌子,围着一圈大大小小的椅子;两把沙发椅分开放,椅套破破烂烂的,弹簧也露在外面;书架的隔板已经被压弯,衣柜的门半开半关,拐角的靠墙小桌瘸了一条腿,还有一只大碗橱。书报堆得到处都是,好几件家具上多多少少都堆了一些。正中间有一只大肚子火炉,冒出的热气令人窒息,"不能让孩子冻着"。多明戈·帕哈里托·德·索托坐在沙发椅上打盹。他看上去个子不高,个子也的确不高,脑袋大,脸色黄中带绿,头发像刚倒出的墨汁,乌黑光亮,手小,胳膊特别短,哪怕对小个子而言,也特别短,眼睛往外突,嘴巴特别大、肉嘟嘟的,鼻子扁,脖子短,活脱脱一只青蛙。他见到我,很惊讶。我说读过他在《正义之声》报上发表的文章,有重要人士，名字我不方便透露，对他感兴趣时，他更惊讶了，一开始以为是编辑部或政党领导对他感兴趣。我见他那么天真，那么满怀憧憬，就遮遮掩掩地向他透露了一点点实情。他被罗曼蒂克的野心蒙住了双眼，理解不了。记得11月那个寒冷的下午，帕哈里托·德·索托全身绷紧，坐在大厅兼图书室会议桌尽头的椅子边上。莱普林斯表现得很亲切，对他很尊重，盛赞他"文笔犀利"，勇气可嘉，但拒绝接受他在文章中描绘的现实，给他提出了令人惊讶的建议：请他从工人的角度撰写一篇完整的有关萨沃尔塔工厂的研究报告，包括工作条件、生产、薪资、危机和罢工，允许他自由出入所有生产和管理部门，给他提供所有必需的资料和帮助，保证"跟萨沃尔塔本人得到的"完全一样。莱普林斯向他保证，就该主题，他想写什么，就写什么，不受法律制裁，但要先将结论知会工厂领导层，"让他们有机会改正"，之后再公之于众。莱普林斯说，研究报告写好，会专门召开会议或劳资双方会议，"他可以出场"，讨论形势变化所带来的问题。他还承诺，这项服务的薪酬是"四十杜罗[1]"。总体条件远超帕哈里托·德·索托的期望值，他激动地答应了。我承认，一开始，我很为他担心。但莱普林斯再三承诺，不会胁迫帕哈里托·德·索托。我相信他君子一言，驷马

---

[1] 一个杜罗相当于五个比塞塔，比塞塔是欧元使用之前的西班牙官方货币。

难追，就没再反对这笔交易。就算有什么劝告，我也不认为当时的帕哈里托·德·索托能听得进去。后来我们经常散步、聊天，成了好朋友，我提醒他，他被夹在中间，里外不是人，处境很不安全。我之所以这么做，一方面是因为对他有好感，另一方面是因为特蕾莎背后对我说，她很害怕。他没把我的话放在心上，想做切实、积极的工作，思想和动机都很单纯，想给儿子谋个明朗的未来，日后能有工作，社会繁荣富足。我们一起反反复复地制订长远计划，不只是对个人的长远计划，制订了再推翻，推翻了再制订，通宵达旦地讨论细节，走过熟睡城市每个神奇悸动的角落。遇到哪个门廊开着，我们会划根火柴，照亮昏暗的门厅，沿着楼梯，爬上天台，俯瞰巴塞罗那。多明戈·帕哈里托·德·索托自诩本世纪捣蛋鬼，这说法也没什么大错。他伸出手指，越过天台栏杆，指向住宅区，有无产阶级的聚居地，也有中产阶级、商人、店主、手工艺人居住的安宁良好的社区。我们一起喝光过许多瓶葡萄酒，晚上兴奋，醒了难受。我们参加了许多场政治会议，共同捍卫不同的意识形态，出于友谊，而非信仰。此前我不知道，此后我也不会知道朋友意味着什么。至于特蕾莎，我已经说过，她曾经是我的挚爱。我们每天见面，我随便找个借口冲出律所，过一两个小时再回去。她第一次给我打电话，是以朋友的名义，见面交谈用的也是朋友的口吻。一名热心的女邻居帮她照顾孩子。她约我在家附近的乳品店见面。店铺狭长,用木格栅隔成两半。前半间摆着有豁口的大理石柜台,胖女人围着黄色橡胶围裙,给客人拿牛奶、奶酪、黄油和其他食品。木格栅后面,摆着四张小桌,长凳靠墙。桌边坐的都是年轻情侣:男的是学生、工匠、店员和学徒,女的是侍应生、女佣、售货员、打字员、护士和操作工。他们搂搂抱抱,卿卿我我,接吻,好奇地互相抚摸。后半间灯光昏暗,所有人都在调皮地做着小动作。特蕾莎对我既谨慎又和蔼,对见面地点表示抱歉,说答应了那名热心的女邻居,不走远,而乳品店是离家最近的铺子。我们聊了一个多小时。她说丈夫的工作让她害怕,他很固执,不听劝。我跟她说,除非帕哈里托·德·索托犯浑,捅了大篓子,否则不会有什么危险。我的话让她松了口气,我们开始随便聊,聊城里日子难过、想闯条路,总是白费劲,有孩子责任重,社会前景一片黑暗,等等。聊完,她让我别陪她,先走,不许在外面等她,不许跟着她。我说行,伸出手,想跟她握手告别。结果她凑到我脸上,在我嘴巴上亲了一口,是那种缺爱的单身汉梦里才会有的互相亲吻。于是,很长一段日子里,我们俩外出、散步,仗着有热心的女邻居帮忙,仗着科塔班耶斯上班管得松,仗着帕哈里托·德·索托埋头工作,老是不在,要么去工厂,要么琢磨他那些疯狂的理论。特蕾莎真心实意地爱着丈夫,可是要跟他过日子,太难了。他人好,但情绪不稳定,神经质,不负责任,凡是不符合自身改良主义观念的东西，一概反对，沉迷于思考和撰写各种演说、控告和权利诉求，在激情四射、创造力爆棚和遽然消沉、脾气变坏乃至沉默之间反复横跳。特蕾莎无依无靠，默默忍受，从某种程度上讲，她无人保护，没安全感，怕丈夫突然暴怒。我也很痛苦。我的爱情经历一片空白，只会在夜里偷偷摸摸地想犯罪，连续几小时疯狂意淫。一次，我想理解她丈夫的无能为力，跟她说爱一个人很难，总会词不达意、优柔寡断。明明想说什么，说不出来；明明想用眼神表达什么，也表达不出来。其实，我在说我自己，说我对生活的困惑，说我绝望地彷徨在世界的十字路口。就这样，人格分裂、饱受折磨的我度过了毕生难忘的几个星期。白天跟特蕾莎或闲逛，或跳舞，或去初次见面的乳品店；晚上在佩平·马塔克里奥斯酒馆跟帕哈里托·德·索托喝酒、辩论。应该说，那几个星期，我跟特蕾莎的关系从现象到本质都算不上通奸。就算有爱情的小心思，也没有开花结果。我们是灵魂伴侣，需要彼此陪伴。如果我们假装亲吻，姿态上像情侣，那是因为我们在过家家，希望梦想实现，就像小朋友戴着纸帽子，高举着扫帚，骑在椅子扶手上，号称要去冒险。我们仨，帕哈里托·德·索托、特蕾莎和我没聚过几回。每回聚在一起，我们也没有负疚感。我会突然面红耳赤，担心秘密暴露，对特蕾莎敬而远之，态度生硬，这反而让帕哈里托·德·索托很担心，觉得他妻子跟我关系不好，是件遗憾的事。他让我发了好几回誓，万一他有个三长两短，要我照顾他们母子。特蕾莎促狭得很，肆意笑话我们。我俩问心无愧，直到形势突变，一切戛然而止，就像下象棋，一着定乾坤。事情发生在圣诞节前几天。我在上班，晚上没睡好，正在跟瞌睡虫做斗争，突然有电话找我。塞拉马德里莱斯递给我话筒，我接过来，有预感，心怦怦跳。是特蕾莎打来的，她让我速去她家，没说理由，只是绝望地恳求。我飞奔过去。那时候，我对联合街上的路灯、楼房和地面已经了如指掌。我敲门，她应声让我进去。屋里黑乎乎的，只有炉子里的炭火发出微光。我的眼睛还没有适应，她便扑进我怀里，一阵亲吻抚摸，疯狂炽热，情话呢喃。她扯掉我衣服，解开她衣服，我俩惊恐地将颤抖的胸贴在一起，二话不说，直接上床，孩子在摇篮里睡觉。有一会儿，我俩沉入黑暗，既折磨对方，又自己受苦，虐人虐己，好似宇宙初生时火红的旋风，直到一只无形的大手使劲将我们分开，力道足以让大地裂开，裂到世界的尽头。我们俩躺在床罩上，腿还纠缠在一起，游向意识的海岸，歇口气，把理智给找回来。我模模糊糊地听到一个声音，是特蕾莎。她宛若重生，说她爱我，让我带她走，离开那个家，离开巴塞罗那，为了我，她可以抛夫弃子，做牛做马。我感觉从里到外像被针扎了，第一次害怕被发现，吓得汗都收了回去，皮肤又干又糙。她向我保证，帕哈里托·德·索托几小时后才会回来。天晚了,我问她,为什么他要迟回家。她说他在效力的工厂,就是萨沃尔塔工厂,不如说是莱普林斯工厂,说好了,让他去开会,七点开始。听到这个消息,我意识到,自己背叛朋友背叛到了什么程度,帕哈里托·德·索托被妻子和朋友双重背叛。我不顾特蕾莎的叫喊和哀求,穿上衣服,出门,叫了一辆出租马车。天全黑了,时针指向八点半。马车把我送到车站,我等了二十分钟,火车才开。它很快提速,驶出车站不久,就进入郊区,往奥斯皮塔莱特工业区方向驶去。车厢里没几个人,我想避风,缩在最里头,不安地望着窗外。外面应该很冷,车窗起雾,我不得不用手去擦。雾气混着油烟,形成黏糊糊的一层污垢,蒙在玻璃上。我想理清思绪,却不能。我没来过这片郊区,陷入了深深的沮丧中。从铁轨旁直到目力所及之处,大地都灰蒙蒙的,缺少植被,挤满了茅屋,没有灯。在茅屋间穿行的是从国内各地迁来巴塞罗那的民众,他们进不了城,在周围厂区工作,住在荒郊野外,离吸引他们的繁华都市只有一步之遥。他们是群大老粗,忍饥挨饿,不声不响地等候在城市边缘,就像攀在墙上的爬山虎。我一路想着这些,抵达了目的地。站台上寒风凛冽,我租了一辆快散架的马车赶往萨沃尔塔工厂。模样寒碜、似乎来自阴间的马车踏过臭烘烘的泥潭,穿过黑魆魆的街道,自始至终走得很慢。这里空气稀薄,有毒的气味灼得我嗓子痛。不知道我在想什么,也不知道过了多久,马车把我送到一栋大房子前,房子像金属搭成的马戏场。马车走了,我绕了一圈,寻找大门,看见莱普林斯的红色汽车就停在门边。进门的过道点着煤油灯,夜间保安迎上前来,问我是谁,有何贵干。他带我穿过一间安静的厂房,散见几个锥状物,盖着帆布,底下恐怕是机器。我走进一扇小门,发现脚下踩着厚厚的地毯。保安告辞,没了踪影。我踩着地毯,沿着过道往前走,看见一扇更大的木门。我推开门,顿时亮瞎了眼。大厅里灯火通明,墙上挂着好几幅画。中间有张长桌,比我和多洛雷塔斯办公用的会议桌长多了。桌边坐着三十多个人,看上去一半是工人,一半是领导。我在工人队伍里认出了帕哈里托·德·索托,在领导队伍里认出了莱普林斯。我到的时候,会议即将结束,群情激愤。一个魁梧的男人坐在主席边上,桌子拍得当当响,手像是铁做的,我立马意识到这人是谁。主持会议的应该是萨沃尔塔。所有人都在尖叫,都在互相打断对方说话,帕哈里托·德·索托的声音盖住了所有声音。他咒骂、控诉、威胁领导和工厂。当特蕾莎告诉我,丈夫在哪儿时,我的猜想得到了证实。这是一场骗局,莱普林斯在耍帕哈里托·德·索托,原因未知,而帕哈里托·德·索托在最后一刻意识到受骗上当了,反应强烈,吓坏了特蕾莎。我明白如果一开始我就在场,一切都不会发生。我的背叛很彻底,回不了头。我一点儿也听不懂他们在吵什么,恐怕是我到了,架也吵完了。所有人都很茫然,直到一名工人恳求帕哈里托·德·索托闭嘴，别再让情况变得更糟糕了，"您已经烦死人了"，他们的问题，让他们自己解决就好。劳资双方都在嘘帕哈里托·德·索托，他离开了会场。只有莱普林斯保持镇定，面带微笑。我沿着过道和厂房去追他，没追到；我大声叫他，他也不答应，害得我反而迷了路。我坐在一个盖着帆布的锥状物旁，落了泪。莱普林斯把手搭在我肩上，带我回到现实。很晚了，该走了，会议结束时间都推迟了。他开车送我回家。第二天，我没去上班。第三天是星期天，我依然闷头躲在家里，都没出去吃饭。星期一，我决定重返现实。星期六凌晨，半醉的帕哈里托·德·索托在回家路上身亡，据说是意外，出了车祸，肇事的两名男子穿着大衣，目击者告诉了更夫。据说他往邮筒里投了一封神秘的信，妻子和孩子落荒而逃，没有留下地址和消息。警察来盘问过我，我说什么都不知道，没想到会发生这种事。惊慌失措的我意识到说些捕风捉影的线索根本无济于事。我无法肯定，莱普林斯是否要对帕哈里托·德·索托的死负责。开口前，我要亲自去调查。当然，我没有做任何努力，去找特蕾莎。她不想见我，这再正常不过。再说了，即使我找到她，她原谅我，我们把那些糟心事从脑子里抹掉，我又能给她什么？我只是个拿薪水的小职员，将生存的唯一希望寄托在莱普林斯身上。

III

玛利亚·罗莎·萨沃尔塔逡巡在书房门口发呆,哪儿都没看,身边一位红光满面的先生和一位白胡子老头正在讨论。

"图鲁利,我的朋友,正如我常说的,"白胡子老头说,"价格上涨,消费下降;消费下降,销量下降;销量下降,价格上涨。这种局势,您会叫它什么?"

"大祸临头。"图鲁利回答。

"用不了一年,"白胡子老头接着说,"所有人都会变穷;不信……就走着瞧。您知道马德里在嘀咕些什么?"

"说来听听。俗话怎么说来着,急得我像热锅上的蚂蚁。"

老头压低嗓门:

"加西亚·普列托[1]的内阁会在春天前倒台。"

"啊,哦……我明白了。这么说,加西亚·普列托已经组好新一届政府了?"

"两个月前就组好了。"

"哦!告诉我,这个加西亚·普列托是谁啊?"

"我说,您不看报纸的呀?"

两只巨大的胳膊插进玛利亚·罗莎的腋下,一把将她举起,

---

[1] 即曼努埃尔·加西亚·普列托(Manuel García Prieto,1859—1938),西班牙政治家,曾四次担任西班牙首相。

吓了她一大跳。

"我操,瞧瞧是谁来看我们啦!"恶作剧的人叫道。玛利亚·罗莎听出是堂尼古拉斯·克劳德德乌的声音。

"小鬼头,不记得我啦?"

"叔叔,当然记得。"

"小丫头!"堂尼古拉斯·克劳德德乌把她放下,"几年前还坐在我腿上,把我当马骑,一骑一个钟头呢!瞧瞧现在,去你的尼古拉斯叔叔!"

"别这么说,尼古拉斯叔叔,我常惦记着您。"

"老家伙都该一边儿去了,我说就是。我知道你常在惦记什么,不要脸的东西。瞧这张小脸蛋,我的上帝啊!瞧这对鼓鼓的小奶子。"

"叔叔,求求您了……"玛利亚·罗莎恳求道。

大家都含笑看着这一幕,除了那个帅小伙儿。几分钟前,她撞见了他的目光,羞得垂下了眼。帅小伙儿拿着一杯酒,倚着书房的门框,既能看见书房,又能看见大厅。他不说话,在思考。

科塔班耶斯的办公室门开了。我和多洛雷塔斯假装聚精会神,卖力地工作,没有注意到他,害得他不得不叫了我们好几声。他让我们再叫上塞拉马德里莱斯,塞拉马德里莱斯也过了好久才答应，尽管他应该就躲在杂物间门后偷听。我们仨站在一块儿，聆听头儿的教诲。

"明天是圣诞节。"科塔班耶斯刚开口，就停下来喘气。

"明天是圣诞节，"他接着说，"我不想过节前……嗯……不表示一下我对你们的爱和……感激之情。你们作为合作者，忠心……嗯……能干。如果没有你们，律所……不会运转得……嗯……这么好。"

他顿了顿，用讽刺的小眼神挨个看了看我们。

"可是，今年过得并不顺利……但我们不应该就此灰心丧气，当然不应该。我们熬下来了。只要我们……嗯……努力奋斗，机会之神就会随时走进这扇门。"

他指了指门，我们回头看了看门。

"让我们期望，毫无疑问，嗯……这个……明年会更好。首当其冲的是……是……是工作和兴趣。当……当……，运气会不请自来的。嗯，知道吗？我说累了，信封拿着。"

他从口袋里掏出三个封着口、写着我们名字的信封，一个给塞拉马德里莱斯，一个给多洛雷塔斯，还有一个给我。我们没有打开，笑眯眯地道谢，收好。他走回办公室，我赶紧追过去问：

"科塔班耶斯先生，我有急事，想跟您聊聊。"

他惊讶地看看我，耸了耸肩：

"好吧,进来!"

我俩走进办公室,他坐下,从头到脚地打量我。我站在他面前,双手撑在桌上,俯身向前:

"科塔班耶斯先生,谁杀了帕哈里托·德·索托?"

[一九二七年一月十二日,纽约州法院,哈维尔·米兰达·卢加尔特面对 F. W. 戴维森法官的第三次口供,法庭译员古斯曼·埃尔南德斯·德·芬威克。速记稿影印件。]

(自卷宗第 92 页起)

戴:有关帕哈里托·德·索托的死亡报告里,提到了一封信。您知道吗?

米:我知道。

戴:您当时就知道这封信的存在?

米:是的。

戴:是帕哈里托·德·索托临死前告诉您的?

米:不是。

戴:那您是怎么知道有这封信的?

米:巴斯克斯警长向我提到过。

戴:据我所知,巴斯克斯警长也死了。

米：是的。

戴：他是被谋杀的？

米：我觉得是。

戴：您只是觉得？

米：他的死发生在我离开西班牙之后，我只能听说和猜测。

戴：据您……猜测，巴斯克斯警长的死和他调查的案子，即本庭正在审理的案子有关系吗？

米：我不知道。

戴：您肯定？

米：我对巴斯克斯警长的死一无所知，只知道报上登的那些。

戴：我认为您知道一点……

米：我不知道。

戴：……您在隐瞒本庭感兴趣的事实。

米：我没有。

戴：米兰达先生，我要提醒您：您可以拒绝回答。但您如果同意回答，并且之前发过誓，那么，您的回答必须是事实，且为事实之全部。

米：我比您更希望弄清楚这个案子。

戴：您坚持认为不知道巴斯克斯警长的死因？

米：我不知道。

　　多明戈·帕哈里托·德·索托刚刚身亡，我就得知了这个消息，尽管我没有直接参与案件调查。负责案子的警官宣布调查结束，说死者的脑袋撞上了马路牙子，属于正常死亡。其他内伤均为车辆碾轧所致，肇事车辆已逃逸，无从指认。没有任何证据表明，多明戈·帕哈里托·德·索托死于蓄意谋杀。至于消失的那封信，无人知晓。死者的亲友均接受过询问，口供未提供新线索，也无矛盾之处，足以修改调查警官之结论。与死者同居的女子失踪，去向不明。后来，我有机会亲自复查了这个案子……

　　"我觉得，你想……自己调查这个案子，想法很疯狂。"科塔班耶斯说，"能做的……警察都做了。你不觉得？那就随你的便……孩子，那就随你的便。我只是……我这么说，是为你好。你在……浪费时间。这还不是……最糟糕的，年轻人用不着太……吝惜时间。最糟糕的是你搅和进了一桩……麻烦事，无法……干干净净地脱身。谁也不喜欢……有人多管……闲事，这种想法很有道理。每个人都想……安安稳稳地过日子……按照自己的方式。谁也不喜欢……别人去打听他的……私事。我知道……我说服不了你。我已经许多年没有……说服过谁了……你要知道,我这么说,不是出于……智慧,孩子,而是出于对你的……关爱。"

他说得断断续续,磕磕巴巴,似乎害怕气接不上来,说到一半,人憋死了。

"我也年轻过,固执过……跟你一样,不喜欢这个世界……但我没想去改变它……也没像你……像所有人那样,去适应它。开始,我在一位老律师的手下……当实习生。他给我……派的活儿很少,薪水少得可怜,基本……没什么工作经验。后来……我认识了路易莎。再后来,她……成为我妻子,我们……我们……结婚了。可怜的路易莎……仰慕我,因为爱情……信任我……这种信任,老天爷……从来就没给过我,老天爷是有道理的。为了她,我自己开业,非常激动人心的……一次冒……冒险……唯一的一次冒险……我们买的二手家具……在大门口挂了……一个牌子……一个牌子……没有人上门……没有人上门。路易莎让我……耐心点,很快会有……一个客户上门,然后,其他客户就会……接踵而至。可是,来了……第一个客户,官司我……打输了,他没有付钱……然后,就没有人来了……没有其他客户来……所有客户都是这样……总是像……第一个客户,没有……带来……一大帮客户。我们没有孩子,路易莎去世了。"

"科塔班耶斯很了不起，"一次，莱普林斯说，"但他有个致命的缺点，对自己太温柔，萌生出英雄般的羞耻心，嘲笑自己，嘲笑一切。他的幽默感太露骨，不吸引人，反倒会把人吓跑。他无法让人信任，很少让人关心。人这辈子，怎么着都行，就是不能老爱哭鼻子。"

"您怎么会这么了解科塔班耶斯？"我问他。

"我不了解他这个人，只了解他这副面孔。大自然创造出无数个人，但从一开始，只创造出五六张面孔。"

加泰罗尼亚大街的椴树上，装饰着蝴蝶结、花环、星星等圣诞图案的彩灯。人都回家了，去跟家人过平安夜。街上车很少，有也是往家开的。要是科塔班耶斯没有给我提供莱普林斯家的地址，要是突然冒出一件事，我都不会上门。考虑到是平安夜，我估计他不会跟人吃饭，也不会有人请他吃饭。我在门口被身穿制服、蓄着白色宽鬓角的门房拦住。我说明去处，他询问来由，我回答：

"我是莱普林斯的朋友。"

他打开电梯门，拉下启动绳。电梯在轰隆隆地上行时，我见他在用金属管跟人通话，应该是通报有人来访。电梯停在四楼时，栅栏门前已经有仆人等候。他领我走进朴素的门厅，屋里很暖和，温度均匀，空气中弥漫着莱普林斯的香水味。仆人请我稍候。我独自待在温暖、朴素的门厅里,开始胆怯、腿软。脚步声传来,莱普林斯出现。他穿着漂亮的深色西装,不是礼服款,也许不打算出门。他亲切地跟我打招呼,丝毫不感到惊讶,问我怎么会突然到访。我说:

"很抱歉,日子不合适,时间也不巧。"

"正相反,"他回答,"有朋友来,我就高兴。别待在这儿,进来。你赶时间吗?起码陪我喝一杯。"

他带我穿过走廊,来到小客厅。角落的壁炉里正在烧几块树干,壁炉上方挂着一幅画,他告诉我,是莫奈作品的高仿:小木桥披着藤蔓,桥下的小河里铺满了睡莲,桥的两端是郁郁葱葱的树林,小河穿行在绿色的隧道间。莱普林斯指着带玻璃门的车型金属酒柜,里面有杯子和好几瓶酒。我要了一杯白兰地和一支烟。坐在壁炉的炭火前一边抽烟,一边喝酒,陶醉的我又累又困。

"莱普林斯,"我听见自己在问,"谁杀了帕哈里托·德·索托?"

　　戴:我面前是您给警方提供的有关多明戈·帕哈里托·德·索托之死的口供,您看一下,是不是?

　　米:是的。

　　戴:有必要添加删减吗?

米：我觉得没必要。

戴：只是您觉得？

米：不，我确信。

戴：我给您念一段："证人被问及是否怀疑帕哈里托·德·索托的死属于谋杀时，他回答：丝毫不怀疑……"这段写得对吗？

米：对。

戴：然而，您却开始自己调查朋友的死因。

米：是的。

戴：您说"丝毫不怀疑"，是在跟警方撒谎吗？

米：我没有撒谎。

戴：那您怎么解释？

米：没有任何迹象能让我肯定，帕哈里托·德·索托的死属于人为。因此，我才会跟警察那么说。

戴：但您去调查了，为什么？

米：我想知道死因。

戴：我再问一遍，为什么？

米：怀疑是一回事，质疑是另一回事。

戴：您质疑帕哈里托·德·索托的死不是意外？

米：是的。

"他们说……要假……装很重要……我挺抗拒的，我……可是生活已经很失败，辜负了……可怜的路易莎……于是我就照做了……去假装……可是没结果……就是可笑的表……演，很恶心……我逼客户在……前厅等上……好几个小时，假装……自己很忙……结果他们没等几……分钟……就全走了……我不知道……我不知道为什么他们不会……中计。别人……使这招，都挺成功的……我又试了别的招……效果也一样……自从可怜的路易莎……离我而去……我就没目标了。我这么做，是想……证明，她对我的信任……她对我的信任是有道理的。她……要是还活着，我……会给她……所有应得的东西。可是人生……人生就是旋转木马，不停地转啊，转啊……转到晕，然后……然后……你在上木马的地方……下木马……我在这些年里，没有……"

巴斯克斯警长说话前，又抽了几口雪茄。他说话喜欢重复，循循善诱。手势不多，会用食指强调某个句子、某个重要的信息，或特别悲伤的某段话的结尾。他对材料吃得很透，对日期、人名和数字均有超乎寻常的记忆力。

"上世纪下半叶，"他说，"在欧洲萌芽的无政府主义思想进入了西班牙，如烈火干柴，呈燎原之势。我们来瞧瞧为什么。传播地区主要有两个：安达卢西亚农村和巴塞罗那。安达卢西亚农村的思想传播方式非常原始：一帮假圣人，头脑不太正常，就是一帮疯子，到处乱窜，从农庄到村子，从村子到农庄，鼓吹有害的思想。无知的农民们招待他们食宿，还给他们衣服穿，许多人被假圣人的夸夸其谈洗了脑。总之，无政府主义思想在农村变成了一种新的宗教，或者说得更确切些，既然咱们都是文化人，变成了一种新的迷信。巴塞罗那的情况正相反，说教从一开始就带有政治色彩，明摆着想造反。"

"警长，这些我们都知道。"莱普林斯打断他。

"也许。"巴斯克斯警长说，"但我在解释之前，咱们最好对知识背景掌握清晰。"

他咳嗽，把雪茄放在烟灰缸边上，眯缝着眼，凝凝神，接着讲：

"因此，需要从本质上加以区分。要知道，咱们可不能犯错误，加泰罗尼亚明显有两拨人掺和在一起。一拨是无政府主义理论家，甚至是无政府主义狂热分子，明显想造反，不妨叫他们本地土著。"他眯缝着眼，瞅了瞅我们，像是在问我们，也在问自己，能否接受这个说法，"包括大名鼎鼎的保利诺·帕利亚斯、圣地亚哥·萨尔瓦多、拉蒙·桑保、弗朗西斯科·费雷尔·瓜尔迪亚等等，现在还包括安赫尔·佩斯塔尼亚、萨尔瓦多·塞吉、安德烈斯·尼恩……以及可以想象的其余人等。

"另一拨是人民群众……明白我想说什么吗？人民群众，大多刚从其他地区迁来。你们知道如今这帮人会怎么迁来？没准哪天扔下农具，扒辆火车，就来巴塞罗那住下了，没钱，没人答应给他们工作，谁都不认识，很容易受骗上当，过不了几天，就会饿肚子，灰心丧气。原以为来到这儿，所有问题都会神奇地迎刃而解。等他们明白现实不同于想象时，便开始怨天尤人，怪罪所有人，就是不怪罪自己。看到别人通过努力，在城市闯出一条路来，就认为这是赤裸裸地对他们不公平。为了几个小钱、一块面包或任何东西，什么事都能干得出来。拖家带口的或上点年纪的还能适应新环境，动动脑子，理智行事。可年轻人呢？明白我的意思吗？通常会采取暴力、反社会的态度，跟境遇相同的狐朋狗友厮混在一起，在贫民窟或露天开会，讨论得热火朝天，兴奋不已。犯罪分子为了达到自己的目的，会利用他们，欺骗、忽悠、鼓吹前途一片光明。没准哪天，这帮人就犯了罪。他们跟受害者没有任何关系，许多情况下，根本就不认识受害者。有人在暗处发号施令，他们行动即可。之后要是落在我们手里，没人来捞他们，不知道他们从哪儿来，他们不在任何地方工作。就算开口，也不明白自己做了什么，为谁做的，为什么做，唆使自己的人叫什么名字。莱普林斯先生，您应该明白，事情本来就是这么计划的……"

记得那天下午，帕哈里托·德·索托来律所门口找我。多洛雷塔斯和塞拉马德里莱斯远远地跟我们打个招呼，结伴去乘有轨电车。帕哈里托·德·索托手插兜，戴着格子帽，围着流苏稀疏的灰围巾，冻得瑟瑟发抖。他没穿大衣，因为他没有大衣。不到两个小时前，我刚在他家跟特蕾莎告别。正如科塔班耶斯所言，人生就是疯狂的旋转木马。我们在格兰比亚大街上散步、聊天，在维多利亚·欧亨尼娅王后花园坐下。他跟我提起无政府主义者，我说对此一无所知。

"那你对这个话题感兴趣吗？"

"那当然。"这不是真心话，只想让他高兴。

"跟我来，我带你去个有意思的地方。"

"喂，不会有危险吧？"我惊恐地问。

"别害怕，跟我来。"他对我说。

我俩站起身，走过格兰比亚大街，沿阿里保街往北，他带我走进一家书店，里面没有顾客，一名年轻的女店员在柜台后面看书。我俩走过她身边，没跟她打招呼，走过两排书架之间的空地。后店里摆着更多的书架，堆满了散了架的、泛黄了的旧书。一位白髯公坐在扶手椅上，穿着很旧的黑西装，肘和膝磨得发亮，正在侃侃而谈。听众们围成半圈，年龄各异，看模样，都是穷苦人。女听众只有一个，中年，红发，面色苍白，满脸雀斑。我和帕哈里托·德·索托站在椅子后头，听老人说话。

"我承认，我错了。"他说，"没想到，前天聊的话题无论在此地，还是在别处，都引发了极大的争议和矛盾。我希望这个话题能基本作为家务事，内部讨论，不是在党员内部，而是在所有多多少少感兴趣，追随我们的立场，能在某个时刻认同我党忧虑和方针的人之间进行讨论。也许你们会说，或别处有人会说，话题引发的兴趣已经无可辩驳地表明：我错了，至于我的发言，简直错得离谱。我不这么认为。尽管无疑，我犯的错恐怕不计其数，这点我承认。我用这种语气说话，有人会说我狂妄，只是因为我坚信，亮出无政府主义的核心话题利远大于弊。我不否认，在大胆发言的过程中，我会犯错，但我是出于善意。"

莱普林斯拿着一杯酒，倚着书房的门框，既能看见书房，又能看见大厅。他不说话，在观察。客人已经将大厅挤爆，门厅传来笑声和说话声。仆人拉开了大厅和门厅之间的木隔断，两厅合一，更宽敞。门厅也亮起了灯。

"你不觉得吗，这儿至少有两百人？"莱普林斯说。

"没错，至少有这个数。"

"有一门艺术，"他接着说，"也许是一门科学，叫'感知选择'。知道我在说什么吗？"

"不知道。"

"就是在一堆事物中,看到你感兴趣的那些,明白吗?"

"自主决定的?"

"靠意识和本能,一半对一半。我称它为双重感知。比方说,你扫一眼,告诉我,看到了谁?你想到的第一个名字。"

"克劳德德乌。"

"瞧,同等条件下,他被第一个看到。为什么?因为身高,说明视觉在起作用。但只靠视觉?不,还有别的,说明你关注他很久了,不是吗?"

"有点道理。"我回答。

"恐怕你还不相信那个传说。"

"关于'铁手人'?"

"绰号是传说的一部分。"

"或许,事实也是传说的一部分。在这方面……"

"咱们继续做感知实验。"莱普林斯说。

    戴:昨天,您承认自己展开了调查,是吗?

    米:是的。

    戴:请陈述调查的具体内容。

    米:我去见了莱普林斯……

    戴:去他家?

    米:是的。

戴：莱普林斯住在哪里？

米：加泰罗尼亚大街2号4楼。

戴：您大概哪天去见的他？

米：1917年12月24日。

戴：怎么会记得这么清楚？

米：因为那天是平安夜。

戴：莱普林斯接待您了？

米：是的。

戴：后来呢？

米：我问他谁杀了帕哈里托·德·索托。

戴：他告诉您了？

米：没有。

戴：您调查出什么结果了？

米：没有具体结果。

戴：莱普林斯有没有向您透露什么您不知道，但对案子有用的信息？

米：没有……嗯，也有。

戴：此话怎讲？

米：有个题外话。

戴：什么题外话？

米：我以前不知道，莱普林斯是玛利亚·科拉尔的情人。

"她像猫,柔软、脆弱、性感,同时任性、自私、让人迷惑。我不知道自己怎么了,为什么会做出如此疯狂的事。自从在夜总会见到她,你还记得吗?我的魂就没了,对她念念不忘,盯着她的一举一动,看她坐下,看她走动,完全不能自已。她撩我,只要她开口,我什么都愿意给。她知道,故意吊着我,迟迟不答应委身于我。你明白我想说什么吗?等答应了,更折磨人。我都说了,像猫戏老鼠。她从来就没有全身心地付出过,似乎总想随时停下……彻底消失。"

"她的确这么做了,不是吗?"

"不是。是我赶她走的,是我把她赶走的,她让我害怕……我不知道该怎么说。像我这种人,像我这种有地位的人……"

"她住在这儿?"

"其实是。我让她离开那两个吹牛逞强的同伴,把她安置在一家小酒店,但她想来这儿。不知道她是怎么打听到我住址的,总是在最意想不到的时候出现,要么我正在会客,要么客人正要上门。你可以想象,简直胡闹,一待就是一整天……不,瞧我说的,一待就是好几天!就坐在你这把椅子上,抽烟、睡觉、看画报、吃个不停。之后突然,我要她来,她倒找借口,说要排练,连续两三天、三四天不来了。我盼她别来,又怕她不来,两种心情交织，很痛苦。直到上个礼拜有一天，我鼓足勇气，让她从哪儿来，回哪儿去，将她扫地出门。"

"您后悔吗？"

"不后悔。但自从她走后，我很孤独，很伤心。所以，你才会在家里找到我，因为我回绝了所有邀请，今晚不想见任何熟人。"

"既然如此，我该走了。"

"不，上帝啊，你不一样。你能来，我很高兴。对我而言，从某种程度上讲，你属于她的世界。记忆中，你和她的模样会被联系在一起。你是中间人，你跟她接触过。有天晚上，你送去了两封信，不是一封，还记得吗？在另一封信里，我说：我想见她，约了时间和地点。"

"记得。我注意到有两封信，这不合逻辑。她看了另一封信，表情有点古怪。"

莱普林斯默默地看着浓浓的烟雾在温暖的小客厅里袅袅上升。

"留下来吃晚饭，行吗？我需要一个朋友。"他把声音压得很低。

戴：去调查朋友死因的人，居然接受了疑凶的邀请，不奇怪吗？

米：生活中发生的事，很难说清楚。

戴：请您努努力，说说清楚。

米：我对帕哈里托·德·索托有好感，对莱普林斯……不知道该怎么说……

戴：仰慕？

米：不知道……我不知道。

戴：难道是嫉妒？

米：我觉得是……着迷。

戴：莱普林斯的财富让您着迷？

米：不仅如此。

戴：还有社会地位？

米：是的，也有……

戴：风度？有教养的举止？

米：他整个人，文化、品位、语言、谈吐。

戴：然而，您在之前的口供里，将他描述为轻浮、有野心、对生意之外一切无感、高度自我中心的人。

米：一开始，我是这么认为的。

戴：什么时候改变的想法？

米：那天晚上，聊着聊着，我就改变想法了。

戴：聊的什么话题？

米：好几个话题。

戴：好好想想，说来听听。

有人愿意将冰冷的理性抛在一边，听我说话吗？我明白，我懂。那些直接或间接害死帕哈里托·德·索托的人，他们的恭维，出于自尊，我都应该鄙视。但自尊的代价，我却负担不起。生活在一个无比拥挤、充满敌意的城市，没有朋友，也没有渠道交朋友，穷，活得心惊胆战，没有安全感，腻烦了跟自己的影子说话，默默地五分钟解决午饭和晚饭，将面包屑捏成小球，吃完最后一口，就离开餐馆，希望星期天一眨眼过去，又回到工作日，又能见到熟悉的面孔，对收银员笑，临时编两句瞎话，消遣一刻。在这种情况下，人会愿意陪聊半小时，换一盘腌豆子。加泰罗尼亚人有部族精神，巴塞罗那是个封闭的社群。我和莱普林斯都是异乡人，只是程度不同，都是年轻人。我跟他在一起，感觉被保护，因为他聪明、有经验、有钱、有优越的生活条件。我跟他没有所谓的同志情谊。过了好几年，我才应他的要求，换了称呼，对他以"你"相称，后面我会提到，是形势所迫。我跟他的闲聊也从未变成过激烈的争吵，但跟帕哈里托·德·索托刚认识不久就会吵得不可开交。如今回想起来，那些激烈的争吵很重要，成为我对巴塞罗那留恋的象征。我跟莱普林斯的交谈不紧不慢，推心置腹，平心静气，不是充满建设性的对抗。莱普林斯善于倾听，善解人意，这种品质，我特别欣赏。善于倾听和理解的人可遇而不可求。塞拉马德里莱斯本应成为我理想的伙伴，但他太单纯，没脑子，玩玩儿可以，聊天糟透了。一次，聊到工人问题，他对我说：

"工人只会罢工、闹事，居然还想让人认为他们有理！"

从那刻起，我再也不当着他的面发表意见。相反，尽管莱普林斯的立场更微妙，但他更善于思考。一次，聊到同样的话题，他对我说：

"人活于世，首要的任务是工作。罢工危害工作，危害社会。然而，许多人却当它是争取进步的斗争方式。"

他又问：

"人和事之间，有什么奇怪的因素在干扰？"

他当然不同情无产阶级运动，也不支持任何以造反为宗旨的工人阶级理论。但是，对于革命的态度，他比所在阶级的人视野更开阔，更宽容。

"在我们生活的现代社会，人的行为，诸如工作、艺术、住房，乃至战争，都变成了群体行为。个人只是庞大机制的一部分，机制的意义和运作方式我们不得而知，又能从行为准则中找出什么道理？"

他是百分之百的个人主义者，也赞成别人是百分之百的个人主义者，通过力所能及的方式，将个人利益最大化。对挡他道的人，他不会客气。但对敌人，他也不会瞧不起，不会认为与己为敌就是恶,不会去求助神圣的权利或不可撼动的原则来为自己正名。

至于帕哈里托·德·索托,莱普林斯承认篡改了他的调查报告,说得特别坦然。我问他:

"您为什么雇用他,又欺骗他?"

"这种事经常发生,我原本无意欺骗帕哈里托·德·索托。谁也不会花钱雇人写报告,拿来篡改,激怒作者。我原以为他的报告会对我们有用,后来发现没用,就把它改了。付完钱,报告就是我的,我要让它派上最合适的用场,不是吗?这种事向来如此。你朋友自认为是艺术家,其实就是个打工的。不管怎样,坦白说,我对这些脑子不灵、冲劲十足的传奇式人物挺有好感的,有时候很羡慕他们,他们更能咂摸出生活的滋味。"

至于帕哈里托·德·索托的死,他说:

"当然不是我干的,我也不觉得是萨沃尔塔或克劳德德乌的主意。萨沃尔塔年纪大了,不会干这种事。他不想惹麻烦,几乎不过问……行政方面的事务,只是个摆设。至于克劳德德乌,尽管有那么个传说,其实人不坏,想法和做法粗鲁了点,但很务实。帕哈里托的死不会给我们带来任何好处,相反,会惹出无穷无尽的麻烦,再说了,我们又这么不被工人待见。从另一方面讲,如果我们想伤害他,控告他写文章诽谤就行,他没钱请律师,会在牢里死翘翘。"

一天，我们在东拉西扯聊家常，我突然想到一个问题：

"克劳德德乌怎么会少了一只手？"

莱普林斯笑了：

"圣地亚哥·萨尔瓦多[1]扔炸弹那天，他就在歌剧院，被弹片齐齐切掉了一只手，手腕就像泥做的。你应该懂了，他为什么看不上无政府主义者。你请他讲，他会很乐意讲；你不请他讲，他也会很乐意跟你讲。他会告诉你：那晚惨剧过后，他夫人再也不去歌剧院了。那只手没白丢，他宁愿丢了整只胳膊，也不想再受罪，去歌剧院听什么歌剧。"

关于西班牙政局，他看得也很透彻：

"这个国家没救了，尽管我是外国人，这么说不合适。从传统意义上讲，西班牙有两大政党：保守党和自由党。两党都支持君主制，人为地制造默契，轮流执政。两党都没有明确的政治纲领，只有大致模糊的党派特点，尽管那几根可怜的支撑意识形态的骨架还会见风使舵地左右摇摆。照我说，他们仅就问题提出了具体的解决方案，一旦执政，就会将问题扼杀在摇篮中，不去解决。几年后或几个月后，老问题发酵，酿成危机，便会由此时的在野党去取代彼时取代自己的执政党，原因如昨。

---

[1] 圣地亚哥·萨尔瓦多是西班牙著名的无政府主义者，1893 年 11 月 7 日在巴塞罗那歌剧院投掷了两枚炸弹，造成 22 人死亡，35 人受伤，1894 年 11 月 21 日被处决。

我就没见过哪个政府能解决哪怕一个正经问题。政府总是倒台，他们也不担心，反正继任者也是会倒台的。

"至于政治家，卡诺瓦斯·德尔·卡斯蒂略和萨加斯塔[1]两人去世后，无人能取代他们的位置。保守党阵营里，唯一聪明和有个人魅力的是毛拉，能管住保守党，至少能在情感上左右公众舆论。可是，骄傲让他膨胀，固执让他盲目，时间一长，便内部纷争，惹恼民众。至于达托[2]，他是党内备胎，精力不济，怀恨在心的毛拉派给他起了个'凡士林'的绰号，十分贴切。

"自由党无人可用。卡纳莱哈斯[3]没能经受住考验，让所有人失望，直到被一名无政府主义者在书店橱窗前打飞了脑袋。总之，自由党只有反教会这个筹码，很容易俘获人心，但时效短，无用处。保守党正相反，抱着教会装虔诚。于是，双方都去迎合民众的低级趣味：保守党支持民众情感上的笃信教，自由党支持无政府主义的不信教。

"党内无组织无纪律，互相斗，互相使绊子，互相诋毁，只顾争权夺利，害人害己。

---

[1] 卡诺瓦斯·德尔·卡斯蒂略（Cánovas del Castillo，1828—1897）和萨加斯塔（Práxedes Mateo Sagasta，1825—1903）分别为西班牙保守党和自由党领袖，曾在十九世纪末轮流担任首相。

[2] 即爱德华多·达托（Eduardo Dato，1856—1921），西班牙保守党政治家、律师，曾三任政府总理。

[3] 即何塞·卡纳莱哈斯（José Canalejas，1854—1912），西班牙自由党政治家、律师，1910年至1912年间任政府首相。

"这两大政党,没有群众基础,没有温和中产阶级的支持,注定会失败,注定会引领国家走上毁灭的道路。"

我跟莱普林斯说日子过得孤单,说我的计划和梦想。

我向帕哈里托·德·索托示意,两人退到书店一角。

"这人是谁啊?"我小声问。

"罗加,中学老师,教地理、历史和法文,独居,一生致力于规划无政府主义思想。他在学校上完课,就来这儿,讲无政府主义和无政府主义者,九点整离开,自己做饭,吃完睡觉。"

"多么清苦的生活啊!"我不禁心头一颤,感叹道。

"他是个思想传播者,像他这样的人多着呢!咱们再过去听听。"

罗加老师是1919年暴力冲突前,我见过的为数不多的无政府主义者。无政府主义是一回事,无政府主义者是另一回事。我们生活在无政府主义的大环境中,却接触不到无政府主义者。当年,包括后来好几年,我对无政府主义者的印象都十分奇特:大胡子,眉头紧锁,神情严肃,长衫、腰带、帽子,在破家具堆成的街垒后,在蒙特伊克城堡的铁窗后,在蜿蜒街巷阴暗的角落里,在贫民窟里默默等待,等待着属于自己的时刻,无论好歹,等待着硕大、冰冷的蝙蝠用软软的翅膀掠过这座城市,蛰伏着,等待时机,在愤怒中爆发,天明时被处决。

〔安德烈斯·尼恩·佩雷斯的警署个人档案。其为西班牙革命者，怀疑与本案有直接或间接的关系。〕

证物　　　附件编号：3i

（附法庭译员古斯曼·埃尔南德斯·德·芬威克的英语译文）

　　页面左右上方，各有一张个人照，两张照片几乎雷同，均为正面照。左边一张没戴帽子，右边一张戴了一顶宽檐帽。衬衫和领带一模一样，神态和光线也一模一样，会让人误以为这是同一张照片，帽子是洗印时加上的。再仔细观察，能看出第二张（右边那张）穿的大衣跟第一张（左边那张）穿的外套很难区分，颜色和领子的式样（两件衣服唯一能看见的部分）相似度极高。也许两张照片是在同一天、同一地点（肯定是警署）拍摄的。如果猜得没错，那就是让他穿上了外出服装（大衣和帽子），方便在街上识别。此人年轻，消瘦，长脸，颌骨棱角分明，下巴外突，鹰钩鼻，深色的眼睛眯缝着（恐怕因为近视），黑色直发，戴椭圆形无框眼镜，眼镜腿可折叠。

（资料由华盛顿特区联邦调查司照片分析部提供）

档案中写道：

> 安德烈斯·尼恩·佩雷斯
>
> 危险的宣传分子
>
> 中学教师
>
> 1890年出生于塔拉戈纳

曾加入巴塞罗那社会主义青年团，后退出（原文如此），加入工团主义运动。与安东尼奥·阿马多尔·奥冯等组织创办了自由派各行业联合工会。

1919年12月，在马德里参加工团主义代表大会。

1920年1月12日，在佩乌·德拉·克雷乌街的加泰罗尼亚共和中心参加执行委员会代表秘密会议、商讨发动革命总罢工时被捕，被送至蒙特伊克城堡监狱。

1920年6月29日获释。

1921年3月，埃韦利奥·博阿尔·洛佩斯被捕后，担任全国劳工联合会总书记，被巴塞罗那警方追捕，逃往柏林，同年10月，被德国警方逮捕。

"咱们继续做感知实验。"莱普林斯说。

是他邀请我来萨沃尔塔宅邸，萨里亚的一座乡间别墅，参加一年一度的跨年晚会的。

我去他家,跟他会合。他刚换好衣服,看见他,我顿悟科塔班耶斯说过的话。他提醒我:富人生活在另一个世界,我们一辈子无法企及,既理解不了,也模仿不了。

莱普林斯提醒我,萨沃尔塔工厂管理委员会的成员将悉数到场。

"千万别去追着人家问:谁杀死了帕哈里托·德·索托?"他开玩笑地提醒我。

我向他保证,绝不冒失。我搭他的车去,他把我介绍给萨沃尔塔,我去工厂找帕哈里托·德·索托那晚曾见过他。虽说他上了年纪,还不老,但他眼神憔悴,气色糟糕,声音和神态都有些颤巍巍的,似乎有些抱歉。相反,克劳德德乌活力四射,哪儿都能听见他的大嗓门,看见他的大个子,像儿童故事里的巨人,笑声极富感染力。我盯着他那只戴着手套、碰着东西发出叮叮当当声的手,想起他那晚怒不可遏地拍着会议桌,痛骂帕哈里托·德·索托的场景。我也认出了帕雷利斯。那个不幸的夜晚,这位老人就坐在萨沃尔塔边上。他一脸聪明相,不仅是眼神,连五官都透着聪明,让我印象深刻。莱普林斯告诉过我,佩雷·帕雷利斯担任工厂的财务顾问。最近一次战争中,他父亲被卡洛斯分子在莱里达枪毙。他从亡父身上继承了笃信自由主义的精神,自诩为自由思想者、无神论者,却每周日陪夫人去听弥撒,因为"既已结婚,夫人有社会权利,理应由丈夫陪同"。我被介绍给这些先生和其他先生的夫人,在我眼里,她们都一个样。我刚按礼数亲吻完她们的手,就忘记了各人的名字和模样。

晚会前半部分,大家都在安安静静地聊八卦。男人聚在书房,抽烟,发言简短、讽刺,对隐晦、恶意的所指哈哈一笑;女人聚在大厅,神色悲观凝重,很少笑,轮流发言,一个人说半天,听众们频频点头,再换其他人确认或复述。有些青年男子混在女人堆里,谨言慎行,只点头,不插嘴。

角落里有个漂亮姑娘,是晚会中唯一的年轻姑娘,正在跟科塔班耶斯说话。之后,他们把她介绍给我,我才得知她是萨沃尔塔的女儿,在寄宿学校上学,回巴塞罗那陪父母过圣诞节。她似乎吓坏了,坦言道,很想回到亲爱的嬷嬷们身边。她问我是干什么的,科塔班耶斯说:

"他是年轻有为的律师。"

"您跟他一起工作?"玛利亚·罗莎·萨沃尔塔指着我上司问。

"更确切些,是我在他手下干活儿。"我回答。

"您真幸运,没有比科塔班耶斯先生更好的人了,不是吗?"

"那是。"我带着揶揄的口气回答。

"跟您说话的先生是谁?"

"莱普林斯?没人介绍给您认识?来吧,他是您父亲的合伙人。"

"这么年轻就是合伙人了?"她的脸羞得通红。

我把莱普林斯介绍给玛利亚·罗莎·萨沃尔塔。我凭直觉认为,她想跟他认识。两人客套时,我就走了。千金小姐显然对莱普林斯更感兴趣,我看了有点不舒服;老被人牵着鼻子走,也有点腻烦。

戴:请您简要描绘萨沃尔塔先生的家。

米:他家位于萨里亚住宅区,在小山上,可以俯瞰大海和巴塞罗那城。是那种乡间别墅,就是一层或两层的房子,周围是花园。

戴:晚会在哪儿举办的?

米:在一楼。

戴:一楼的所有房间都朝外吗?

米:我看到的都朝外。

戴:冲着街还是冲着花园?

米:冲着花园。房子在花园中央,要在花园里走一段,才能到大门。

戴:大门直通大厅?

米:是,也不是。大门通往门厅,门厅里有楼梯,通往二楼。拉开木隔断,两厅可以合一。

戴:那天,木隔断是拉开的?

米:是的,快十二点拉开的,客人越来越多,装不下了。

戴:请您描绘一下书房。

米:书房自成一间,跟大厅连着,但不跟门厅连着。

戴:书房离门厅楼梯有多远?

米:大概十二米……约四十英尺。

戴:枪响时,您在哪儿?

米:书房门边。

戴:里面还是外面?

米:外面,我在大厅。

戴:莱普林斯跟您在一起吗?

米:不在一起。

戴:从您的位置,能看见他吗?

米:看不见,他在我身后。

戴:他在书房?

米:是的。

莱普林斯和千金小姐聊了半个小时。我很不耐烦,想让他别聊了,回来跟我说话。但他像傻子似的,不停地冲她笑,跟她说话；她也面带微笑，陶醉地听。两人对视，微笑，拿着一袋葡萄[1]和一杯香槟，像在摆姿势拍照，看得我烦躁不已。

晚会我并不在场。事发不久，我便得到消息，半小时后赶到萨沃尔塔先生的宅邸。他们告诉我：除了枪击者（一人或多人），无人离开。枪击者在花园，用的是长枪。子弹从大厅玻璃窗射入，位置在玻璃窗和书房门夹角……

戴：您确定子弹来自花园，不是来自书房？

米：我确定。

戴：但您当时距两点一样远。

米：是的。

戴：子弹来自身后。

米：是的。

戴：您能再描绘一遍那栋房子吗？

米：我已经描绘过了，您可以看速记稿。

戴：我知道可以看速记稿。但我希望您再描绘一遍，看是否有矛盾之处。

米：房子位于萨里亚住宅区，周围是花园。要走一

---

[1] 西班牙人跨年有伴着钟声吃十二颗葡萄的习俗。

段……

午夜时分,萨沃尔塔走上门厅楼梯,请大家安静。仆人将灯光直接打在他身上,将其余灯光调暗。宾客们无处可看,齐刷刷地都在看他。

"亲爱的朋友们,"他说,"本人再次荣幸地邀请大家来家中小聚。再过几分钟,一九一七年即将过去,新的一年即将到来。在这难忘的时刻,很荣幸将大家聚在一起……"

此时,也许之后,他正在说众人团聚,辞旧迎新之时,枪声响起。

[一开始,只听见一声枪响。]

一开始,只听见一声枪响,玻璃碎了,然后是叫声和另一声枪响。我听见子弹从头上呼啸而过,人完全惊呆,动弹不了。好几位客人选择隐蔽自己,趴下或躲在别人后面。一切都发生在电光火石间,我不记得前两声枪响之后,又响了几声,只记得枪声密集。我看见莱普林斯和玛利亚·罗莎·萨沃尔塔趴在地上,以为他们被打死了;看见克劳德德乌下令关灯,所有人藏好。有人尖叫着"关灯!关灯!";有人在叫,似乎受了伤。枪声马上就停了。

[就一眨眼的工夫。]

就一眨眼的工夫。叫声却持续了好一会儿,大厅里也黑了好一会儿。最后,见枪声停了,仆人决定开灯,灯光晃得人眼瞎。周围有人在哭,有人歇斯底里,有人说要报警,有人说要关上门窗,谁都没动。大部分客人都还趴着,看上去毫发无伤,睁大眼睛到处看。这时,从我背后传来撕心裂肺的叫声,是玛利亚·罗莎·萨沃尔塔在叫"爸爸!"。所有人这才看见,萨沃尔塔先生死了。楼梯扶手被击碎,地毯变成了灰,大理石台阶上弹痕累累,像是砂砾做的。

罗加老师清清嗓子,用颤抖的声音慢悠悠地说:

"下面,我要说到'无政府主义的死亡和遗产'。也许你们还记得,也许我缺乏先见之明,该说法似乎在无政府主义思想的追随者中引发了轩然大波,我本人也备受苛责。我倒是不感到痛心,因为其中包含了更多对无政府主义思想的虔诚,而非对表面诋毁者的怨恨。然而,兴趣和争论均与议题中的'生'或'死'无关。十五世纪的意大利对古希腊和古罗马文化产生了浓厚的兴趣和卓有成效的争论。但是,请告诉我:他们就此唤醒了那些文化吗?也许,他们反对那些文化继续活着,他们想唤醒的是对文化生机勃勃的兴趣,只是源头已经沉寂。其实,对我们凡人来说,很难理解'死亡'一词的真正含义,更不用说其实质和根本了。

"因此,请允许我用谦逊的口吻,不高高在上,但十分坚定地强调:无政府主义作为种子,已经死了。但我们要知道,它是否在肥沃的土壤中死去,是否如《福音书》中的寓言故事所说的那样,开花结果,长成大树,结出新的种子。我断言并恳求你们原谅我的武断,但我觉得有必要不掉进虚假客套的沙龙聊天中。我认为,我断言:所有的政治思想、社会思想、哲学思想都会见光死,都会化蛹成蝶,付诸行动。这就是思想的使命:激发行为,其伟大会从非物质层面转到物质层面;移山倒海,如《圣经》这本美轮美奂,但被用得极糟的书中所描绘的那样。因此,思想付诸行动,行动改变历史进程,思想应当死去并重生,而不是僵化,变成化石,成为博物馆里的藏品,成为美丽的装饰品——如果你们愿意的话——只适合让敏锐的、富有想象力的学者和批评家拿出来炫耀。

"不吹嘘地说,这就是事实,事实总是让人惊骇,好似一道光,刺痛习惯黑暗的人的眼。朋友们,我想告诉大家:从这里走出去时,别想主义,多想行动,无尽、无际、无羁绊、无终点的行动。思想属于过去,行动属于未来。行动是崭新的,是值得期待的。行动是希望,是幸福。"

IV

那个时代的回忆被岁月整合成同一幅画中的小细节。当时的印象消失了,经历了新的磨难,当时的痛苦也算不了什么。幸福或悲惨的画面混在一起,置于同一个平面,无凹凸之分。好比在十九世纪外省厅堂的镜子里,看见有人在无精打采地跳舞。回忆披上了神圣的光环,变形,湮灭。

大门紧闭,门口守着一个仆人,阻挡来访者。我们站在露天,拥在门前花园等候,不时地看见有身影从窗前掠过。大街上,围墙后,聚拢了一群人,来悼念工厂主。空气干冷,光线明亮,气氛安静,远处的钟声十分清晰,街上响起了马蹄声。门开了,仆人退下,给主持葬礼的神父让路。跑出两名侍童,一前一后站好。前一个举着长棍,顶端是金属十字架;后一个晃晃悠悠地捧着烟雾缭绕的香炉。神父盯着弥撒书,带头念赞美诗,屋里许多悲怆的声音跟着念。出殡的队伍来了,神父打头,后面跟着四名教士,分成两列,再后面是市政府的权杖侍者,身着中世纪服饰,戴假发,持金色卷筒状权杖,最后才是遗体安息、装饰着花环和锦缎的灵柩,抬棺人是莱普林斯、克劳德德乌、帕雷利斯和另外三个我不知道名字的人。只见萨沃尔塔夫人和其他夫人,还有玛利亚·罗莎·萨沃尔塔身着丧服,站在二楼的小阳台上,拿着手帕,拭去为萨沃尔塔流的泪。

灵柩后面，跟着一名陌生人。他穿着黑色长大衣，戴着黑色圆顶礼帽，露出几绺金发，几乎有些泛白，双手深深地插在兜里，脑袋转来转去，盯着在场的所有人。蜡白色的脸上，一双蓝眼睛分外瞩目。

巴斯克斯警长走进办公室，秘书甩一摞文件到桌上，挡住自己正在看的报纸。

"挡什么挡？"巴斯克斯警长埋怨道，"看您的报纸，别犯傻。"

"堂塞韦里亚诺来过电话。我说您不在，忙案子去了，他说会再打来。"

"从巴塞罗那打来的？"

"不是，先生。接线生是位姑娘或小姐，没说名字，说是从哪儿打来的长途电话，地名我没记住，听不太清。"

巴斯克斯警长把大衣挂在脏兮兮的衣架上，人坐在黏糊糊的转椅上。

"来根烟。有别的事吗？"

"有个人想见您，感觉不认识。"

"谁啊？想干吗？"

"想跟您聊聊，别的没说，叫内梅西奥·卡布拉·戈麦斯。"

"好的。咱们先晾他一会儿，想聊什么，让他自己再概括总结清楚。给不给我烟？"

秘书从桌边走开：

"这包您留着，我大衣口袋里还有一包整的，我有支气管炎，不能抽太多烟。"

人行道和街道上挤满了人，还有人爬到树上、电线杆上、左邻右舍的栅栏上。灵柩出现时，人群中发出闷闷的骚动。一大堆脑袋上，冒出若干马头，骑警手持马刀，正在维持秩序。社会各界代表都来了，有一袭黑衣、戴着簇新礼帽的贵族，有身着礼服的军人，有来瞧热闹的看客，还有来跟老板告别的工人。光亮的马车由六匹插着羽毛的骏马拉着，配着深色金属马具。车夫们穿着长礼服，软帽上也插着羽毛。马弁们穿着短裤，站在车蹬上。灵柩被装上马车，市政乐队奏起肖邦的《葬礼进行曲》，马车缓缓前行，人群纷纷画十字，为之震动。出殡队伍中，官员们占主位，后面跟着死者的合伙人及其亲朋好友，长大衣、黑礼帽、奇怪的陌生人也在其中。一个灰衣人悄悄地跟身边的人说了几句，听到回答，点点头，走了。他是负责本案的巴斯克斯警长。

"那个内梅西奥·卡布拉·戈麦斯长什么样儿？"巴斯克斯警长问。

秘书噘了噘嘴：

"矮，黑，瘦，脏，没刮胡子……"

"估计是失业工人。"警长说。

"好像是，没错，先生。"

巴斯克斯警长翻了翻报纸，见昨晚的事还没登报，让把提供线索的人叫进来。

"你想跟我说什么？"

"您感兴趣的事，警长先生。"

"告密的，我不付钱。"警长提醒他，"我烦他们，没什么实在货。"

"配合警察办案不是坏事。"

"也挣不到钱。"警长接过话头。

"我已经失业九个月了。"

"那谁给你饭吃？"警长问。

内梅西奥笑了笑，耸了耸肩，他有点大舌头，把 s 发成咬舌的 c。巴斯克斯警长转头去问秘书：

"咱们能给失业的人一块面包和一杯牛奶咖啡吗？"

"咖啡没有了。"

"再去刮点剩的。"警长吩咐。

秘书不动声色地走了出去。

"你想跟我说什么？"警长问。

"我知道谁杀了他。"内梅西奥回答。

"谁杀了萨沃尔塔?"

内梅西奥张大嘴巴,嘴里牙齿不全。

"萨沃尔塔被杀了?"

"下午会见报。"

"我不知道……真不知道。太不幸了!"

由神职人员、灵车和人群组成的出殡队伍在1月的阳光下徐徐往前。每个人都惴惴不安,确信凶手就在队伍中。教堂里挤满了人,目力所及的街上也全是人。前几排凳子上坐的都是女人,我们到的时候,她们已经坐在那儿号哭、祷告了,几近崩溃。之后,肃穆的人群默默地拥进教堂中殿。相反,街上已经吵翻了天。巴塞罗那所有的金融家聚在一起,争论、拌嘴、讨价还价;投机分子们往上凑,各种试探和建议;秘书们不停地做记录,在人群中推推搡搡,挤来挤去地传递消息,急着先人一步,完成交易。

出教堂时,我遇到了莱普林斯。

"那儿怎么说?"他问我。

"那儿?哪儿?"

"哎呀,就是那儿……报上,街上。科塔班耶斯怎么说?这两天,我都没离开过那栋房子,就出来换了身衣服,洗了个澡,吃了点东西。"

"萨沃尔塔先生去世的事,所有人都在议论,这很正常。您要指的是这个,什么都没弄清。"

"当然指的是这个,有怀疑对象吗?"

"袭击来自外面,排除了在场有人动手的嫌疑。"

"我要是警察,什么嫌疑都不排除。但我同意,袭击不是个人行为。"

"您有想法了,对吗?"

"那当然,你也是,所有人都有想法。"

克劳德德乌来到我们身边,哭得像个孩子。

"简直不敢相信……这么多年在一起,到头来,你们瞧瞧……简直不敢相信。"

等他走开,莱普林斯对我说:

"我得走了。明天八点以后,你来我家,行吗?"

"一定到。"我回答。

戴:现在,我想提一个我觉得特别重要的问题:您了解萨沃尔塔工厂的底细吗?

米:有所耳闻。

戴:谁是大股东?

米:当然是萨沃尔塔。

戴：您说"当然"，意思是萨沃尔塔拥有工厂的所有股份？

米：几乎所有股份。

戴：比例多少？

米：70%。

戴：还有30%在谁手里？

米：20%在帕雷利斯、克劳德德乌和其他跟工厂有关联的人手里，剩下的在股民手里。

戴：一直是这种状况？

米：不是。

戴：请您简要介绍一下工厂的历史。

"如果我没记错的话，"科塔班耶斯说，"萨沃尔塔工厂是一个叫雨果·冯德维奇的荷兰人在1860年或1865年建立的。我基本没参与，周围发生的事我几乎都没参与。工厂建在巴塞罗那，之所以叫这个名字，是因为萨沃尔塔是冯德维奇在西班牙的工具人，建工厂的目的是逃税。"

科塔班耶斯害怕。跨年晚会后，他不停地哆嗦，牙齿不停地打战。他叫我过去，跟我讲述工厂的历史，似乎想卸掉心头的重担，似乎这只是惊天坦白的开端。

"日子一天天过去，冯德维奇渐渐地昏了头，把工厂的管理事务交给了萨沃尔塔。萨沃尔塔趁机一点点地套取荷兰老板的股份,直到众所周知,冯德维奇惨死。"

儿时,我读过这个浪漫的故事。雨果·冯德维奇是荷兰贵族,居住在森林中的一座城堡。他疯了,喜欢扮成熊,手脚并用,在领地里爬来爬去,袭击农妇和牧羊女。熊出没的传说越传越远,当地组织了搜捕队,牺牲了六名猎人,打死了三十多头熊,其中一头便是冯德维奇。

"他留下了一儿一女,"科塔班耶斯接着说,"继续住在城堡。都说那座城堡中了邪,冯德维奇的鬼魂在夜里四处游荡,除了自己的儿女,逮谁抓谁。儿女在城堡的雉堞上留下蜂蜜和死去的啮齿类动物,供他食用。两个孩子乱伦,邂逅,无所事事。政府插手去管,认为他们疯了。儿子伯恩哈德被送进荷兰的一家精神病院,女儿艾玛被送进瑞士的一家疗养院。1914年战争爆发,伯恩哈德·冯德维奇逃走,加入德军,升至龙骑兵上尉。"

伯恩哈德·冯德维奇死于法瑞边境的一次军事行动。他受了重伤,被红十字会转移到日内瓦。穿越边境时,妹妹呼唤道:"伯恩哈德,伯恩哈德,你在哪儿?"兄妹俩再也没能团聚。当晚,他死在手术台上,而她也在拂晓后死去。也许,古怪的有钱人总会有各种各样的传闻。富人跟凡人不一样,自然会招来稀奇古怪的流言和漫无边际的想象。

米：冯德维奇兄妹死后，萨沃尔塔和团队将工厂的所有股份据为己有，只有很小一部分存在艾玛·冯德维奇瑞士银行的账户。

戴：冯德维奇家族没有继承人了？

米：据我所知，没有了。

戴：工厂能有高收益吗？

米：能。

戴：一贯能？

米：特别是战争前和战争中那几年。

戴：后来就不能了？

米：是的。

戴：为什么？

米：美国参战，造成国外客户流失。

戴：有这个可能吗？请问，萨沃尔塔工厂制造什么产品？

米：军火。

内梅西奥·卡布拉·戈麦斯脸煞白。秘书端来一杯发灰的牛奶咖啡和一个挂霜圆面包，放在桌上，自己回到位子上，眼神迷茫。内梅西奥将面包撕成小块，泡进牛奶咖啡，泡出一杯烂乎乎的恶心玩意儿。

"你不是来告诉我萨沃尔塔的事，"巴斯克斯警长问，"那你是来干吗的？"

"我知道谁杀了他。"来提供线索的人嘴里含着东西说。

"谁杀了谁？"

"谁杀了帕哈里托·德·索托。"

巴斯克斯警长想了想，说：

"我不感兴趣。"

"这是谋杀案。警察对谋杀案感兴趣，难道不是？"

"调查几天前就结束了，你来晚了。"

"应该重新调查。我知道那封信的事。"

"信？帕哈里托·德·索托写的那封信？"

内梅西奥不吃了，停下来问：

"您感兴趣，是不是？"

"我不感兴趣。"巴斯克斯警长回答。

说好的，当晚，我去了莱普林斯家。之前去过若干次，门房认识我，见我穿着丧服，认为有必要就萨沃尔塔的死表示悼念。

"政府不采取措施，老实人的日子就没法儿太平，应该把他们统统枪毙。"他对我说。

出电梯,我吓了一跳。在萨沃尔塔葬礼上见过的那个穿长大衣、戴黑色圆顶礼帽、面色苍白的人站在莱普林斯家门口,拦住了我。

"大衣解开。"他凶巴巴的,带外国口音。

我照做,他来搜身。

"我没带武器。"我笑言道。

"您的名字?"他打断我。

"哈维尔·米兰达。"

"等着。"

他打个响指,管家出现了,假装不认识我。

"哈维尔·米兰达,"戴圆顶礼帽的男人问,"进还是不进?"

管家不见了,几秒钟后回来,说莱普林斯正在等我。面色苍白的家伙让到一边,我进门,感觉后脑勺上还有他威胁的目光。莱普林斯一个人在小客厅,我俩在这里共度了许多时光。

"他是谁啊?"我指指门,问。

"马科斯,我保镖,德国逃兵,我很信任他。不好意思,给你添麻烦了。形势危急,我想还是别客套,人身安全要紧。"

"他还搜了我的身!"

"他还不认识你,他连自己的影子都怀疑。他是个了不起的专业人士,我会嘱咐他,让他别再找你麻烦。"

这时，走廊上传来惊呼声。出去一看，保镖拿枪指着一个人，那人也拿枪指着保镖。

"莱普林斯先生，这是怎么回事？"来人盯着保镖，惊问道。

场面滑稽，莱普林斯低声笑：

"让他进来，马科斯，这位是巴斯克斯警长。"

"让他带着枪？"马科斯问。

"不会吧！"警长埋怨道，"这浑蛋想缴我的枪。"

"是的，马科斯，让他进来。"莱普林斯一锤定音。

"能给我个解释吗？"警长愤愤不平地问。

"请您原谅，他谁都不认识。"

"我想，他是您的保镖。"

"是的，我觉得应该找个保镖。"

"您不信任警察？"

"当然信任，警长。但我想谨慎点，哪怕看起来夸张。开始几天会麻烦，以后会心安。不只我心安，你们也会心安。"

"我不喜欢保镖。他们是枪手，好斗，只认钱。我认识的保镖，最后全把自己给卖了。指望他们去解决问题，结果会捅出更大的娄子。"

"这回不一样，警长，相信我。来根烟？"

"我们整个白天都在睡觉,等晚上好人休息了,才会出来活动。警长先生,城市是张着嘴巴睡觉的,什么都能知道。现在日子难过,发生的事多,要发生的事也多;说的话多,没说的话也多。警长先生,我是良好市民,我以先人发誓,愿他们安息。要是我的话分量不够,上帝可以为我做证。我离开家乡,就是因为那儿老闹革命。现在,上帝的话没人听。要是我们这些良好市民不想办法补救,上帝他老人家会狠狠地教训我们的。"

巴斯克斯警长点了一根烟,站起来:

"我去办点事,你要是愿意,在这儿等我,接着跟我说这些美妙的想法。"

内梅西奥·卡布拉·戈麦斯也跟着站起来:

"警长先生,您对我知道的不感兴趣?"

"目前不感兴趣,我有更重要的事。"

他在门口向秘书示意,低声对他说:

"我出去一会儿,帮我盯着这只鸟儿,别让他飞了。哦,对了,还您的烟,我出去会买。"

案发后,上头于1918年1月1日明确下令,由我来负责调查萨沃尔塔案件。死者恩里克·萨沃尔塔·伊·加利博斯,享年六十一岁,已婚,巴塞罗那省格拉诺列尔斯人,商人,持有萨沃尔塔工厂70%的股份，工厂制造并出售军火、炸药和引爆器，厂址位于巴塞罗那省奥斯皮塔莱特工业区，他自任厂长兼经理。通过对其生前情况的了解，我们认为：该案乃工人组织，又称抵抗组织所为，目的是为记者多明戈·帕哈里托·德·索托报仇。此人死于十到十五天前。据巴塞罗那革命媒体报道，他的死被认为有工厂一名或多名人员参与。调查导致抓捕……

1月过去了，2月又过去了，我很少见到莱普林斯。登门拜访过两次，见他之前，要越过重重关卡：门房过去态度好，特能聊，现在要把我拦下，问我名字，用内部通话器请求指示；保镖马科斯守在电梯间，不搜身了，双手依然插兜，通知管家，让我进门厅；管家明知故问，又让我报上名字，请我稍等。跟莱普林斯交谈，也总是令人恼火地被打断：电话不合时宜地响起，女佣偷偷摸摸地递来字迹潦草的纸条，秘书俯首帖耳地来请教问题，马科斯不请自来，搜检各个角落，像在捉蟑螂。

尽管如此，我还是常去他在加泰罗尼亚大街的住处，常会在那儿遇到巴斯克斯警长。他会冷不丁地出现，跟马科斯小吵一架，步入客厅。莱普林斯会用一根香烟、一杯咖啡加几块饼干、一小杯烈酒招待他。警长会叹口气，伸个懒腰，似乎松弛下来，开始聊各种各样的罪案、蜿蜒曲折的小径和错综复杂的线索。一天，他通知我们，谋杀萨沃尔塔的疑犯已被关进蒙特伊克城堡监狱,共四人:两个年轻人和两个老人,均为无政府主义者,三个是从南方迁来的移民,一个是加泰罗尼亚人。我在心里犯嘀咕,这是"错杀"了多少回,才找到的四名疑犯啊!

其实,在巴斯克斯警长告知我们疑犯被捕入狱的消息前几周,我闲极无聊,突然想去阿里保街的书店听罗加老师讲讲,打发掉一个小时的时间。可是书店里没有人,只有红发女店员还坐在柜台后。我往后店走,被她拦住。

"先生,您想要什么书?"

"罗加老师不来了?"我问。

"是的,他不来了。"

"他没生病吧?"

女店员四处瞧瞧,跟我咬耳朵:

"他被带到蒙特伊克去了。"

"为什么?他干坏事了?"

"萨沃尔塔前脚被杀,您明白我的意思吧?后脚就开始镇压了。"

罗加老师年事已高,在蒙特伊克城堡监狱患病,没多久就被释放。他再也没有回到书店,我再也没有得到过他的消息。

"您不能这么对我,警长先生,我是良好市民,我只想帮您。您为什么就不搭理我呢?"

129

内梅西奥·卡布拉·戈麦斯情绪激动,手指扭来扭去,按得关节嘎啦嘎啦响。

"耐心点,"巴斯克斯警长说,"我这就来。"

"您知道我在这儿坐了几个小时了吗?"

"知道,好几个小时了。"

他猛地扑到桌上。警长吓一跳,用报纸挡。秘书起身,想往门口逃。

"警长,我愁死了。这几个小时里,我想了很多。您别扔下我不管。我知道谁杀了帕哈里托·德·索托和萨沃尔塔,我还知道下一个被杀的人会是谁,您感不感兴趣?"

我记得最后一次去加泰罗尼亚大街莱普林斯家,那天他请我吃饭。

我越过重重关卡,跟他在小客厅里喝了一杯雪利酒。城里已是春意盎然,颜色鲜亮,暖和得让人舒展,但小客厅里还燃着壁炉。我们去餐厅,无主题地瞎聊,有时激烈,有时冷场。最后上甜品时,他告诉我,他要结婚了。我惊讶的不是他要结婚,而是他们的关系到现在都还保密。不用说,他选中的是玛利亚·罗莎·萨沃尔塔。我向他道贺,只说他未来的妻子实在太年轻了。

"她快二十了,"他甜蜜地笑(我知道,她刚满十八),"知书达礼，品位高雅。其余品质，假以时日，自然会具备。人生历练通常是一连串不愉快、失败、乏味的经历，比教导的要痛苦很多。对男人来说，历练是好事。男人嘛，总要去奋斗的。但对妻子来说，不是好事。上帝呵护她，把她许配给我，让她不用再去历练。"

这番崇高的话被我大肆褒奖，之后两人又闭口不言，空气凝重。管家走进餐厅，说抱歉打扰，通报巴斯克斯警长来访。莱普林斯请他进来，让我别走。

"请原谅，我的朋友，要在餐厅接待您。"警长刚露面，莱普林斯就忙不迭地道歉，"与其让您等，或不吃完这顿好饭，我觉得还不如直接请您进来。跟我们一起吃点儿？"

"非常感谢，我吃过了。"

"至少再来点甜品，喝一小杯麝香葡萄酒。"

"那好，非常荣幸。"

莱普林斯立即吩咐下去。

"这次登门拜访，"警长说，"是觉得有义务前来告知……跟诸位有关的情况。"

按我的理解，他说的"诸位"，指的是莱普林斯和他的合伙人。警长都没跟我打过招呼，跟头一天一样，对我不屑一顾。我很受伤，但这种态度也很正常。干他这行的，不讲什么客套。凡是挡路的（朋友、秘书、助手、保镖），他都没眼看。

"您指的是袭击?"莱普林斯问,"关于不幸的萨沃尔塔遇害的案子,有新消息?"

"我指的就是这个。"

"亲爱的巴斯克斯警长,愿闻其详。"

他磨蹭了一会儿,好奇地端详着调味架,小声地念葡萄酒瓶的标签。他懒散的态度让我受不了,更让莱普林斯没法儿忍。

"有……热心市民间接与警方合作。因此我得知,'盲人'卢卡斯已经来到了巴塞罗那。"

"什么卢卡斯?"莱普林斯问。

"'盲人'卢卡斯。"巴斯克斯警长回答。

"这个稀奇古怪的家伙是谁?"

"是个巴伦西亚枪手,曾在毕尔巴鄂和马德里揽活儿,相关报告说得不太清楚。您知道的,这种人原本是强盗,却被塑造成英雄,在哪儿都被想象成上帝。"

女仆给警长端来盘子、餐具和餐巾。

"为什么叫他'盲人'?"莱普林斯问。

"有人说,因为他看人眯缝着眼;还有人说,因为他父亲是盲人,在韦尔塔走村串乡唱咏叹调。在我看来,都是传说。"

"但他本人目力极佳。"

"可以百步穿杨。"

"是这个卢卡斯杀了萨沃尔塔?"

巴斯克斯警长吃了几块甜品，意味深长地看着莱普林斯：

"谁知道呢？莱普林斯先生，谁知道呢？"

"您接着说。哦，您吃，您吃，甜品相当不错。"

"莱普林斯先生，不知您是否意识到，我在说很正经的事。这个枪手是危险分子，是冲着诸位来的。"

"警长，您的意思是：他是冲着我来的？"

"我说的是诸位，没有专门指谁。如果我的意思是冲着您去的，我会直接说。今天一大早，我已经告知了克劳德德乌。"

"危险到什么程度？"莱普林斯问。

警长把手伸进口袋，掏出几张纸，递给他。

"我带来了一些笔记，是我亲手摘抄的档案，您看一眼。也许，我的字有点难认。"

"哦，看得懂，很清楚。这儿写的是：他已经杀了四个人。"

"其实是两个，还有两个是在马德里追捕中殉职的警察。"

"他在昆卡越狱了。"

"是的，宪警在山里追捕，后来不知为何，宣布他死亡，人都撤回了大本营。一个月之后，他又出现在毕尔巴鄂。"

"他一个人行动？"我问。

"看情况。马德里的报告说他是帮派头目，不清楚手下成员的数量。其他报告说他是独狼，这更符合他极端狂热、极端暴力的个性。如果他有同伙，也是干一票，暂时性合作。"

巴斯克斯警长切了一小块西班牙蛋挞，慢慢品尝，盛赞道："这个小甜品很不错。"

"警长，您建议我怎么做？"莱普林斯问。

巴斯克斯警长吃完剩下的西班牙蛋挞后才回答：

"我建议……我建议您汇报所有日程，便于我们密切监视，在您每一次出行时做好准备，逼'盲人'卢卡斯绝望出击。他这种人往往没耐心，只要我们下饵，他就会上钩。"

女仆说咖啡和白酒已经在小客厅里摆好。莱普林斯领着大家往外走，巴斯克斯警长说赶时间，先行一步。

"我自己有保镖，他不爽，"警长不在，莱普林斯评论道，"说妨碍他工作。"

"从他的角度看，的确如此。"

"从他的角度看，也许如此。但我有马科斯保护，感觉比有全西班牙警察保护更安全。"

"嗯，这点无可非议。不过，我觉得西班牙警察的效率也很高。"

"那好，"莱普林斯最后说，"那我感觉双保险。不过，这种争论，你不能站着说话不腰疼。要的是我的命，谁好谁坏，我不能拿命去试。"

弗洛雷斯医生用铅笔挠了挠大胡子。

"警长，您提的要求不同寻常。病人的状况只是暂时稳定，您出现，会让他受惊。"

"受惊后会怎样？"

"他会发狂，我们只能给他冲冷水澡。"

"医生，这对谁都没坏处。让我跟他谈谈。"

"相信我，我不能这么做。我要对病人的健康负责。"

"我要对许多人的生命负责。医生，我不是请您为我做点什么，是请您为我所代表的大众做点什么。情况很严重。"

弗洛雷斯医生不太情愿地陪警长穿过一条条长长的走廊，这些走廊似乎不通往任何地方。每到走廊尽头，医生都会九十度拐弯，拐到一条新的走廊上。墙和门都漆成绿色，门的分布没有规律。走廊的左边或右边，会时不时地出现一扇玻璃门，通往四方形的花园，让巴斯克斯警长晕头转向。花园中央有一泓喷泉，周围种着玫瑰花，几个穿着条纹长袍病号服的病人在里面闲逛。病人都是光头，一个男护士却蓄着浓密的黑胡子。花园一会儿从这个角度出现，一会儿从那个角度出现，警长一度以为从某处经过了两次。

"之前没见过这个圣约瑟的塑像？"他指着壁龛中保佑他们的塑像。

"没有。您见过的是圣尼古拉斯·德·巴里的塑像，在女病区。"

"对不起,我以为……"

"您晕了,很正常。医院是个迷宫,这么设计,是想让不同病区尽可能地分开。您喜欢我们的花园吗?"

"喜欢。"

"等您办完事,我会很荣幸地带您参观,花园都是由病人打理的。"

"那个人在干吗?"巴斯克斯警长问。

"除虫。他在找害虫的洞穴,用蜡或泥封上。用蜡效果更好,虫子很容易从泥里钻洞出来,没几天,又会蔓延一大片。您对园艺感兴趣吗,警长?"

"小时候,家里有个小菜园,还有个庭院,妈妈在庭院里种花,您知道吗?这是很久以前的事了。"

他们走进一条比大楼别处更黑的走廊,两边的门十分厚重,只开了小小的一扇气窗,封着粗粗的铁栏杆。门里似乎传来阴间的嘟哝声,整条走廊都能听见。警长下意识地加快脚步,但弗洛雷斯医生告诉他,已经到了。

4月来了,雷阵雨来了,天气多变。一天下午,尼古拉斯·克劳德德乌开完会出门,天开始下雨。一辆出租马车驶来,被他拦住。车停下,他上车,车里还有一个人。他还没从惊讶中恍过神来,眉心便挨了一枪。车夫扬鞭赶马,马车疾驰而去,没了踪影。保护他的警察目瞪口呆,行人吓得魂飞天外。"铁手人"的尸体次日在市政垃圾场被发现。镇压力度更大,但"盲人"卢卡斯没有落网。审讯了许多天,疑犯名单多达六位数,举报和投诉飙升,不仅广泛波及无政府主义者,还影响到整个工人运动。

[在尼古拉斯·克劳德德乌家中找到的几封信,日期均在他去世前不久。]

证物　　附件编号:8

(附法庭译员古斯曼·埃尔南德斯·德·芬威克的英语译文)

巴塞罗那,1918年3月27日

尊敬的先生:

我很高兴地通知您,根据您所关注的报告,弗朗西斯科·格拉斯卡在领馆街炸弹事件之前,属于"行动"小组成员,因从事暴力活动数次被捕,目前受雇于工厂主法里戈拉先生,为相关工会代表。报告显示,他和一个女人交往甚密,有个女儿,名叫"平等、自由、博爱"。住址就在您给我提供的单子上,据说,您有副本。

草稿模样的纸上写着:"尽量谨慎从事。万不得已,只能在万不得已的情况下,可向我们的朋友V. H.和C. R.求助。谢谢您寄来的马德里报纸《斯巴达克斯》。这些谣言必须连根铲除。塞吉有什么消息?局势很乱,务必谨慎。签名:N. 克劳德德乌。"

巴塞罗那,1918年4月2日

尊敬的先生:

"行动"小组似乎已将格拉斯卡一事视为个人冒犯,恐怕会施行报复,尽管我怀疑他们会斗胆向您报复。明天我将出发,前往马德里,面见A. F.。您知道的,这位先生对我们并不待见,特别是在霍韦尔事件之后。上回见面,他告诉我,佩斯塔尼亚和塞吉去马德里跟总罢工有关,我们的态度和资方其他人员的态度可能会导致罢工提前,妨碍他采取适当的措施。部里的精气神如何,我想都不愿意想。

弗洛雷斯医生打开了一扇门,请巴斯克斯警长进去。警长迈过门槛时,忍不住一哆嗦。正方形的病房,屋顶很高,像个饼干桶。墙壁和地板都有软包，没有窗户，没有洞，除了门上方的气窗能透进一点点光，没有家具。病人蹲着，背挺直，靠着墙。衣服烂成布条，勉强蔽体，人看上去更邪恶。胡子几周没刮，头发不规则地掉，露出一块块头皮。病房里一股浓浓的恶臭味。警长刚进门，医生就把门锁上了，让警长和病人面对面，单独待在里头。警长后悔没带枪，扭头看门，门上的小窗正好打开，医生探出了脸。

"我该怎么办？"警长问。

"慢慢跟他说，别提高嗓门。"

"医生，我怕。"

"别怕。万一发生什么事，有我在这儿！病人看上去情绪稳定，您尽量别刺激他。"

"他盯着我，眼珠子都快瞪出来了。"

"这很正常。记住：他是个疯子，您别跟他对着干。"

警长对病人说：

"内梅西奥，内梅西奥，你不认识我了？"

内梅西奥·卡布拉·戈麦斯尽管还在死死地盯着警长，似乎并没有注意到他的存在。

"内梅西奥，你还记得我吗？你来警局找过我好几次，是不是？我们总会给你面包和牛奶咖啡。"

病人的嘴巴慢慢嚅动，流出一道口水，声音完全听不见。

"不知道他在跟我说什么。"警长对弗洛雷斯医生说。

"您再靠近点。"医生建议。

"我不想靠近。"

"那您就出来。"

"好吧,医生,我再靠近点。但您一定要盯着他,好吗?"

"您放心。"

"您瞧,医生,"警长警告他,"我有两个人守在外头。要是过一会儿,我没能安全地出去,他们会进来,让您为发生的事负责。咱们把话说清楚。"

"您想见病人,我让您别见,您现在又跟我说这些。"

警长走到内梅西奥身边:

"内梅西奥,是我,巴斯克斯警长,你还记得我吗?"

只听见内梅西奥结结巴巴地从喉咙里挤出一点声音。他躬下身,总算听懂了:

"警长先生……警长先生……"

托托诺军士走进包厢,轻轻咳嗽一声,见包厢里的两个人都没在意,便碰了碰莱普林斯的肩膀。

"打扰了,莱普林斯先生。"

"怎么了?"

"我去顶层楼座转一圈,看看有无异常。"

"很好。"

"顺便去溜达溜达。您知道吗?看剧这种事,对我来说……"

"去吧,去吧,军士。"

隔壁包厢传来"嘘"声,请他们安静。托托诺军士一路马刀敲着椅子,出去了。马科斯举起望远镜,对准楼上座位。

"真不专业。"他小声说,指的是军士。

"他们也是尽力而为。"莱普林斯说。

"哼!"

幕布落下,掌声响起,灯亮了,马科斯退到包厢休息室。莱普林斯起身,出去前,点了一根烟,打开通往走廊的门,被一名穿制服的警察拦住。

"我想去酒吧。"

"巴斯克斯警长有令,您不能离开此地。"

"我渴了,请巴斯克斯警长过来。"

"他不在。"

"那让我出去。"

"很抱歉,莱普林斯先生。"

"那能劳驾您帮我一个忙吗?"

"可以,先生,您请吩咐。"

"找个领座员,请他给我拿杯柠檬水,我就在这儿付钱。"

他回到包厢休息室,很热。马科斯穿着衬衫,正在洗牌。

"您不介意的话，我就待在这儿了。"他说。

"你一个人打通关？"莱普林斯问。

"嗯。"

"随便你。对剧不感兴趣？"

"我最后再出去，看一眼结局。"

"马科斯，你对通奸有什么看法？"

"说实在的，没什么看法。"

"谴责？"

"从来没想过。对我来说，性的事……"

"好吧！"莱普林斯说，"你就一个人打通关吧，祝你好运。"

"非常感谢。"

莱普林斯回到座位上。小铃铛响了，宣布第三幕即将开始。小铃铛又响了，灯光变暗，舞台前方的一排瓦斯灯变亮。幕启时，人们抓紧时间咳嗽、清嗓子。有人敲包厢休息室的门，马科斯去开门，警察递给他一只托盘，上面有一瓶柠檬水和一只杯子。

"我自己去买的。"

"太感谢了。给您钱，不用找了。"

"那可不行。"

"是莱普林斯先生的意思。"

"好吧,既然如此……"

马科斯通知莱普林斯,莱普林斯进包厢休息室,去喝柠檬水。

"警长先生,您听到我的召唤了?"

"嗯,你瞧,我这不是来了。"

"一个朋友去找您的,是不是,警长先生?"

"没错,是你的一个朋友。"

"您知道吗?他是耶稣基督。"

巴斯克斯警长退回到小窗旁,悄声对弗洛雷斯医生说:

"我觉得他在说胡话。"

"我都跟您说了……"

"警长先生,您在那儿吗?"

"我在这儿,内梅西奥,你想跟我说什么?"

"信,警长先生,找到那封信。"

巴斯克斯警长回到病人身边:

"内梅西奥,什么信?"

"信上……什么都有。找到那封信,它会告诉您,谁杀了佩雷·帕雷利斯。不是我要告诉您,警长先生,是耶稣基督让我告诉您。您知道吗?那天,我看见耀眼的光穿过墙壁,差点亮瞎了我的眼,我赶紧把眼睛闭上……等我再睁开,耶稣基督就站在我面前，跟您一样，就像现在，您站在我面前一样，穿着玛格达莱纳送给他的白色裹尸布，眼睛喷出火花，胡子像星星一样一闪一闪，两只手上都有给不信神的圣托马斯展示过的伤口。"

"好了，内梅西奥，跟我说信的事。"

"不，警长先生，这比信的事更美，更有趣。我跪在地上，不知该如何是好，只会一遍遍地说：'主啊，您亲临寒舍，在下不配。'他给我看了看手上神圣的伤口和像太阳似的荆棘王冠，说话的声音从房间各个角落传来。真的，警长先生，声音同时从房间各个角落传来，到处都是光。他对我说：'去找社会案件调查组的巴斯克斯警长，把知道的都告诉他，他会带你出去的。'我问他：'主啊，我被关进来了，他们不让我出去，我怎么才能去找巴斯克斯警长呢？'他回答：'我去警局找他，让他过来，你把知道的都告诉他。'然后他就消失了，把我留在黑暗中。自从他离开，我就一直在黑暗中。"

警长退到门那儿：

"医生，放我出去，他没救了。"

"等等，警长先生，您别走。"内梅西奥说。

"滚一边去！"警长冲他嚷嚷。

可是，内梅西奥已经站了起来，双手抓着警长的肩膀，抓得他跪倒在地。他把脸凑到警长耳边，耳语两句。弗洛雷斯医生进门,拉住疯疯癫癫的病人,让被他死死按在软包地板上不能动弹的警长逃出生天。来了两名男护士,三人合力制服了内梅西奥。

"带他去冲澡。"弗洛雷斯医生下令。

巴斯克斯警长整整衣服,从地上捡起帽子和外套上的一粒纽扣。

"我早就提醒过您,没必要尝试。"弗洛雷斯医生说。

"也许。"巴斯克斯警长回答。

两人一路无言,穿过花园四周的走廊,在精神病院门前分手。两名警察正在车里等候。

"感谢上帝,警长,我们还以为您出不来了。"

"你们诚心想把我关进去。"

头儿开玩笑,两个警察笑了。

"哈维尔·米兰达住在哪儿?"警长突然问。

"米兰达?"下属们反问,"他是谁啊?"

"看来你们不知道。咱们回警局,你们去查。"

莱普林斯再次出现在包厢时,顶层楼座打出了第一枪,莱普林斯倒地。托托诺军士急忙从高层看台往开火的地方跑,一个身影正蹿向出口。军士想挡住他的去路,那人转身,跳过几级台阶,来到栏杆边上,跟军士对峙。倒地的莱普林斯已经起身，双枪在手。他不是莱普林斯，是马科斯。莱普林斯去喝柠檬水时，是他坐在莱普林斯的位子上。马科斯冲栏杆前的家伙开了两枪，那人弯下腰，倒在池座。剧院里一片混乱，演出中止，演员和观众开始退场，推推搡搡的，既绊着倒地的人，又被后面的人推倒在地。顶层楼座又往莱普林斯的包厢开了一枪，马科斯已经跳到隔壁包厢，双枪齐发，不停地回击。一发流弹误伤了一名观众，观众尖叫。一具身体在顶层楼座上滚，横在台阶上。恐怖分子应该不下五个，被马科斯和托托诺军士的火力包围。军士已经受伤，还在往各个方向乱射。恐怖分子们想杀出一条路来，奔向紧急出口。之前端来柠檬水的警察守在莱普林斯的包厢门口，端着猎枪，扣扳机，往看台上扫射。托托诺军士叉开双腿倒地，还没倒下的恐怖分子们跳过他身体，来到走廊，被藏在柱子后的马科斯候个正着，结束战斗。当晚的战绩为：恐怖分子三名身亡（一名是"盲人"卢卡斯，交战伊始便颈部中弹；一名左肩胛骨中弹，头部中了霰弹；另一名心脏中弹），两名受伤（一轻一重）。勇敢的托托诺军士被霰弹削掉了右手两根手指，伤势正在观察中。被流弹打伤右臀的观众，几天后出院，由莱普林斯负责赔偿。

V

那天晚上,我去看电影;看完电影,吃了几个三明治,喝了一杯啤酒,迈着疲惫的步伐往回走。夜色很美,无人等我,无事可干,也不着急上哪儿去。我住的小公寓位于赫罗纳街一栋现代气息的楼房,是刚到巴塞罗那不久,塞拉马德里莱斯的一个朋友提供的。家具少得可怜,仅有的几件也糟得够呛:椅子一脚高一脚低,桌子摇摇晃晃,一把大藤椅,一大堆被太阳晒蔫了的印花窗帘。卧室里有一张很窄的床,基本只铺了一层草垫;衣橱没有脚,衣橱镜子四分五裂。另一个房间原本是餐厅,我吃饭都去附近的便宜馆子,就将它改成了书房。反正也没有什么客人来,派别的用场都显得多余。还有一个杂物间,空的,没窗户。卧室自带盥洗室,只能用来盥洗,别的要去楼梯间的公用洗手间解决,我跟一个男性天文学家和一个老处女合用。有一点挺好,两个房间的窗户对着一个种花的小园子。1919年年中,小园子没了,上帝啊!开始盖房子。

接着往下说。我到家很晚,大概半夜光景。钥匙插进锁眼,发现大门没锁,以为自己是马大哈,但心里也慌,慢慢把门推开,发现餐厅里亮着灯,砰的把门关上,下楼。一个熟悉的声音在背后叫我:

"别跑,米兰达,不用怕。"

我回头一看,是巴斯克斯警长。

"我们两小时前到的,看您老不回来,就自作主张,开门进来舒舒服服地坐着等了。您生气啦?"

"没有,当然没有,就是吓了一大跳。"

"嗯,我能理解。的确应该提醒您是我们在里头,免得您自己发现。哎,来找您干什么来着?我们差不多把您给忘了。"

我又走上最后几级台阶,进家门。餐厅里除了警长,还有两个便衣警察。一眼就能看出,他们已经把家搜了个遍。我完全有理由提出抗议,甚至控告。警长肯定没带搜查令,纯属自行其是。不过,我告诫自己,跟警察对着干只会自找麻烦,再说我也不在乎他们把家翻个底朝天。

"照片上的人是谁?"警长指着镜框里我父亲的照片问。

"是我父亲。"我回答。

"哎哟哟,哎哟哟,您父亲要是知道警察到访,会怎么想?"

我知道他想乘我不备,吓唬我,可他失算了,失了先机。

"不会怎么想,他三年前就去世了。"

"哦,抱歉,"警长说,"我不知道您是鳏夫。"

"说准确点,是丧父。"

"我就是这个意思,再次抱歉。"

现在,主动权在我手里,警长当着下属的面,闹了笑话。

"抱歉没什么能招待您的,警长。"我冷静地说。

"上帝啊,您不用说抱歉。我们对吃喝要求不高。"

"警长,您别在我面前装蒜了,我可在咱们共同的朋友莱普林斯先生家里,见识过您高雅的美食品味。"

警长似乎有点蒙,我也怕个人攻击火力过猛。他活该,这倒是。他认识我,纯属偶然,想借此先发制人,反被我同样利用了之前我们就认识的关系,以其人之道还治其人之身。无疑,他来是调查我的,更是来质问我的,想出其不意,带着两名下属——很显然没必要——让我服软。

"我们以朋友的身份来访,"警长镇定下来,"当然,您没必要接待我们。我们没有搜查令,因此,您不必对我们和颜悦色。当然,这也无须解释,您本来就是律师。"

"我不是律师。"

"您不是律师?要命了,今晚我说什么,错什么,怎么回事……那您是学生?"

"也不是。"

"那您帮帮我,从职业角度上讲,您该怎么称呼?"

这是虎视眈眈的防守反击。

"行政助理。"

"莱普林斯先生的行政助理?"

"不,科塔班耶斯律师的行政助理。"

"啊，好吧……您知道吗？见您经常出入莱普林斯先生的住所，我还以为……哎，是我糊涂。行政助理是不会跟莱普林斯同桌用餐的，除非，怎么说呢？也许，您跟他是朋友。"

"全是您说的，我什么也没说。"

"您没必要说什么，米兰达朋友，没必要。您不开口是对的，祸从口出。"

"我懂自己就是祸，那警长您就是那个来消灾免祸的人？"

"好了，好了，亲爱的米兰达，咱们西班牙人干吗这么不友好呢？这是朋友见面。"

"那好，烦请您向我介绍一下这两位朋友，我想知道朋友的名字。"

"这两位先生来，单纯为了陪我。既然您已经到家，他们可以走了。"

两名下属道了声"晚安"，不等我送出门，便自行离开。只剩下我们俩，巴斯克斯警长的态度更加谨慎，同时更加亲切。

"米兰达先生，看来，我突然关注您，您很惊讶。但我不是关注您，我是关注所有跟萨沃尔塔案件相关的人员。这很合理，不是吗？"

"我跟萨沃尔塔案件有什么关系？"

"依我看，这个问题问得有点蠢。咱们来回顾一下：去年12月，有个名不见经传的名叫多明戈·帕哈里托·德·索托的记者死了。初步调查发现，毫无疑问，您是他最亲密的朋友。几周后，萨沃尔塔被杀。怪了，您又是跨年晚会的宾客之一。"

"您认为我是这两起凶杀案的嫌疑人？"

"少安毋躁，我没往这个方向讲。咱们接着聊事实本身，两起死亡事件有或貌似有个交集——萨沃尔塔工厂。帕哈里托·德·索托刚为工厂完成了一项工作，有偿的。那么问题来了：是谁为他和雇主牵的线？"

"是我。"

"没错，是哈维尔·米兰达。其二：帕哈里托·德·索托和工厂联系由工厂的一位关键人物负责，没有通过人事主管克劳德德乌，萨沃尔塔本人也没有直接参与。这个人职责不明，叫保罗-安德烈·莱普林斯。我去找他时，发现他身边的人是谁？"

"是我。"

"巧合太多了，您不觉得吗？"

"我不觉得。莱普林斯让我去找帕哈里托·德·索托，雇他做事。接触过程中，我跟他俩成为朋友。跟帕哈里托·德·索托的友谊不幸夭折，跟莱普林斯的友谊仍在继续。这很容易解释。"

"要是没那么多疑点，的确很容易解释。"

"比如说什么疑点？"

"比如说，您在跟帕哈里托·德·索托保持'友谊'的同时，还跟他妻子特蕾莎保持了'友谊'……"

我气愤地从椅子上站起来：

"等等，警长，这种审问，我受不了。我提醒您：您在我家，您无权这么做。"

"我也提醒您：我是警长，我不仅能弄来搜查令，还能弄来逮捕令，把您铐到警局去。您要是想找是否符合司法程序的碴儿，您尽管找，后果自负，您别后悔。"

冷场了。警长点了一根烟，把那包烟扔在桌上，意思是我要抽，自己拿。我坐下，拿了一根烟。两人抽烟，紧张的气氛渐渐缓解。

"我不是那种包打听的门房，"巴斯克斯警长又不慌不忙地开口，"不想过问别人私生活里的那些破事儿，什么谁被戴了绿帽子，谁是同性恋，谁在拉皮条。我在调查三起谋杀案和一起谋杀未遂案，因此，我恳请、我要求所有人必须协助调查。我想持理解、尊重的态度，不去管那些司法程序、繁文缛节，尽量少麻烦人。但你们也别得寸进尺，惹我生气，逼我公事公办，到时候会烦死你们的。我受够了，您明白吗？我受够了！受够了成为巴塞罗那这些狗屁少爷的笑柄，受够了跩上天的莱普林斯给我吃小甜品，喝小杯甜葡萄酒，搞得就像他在庆祝自己第一次领圣餐。如今，您这个穷光蛋扬扬得意，因为能在上层社会的沙龙里摇摇尾巴，讨口饭吃，就想模仿您那些主子，在我面前装潇洒，让我难堪，当我是所有人的仆人，不是警长，不在干警长该干的活儿——保障你们的人身安全。你们全是白痴，明白吗？比我村里的母牛还要蠢，至少母牛知道哪儿能去，哪儿不能去。米兰达，想听句忠告吗？看到我进门，哪怕是进莱普林斯家的餐厅，也别当我是条狗，还在接着吃。您要把嘴巴擦干净，站起来。听明白了吗？"

"听明白了，先生。"

"这样才对，脑子清楚一点。既然咱们已经是朋友了，能互相理解，那请您回答我的问题。信在哪儿？"

"什么信？"

"还能是什么信？帕哈里托·德·索托的信。"

"我什么都不知道……"

"您不知道帕哈里托·德·索托被杀那天写过一封信，还寄出去了？"

"您说的是'被杀'？"

"甭管我怎么说，请您回答我的问题。"

"我听说过那封信，但从来没见过。"

"您确定信不在您这儿？"

"百分之百确定。"

"知道信在谁那儿吗?"

"不知道。"

"也不知道信的内容?"

"不知道,我发誓。"

"您说的也许是真话,要是假话,您要当心。我不是唯一在追这封信的人,别人不会像我这样啰唆半天,他们会先杀人,再找信,问都不会问的。听明白了吗?"

"听明白了。"

"您如果查到、怀疑、回想起任何跟信有关的细节,哪怕是很小很小的细节,请务必马上通知我。能不能保住您这条命,取决于您会不会耽误事儿。"

"好的,先生。"

警长站起来,拿起帽子,往门口走。我送他,向他伸出手,他冷冷地握了握。

"我为自己的行为向您道歉。"我说,"这几个月,陆续发生了太多可怕的事,所有人都神经紧张。我不想妨碍公务,请您理解。"

"晚安。"警长打断了我的话。

我目送他下楼,进门,锁上,开始思考,抽警长忘在桌上的香烟,直到天明。天刚亮,我就睡着了,没定闹钟。睁开眼,已经十一点多,去酒吧打电话给律师事务所,借口有急事要办。

虽说是借口，倒也差不离。我喝咖啡，看报纸，让人擦皮鞋，叽里咕噜地自言自语，行为过于引人瞩目，酒吧里到处投来揶揄的目光。我买单，出门，步行前往莱普林斯家。门房告诉我：他走了半个多小时。我问：知不知道他去哪儿了？门房像在透露惊天大秘密似的告诉我：他去萨里亚萨沃尔塔遗孀家，向玛利亚·罗莎求婚去了。我俩像接完头似的分手。我又步行到加泰罗尼亚广场，坐火车去萨里亚，跟几个月前给萨沃尔塔先生出殡时那样，走过那些陡峭的街道。

别墅门口有人把守，当局为了纪念死者，特意安排的。其实没用，恐怖分子已经有其他目标了。我报出身份，他们放我进去。管家使出浑身解数，找出各种理由，不想让我见到莱普林斯。

"他在参加小型家庭聚会，很私密的那种。拜托了，先生。"

我执意要见。管家答应进去通报，但不保证莱普林斯会同意见我。我等了不到一分钟，他就出来了。

"你在我处理……姑且这么叫吧，私事时打断我，一定发生了很严重的事。"

"我不知道要跟您说的事严重不严重。我有疑问，宁可反应过度。"

他让我进书房。我告诉他，巴斯克斯警长去找过我，语气尖锐，但没提警长生气的事，免得他恼火。

"你来,做得对。"听完,他说。

"我怕一会儿找不着您,到时候为时已晚。"

"我都说了,你做得对。不过,你的担心毫无道理。巴斯克斯警长一定是工作过于认真,产生了幻觉,在法国,这叫'职业畸变'。"

"西班牙也这么说。"声音从背后传来。

我们回头,看见了巴斯克斯警长本人。管家跟在后面,无声地各种比画,表示根本拦不住。莱普林斯示意,让他退下。只剩下我们仨。莱普林斯从书架上拿了一盒哈瓦那雪茄,递给警长。警长微笑着婉拒,恶狠狠地望着我。

"非常感谢,我跟米兰达先生的品位没么高雅。我们更爱抽烟,不是吗?"

"我承认,我把您昨晚忘在我家的烟全抽完了。"我说。

"还剩不少呢!您要关注您的身体……或情绪。"

他递给我一根烟,我接了过来。莱普林斯把雪茄放回书架,替我们点火。警长扫了一眼书房,停在窗前。

"春天的景色比上次……你们懂的,1月时,美多了。"

他转身,倚在半开着门的门框上,看着大厅。

"您想让人拉开木隔断,观察一下,能否从这儿往楼梯开枪吗?"莱普林斯一如既往,温和地询问。

"莱普林斯先生,您应该能料到,上次我已经试验过了。"

他回到书房中央，用目光找寻烟灰缸，弹了弹烟灰。

"警长，您突然到访，请问有何贵干？"莱普林斯问。

"贵干？哦，不止一个。首先，我想来第一个向您道贺，即将与已故的萨沃尔塔先生之女喜结连理，尽管也许我不是第一个，是第二个。"

他在说我。莱普林斯微微颔首。

"其次，我还想向您道贺，您命真好，能从剧院袭击中全身而退。他们向我汇报了所有细节，我承认我错了，不该质疑您雇用的枪手。"

"是保镖。"莱普林斯纠正道。

"随您怎么称呼，这不重要，因为再次，我是来向您告别的。"

"告别？"

"是的，告别，来跟您说再见。"

"怎么回事？"

"我接到十分明确的指示，今天下午出发，去得土安。"警长的笑容里带着一丝苦涩，让我感动。那一刻，我意识到，我很敬重他。

"去得土安？"我惊呼道。

"是的，去得土安。您很惊讶吗？"警长似乎第一次意识到我的存在。

"真的，我很惊讶。"我很坦率地回答。

"您呢？莱普林斯先生，您也很惊讶吗？"

"我对警察系统的做事方式一无所知。但不管怎样，希望调动对您来说，是件好事。"

"哪儿都有好有坏，取决于个人表现。"警长说。

他转身离开，莱普林斯搞笑地抬起一条眉毛，望着门口，问我：

"你说，我们还会见到他吗？"

"谁知道呢？人生总是兜兜转转。"

"我觉得会。"他说。

[一九一八年五月二日托托诺军士写给巴斯克斯警长的信，汇报巴塞罗那局势。]

证物　　附件编号：7a

（附法庭译员古斯曼·埃尔南德斯·德·芬威克的英语译文）

巴塞罗那，1918 年 5 月 2 日

尊敬的头儿：

请您原谅，拖了这么久才给您写信。一个半月前，我在剧院受了伤,没法儿写字,口述请人代笔又觉得不妥。您懂的,人心莫测。终于,我学会了用左手写字,写得很烂,请您原谅。

您走后,这儿没什么新闻。我被调离行动岗,分配到护照处,加上接替您的新警长下令不再继续监视莱普林斯先生,造成我对他的情况一无所知,尽管您走之前,嘱咐我持续关注。我看报纸,得知莱普林斯先生已于昨日和萨沃尔塔先生的女儿大婚,几乎无人观礼。女方家人明确表示,亡父尸骨未寒,谢绝观礼。基于同样的原因,新人也没有去度蜜月。莱普林斯先生及夫人搬家了,搬到一处乡间别墅,还没有打听到具体位置。

可怜的内梅西奥·卡布拉·戈麦斯还被关着。米兰达先生还在科塔班耶斯先生的律师事务所工作,已经不再跟莱普林斯先生见面。此外,城里十分平静。

今天就写到这里。您千万小心摩尔人,他们是坏东西,老爱出卖人。我和同事们都很惦记您。向您致敬!

签名:托托诺军士

多洛雷塔斯搓了搓手。
"咱们得合计合计。"她说。

我打哈欠,看着黄昏将至,窗外卡斯佩街的日光渐渐变暗,街道对面有些窗户已经亮起了灯。

"怎么了,多洛雷塔斯?"

"得告诉科塔班耶斯先生,该生暖炉了。"

"多洛雷塔斯,才10月份。"

被她突然提醒,我补撕了两页日历,空白的日子就这样转瞬即逝。多洛雷塔斯继续在打字机上敲一份满是涂改痕迹的文稿。

"我不知道……再等会感冒的……"她在那儿嘟哝。

多洛雷塔斯为科塔班耶斯工作多年。她丈夫是律师,年纪轻轻就去世了,留下老婆无以为生。同行们说好,给她工作机会,让她好歹能自食其力。后来,那帮年轻的律师越来越出息,不再偶尔需要她帮忙,纷纷聘请了更高效的专职女秘书。只有脑子最不活络、工作最潦草的科塔班耶斯还在用她,一点点地给她加薪水,直到这份薪水成为律师事务所的一笔固定开销。尽管他不太乐意,但薪水始终在付。多洛雷塔斯手脚不太麻利,能做的有限,这么多年的重复劳动似乎对她帮助不大。每项诉讼、每份档案、每个文稿似乎在她眼里,仍是未解之谜。不过,科塔班耶斯的律师事务所要求不高。分配给她的工作,她好歹都能完成,一直忠心不贰。她从未想过成为律所的固定员工,从不说"明天见"或"我会回来的",告别时总是说"再见,谢谢"，从不委婉地表示"有什么需要，记得找我"，或虚伪地表示"别忘了，我乐意为你们效劳"或"你们知道我住哪儿"，从不会不请自到，说什么"从这儿路过，上来跟你们打个招呼"，只会说"再见，谢谢"。科塔班耶斯每次要写长文稿，总会机械地吩咐"给多洛雷塔斯打电话"，"请多洛雷塔斯明天下午来一趟"，"今天多洛雷塔斯躲到哪个鬼地方去了？"科塔班耶斯也好，塞拉马德里莱斯也好，还有我，都不知道多洛雷塔斯要是没有律所的活儿，何以为生。她从不提自己生活如何，困难几许。

[一九二七年二月六日，纽约州法院，哈维尔·米兰达·卢加尔特面对F. W.戴维森法官的第九次口供，法庭译员古斯曼·埃尔南德斯·德·芬威克。速记稿影印件。]

(自卷宗第143页起)

戴：米兰达先生，前些日子您身体不适，无法出庭，首先祝贺您康复。

米：法官大人，非常感谢。

戴：您能继续做口供吗？

米：能。

戴：能否告知，您患了什么病？

米：精神紧张，疲劳过度。

戴：或许，您希望将出庭时间无限期延迟。

米：我不希望。

戴：我提醒您：您是自愿出庭的，可以随时拒绝继续出庭。

米：我明白。

戴：另一方面，我还想提醒您：根据美利坚合众国宪法和人民所赋予的权利，本庭试图查清与本案有关的真相。如在质询过程中，态度偶有生硬，纯属希望迅速、高效地完成任务。

米：我明白。

戴：那好，质询可以继续。我还想提醒口供人：您宣过誓。

米：我明白。

人脑有个奇怪而可怕的功能：回忆过去，我会再次体验到同样的情感，身体再次真切地体验到当年的行为、状态和紊乱。我哭，我笑，就像多年前让我哭、让我笑的理由重现。但这不是真的。我悲伤地意识到，当年让我高兴、让我难过的人几乎都在时空上离我非常遥远，许多人（上帝啊，太多人）已经长眠于地下。精神上的抑郁（被医生误诊为面对法官，疲劳过度）照片式地（可以说，拟态式地）重现了1918年悲惨的那几个月。

6月明媚的一个早上，内梅西奥·卡布拉·戈麦斯听见病房的插销被拉开。穿着白大褂的黑胡子精神病看护拿着水管头，示意他站起来，走出去。看护先行几步，在不远处停下。

"你走前面，"他喝令道，"别耍花样，否则我抽你。"

他挥舞着水管头，水管头发出蛇一样的咝咝声。两人穿行在七拐八拐的走廊上，经过冲着花园的玻璃门时，内梅西奥感受到阳光的炙烤，日光让他目眩。他贴着玻璃看天空，看花园里的病人在堵蚂蚁洞。看护用棍子敲他：

"怎么了？走啊！"

"我已经在大盒子里被关了好几个月了。"

"别犯傻，不然就再回去。"

那是他收到的第一条信息，他要被放出去了，得到了弗洛雷斯医生的确认。医生们认为他已经好了，可以回归正常生活，但要戒酒，戒刺激品，不与人争执，想睡多久就睡多久，不舒服去看医生（名字和地址都在名片上），或每三个月去复诊，直到痊愈。

入院时穿的衣服已经破得完全不像样，简直衣不蔽体。弗洛雷斯医生给了他一件衬衫、一条裤子、一双鞋和一件粗呢外套，都是慈善机构的女士捐来的。整了个衣服包，送他到大门口。

人身自由的他钻进小树林里换衣服。送他的都是旧衣服，大小不一。衬衫太宽松；裤子太短，腰系不上，找根绳子捆上；鞋太紧，没袜子；粗呢外套的尺寸最合适，可惜不当季。他把证件和仅有的几件个人物品塞进新衣服的口袋，把旧衣服扔到草丛里，高高兴兴地回到路上。走了很久，看见窄铁轨，跑小火车的那种，顺着铁轨，去找火车站。找到之后，等小火车来，爬上车，躲在厕所里逃票。他没钱。

巴塞罗那到了。他等所有车厢的乘客下车后，才溜下站台，混进人群，走过出站口。他看着街道，激动得热泪盈眶，总算自由了。

[一九一八年五月八日巴斯克斯警长写给托托诺军士的信，敦促他继续监视。]

证物　　附件编号：7b

（附法庭译员古斯曼·埃尔南德斯·德·芬威克的英语译文）

得土安，1918 年 5 月 8 日

亲爱的朋友：

切勿丧失斗志。气馁的话，就想一想，为真理而战是人活一世所能追求的最崇高的使命，而这恰恰是我们警察的使命。

告诉我莱普林斯是否还继续雇用那个叫马科斯的德国枪手，别告诉任何人我俩通信的事。祝贺您康复，任何病痛都可以凭借意志去战胜。您用打字机写信会不会舒服点？

致以亲切的问候。

签名：A.巴斯克斯警长

当我醒悟过来，发现科塔班耶斯言之有理，富人只会替自己考虑。他们的和善、亲热、兴趣，全都是海市蜃楼。傻子才会相信他们感情持久，因为富人和穷人的关系不是相互的。富人不需要穷人，只要他愿意，随时可以将穷人替换掉。

莱普林斯结婚，没有邀请我，从某种程度上讲，可以理解。为了尊重死者，婚礼只邀请了极少数亲朋好友，况且人群大量聚集不方便，容易滋生犯罪。我以为婚礼之后，还能继续跟他见面，其实不然。他行如其人，难以捉摸。我去萨沃尔塔家那天，就是巴斯克斯警长通知我们，要突然离开巴塞罗那那天，他还高高兴兴地让我,甚至硬拉着我去见他未来的妻子和岳母。他把我拖到二楼小客厅,两个女人正在等他回来。介绍时,似乎我是他特别要好的朋友,口口声声地抬举我为"知名律师"。我谨慎起见,一再推辞,还是迫不得已,为他将来的幸福干了一杯。

我想起那次玛利亚·罗莎·萨沃尔塔给我留下的印象。距离不祥的跨年夜,已经好几个月过去,她变化惊人。也许是痛苦累积的结果,也许是爱情滋润的结果(无论眼神、话语,还是动作都无法掩饰),也许源于对未来生活、即将与莱普林斯结婚的憧憬,我觉得她成熟了,沉稳了,精神上更加平静,将初出校门女学生的天真蜕变为已婚妇人的庄重,将困惑少女的无精打采蜕变为热恋情侣的光彩照人。

我不想卖弄辞藻,不去描写了,直接摆事实就好。

[一九一八年六月二十一日托托诺军士写给巴斯克斯警长的信,汇报几个熟人的近况。]

证物　　附件编号:7c

(附法庭译员古斯曼·埃尔南德斯·德·芬威克的英语译文)

巴塞罗那,1918年6月21日

尊敬的头儿：

请原谅，拖了这么久才给您写信。我决定听从您的劝告，最近几周都在练习打字，感觉比一眼看上去要难。妹夫借给我一台安德伍德打字机，这样，我晚上就可以自己练习了。尽管您瞧，还是错误连篇。

您想知道的有关莱普林斯先生是否继续雇用那名枪手的事，我总算打听到了。是的，他把枪手带到了新居，走到哪儿，带到哪儿。还有一个消息，您应该会感兴趣。内梅西奥·卡布拉·戈麦斯几天前出院，我听警局同事说，他又被逮捕了，因为在地上捡烟屁股，用里头的烟丝做雪茄，贴个牌，冒充真的哈瓦那雪茄出售。他好像把您的名字搬出来过，但没什么用，还是被关进去了。（跟您提到的那位警局）同事告诉我，他跟死人没两样，憔悴得让人看了不可能不难过。其他情形跟您走之前一样。小心摩尔人，他们喜欢背后袭击。听候您的吩咐。

签名：托托诺军士

孤独难耐，尤其之前跟莱普林斯做过朋友，相处得十分愉快。于是，一天下午下班后，闲极无聊的我顾不上失礼，径直前往加泰罗尼亚大街莱普林斯那套让人怀念的公寓。街道两旁的椴树合抱成绿色的拱门，应了他家小客厅壁炉上方画中的风景。

蓄着白色连鬓胡子的门房迎上前来，热情地跟我打招呼。看见他，我又活了，似乎那张镶着金牙的大嘴巴里写着"盟友"两个字。但他很快就扫了我的兴，说莱普林斯夫妇搬走了。他很惊讶，我居然不知情，也没看见阳台上"此房出租"的招牌。他很抱歉，无法告诉我更多的消息。忠心耿耿效劳多年的他也不知道慷慨、和善、让人捉摸不定的莱普林斯先生的去处。

"不管怎样，"他安慰我，"坦白说，我挺高兴的。我很喜欢莱普林斯少爷，尽管他也会让我不开心。那个新雇的秘书，在剧院杀了那么多人的德国人还是英国人，我简直没眼看。这里一直是高尚住宅区。"

他挽着我胳膊，在门厅里走来走去。

"那个女人来这儿跟少爷住，吓我一跳。您知道我说的是谁，那个像非洲或美洲野猴儿，爬电梯缆绳的女人。当然了，所有人我都愿意理解。我就是这么跟老婆说的：莱普林斯少爷待人接物比实际年龄要成熟，挺本分的一个人，到底还年轻。我跟她说：平常过日子，在某些方面发发疯，也正常。您懂的，下半身说了算……总之，我就是这么跟老婆说的。您懂的，是不是？"

"那当然,我懂。"我不知该如何脱身。

"果不其然,那个阶段很快就过去了。但那个皮肤奶白奶白的大块头男人,怎么跟您说呢?……我不喜欢。我很清楚我在说什么,您瞧,我一点儿也不顾虑,直接把话说明白。不应该这样的,不,先生,不应该这样。"

我巧妙地把他引到门口,伸出手,跟他告别。他激动地将我的手握在他那双软软的、汗津津的手里,又说:

"不管怎样,哈维尔先生,他搬走了,我很遗憾。我知道,您很欣赏他。夫人真是个大好人,我指的是正牌夫人,您懂的。她真是个大好人!这位夫人我喜欢,真的喜欢。"

我把寻人不遇的经历告诉佩里克·塞拉马德里莱斯,他听了直摇头,似乎手被绑了,想把眼镜甩掉。

"财神爷没了,我的妈呀,咱们的财神爷没了。"他喃喃自语。

他唠叨了好半天财神爷,烦得我够呛。我冲他嚷嚷,让他闭嘴,别烦我。

"好了,你们两个别吵了,"多洛雷塔斯过来劝架,"听了让人害臊。两个年轻人不干正事,为自己谋个前程,成天琢磨钱,上帝啊!"

[一九一八年六月三十一日[1]巴斯克斯警长写给托托诺军士的信，请他设法让自己远程介入巴塞罗那事务。]

证物　　附件编号：7d

（附法庭译员古斯曼·埃尔南德斯·德·芬威克的英语译文）

得土安，1918 年 6 月 31 日

亲爱的朋友：

您本月 21 日的信已收到，对我非常有用。有人酝酿了惊天大阴谋，受害人是可怜的内（梅西奥），对此，我深信不疑。请务必尽一切所能，将他被捕的消息以官方形式（新闻公报或剪报都行）告知，让我能运作，助他获释。我是出于人道主义，托托诺朋友，您应该懂。如果我还有一点点影响力（我也越来越不确定），我会尽量阻止他们滥用职权，自贬声望。

恭喜您学会使用打字机。生活是一场永无休止的战斗，鼓足干劲，勇往直前。致以亲切的问候。

签名：A. 巴斯克斯警长

---

[1] 原文如此，尽管六月没有三十一日。

工作依然单调、乏味、无成效，夏天如期而至，看样子永远也不想走。我的房间位于天台正下方，从早晒到晚，简直就是个大火炉。晚上热度不减，湿度上升，东西摸上去黏糊糊的，全都生了锈，让习惯卡斯蒂利亚地区干燥气候的我喘不过气来，整个人像被融化，开始失眠。睡着了也老做噩梦，觉得床上有只熊，躺在我边上。跟猛兽同枕共眠我倒不觉得危险，梦里的那只熊温顺、和善。但屋里热得像火烧，有这么一大只熊在边上，受不了。睡醒了一身汗，跑到盥洗室，往脸上泼水，让水流过后背和胸口，降降温，暂时舒服一点。

我不想让熊陪我睡觉，睡得一惊一乍的，累死人了，于是便不停地看书，看到深更半夜。总算困得合上眼，睡得也少，还睡得不好。早上一身疲惫地起床，整个白天直犯困。搞笑的是，黑白颠倒，晚上人又精神了。

那些天，我和佩里克·塞拉马德里莱斯常去游泳，趁午休时间，搭有轨电车去海滩。电车上全是人，丑得很，还满身臭汗。我们在那儿吃午饭，要么买三明治，要么去小饭馆吃美味可口的海鲜饭。海鲜饭既贵，又难消化，工作时脑子昏昏沉沉的，没多久，我们就不吃了。下午，我们不止一次在律所睡着，不过也没多大关系，科塔班耶斯为数不多的客户正在消夏，律所安静得很，只听见恼人的苍蝇在嗡嗡飞，多洛雷塔斯用报纸卷成筒，到处打。

[一九一八年七月十二日托托诺军士写给巴斯克斯警长的信，汇报完成了他所交代的任务。]

证物　　附件编号：7e，文件一

（附法庭译员古斯曼·埃尔南德斯·德·芬威克的英语译文）

巴塞罗那，1918 年 7 月 12 日

尊敬的头儿：

请您原谅，拖了这么久才完成您的吩咐。您知道的，我乐意听从您的吩咐，但就目前而言，我离警局事务有点远，难以完成您所清楚交代的任务。但我冥思苦想，终于找到了一个办法，好让您及时了解不幸的内梅西奥在狱中的消息。我给他递了信儿，告知您已被调动。这会儿，他应该知道您在得土安了。如果我估计得没错，他会想方设法跟您联系，求您帮忙。我觉得这办法不错，您觉得呢？

我会用打字机了，感谢您的鼓励。您始终是那座高高

的灯塔,指引我们完成艰难的任务。您瞧,我的打字技术还有待提高。没别的,听候您的吩咐。

签名:托托诺军士

[内梅西奥·卡布拉·戈麦斯同日写给巴斯克斯警长的信,告知他自己悲惨的处境。]

证物 附件编号:7e,文件二

(附法庭译员古斯曼·埃尔南德斯·德·芬威克的英语译文)

巴塞罗那,基督纪元 1918 年 7 月 12 日

尊敬的先生,耶稣基督的兄弟:

耶稣基督派他的一位天使告诉我,您在得土安,我听了伤心绝望。记得主是这么说的:

> 他惩罚你们,是为了你们的不义;
> 但他要怜恤你们众人,
> 把你们这些分散于各民族中的人聚集起来。

(《圣经·多俾亚传》,13:5)

待我的灵魂平静下来，精神镇定下来，我决定给您写这封信，让您跟上帝，我们的主一起，知晓因为罪孽，我所经历的深重的苦难。警长先生，您要知道，圣灵介入，提醒那些博学人士，我的病痛已经痊愈，可将我放回到主安排的道路上。路上有好人，也有坏人。怪我眼瞎，走错了一步，被关进这所监狱，就像过去被关进那间令人作呕的病房一样，您去见过。幸亏至高无上的主出手相助，我才离开了那里。说实话，这儿的环境比那儿好。这儿把我当人，不打我，不用冰水浇我，不虐待我，不威胁我。他们很仁慈，配得上我主慈悲，我没什么好抱怨的。但我掌握了天大的真相，是有人在梦里托云或火或我不知道的方式（老天保佑）告诉我的。警长先生，我只能告诉您。为此，我急需离开关押我的监狱。警长先生，帮帮我吧！我不是罪犯，也不是疯子，他们希望我是罪犯或疯子，我只是被恶魔下了套，做了牺牲品。您帮帮我吧！您会在今生获得智慧，在永恒的来世永葆健康。

我每天都会跟耶稣基督交谈，求他把您从摩尔人的手里拯救出来。祝您一切都好。

内·卡·戈

附言：使者会把信交给您，别发问，也别盯着他眼睛，否则您会患上不治之症。就这样。

戴：莱普林斯遇袭后的那段日子，还有人想要他的命吗？

米：没有。

戴：恐怖分子这么快就不想复仇了，有可能吗？

米：我不知道。

戴：根据我所掌握的资料，这不像他们的策略。

米：我都说了，我不知道。

戴：根据我所掌握的报告，1918年，巴塞罗那共发生了87起所谓的"社会"袭击案，伤亡人数为：工厂主9伤4亡，工人及工头43伤11亡，这还不包括数次火灾和爆炸所造成的财产损失。5月，食品店发生哄抢，延续数日，宣布战时状况后才被遏制。

米：毫无疑问，那几年危机四伏。

戴：根据那几个月的特点，不再对莱普林斯展开袭击，您不觉得奇怪？

米：我不知道。就此，我不认为我的意见有多重要。

戴：咱们换个话题。巴斯克斯警长突然流亡，您能告诉我是什么原因吗？

米：那不是流亡。

戴：我来纠正一下：巴斯克斯警长突然被调离岗位，您能解释是什么原因吗？

米：嗯……他原本就是公职人员。

戴：这我知道。我指的是他被调离萨沃尔塔案件的真正原因。

米：我不知道。

戴：袭击突然停止，跟巴斯克斯警长被调离难道没有关系？

米：我不知道。

戴：最后，袭击莱普林斯是不是用来掩盖人员调离的障眼法？

米：我不知道。

戴：是还是不是？

米：我不知道，我不知道。

我抑郁了，孤独一天一天、一小时一小时、一分钟一分钟地在加重我的抑郁。我去散步，想抚慰饱受折磨的精神，结果奇怪地停止思考，迈开大步往前走，脑子不做主，不去选该走哪条路。有时恍过神来，已经在郊区迷了路，弄不懂为什么会走到那个不同寻常的地方，迫不得已跟人打听，怎么走回去；有时没走多远，就站在十字路口，不知该往哪个方向走，泥塑木雕般，叫花子似的一动不动，直到饿了或累了，才会走回去。要是离开认识的、熟悉的地方，我会十分焦虑，抖得像筛子，泪如泉涌，必须回家，关在卧室四壁之间，将被抛弃的感觉哭出来，弄不好要哭一晚上。我曾经醒来时，发现脸颊湿漉漉的，床单也湿漉漉的。我一本正经地想过自杀，又舍弃了这个念头，不是贪生，更是怕死。看书，我已经看不下去；看电影或演出，开场就要离场，根本坐不住。近来我已经不跟塞拉马德里莱斯出去，两人的交往只限于客气地打声招呼。

[一九一八年七月十七日巴斯克斯警长呈给内政部长的申请，希望内梅西奥·卡布拉获释。]

证物　　　附件编号：7f

（附法庭译员古斯曼·埃尔南德斯·德·芬威克的英语译文）

致马德里，内政部
内政部长阁下

得土安，1918 年 7 月 17 日

得土安警长堂亚历杭德罗·巴斯克斯·里奥斯满怀敬意地向阁下禀报：

本人收到内梅西奥·卡布拉·戈麦斯于1918年7月12日写的信。目前，他因行政令，被关押在巴塞罗那警察局牢房。几个月前，本人任职于该警察局时，曾有机会跟他相识并接触，发现他精神错乱，后被确诊，他也因此住进了国家专设的精神病院。再后来，鉴于他部分康复，不再具有危险性，医生准许他出院，重归社会，希望他能通过工作和与他人接触，恢复理智，稳定情绪。几周前，他因伪造雪茄被捕。内梅西奥·卡布拉·戈麦斯患有精神病，无法承担刑事责任。关押只会让他病情恶化，更加无可救药。

因此，尊敬的阁下，本人恳请：尽快释放内梅西奥·卡布拉·戈麦斯，让他重归社会，得到痊愈。

签名：亚历杭德罗·巴斯克斯·里奥斯警长

[巴塞罗那日报简报，无报名，手写标注日期为一九一八年七月二十五日。]

证物　　附件编号：9a

（附法庭译员古斯曼·埃尔南德斯·德·芬威克的英语译文）

任命书

堂亚历杭德罗·巴斯克斯·里奥斯，曾先后担任本市警长和得土安警长，功绩卓越，现被任命为赤道几内亚巴塔市警长。

巴塞罗那市民曾有幸领略其远超职责范围的智慧、毅力和仁慈，对他心怀感激。衷心祝贺他获此实至名归的任命，预祝他在美丽的巴塔市生活愉快。

我一下班就酗酒，奢望酒精能让感觉迟钝，日子稍微好过些。结果适得其反，感觉更加敏锐，时间停滞不前，尽做些曲折繁复的梦，醒来气急败坏，整个人谵妄癫狂，胃里火烧火燎，似乎有一团棉球堵着嘴巴和嗓子眼，双手摸索着找东西，找不到，肌肉麻痹，不听使唤。我怕瞎了，灯光不照出卧室本来的模样，我就不能安心地呼吸。有时醒来，坚信耳朵聋了，扔东西到地上，就为了听个响，证明自己错了。有时以为被剥夺了言语功能，必须开口说话，听到声音，确信自己好好的。后来我不喝酒了，但病症不减。一天晚上，我被寒战打醒，太阳穴突突跳，眼睛疼，摸额头，滚烫，感觉到前所未有的孤独，打定主意回家，跟家人在一起。科塔班耶斯准了我无限期长假，承诺把岗位留着，留到我回来或彻底离职，只是很抱歉，不在岗，工资停发。律所那年生意不好，收入有限，不能挥霍浪费。我不生气，科塔班耶斯有他好的一面，也有他坏的一面，好坏相抵。同样，我跟房东说好，只要我继续交房租——拜托给塞拉马德里莱斯了——他就不把房间租给别人。

我坐了两天火车，回到巴利亚多利德。妈妈看见我，冷冰冰的，姐妹们倒是开心得要命，胜似国王驾临，对我呵护备至，做了许多好吃的，老让我吃吃吃。她们说我气色不好，要长点肉，必须好好吃饭，好好睡觉，才能恢复。跟家人团聚让我放宽心，日子重归平静。很快，我回家的消息在城里传开了，家里每天都挤满了过去的老熟人和从未见过的新面孔。谁都对我感兴趣，尤其是对巴塞罗那生活感兴趣。我跟他们说当地报纸天天登载的无政府主义袭击，添油加醋，大肆渲染，当然也夸大了自己的参与度，总以核心人物自居。

然而，周围人全是假殷勤。我跟童年的伙伴已经没有感情，岁月改变了他们。尽管是同龄人，他们显得老气横秋，有些娶了俗气的小姑娘，一副家长做派，开始我觉得可笑，后来觉得气愤。大多数人社会地位一般，无法提升，自己倒是满意得很。新朋友的情况更糟，打心眼里反感加泰罗尼亚和与之相关的一切。他们曾经跟一个乏味、狂妄、持沙文主义思想的加泰罗尼亚商人打过交道，此后，刻板印象就再也抹不掉，模仿人家的口音，嘲笑地方特色，气急败坏地谴责分离主义，理由排山倒海，似乎我是加泰罗尼亚诸多不是的代表。我觉得他们想让我维护造反言论、不爱国言论，以便有理由尽情释放敌对情绪。如果我不去维护，跟他们立场一致，他们会失望，无视我的默许和赞同，继续抨击谩骂。如果我说他们太激动，跑题了，对其观点稍作纠正，他们会气急败坏，攻击得更来劲，简直孜孜不倦。

女孩子们长得丑，衣服也丑，言语无味。跟她们在一起很无聊，让我怀念跟特蕾莎聊天的日子。她们老拿我单身开涮，老母亲们围在我身边转悠，掂量我几斤几两，像媒婆似的灌我迷魂汤。

我家很穷，条件不好，弥漫着修道院的气息。修道院思想让他们能省则省，不是奢侈，只是单纯地不享受。家里永远黑乎乎的，说阳光罪孽深重，会"毁地毯、毁挂毯"。克扣佐料，饭菜根本没味道，用什么都是"一点点"。姐妹们如修女般，在家悄无声息，像游荡在炼狱里的鬼魂，贴墙走，尽量不让人发现。她们痛恨出门，跟人打交道时呆若木鸡，很可悲，既无法面对周围的世界，又想掩饰自身的胆怯。

尽管我的出现是件新鲜事，被人一再恭维，但巴利亚多利德还是开始让我生厌。我在想,待久了,会怎样?我要去找工作,结识新朋友,跟家人共处,对女人退避三舍,对当地风俗委曲求全。仔细权衡了利害得失后,我决定重回巴塞罗那。姐妹们恳求我,过完圣诞节再走。我同意了,但不愿再拖。新年第二天,烦透了被视为花花公子、不被人理解的我收拾行囊,又坐上了火车。

[一九一八年十月三十日托托诺军士写给巴斯克斯警长的信,通报消息,寻求建议。]

证物　　附件编号:7g

(附法庭译员古斯曼·埃尔南德斯·德·芬威克的英语译文)

巴塞罗那,1918 年 10 月 30 日

亲爱的头儿:

请您原谅,拖了这么久才给您写信,实在是没有您关心的消息。不过,几天前,发生了一件我认为重要的事,赶紧向您汇报。内·卡·戈因为赤身裸体地在大教堂回廊乞讨,再次被捕,又被关到我们这儿,这回被判处六个月徒刑,人比过去更疯癫。最有意思的地方在于,例行公

事，没收了他的个人物品。警局同事（就是之前信里跟您提到的那位）告诉我，包括"无关紧要的文件"和其他物品。我怀疑，"无关紧要的文件"恐怕很要紧，但我又没办法接触到。您有什么建议？您知道的，我会永远听从您的吩咐。

千万小心黑人，他们是食人族，还会干出别的野蛮事。顺致敬意。

签名：托托诺军士

[一九一八年十一月十日巴斯克斯警长写给托托诺军士的回信。]

巴塔，1918 年 11 月 10 日

亲爱的朋友：

我得了怪病，已经卧床不起。医生说是热带病，离开这个鬼地方，就会好的，但我对康复不抱信心。我在肉眼可见地消瘦，全身发青，双眼凹陷，满脸是斑，让我有种不祥的预感。每次照镜子，病都重了些，我很害怕，睡不着觉，好不容易吃点东西，胃又不消化，精神崩溃。天热得受不了，脑子里总有咚咚咚的鼓声，同时来自四面八方。我觉得我们不会再见面了。

至于内·卡·戈，让他滚一边去吧！

祝好！

签名：巴斯克斯警长

第二部

I

12月天气变化无常的晚上,九点半,下了一场脏雨。罗莎·洛佩斯·费雷尔——都叫她"理想主义者"罗西塔[1],职业妓女,两次被捕入狱(一次因为贩卖偷来的赃物,另一次因为包庇通缉犯,此人后因恐怖主义罪行落网)——喝了一口葡萄酒,响亮地喷出,溅到酒馆一位客人身上。这位客人已经默默地注视了她好一会儿。

"王八蛋!每天都往酒里掺水和别的东西,越掺越多!"她声嘶力竭地咒骂酒馆老板。

"你是侯爵夫人,当然要生气了。"老板面不改色心不跳。他见除了那位不出声的客人,没人在听她控诉。

"先生,您说话客气点。"不出声的客人出了声。

"理想主义者"罗西塔看着他,似乎之前没留意到他的存在,尽管这位不出声的客人已经窝在矮凳上,目不转睛地盯了她两个多小时。

"没人请你多管闲事!"罗西塔不识好歹。

"不好意思,我只想讨个公平。"客人道歉。

"搞笑,去他妈的街上讨公平吧!"老板从柜台探出半个身

---

[1] 罗西塔是罗莎的昵称,罗莎是本名。

子,"你这种人渣就是来毁我生意的,坐一下午,一分钱没花。人丑得连鬼都怕,还臭得要命。"

被羞辱的客人本来模样就惨,没有表现出更忧伤:

"好吧,您别这样,我走。"

"理想主义者"罗西塔动了恻隐之心:

"外面下着雨呢,你没带伞?"

"我没伞,不用替我担心。"

老板始终愤怒地看着客人,罗西塔对他说:

"喂,说你呢,他没伞。"

"跟我有什么关系?淋雨又不会淋坏他。"

"理想主义者"偏要坚持:

"别赶他,让他等雨小一点再走。"

老板顿时兴味索然,耸耸肩,又去忙日常那些活儿。客人再次跌坐到凳子上,默默地去看罗西塔。

"吃饭了吗?"她问。

"还没。"

"从什么时候起没吃过饭?"

"昨天早上。"

好心的妓女趁老板不注意,从柜台上偷了一块面包给他,又递上一大碗切好的腊肠。

"趁他没看见,抓几个。"她悄声说。

客人偷偷摸摸地把手伸进大碗，被老板抓个正着。老板怒吼道：

"居然偷东西！我操你妈！"

他挥舞着菜刀冲出柜台，客人躲在"理想主义者"罗西塔身后，躲之前，先往嘴巴里塞了好几段腊肠。

"让开，罗西塔，不然我砍你。"老板大声威胁。要不是突然有客上门，他没准真砍下去了。来人年纪不小，中等身材，银发，瘦削，表情严肃，穿着体面，从衣服料子和裁剪上就能看出，他很有钱。他一个人来的，站在门口，好奇地观察酒馆和酒馆里的人，看起来不常光顾这种档次的地方。大衣和帽子全湿了，老板、罗西塔和其他客人估计他是来避雨的。

"先生，我能为您做点什么？"老板把菜刀藏在围裙底下，哈着腰往门口走，殷勤地问，"请进请进，晚上天气真糟糕。"

新来的客人不放心地瞅了瞅老板和他的围裙，锋利的刀刃在围裙底下闪闪发光。他往前走两步，脱下大衣和帽子，挂在油乎乎的衣钩上，没有任何过渡，便毅然决然地向被吓坏了的客人走去，如天兵天将下凡一般，救了他一命。

"你叫什么名字？"他问。

"内梅西奥·卡布拉·戈麦斯，愿为上帝和您效劳。"

"跟我来，找张没人打扰的桌子，咱们谈笔买卖。"

老板低三下四地走到新来的客人身边：

"先生,不好意思,这人刚偷了我一根腊肠,既然您跟他……"

新来的客人严肃地打量老板,从口袋里摸出几个硬币:

"算我的!"

"谢谢,先生。"

"给他来份晚餐,不,我不需要。"

内梅西奥密切关注事态的进展,不漏过任何细节。他兴奋地直搓手,将憔悴的脸凑到"理想主义者"罗西塔的脸旁,压着嗓子对她说:

"罗西塔,过几天我就发财了。我向圣母发誓,等我发了财,就来接你,让你过体面日子。"

慷慨的妓女不敢相信自己的眼睛。这俩完全不是一路人,他们居然认识?

佩里克·塞拉马德里莱斯在我眼前晃了晃改良主义共和党的党员证。这是我这位同事加入的第五个政党。

"天知道,"他对我说,"天知道我们交的党费会怎么用。"

佩里克·塞拉马德里莱斯很想聊天,而我很不想聊天。我从巴利亚多利德回到巴塞罗那,在科塔班耶斯的默许下,重新入职了他的律师事务所。回家明显是一场彻头彻尾的失败,让我颜面尽失。他很周到,没有评论,让我重新入职时,态度冷冰冰的，极好地掩饰了感情。

"瞧，哥儿们，过程很简单，就像这样：你加入某个党，随便哪个党，他们开始会说：'在这儿交钱，去那儿交钱，给这个投票，给那个投票。'然后会通知你：'我们已经教训了保守派，我们已经教训了激进派。'我就不懂了，我这么把它当回事，究竟为什么？"

人吧，今天、明天一个样，物价上涨，工资不动。

佩里克·塞拉马德里莱斯随着重大事件沉沉浮浮。他蜕变为革命者，想去洗劫宫殿和修道院，劲头正如两年前，要求武装干涉，武力镇压、铁腕镇压罢工和骚乱。

说实在的，1919年的国内形势比我们经历过的任何一年都要糟糕。工厂关门，失业人口激增，农民背井离乡，汇成一股股黑色的浪潮，涌向某座勉强能养活市民的城市。他们大量出现在城市街头，饥肠辘辘，失魂落魄，少数人提着少得可怜的家当，多数人两手空空。他们讨工作，讨住处，讨饭吃，讨烟抽，讨各种施舍。瘦骨嶙峋的孩子衣不蔽体地在街上乱跑，乱抢行人手里的东西。老老少少的妓女数量之多，望之凄然。工会和抵抗团体自然又开展了新一轮悲惨的罢工和袭击，影院、剧院、广场和街头接连上演各种集会，面包房遭到民众哄抢。从欧洲传来的有关俄国革命的模糊消息点燃了民众的激情，激发了无产者的想象力。墙上出现了新的标志，列宁的名字被人挂在嘴边，反复提起。

政客们心里慌，表面上若无其事。他们吹起蛊惑人心的气球，试图把不幸的人吸引到自家阵营里来，承诺时恩威并施。没有面包，就一个劲地说好听的，画饼充饥，让贫苦民众别无选择。在野心勃勃、空话连篇、令人悲伤的舞台底下，仇恨在萌芽，暴力在发酵。

2月阴沉沉的下午，忧伤的风景中映着佩里克·塞拉马德里莱斯的身影。

"知道吗，哥儿们？政治家们只想靠我们发迹。"他郑重其事地点点头，强调如此新颖独到的观点。

"那为什么你不退党？"我问他。

"退共和党？"

"那当然。"

"哦！"他茫然地惊呼，"那我要加入哪个党？所有党都一个样。"

我又能说什么？这些我都不在意，不关我的事。不管是什么乱七八糟的革命，不管它从哪里来，只要能将我从灰色的生活状态、濒死的孤独感和深深的厌倦感中哪怕解脱出那么一点点，能稍微开拓我的视野，我都会视它为重生的机会。无聊在腐蚀氧化我的工作时间和休闲时间，生命从我的指缝间溜走，像脏兮兮的雨水，从屋顶漏下。

然而，无论好歹，一桩意外即将改变我的生活。

一切都是从一个晚上开始的。那晚，我和佩里克决定吃完晚饭，散会儿步。冬日渐消，春日临近，乍暖还寒，总的来说，天气不错。那是2月中旬平静、温暖的一天，我和佩里克被一位不省事的客户耽误，下班晚了，就在科塔班耶斯律师事务所附近的一家饭馆吃饭。十一点，我俩走到街头，无方向、无目的地乱走，默契地进了唐人街[1]。当时，唐人街正在从冬眠中苏醒，人行道上挤满了衣裳褴褛、凶神恶煞的人，他们在低贱、腐朽的环境中，为日常不幸找些短暂的乐子。醉汉们唱着歌，跟跄前行；颤悠悠的浅绿色瓦斯路灯下，妓女们不害臊地在门廊拉客；地痞流氓们守着街角，亮出折刀，作威胁状；穿着丝绸衣裳的中国人在吆喝舶来品，各种不值钱的小物件、油膏、辣酱、蛇皮、精心雕刻的小人儿；酒吧里传出说话声和音乐声，飘出烟雾和油炸食品的味道。有时，一声叫喊划破夜空。

我和佩里克几乎没有交流，在小巷、废墟和垃圾的迷宫中越走越深。他贪婪地四处张望，而我对周围糟糕的景象熟视无睹。就这样，误打误撞或出于某种神秘的动机，我们走到一处我竟然感觉有点眼熟的地方。我认出了那些房子，那条不规整

---

[1] 巴塞罗那唐人街，又名中国区（barrio de los chinos），名不符实，并非为中国人甚至亚洲人的居住地，而是治安极差、臭名昭著的红灯区。

的铺石路面,某家店铺,一种味道,一束光,昏睡的记忆被唤醒。和刚刚走过的街道不同,这一片没有人,静悄悄的。我们在码头附近,裹着咸咸的薄雾,闻着重重的防水布的味道。空气密度大,呼吸很困难。汽笛声响起,声波贴着地面震荡。我一路往前,脚步越来越轻快,越来越坚定,佩里克又惊又怕地紧跟着我。一股本能的、无法遏制的力量在推着我往前,哪怕前景不妙(也许会把小命丢掉),我也会义无反顾地独自往前。佩里克十分茫然,茫然到不由自主地跟着我。再说,他也不敢往后,怕迷路。我停下,他在我身边喘气。

"咱们这是要去哪儿?这地方很吓人。"

"已经到了,你瞧!"

我指给他看一家昏暗夜总会的大门,脏兮兮的破招牌上写着"各种好看的节目",附价目表。里面传来有气无力的钢琴声,音没调准。

"你不会想进去吧?"他满脸惊恐。

"那当然,到都到了,这地方你肯定没来过。"

"你当我是什么人啊?我当然没来过。难道你来过?"

我没搭腔,推开夜总会的门,带他走了进去。

"马蒂尔德,你躲到哪儿去了?"

"夫人,您叫我?"

夫人回头，吓了一大跳。

"哎哟喂，瞧你把我给吓的！"她快活地笑了笑，原以为女仆会出现在客厅通往走廊的门口，"你愣在这儿干吗？"

"我在等夫人吩咐。"

夫人拳曲的长发如金色的瀑布，流淌在后背，她拨开遮着脸的一绺。春光从头顶泻下，金发闪亮，映在客厅的好几面镜子里。夫人注意到亮光，照了照镜子，仔细端详客厅映在镜子里的模样，好似一幅既遥远又完美的艺术品。她看见推开的玻璃门正对着宽敞的门廊，门廊尽头有几级台阶，石头扶手，沿级而下，通往一片高低起伏、开阔柔软的草坪。这片开阔地原本是个茂密的树林，树都有些年头了。可她丈夫从来就没说清楚过原因，命人砍掉了挺拔的杨树、忧郁的柳树和威严的柏树，砍掉了娇媚的玉兰树、慈父般的椴树和含笑的柠檬树，铲掉了许多花坛，有水仙、银莲、报春花、荷兰进口的风信子和郁金香、玫瑰和牡丹，还有谨慎、隐忍、忠心的天竺葵，还毁掉了一个用铺地细砖和瓷砖搭成的不规则池塘，中间有四个大理石雕的粉色小天使，往东南西北四个方向喷水。有一刻，玻璃门外的景象勾起了她对幸福童年和沉闷少年的回忆。她仿佛看见父亲拉着自己的手，在花园里散步，指给她看一只蝴蝶，责怪一只蚱蜢突然飞起，吓到了她："坏东西，快走开！别吓着我家囡囡。"都是过去的事了。如今，房子和花园都变了样，父亲已经去世了……

"马蒂尔德,你躲到哪儿去了?"

"夫人,您叫我?"

玛利亚·罗莎·萨沃尔塔严厉地端详着女仆格格不入的身影,自问道:这个有着乡野粗鄙、举止刻板、鼻子扁、眉心窄、牙齿大、小胡子重的女人,怎么会出现在家具不厌精、摆设不厌美的客厅里?是谁给她戴上浆过的束发帽、白手套、系上窄花边围裙的?可怜的马蒂尔德似乎看出了女主人的心思,垂下眼,交叉着瘦骨嶙峋的手指,等着听夫人呵斥,准备赶紧给她赔不是。不过,夫人心情好,发出银铃般的轻笑。

"我的好马蒂尔德!"她叫了她一声,表情再次严肃,"发型师的时间确定了吗?"

"确定了,夫人,如您吩咐,五点。"

"上帝保佑,让我们一切都来得及。"镜子里照出另一个一模一样的客厅,她把目光落在镜子里的自己身上,"马蒂尔德,你觉得我胖了吗?"

"没有,夫人,哪儿的话!照我说,夫人,您应该多吃点。"

玛利亚·罗莎笑了,有孕在身尚未影响到她苗条的身材。尽管西班牙女性依然以胖为美,但电影和画报已经在宣扬四肢柔软、腰肢纤细、瘦胸瘦臀的女性新时尚。

我俩走进夜总会,钢琴声正好停下。猛敲琴键的女人站起身,用刺耳的声音宣布:接下来表演的是一位幽默大师,名字我忘了。零星的客人没在看节目,倒在看我俩进门。我和佩里克·塞拉马德里莱斯踮着脚,在空荡荡的桌子间游走,挨着舞台各自坐下,立马就被两个熟女缠上。她们用手臂勾着我们的脖子,强颜欢笑:

"帅哥,在找伴儿?"

"夫人,别浪费时间了,我们没钱。"我回答。

"真操蛋!谁都这么说!"一个熟女抱怨道。

"的的确确是真话。"佩里克有点怕,确认道。

"没钱就别出门。"另一个熟女责备我们,对同伴说,"咱们走,别跟他们浪费感情。"

已经扑到佩里克身上的熟女不听她劝告,撩起了裙子:

"小子,瞧瞧这大腿!"

可怜的佩里克差点晕倒。

"都说了,你们在我们身上一个子儿都捞不到。"我又说。

她们冲我们竖中指,嘲笑地扭着红润的屁股走了。佩里克摘下眼镜,去擦额头上渗出来的汗。

"大肥婆!"他小声说,"还以为她们要把我们给吞了。"

"她们只想靠自己挣口饭吃。"

"你觉得她们得手过?"

"很多粗人来这儿,人家不讲究。"

"我就算醉了,也不会……跟这种怪物在一起。你瞧她做了什么?撩起……上帝啊!"

嘘声响起,让我们闭嘴。钢琴师隆重推出的幽默大师已经登台,可怜的家伙哪儿是滑稽演员,更像难民。他忧伤、机械地背出一大串故事和笑话,有的是政治主题,更多的是重口味,大多超出了听众的想象力,他们不习惯听双关和暗指。尽管如此,荤段子还是逗得众人放肆地哈哈大笑。节目获得了短暂的成功,"难民"在短暂、热烈的掌声中退场。灯亮了,钢琴师弹起了华尔兹,两对人下场跳舞。女的是夜总会妓女,男的是面相凶恶的水手和恶棍。

"你见了什么鬼,带我来这儿?"佩里克发问。瞧他的反应,我很开心。他害怕,我镇定,就像几年前,莱普林斯似乎毫无缘由地带我来这儿一样。只是现在掌控场面的是我,扮演我当初角色的是佩里克。

"你要走,走好了。"我对他说。

"让我一个人从这么偏僻的地方走出去?别了,小子,我会把小命丢了!"

"那你就留下。但我提醒你,我会把演出看到底。"

演出继续进行。琴不弹了,灯光变暗,聚光灯照亮舞台。钢琴师走到光圈中央,若干次请求安静,等挪椅子声和窃窃私语声都停下后，大声宣布：

"尊敬的各位观众：我很荣幸地给大家介绍一档西班牙节目，该节目已经走向世界，在巴黎、维也纳、柏林等首都最高级的夜总会里大受欢迎。几年前，它在本地上演过，获得了巨大的成功。如今，巡回演出后它凯旋。尊敬的各位观众，出现在大家面前的是——玛利亚·科拉尔！"

她跑向钢琴，奏了一小段令人汗毛直竖的和弦。舞台空了几秒，随后，吉卜赛姑娘玛利亚·科拉尔像突然从地里冒了出来，或突然从梦里阴暗的角落蹦了出来。她还披着我认识莱普林斯当晚披过的那件缀着假宝石的黑斗篷……

"您认识莱普林斯先生吗？"

"莱普林斯先生……不认识，从来没听过这个名字。"内梅西奥·卡布拉·戈麦斯的眼睛一刻都没有离开过刚刚端上来的炖肉。

"我不知道你是不是在撒谎，"神秘的大善人说，"不过我不在意。"他斜着眼，瞅了瞅"理想主义者"罗西塔和酒馆老板，他俩正在想方设法地偷听。大善人压低嗓门，"我希望你能不折不扣，照我的吩咐去做，听明白了吗？"

"当然，先生，您请吩咐。"内梅西奥嘴里塞得满满的，回答道。

神秘的大善人继续压低嗓门，他明显紧张，说话时，看了好几回表——大金表，吸引了在场所有人贪婪的目光——还老是回头往门口看，说完起身，给了内梅西奥几个硬币，向众人匆匆打个招呼，不顾此刻城里正在下的瓢泼大雨，径直走了出去。他刚走，"理想主义者"罗西塔立马变身牛皮糖，粘在内梅西奥身上。

"内梅西奥，我的心肝宝贝，你怎么哑巴了！"她的声音甜蜜蜜的。酒馆老板也在柜台后善意地笑，他所有的顾客当然都很讨人喜欢。

内梅西奥一言不发地干完最后一盘菜，吃完晚饭，起身要走。

"内梅西奥，你这就要走？"罗西塔问，"没看见外头天都漏了？"

"就是，今晚天气糟透了。"老板附和。

"这种晚上，应该暖暖和和的，盖着被子……找个人来陪。"罗西塔总结道。

内梅西奥摸摸口袋，摸出一个硬币，递给罗西塔，对她说："我会回来找你的。"

他咧开缺了牙齿的大嘴巴，笑着冲到街上。

玛利亚·罗莎·萨沃尔塔走进厨房，身边永远跟着忠心耿耿的马蒂尔德。今天是个特殊的日子，专门雇来大秀厨艺的男大厨和五名厨娘正在厨房里忙活儿。无数种味道混在一起，空气中能挤出油来，厨房热得像地狱。橙红色头发的姑娘笨手笨脚地在给大厨打下手，大厨的嘴巴一刻不停，要么发号施令，要么张口骂人，歇下来就大口大口地喝摆在炉灶边的一瓶白葡萄酒。河马般的胖女人在用擀面杖擀面。一个厨娘经过，捧着一大摞摇摇晃晃的盘子，奇迹般地保持平衡。锅碗瓢盆叮叮当当，酷似中世纪竞技或接舷海战。谁也没发现夫人来了，闹哄哄的，谁也没停下。窝在闷热的厨房里，穿工作服的女人纷纷挽起袖子，解开扣子。粗鲁、结实的女仆正在褪鸡毛，深深的乳沟里满是鸡毛，活像鸡窝；另一名女仆的乳房上沾着白花花的面粉；更远一点，乳房坚挺的农家少女捧着满满一筻篱新鲜的莴苣。各种声音简直吵翻天。女仆们互相拌嘴、辱骂，用的全是短句，时不时发出刺耳的大笑声和下流的惊呼声。在如此闹哄哄的场面中，带头发疯的是大厨。他汗津津、醉醺醺、乐颠颠地手舞足蹈，发号施令加张口骂人。

玛利亚·罗莎开始冒汗，简直要晕过去，对马蒂尔德说："咱们走，给我备洗澡水。"

两人回到安安静静的卧室。她静下心来，看微风将花园里的草坪吹得波浪起伏，吹弯了花儿柔嫩的茎，房子周围的雕塑似乎在阳光下活了过来，提比达波茂密的山坡上吹来一阵香风。

她将额头靠在玻璃门上,忘了晚会和忙乱的准备工作,沐浴在阳光下,看了一会儿风景。哪怕幸福生活在寄宿学校的那些年,她也从未有过如此感受。她叹了口气,时间不多了,往浴室走去。浴室里正在放洗澡水,蒸汽弥漫,散发着浴盐的芬芳。

"别弄了,马蒂尔德,没时间了。你去看看发型师来了没有,帮我准备点吃的。一点点就好……要清淡:一点点通心粉,一点点水果,一杯柠檬汁,或最好一杯可可。哎!我也不知道,都一样,你看着办,别太油。厨房已经让我倒了胃口。你知道我的口味,你决定吧!好了,去吧,还愣在这儿干吗?没看见我要进去洗澡了吗?"

她等马蒂尔德出去,插上插销,脱衣服。浴室里很热,蒸汽让她无法呼吸。她很小心,慢慢地躺进浴缸,让水没过肩膀。皮肤发烫,大腿和肚子感受到一股电流。

"毫无疑问,"她想,"所有迹象表明,我要当妈妈了。"

薄纱窗帘外,日暮西山时,发型师正在为玛利亚·罗莎·萨沃尔塔的发型做最后的加工。发型师四十岁,丧夫,清瘦,长脸,牛眼,龅牙,不齐整,说话时嘶嘶嘶的,听着难受。她婚前就是发型师,婚后生活很不美满。丈夫游手好闲,自私自利,大手大脚,她硬是忍了五年。丈夫死后,她逢人便说,无时不刻地提起,记忆中将他美化,仿佛浪漫主义唾手可得,其实在无意识地残忍报复，让听的人尴尬。好心的女人趁客人无法走动，使劲说，说个没完。

"所谓时尚，"她用利文斯敦医生[1]深入非洲雨林的大无畏精神闲扯了半天，在各种话题间迂回，对玛利亚·罗莎说，"就是让女人出丑、让男人花钱的大傻事。圣父圣母圣子啊，瞧那些法国人发明出来的玩意儿！幸好西班牙女人对何为优雅，想法坚定，不缺常识。否则的话……莱普林斯夫人，就别提我们会有多虚荣了。您瞧，就像我家费尔南多说的那样，愿他安息，"她拿着夹子画十字，"就像他说的那样——许多政治家要是有我家费尔南多的常识就好了——最经典、最保险的做法是：穿一件剪裁得体、不烦琐、没有多余饰物的衣服，个人卫生弄弄好，头发梳梳好，遇到大场面，佩戴一款简单的首饰或一朵花就好。"

忠心耿耿的马蒂尔德捧着发卡、梳子、小镜子、夹子、卷发钳、压发梳和卷发夹，傻乎乎地在听发型师唠叨。毕竟是乡下姑娘，听了直点头，还小声附和："您说的没错，堂娜艾米莉亚，您说的没错。"玛利亚·罗莎开心地听发型师聒噪家丑。这个不要脸的费尔南多，把不要脸的谎塞进老婆简单的脑袋瓜子，好让丑婆娘在衣服首饰上一分钱不花。

---

[1] 即戴维·利文斯敦（David Livingstone, 1813—1873），英格兰探险家、医生、传教士，一生奉献给中部非洲探险事业，逐渐填满了非洲地图的许多空白。

玛利亚·罗莎突然做个手势,轻轻"嘘"了一声,让大家安静。她刚在走廊上听见了熟悉的脚步声,是他,保罗-安德烈回来了。他答应的,说到做到,提前下班,来看晚会是否准备妥当。她催堂娜艾米莉亚快点,发型师觉得梳头这么神圣的事,夫人居然认为有别的事比它更重要,索性回答头已梳好。玛利亚·罗莎顾不上夸她的手艺,又穿上梳头衣,来到走廊,蹑手蹑脚地走到丈夫的小会客室,悄悄把门推开。莱普林斯坐在桌边,背对着门,没看见她。他已经脱下了外套,换上了舒适的真丝家居服。玛利亚·罗莎叫他:

"亲爱的,你忙吗?"

莱普林斯吓得一激灵,把什么藏进了宽大的家居服里,没好气地问:

"进来之前,为什么不敲门?"问完发现进来的是妻子,于是便重新调整姿态,舒展眉头,露出笑容,"对不起,亲爱的,我刚才在想别的事。"

"我打扰你了?"

"当然没有。怎么,你还没换衣服?看看都几点了?"

"还有两个多小时,第一批客人才会到。"

"你知道的,我恨最后一刻出差错。今天,一切都要完美。"

玛利亚·罗莎假装无故受了委屈:

"你有什么资格说别人?自己连胡子都没刮,瞧瞧你,像个野人。"

莱普林斯去摸下巴,手一抬,家居服开了一点点,露出左轮手枪锃亮的枪柄。玛利亚·罗莎见了,心一凛,什么都没说。

"亲爱的,也就几分钟的事。"莱普林斯没留意到这个小细节,"现在,如果你不介意,让我一个人待会儿。我在等秘书,有些小事想在晚会前敲定。你知道的,有些事等不得。你来找我有事?"

"没……亲爱的,没事。你别耽搁太久。"她说着,关上了门。

走回房间时,她遇到了马科斯,他正在往莱普林斯的小会客室走。她冷冷地对他笑了笑,他穿着光亮的短筒靴,一并脚跟,向她九十度鞠躬。

奇怪,钢琴奏出的音符听起来十分遥远,仿佛梦里在听或隔墙在听,夜总会也被玛利亚·科拉尔的惊天美貌施了魔法,变得很不真实。只见佩里克·塞拉马德里莱斯在椅子上坐直,不再留意周遭的古怪离奇。场面寂静,不同寻常,仿佛正在看不该看的东西,大气都不敢出一声,仿佛——至少我这么觉得——我们都是玻璃做的小人儿,只要有一丁点声响,就会被震得粉碎。玛利亚·科拉尔游走在舞台上,像幻影,像抓不住的灵感。妆化得粗糙,反倒显得她纯洁。她嘲讽地笑,露出完美的牙齿,像在隔空咬你。她翻动、旋转着黑斗篷,身体各处若隐若现:罐子般又圆又深的乳房,孩子般柔弱的肩膀,轻盈的双腿,少女般的腰和臀。观众中弥漫着不安的情绪,仿佛最混账的家伙面对这可望而不可即的尤物,心也在火烧火燎地痛。

演出结束,吉卜赛姑娘向观众致意,收起斗篷,披在肩上,抛个飞吻,退场。掌声轻轻响起,又重归寂静。灯亮了,照在一群惊诧莫名、如行尸走肉般的观众身上,他们正在等待宣判,罪行是麻木灵魂的孤独与忧伤。佩里克第无数次用皱巴巴的手绢去擦额头和脖子上渗出的汗。

"老兄啊,这……这……这是什么呀!"他惊呼道。

"我就说,咱们不白来!"我假装回答得波澜不惊,其实心里已经翻江倒海。我一遍遍地告诉自己:她做过莱普林斯的女人,没准现在又属于别人了。我执着地、一遍遍地对自己说:活着,无此极致的享受,比死更惨。

回家的路上十分凄凉,我和佩里克都没怎么说话,我是因为心情复杂,他是猜到我的情绪,出于尊重。不消说,当晚,我没怎么睡,身体疲惫不堪,打个盹或眯一会儿也会被乱七八糟的噩梦困扰。

第二天,我失魂落魄,尽管很努力,也无法认同平庸的世界,适应琐碎的日常。佩里克想来套我的话,没得手。多洛雷塔斯关心我的身体,以为我感冒了。对她的关心,我只是随便嗯嗯啊啊地敷衍。天黑了，我在一家不好客的小饭馆里索然无味地啃一个难以下咽的夹肉面包时，打定主意再去夜总会，豁出去试一把，生活也许柳暗花明，也许万劫不复。

内梅西奥·卡布拉·戈麦斯快天亮时走进酒馆，里面空气污浊，廉价烟草刺鼻的烟味、人味和泼出来的酒味让他犹豫。他累极了。酒馆看似空空荡荡，他适应了气味后，坚定地往油乎乎的麻袋布门帘走。老板睡眼惺忪地看着他，喝道：

"下三烂的家伙，往哪儿钻？"

"堂塞贡蒂诺，我只是想找位先生聊聊，真的，一会儿就走。"内梅西奥央求。

"你找的人没来。"

"不好意思，我还没说找谁，您怎么知道他没来？"

"这么说，我乐意，懂吗？"

内梅西奥一边低三下四地挨骂，一边畏畏缩缩地走到破破烂烂的帘子跟前，最后一次哈了哈腰，掀起帘子一角，一头钻进后店，让酒馆老板来不及阻拦。后店里，一盏油灯悬在大圆桌上方，桌旁围坐着四个黑胡子男人，穿着棕褐色法兰绒外套，戴着鸭舌帽，挡着眼睛，抽着泛黄的、卷得很潦草的烟卷。没人喝酒，整桌人阴森森的。一个人在摆弄一个挺复杂的装置，上面有个定时器，他正在小心翼翼地给它上弦；一个人在看书；

还有两个人声音不高不低地在交谈。内梅西奥缩在门口,不吱声,直到有个人察觉到他的存在。

"伙计们,瞧瞧是哪只恶心的虫子钻到房间里来了!"那人跟他这么招呼。

"我觉得是条蛆。"另一个人用小眼睛盯着他,一条刀疤从左眉,经过两眼之间,划到上唇。

"那要好好喷点杀虫剂。"又一个人说着,打开了一把带四个弹簧的折刀。

他们就这样轮番咒骂。内梅西奥每听一句,就卑微地点点头,咧着缺了牙齿的嘴巴笑。那帮人骂完,屋里一片死寂,只听见定时器在冷漠地嘀嗒嘀嗒地走。

"你来干吗?"看书的终于问,他年轻,干瘦,脸发灰,病恹恹的。

"胡利安,我来聊聊。"内梅西奥回答。

"我们跟蛆没什么好聊的。"叫胡利安的人反驳道。

"朋友,这回不一样,我在为崇高的事业工作。"

"当上传教士了!"有人揶揄道。

"你们说,我从来没有出卖过你们吧?"内梅西奥小声抗议。

"你要是干过,小命早没了。"

"我帮过你们好多次,难道不是?胡利安,是谁通知你要来搜查你家的？还有你，是谁给你提供证件和衣服的？我是看在朋友的分儿上做的这些，难道不是？"

"哪天让我们抓着把柄，你就准备进棺材吧！"刀疤脸说，"行了，少废话。说，来干吗的？说完了滚。"

"我来找人……我发誓，不是做坏事。"

"你来打探消息？"

"我想提醒他，他很危险。他拖家带口的，会感谢我的。"

"名字。"胡利安打断他。

内梅西奥凑到桌旁。油灯照亮了他的光脑袋，耳朵透明得泛紫。阴谋分子们虎视眈眈地看着他，定时器响了，不再嘀嗒。街上的钟在敲五点。

管家通报：佩雷·帕雷利斯先生和夫人到。玛利亚·罗莎·萨沃尔塔满脸激动地迎上前去，亲热地亲了亲帕雷利斯夫人，害羞地亲了亲帕雷利斯先生。老金融家是看着她出生的，可眼下的情形不一样了。

"我还以为您跟夫人不来了！"年轻的女主人感叹道。

"都怪我夫人，"帕雷利斯先生试图掩饰内心的紧张，"她怕我们第一个到。"

"上帝啊，孩子，别对我们以'您'相称。"帕雷利斯夫人说。

玛利亚·罗莎的脸微微一红：

"哎，用'你'，我都不会说话了……"

"那当然了，"帕雷利斯先生插嘴，"这很自然。玛利亚·罗莎还很年轻，我们都是老古董了。你没发现？"

"上帝啊，别这么说。"玛利亚·罗莎不许他们这么说。

"哪儿的话，佩雷！"帕雷利斯夫人佯装气恼，"说你自己还差不多，我从心底里还是个孩子。"

"就是，夫人，精神上年轻更重要。"

夫人的手镯叮叮当当，她用螺钿扇子拍了拍玛利亚·罗莎的面颊：

"你们这些不知道各种小毛小病的人才会这么说。"

"才不是呢，夫人，这个礼拜，我感觉特别不舒服。"玛利亚·罗莎看着衣角，羞红了脸。

"不是吧，孩子！这一下，咱们得好好聊聊。你肯定？天大的好消息！你丈夫知道吗？"

"你们在说什么呢？"帕雷利斯先生问。

"没什么，你去那边聊荤段子去。"帕雷利斯夫人回答，"喝酒要小心，别忘了医嘱！"

帕雷利斯夫人挽着玛利亚·罗莎的腰，把她拉到一边。帕雷利斯先生步入主厅，乐队正在演奏探戈，几对青年男女搂得紧紧的，伴着旋律翩翩起舞，他痛恨阿根廷六角手风琴。仆人递上一只银托盘，里面是香烟和雪茄。他取了一根香烟，穿着紫色天鹅绒制服的侍童递上烛台，让他点上。他抽着烟，看着满满当当的大厅：来来往往的仆人、盛装出席的宾客、珠宝、音乐、灯光、高档家具、厚厚的地毯、昂贵的名画，到处流光溢彩。他皱了皱眉，目光忧伤，只见莱普林斯含笑走来，要跟他握手。他穿着无可挑剔的燕尾服和丝绸衬衫，全套钻石纽扣。帕雷利斯本能地整了整衬衫袖子，挺直被岁月压弯的腰板，微笑，刚拔了一颗白齿，尽量不露出来。做这些客套动作时，他突然气恼，不禁捏断了手中的香烟。

我到得太早，夜总会里没人。钢琴罩着罩子，椅子反扣在桌上，好让大块头女人大张旗鼓地扫地。她穿着带补丁的印花裙子，头上包着粗布手帕，像缠头布，嘴上叼着熄火的烟屁股。

"帅哥，你来早了，"她一见我就说，"演出十一点才开始。"

"我知道。"我回答，"我想见这里的主管。"

大块头女人又开始扫地，扬起了灰尘和绒絮：

"老板娘应该在，你找她干吗？"

"问她几个问题。"

"你是警察？"

"不，不是，是私事。"

大块头女人向我走来，用扫帚柄指着我。我认出她就是昨晚主动凑过来热场的两个女人中的一个。

"哟，你不就是昨晚请我们喝西北风的那个阔佬吗？"

"是的，昨晚我来过。"我回答。

大块头女人扑哧一笑，烟屁股掉了。

"告诉我，乖孩子，你来找老板娘干吗？"

"对不起，是私事。"

"好吧，大阔佬，她应该在后面准备酒水。有烟吗？"

我给她烟，让她继续扫地。空荡荡、黑乎乎的夜总会呈现出难以描述的肮脏和凄凉，大块头女人扬起的灰尘粘在我嘴巴里。跟平常遇到类似的情况一样，我鼓足勇气，好不容易走到这一步，却似乎一下子泄了气。我很犹豫，单纯地想把事情做到底，再说爱嘲讽的大块头女人还在看着，只好硬着头皮往前走。

信息无误，我找到了老板娘，不是别人，就是那个弹钢琴的老女人。她正在幕后捣鼓那些大瓶子小瓶子，活儿很简单，用一只生锈的漏斗，把大瓶子里的液体分装到贴着名酒标签的小瓶子里。夜总会酒水掺假，一喝便知，顾客们并不在意，这么做简直多此一举。我想，这是令人感动的原则问题。

我走到钢琴师身旁，她看见我，将夹在两腿间的小瓶子灌满，放下大瓶子，累得直喘气，表情一点儿也不友好。

"你有什么事？"

"对不起打扰了,我来的不是时候。"我先说开场白。

"你都说打扰了,来有什么事?"

"您瞧,是这样的。这里有个姑娘,叫玛利亚·科拉尔,是个跳舞的或耍杂技的。"

"怎么了?"

"如果可能的话,我想见她。"

"见她干什么?"

我想,我要是有钱,就不用听她这番奚落了,只要暗示我想要什么,塞两张钞票到她手里,事情立马就会变得丝滑无比。但我的条件完全两样,受大罪的日子还在后头呢。时间会证明,我的预感有多准。

"你为什么不帮我提这个大瓶子呢?"钢琴师开口。

"没问题。"我想博取她的好感。

她的眼神里看不出情感。我在她的注视下,开始大瓶子灌小瓶子。

"很沉,对吧?"

"是的,夫人,沉死了。"我直喘粗气。

"瞧,我都这把年纪了,每天都得干。"

"您需要一个帮手。"

"帅哥,你话是不错,可我钱怎么付?"

我没搭腔,接着灌,直到酒咕噜咕噜地漫出漏斗,洒到地上。

"不好意思。"

"没关系,你还没习惯。再灌这瓶。"

我听她吩咐。她在椅子上坐下,看我干活儿。

"不知道你们在那个妞身上看见了什么鬼?"她仿佛自言自语,"她倔,懒,脑子不灵光,还有一副铁石心肠。"

"您是说玛利亚·科拉尔?"

"没错。"

"您怎么把她说得这么坏?"

"因为我了解她,了解她这种姑娘。你别指望能有什么好,她是条毒蛇。当然了,你们会怎样,跟我没关系。"

"您会告诉我,在哪儿能找到她吗?"

"会,老兄,会的,你别犯愁。既然之前告诉过别人,现在我就能告诉你。不瞒你说,那人出手大方多了。但我对你印象好,你待人和气,是个好人。我都这把年纪了,你知道吗?看重钱,也看重礼貌。"

我又灌了三小瓶酒,她才告诉我期盼已久的地址。我一拿到手,谢谢她,就跟两个女人告别,去找玛利亚·科拉尔。

起风了,风又湿又冷,吹得路灯瑟瑟发抖,将小巷里的行人一扫而光,晚上常出门的都从街上躲到小酒馆的炉边喝酒去了。人都没了动静，只听见黑夜里风在呼呼地吹。内梅西奥·卡布拉·戈麦斯推开小酒馆的门，带进了一阵风、一团灰。破烂酒馆里的顾客没好气地盯着这个穿得破烂的人。

"下三烂的家伙，说的就是你！我这地刚拖过，瞧被你弄的！"酒馆老板唾骂道。

"您行行好，我就进来躲一会儿，"内梅西奥说，"这晚上没法儿睡觉，我都快冻死了。"

一个醉醺醺的声音从酒馆里头传出：

"好伙计，过来，我请您喝一杯。"

内梅西奥往陌生人走去：

"先生，太感谢了。一眼就能看出，您是个好心的基督徒。"

"我是基督徒？"陌生人反驳道，"您应该说，我是个坚定的无神论者。不过，这晚上不适合吵架，适合喝酒。老板，给这位朋友倒杯酒！"

"您瞧，先生，"老板说，"您的事，我不掺和，但这家伙不是只好鸟。给您一个建议，您抓一只胳膊，我抓另一只胳膊，趁他还没做坏事，把他扔到街上去。"

陌生人笑了：

"您别小题大做，给他倒杯酒。"

"听您的。但我提醒您，这家伙是个丧门星。"

"你有这么危险吗？"陌生人问内梅西奥。

"先生，别理他们。他们讨厌我，知道我上头有人，会把他们龌龊的生活方式汇报上去。"

"你在政府里头有人？"

"再往上，先生，还要再往上。这帮人生活在罪恶中。这是光明与黑暗的斗争，我是光明。"

"您别听他胡说八道。"老板将一杯葡萄酒放在内梅西奥的鼻子底下。

"他好像也没那么害人，"陌生人说，"就是有点神神道道。"

"您要当心，先生，您要当心！"老板再三叮嘱。

我对钢琴师提供的地址完全陌生，那片区域就像位于一座陌生的城市，问了好几拨人才找到，幸好离夜总会不远。我去找玛利亚·科拉尔，脑子里在想三个问题：其一，当然是她在不在家？其二，怎么跟她解释，我想见她？其三，前不久打听过她住处的人是谁？第一个问题和第三个问题没有答案，取决于时间和运气。至于第二个问题，我左思右想，也没想出个所以然来。记得沿途在卖饮品的小亭子里喝了一杯朗姆酒壮胆，结果喝下去烧心，难受，犯晕，几乎恶心，万分痛苦地一路找过去，别的我也不记得太多。

地址终于找到，是家寒碜的客栈，有好多房间。开始我就猜到，后来得到证实，常有情侣来这儿开房。大门又暗又窄，门房是个残废。

"您去哪儿？"

我回答，他什么也没问，告诉我几楼几门几号房。也许他想赚点小费，但我太慌张了，没给。楼梯破烂不堪，我摸上去，偶尔划根火柴照个亮。周围一片漆黑，我没沮丧，备受鼓舞。显然，玛利亚·科拉尔混得不怎么样，不至于瞧不起我。她处境悲惨，我不同情，反而欢喜。等我从自私自利的想法中恍过神来，不禁脸红。

我来到一扇门前，门上写着：

[胡里娅的房间]

把手在下面，旁边写了个"推"字。我一推，门吱呀一声，开了。进去是个门厅，圣徒壁龛上的小油灯发出微弱的光，除了陶瓷伞架，没别的家具。黑乎乎的楼道左右铺开，两侧分布着许多房间，房号是用粉笔胡乱写上去的。我划了一根火柴，最后一根，先往右走，再往左走，终于来到11号房门前，用指节敲门，先轻轻敲，又持续敲，没人应声。只听见水龙头的滴答声和朱顶雀古怪的叫声。火柴烧完了，我等了几秒，漫长得像几个小时。脑袋里冒出两种可能性：屋里没人；屋里还有别人（肯定是那个比我先到夜总会的人），两人正在亲热，被我撞个正着，谨慎起见，不出声。无论是哪种情况，最基本的理智都告诉我，应该识趣地离开。但我偏偏不按理智行事。我这辈子总是这样，在一定程度内小心翼翼，一旦过了那个坎儿，行为就会失控，犯各种错。两个极端都远离中庸之道，都不足取，导致了我此生的所有不幸。每次思考这个问题，我都会告诉自己：性格决定命运，我生来注定会输掉所有战役。如今，成熟让我的性情更加平和，纠正年轻时犯的错为时已晚。多年之后，回忆往昔，只会让我心痛，承认过去的失败已经无法弥补。

如果当时我退缩了，抑制住荒唐的冲动，断了牵扯我的不健康的念头，我的生活会是什么样？我永远也不会知道。也许，许多人不会死；也许，我不会在这儿。我只知道，打开那个房间的门，我也为自己和身边的人打开了新生活的大门。

"于是，"内梅西奥·卡布拉·戈麦斯说，"我便得知了我在世间的唯一使命。天使消失了。尽管点着煤油灯，我在绝对的黑暗中已经待了很久。它的身体闪闪发光，如果不是天使，还会是谁？我即刻离家，离开家乡，乘火车来到巴塞罗那。没买票，您要知道，我是以气态方式出行的。"

"为什么要来巴塞罗那？"陌生人似乎在饶有兴趣地听他说故事。

"因为这里每天都罪孽深重。您看看街上是什么光景？活脱脱的地狱走廊。女人不要脸，为了几个小钱就能出卖明明应该保护好的身子。男人就算行为上不犯罪，思想上也在犯罪。有法不依，哪儿都在骂政府，子女弃父母于不顾，教堂神殿无人光顾，发动袭击，夺人性命。人是上帝最杰出的作品啊！"

陌生人喝完杯里的葡萄酒，又斟满，瓶子已经见底。他用烟屁股又续了一根烟，眼发红，唇发黑，脸发涨。

"您不认为贫穷乃恶习之源吗？"声音几不可闻。

"您说什么？"

"您不认为是该死的贫穷逼那些女人……"他话没说完，力气耗尽，一头栽到桌上，额头重重地撞上木头桌子，酒瓶和杯子跳到地上，摔得粉碎。

谈话声停了，酒馆里一片死寂，所有人都盯着内梅西奥和醉汉朋友这两个怪人。内梅西奥发现处境不妙，轻轻地摇了摇陌生人的肩膀。

"先生，咱们出去走走，您要去透透气。"

陌生人抬头，盯着他，努力地想听懂他在说什么。

"先生，咱们走。在这儿待很久了，不健康。这么大的烟味和烧烤味，空气不好。"

"呸！"陌生人一巴掌扇过去，扇到他肚子，"别烦我！你这个成天传道的假修士！"

酒馆里的人继续聊天，嗓门低了点，还在偷偷地往奇谈怪论这桌瞅。内梅西奥吃了一巴掌,直喘粗气,直犯恶心,众人哄堂大笑。醉酒的陌生人听到笑声,直起身子,撑着双手,双眼冒火地看着人群:

"一帮白痴,笑什么笑?有脑子的话,该哭才对!瞧瞧,你们互相瞧瞧,可怜鬼,破衣烂衫的!就知道笑我,没看出我是镜子,能照出你们自身的模样。"

众人听了,再次哄堂大笑。酒馆里头有人高喊:

"内梅西奥,瞧你找的好伴儿!"

"疯子加醉汉,绝配!"另一个声音说。

"笑吧,你们就笑吧!"醉汉竖起中指,再次失去平衡。要不是内梅西奥扶着,人都栽到地上去了。"你们就笑我吧,如果觉得这样更有能耐!不过,总有一天,你们会跟我一样,用同样的目光审视自己。过去,我不是这个样子。我念过书,读过很多东西,但说到底,一无用处。过去,我很快乐,相信亲朋好友,拿失败者开涮。终于,蒙蔽我双眼的那块布掉了。"

"把他裤子脱了!"一个顾客嚷嚷道。

两名大汉起身,要去脱他裤子,内梅西奥挡在中间。

"让他说!"他不失尊严地恳求道,"这人诚实,很有文化,你们能从他身上学到不少东西。"

"让他闭嘴!好好的晚上,败兴得很!"

"就是,让他滚!"

"不,我不滚!"醉汉激动地往下说,"滚之前,我要告诉你们两件事。"他指着内梅西奥,"这个人认为你们行为不检点,所以才会受穷,才会让老婆孩子生病。我告诉你们:这不是真的。你们受穷,挨饿,不识字,痛苦,全都怪他们!"他指着酒馆墙外的假定人群,"是他们在压迫你们,剥削你们,出卖你们,如果有必要,还会杀掉你们。我知道的事,会让你们听了汗毛直竖。我知道哪些知名人士的双手上沾满了劳动人民的鲜血,哦,对了!你们看不见,他们都戴着白色羊羔皮手套,从巴黎买的!用你们的钱买的!你们以为在工厂按劳取酬,全都是骗人的!他们付工资,是为了不让你们饿死,能日以继夜地工作,累死为止。可是钱呢?利润呢?不!这些才不会给你们,他们要自己留着,买房、买车、买珠宝、买皮草、买女人。他们用的是自己的钱?哪儿的话!用的是你们的钱!可你们呢?你们在干什么?瞧瞧,互相瞧瞧,你们在干什么?"

"你在干什么?"有人问,没有人笑。谁都在假装若无其事地听,当笑话听,其实心里很不是滋味。紧张的气氛已经蔓延开来。

"你们忘了我吧,我是毁了。我想用自己的方式做斗争,但失败了。知道为什么吗?告诉你们,因为听信了漂亮话,错信了假朋友,希望能通过讲道理,让他们肮脏的心灵变软,真是痴心妄想!我想让他们睁开眼睛,看清现实。真是疯了,疯了才会这么做！他们自出生起，眼睛就是睁开的，什么都看见，什么都知道。瞎的是我，无知的是我……但我现在既不瞎，又不无知，所以才会说这番话。朋友们，听我一句劝。听我一句劝，不是凭我这个人，是凭我吃过的苦头。听我的。你们受了苦，别去借酒浇愁，"声音突然变燃，变得坚定，"应该浴血奋战！背井离乡的你们，应该用他们的血去浇灌干涸的垄沟，用他们的血去洗刷儿女身上的污垢。别让他们的脑袋还长在肩膀上。别让他们说话，他们会说服你们。别让他们做小动作，他们会用钱收买你们的意志。别看他们，你们会想模仿他们优雅的姿态，他们会去腐蚀你们的心。别同情他们，他们没有同情心。他们知道你们在受苦，知道你们的儿女吃不饱饭、看不起病，死掉了，但他们在笑，在豪华的客厅里，在炉火旁，喝着用你们种的葡萄酿出的葡萄酒，啃着在你们的农场养大的鸡，浸着用你们种的橄榄榨出的橄榄油。他们穿着你们做的衣服，住在你们盖的房子里，看着你们的茅屋漏雨。他们瞧不起你们，因为你们不会像他们那样说话，你们不去看戏，不去听歌剧，不会用银餐具用餐。去杀人吧，是的，去杀人！不留一个活口！杀掉他们的妻儿！灭了……灭了他们……永远灭了他们……"

醉汉没声儿了，筋疲力尽地倒在桌上，撕心裂肺地哭，打破了说话时超人的寂静。众人如泥塑木雕般，一动不动，似乎想在寂静中遁形、埋名。

过了几秒,老板来到醉汉桌边——内梅西奥正在照顾他——清清嗓子,色厉内荏地要求他:

"先生,请您离开,小店不想惹麻烦。"

醉汉没搭腔,还在抽抽噎噎地哭。内梅西奥扑到他背上,胳膊从他腋下伸进去,将他按住:

"先生,您累了,咱们走吧!"

"走吧,走吧!"顾客们一条声地劝。有些人胆怯地看着门,有些人对醉汉作威胁状。内梅西奥想用和平的方式解决事端。

"上帝啊,不慌不慌,咱们这就走。好不好,先生?"

"好,"醉汉终于嘟囔,"咱们走!哎哟……帮我一把。"

老板和内梅西奥扶他起来,他慢慢恢复了力气,找到了平衡。顾客们假装对发生的事毫不在意,醉汉和内梅西奥穿过酒馆,无人理会。干冷的夜晚没有月亮,醉汉打了个寒战。

"先生,咱们稍微走走,这么待着,会冻僵的。"内梅西奥说。

"我无所谓。您走吧,别管我。"

"那怎么行?我不能扔下您不管。告诉我,您住哪儿,我送您回家。"

醉汉摇了摇头。内梅西奥强迫他走起来,他走不稳,也没摔着。

"先生,您住在这附近吗?要不要叫辆车?"

"我不想回家,我再也不想回家了。我老婆……"

"先生,她会理解的。我们谁都喝多过。"

"不,我不回家。"醉汉伤心地说。

"那咱们走走,别停下。给您披上我的外套?"

"您为什么这么关心我?"

"因为您是我唯一的朋友。先生,您走两步。"

佩雷·帕雷利斯拿着烟,端着雪利酒,在听一帮人闲聊。这帮人里有两个小年轻、一个年纪大的诗人和一个男人模样的女士,她是荷兰驻西班牙大使馆文化专员。诗人和女士正在做文化比较。

"我很遗憾地留意到,"文化专员一口流利的卡斯蒂利亚语,只带少许外国口音,"跟欧洲其他国家不同,西班牙上层社会不以文化为荣,几乎以文化为耻,堂而皇之地炫耀对艺术的无知和无感,将精致和娇弱混为一谈。社交聚会上,无人谈论文学、绘画或音乐,博物馆和图书馆无人光顾,诗歌爱好者尽量掩饰其爱好,觉得它见不得人。"

"您说得太对了,范佩斯女士。"

"是范佩兹。"文化专员纠正。

"您说得太对了。就最近,10月份,我在莱里达举办了一场诗歌朗诵会。您相信吗?文学协会大厅里只坐了半席人。"

"我就是这个意思。这儿的人瞧不起文化,认为缺乏男子气,其实是曲解了男子气。说了您别生气,卫生问题也是如此。"

"吾国的两位巨擘,塞万提斯和克维多,都坐过牢。"一个小年轻说。

"西班牙贵族失去了扬名世界的机会,教会在这方面要聪明得多:洛佩·德·维加、卡尔德隆、蒂尔索·德·莫里纳、贡戈拉和格拉西安[1]都得到了教会的庇护。"范佩兹女士指出。

"这是暴发户们应该吸取的历史教训。"帕雷利斯先生苦笑道。

"拉倒吧!"诗人叫道,"这些人就别指望了。他们去歌剧院打呼噜,为了炫耀珠宝;他们购买名画,为了提升格调。可是他们连瓦格纳的歌剧和平行线大街上的活报剧都分不清。"

"行了,别夸张。"帕雷利斯先生暗自思忖,有几出活报剧他还挺喜欢的,"时候到了,自然会好。"

"于是乎,"范佩兹女士不想听不着调的题外话,接着说,"艺术家跟贵族对着干,创造出让我们痛恨的自然主义,只不过

---

[1] 塞万提斯、克维多、洛佩·德·维加、卡尔德隆、蒂尔索·德·莫里纳、贡戈拉和格拉西安均为西班牙黄金世纪的著名作家。

是想投入到人民群众的怀抱,去歌颂他们的天性罢了。"

帕雷利斯先生对这些话题不感兴趣,走开,来到一些他不太熟悉的实业家身旁。实业家们围着一位胖乎乎、笑眯眯的银行家,正在向他发难。

"您别告诉我,银行没拿屁股对着我们!"一名实业家拿着烟,指着银行家嚷嚷。

"先生,我们要谨慎行事,非常谨慎。"银行家始终赔着笑脸,"您要知道,我们手上的资金不是自己的,是储户的。诸位眼中的勇敢,对我们来说就是鲁莽。"

"狗屁!"另一名实业家咆哮道,他的脸忽红忽白,转换奇快,"形势好,你们就拼命捞……"

"就拼命榨!"同伴插话。

"……形势不好,你们就背对着我们……"

"是屁股,屁股对着我们!"

"……还装聋,明明要把国家折腾完蛋,偏偏摆出一副纯良商人的模样。"

"先生们,我是拿死工资的,每个月工资不变。"银行家回答,"我们这么做,不是为了自己赚钱,是别人把钱交给我们,委托我们打理。"

"狗屁!就知道趁危机,去投机。"

"别忘了,我们也失败过,别逼我去回想那些糟心事。"

"啊，帕雷利斯，"一名实业家发现他在场，"过来帮我们说句公道话！您对银行有何看法？"

"银行是高尚机构，"帕雷利斯先生顺势回答，"受方方面面的诸多因素掣肘，无法如我们所愿，果敢、大胆行事。"

"可您不觉得它拿屁股对着我们吗？"

"老兄，是不是拿屁股对着我们……我不知道，也许给人留下了这种印象。"

"帕雷利斯，您想绕开问题，避而不答。"

"是的，没错。"帕雷利斯先生感觉累得要命，不想卷进这些纷争。

"奶奶的，您别扔下我们！萨沃尔塔工厂真的要倒了？"头一名实业家挑唆地问。很明显，他觉得谈话十分有趣，想让气氛更热烈些。

"谁说的？"帕雷利斯先生随即反问，都没来得及用讥诮的口吻稍作掩饰。

"要知道，大家都在议论。"

"真的？我能知道大家都在议论些什么吗？"

"您就别装蒜了。"

"真的要抛股票？"

"抛股票？据我所知，没有的事。"

"听说莱普林斯想把他夫人从萨沃尔塔那儿继承的股票全抛

掉,是真的吗?甚至还说毕尔巴鄂的工厂有意购买……"

"先生们,你们真是想入非非。"

"马德里一家银行拒付工厂开出的票据,是真的吗?"

"你们去问银行!不知道你们在说什么。"

"哼,银行那帮衣冠楚楚的家伙才不会告诉我们呢!"

"没错。"帕雷利斯先生冲银行家挤了挤眼,"我忘了,银行总是拿屁股对着人。"

他拍了拍那帮实业家,冲笑眯眯的银行家会心地笑了笑,又在大厅转悠。他想回家,换上家居服和拖鞋,靠在扶手椅上休息。他看见莱普林斯在大厅尽头、书房门边,正在向侍应生嘱咐什么,果断地向他走去,等侍应生离开后,对他说:

"莱普林斯,我有急事要找你谈。"

"先生,告诉我,您家在哪儿,我送您回去。"内梅西奥·卡布拉·戈麦斯执意要问,"明天,您会感觉好一点。"

醉汉抱着路灯,睡着了。内梅西奥使劲儿摇,他睁开眼,睥睨着问:

"几点了?"

内梅西奥四处找公共场所的钟,没找到。

"很晚了,已经天寒地冻了。"

"时候还早,我要去办件事。"

"这个点儿去办事？先生，哪儿都关门了。"

"我找的地方不会关门，就是个邮筒。咱们去邮局。"

"回您家顺路？"

"嗯。"

"那好，咱们走。"

他让醉汉搭着肩膀，扶着他往前走。内梅西奥体质本来就弱，两人跌跌撞撞、磕磕绊绊，还能保持平衡，简直奇迹。哪里的钟敲了三下。

"五点！"醉汉叫道，"我说什么来着？时候还早。"

"事儿就不能留到明天再办？"

"明天可能就太晚了。您知道吗？我要做的事很简单，往邮筒里投一封信。信就在身上，只写了一张纸。不过，啊，我亲爱的朋友！等信寄到了，许多人头就会落地。就算不马上落地，也指日可待。几点了？"

"我不知道，先生，小心马路牙子。"

他们接着走，走到邮局。区区两百米，走了半个多钟头。内梅西奥坐在门廊台阶上歇了好几回，醉汉借此机会，放声歌唱，当街撒尿。走到邮局大楼前，他们开始找邮筒，醉汉在墙上摸索，想随便找条石缝，把信塞进去。最后，还是内梅西奥帮他找到了邮筒。

"先生，把信给我，我来投。"

"那不行！您不能看见收信人是谁。"

"我不看。"

"不能随便相信人，这封信很重要，邮筒在哪儿？"

"在这儿，您把盖子掀开。"

他帮醉汉把信投进邮筒，想看收信人的名字，信封皱巴巴的，油迹斑斑，看不清，只发现地址就在同城。大事办完，醉汉安心不少。

"我的任务完成了。"他郑重其事地说。

"那我送你回家。"内梅西奥建议。

"好的，咱们走。几点了？"

他俩稍微轻松一点，往兰布拉大街走。天空飘起了小雨，一会儿就停了。温度没那么低，风也消停了。兰布拉大街的长凳上，睡着酒鬼和流浪汉。佩尔切隆马拉着蔬菜车，运往伯恩农贸市场。一条狗在内梅西奥的腿间吠来吠去，他只好跳到长凳上，免得被咬。总之，路上没有发生特别的事。走到兰布拉大街和联合街拐角，醉汉跟内梅西奥告别。

"您不用跟着我，我已经清醒了，想一个人走。"他说，"我就住在这儿，从那个门廊进去。"他模模糊糊地往街道尽头指了指，"您回去好好睡一觉，今晚给您添了不少麻烦。您为我做的一切，我很感激。"

"先生，不用谢我。不管怎么说，咱们过得不坏。"

醉汉陷入了深深的忧伤。

"没错,您说得没错,甚至有时还挺开心的。不过现在,一切都会改变。生命中让人喘息休战的时间并不多。"

"您这是什么意思?"

"我想请您帮个忙,我能信任您吗?"

"您可以闭着眼睛信任。"

"那您听好:我有预感,一个不祥的预感。万一我出事,您听好,万一我出事……听明白了吗?"

"当然,先生,万一您出事……"

"您就去找我的一个朋友,名字我会告诉您的。一听到我出事,您就去找他,告诉他,我被人杀了。"

"您被人杀了?"

"是的,他知道谁杀了我。让他帮我照顾老婆孩子,可怜可怜他们,别扔下他们不管。您听好,他叫,我的朋友叫哈维尔·米兰达。能记住吗?"

"能,先生。哈维尔·米兰达,忘不了。"

"您去找他,告诉他今晚听我说过的话。您要记住,只在我出事的情况下。好了,别耽搁了,您走吧!"

"您可以信任我,先生。我向上帝发誓,绝不会辜负您。"

"再见,朋友。"醉汉握了握内梅西奥的手。

"再见,先生,保重。"

两人就此分手。内梅西奥见他迈着缓慢而坚定的步伐离开,觉得再盯下去不合适。于是,过了一会儿,他也转身离开。走到兰布拉大街拐角,一辆汽车正好拐进联合街,车灯刺得他睁不开眼。一个模糊的想法突然在敲打着他的脑袋,说不清是什么,但令他不安。他接着走,接着想,突然灵光一闪。那辆车一直在跟着他们,先是停在酒馆前,后来停在邮局大楼前,最后还见它在兰布拉大街运送蔬菜的马车间穿梭。当时他没在意,现在听了醉汉最后说的那些话,那些神秘的事、神秘的巧合都有了悲剧性的含义。内梅西奥转过身,往回跑,拐进联合街,继续跑,直到叫声让他停下。一百米开外,瓦斯路灯昏暗的灯光下,乱七八糟地围着一群穿家居服的人;还有人没找着合适的衣服,穿着睡衣从阳台上张望。两名巡警挤进看热闹的人群,一会儿工夫,无人的街道上又有了生气。内梅西奥小心翼翼地凑过去。

"打扰了,夫人,发生了什么事?"

"年轻人被车撞了,据说已经死了。"

"知道是谁吗?"

"是个记者,就住在这条街22号,有老婆,还有个小儿子。您瞧瞧,多惨!就在离家几步远的地方死掉了。"

"他要是乖乖听上帝的,不在外头混到这么晚,好好在家待着,"女邻居在底楼窗口说,"也不至于被车撞死。"

"夫人，人都走了，您别这么说。"内梅西奥说。

"您闭嘴！看样子，您跟他一路货。"女邻居在窗口反唇相讥。

巡警请大家让一让，叫了医生和救护车。内梅西奥躲在给他说明情况的夫人身后，趁巡警不注意，鬼鬼祟祟地溜了。

II

我推开玛利亚·科拉尔的房间门,发现这里跟自己房间一样,伸手不见五指,味道很不好闻。一开始,我以为里头没人,可是没过一会儿,屏息一听,听到有人在急促地呼吸,微弱地呻吟。我叫她名字:"玛利亚·科拉尔!玛利亚·科拉尔!"无人回答,呻吟还在继续。最后一根火柴被我在找房号时划掉了,于是,我决定摸回门厅,去取圣徒壁龛里的小油灯,举着小油灯回房间,让房间有点光亮。等眼睛适应了昏暗的环境,不难分辨出最里头有张铁床,床上躺着一个女人。是玛利亚·科拉尔!感谢上帝,就她一个人。我以为她睡着了,在做噩梦,凑过去握住她的一只手。那只手冰凉冰凉的,还湿漉漉的。我把小油灯举到她脸上,顿时浑身哆嗦。她脸色惨白,像个死人,只有下巴轻轻的颤动和微微张开的嘴里发出的呻吟能看出人还活着。我抓着她肩膀,想让她苏醒过来,没用。我打了她几下,也没用,只是她脸色更加惨白,呻吟得更加痛苦。她快死了。我叫了几声,屋里不像有其他人。我很慌张,不知该如何是好。我想把她背走,带她去看病,但我马上打消了这个念头。大晚上的,我不能背着一个奄奄一息的女人,当街挨家挨户地敲门求助。我也不认识哪个医生。只有一个名字反复出现在脑海中——莱普林斯。我毅然决然地走出房间,关上门,放回小油灯，跌跌撞撞地冲下楼梯。门房有点好奇地看着我，小客栈的访客通常不会以这种方式离开。我走过去，问他哪里有电话，他说附近餐馆就有，问我发生了什么事。我在门口回答没事，三步并作两步跳进了餐馆。那儿不叫餐馆，就是个脏兮兮的吃饭的地方，十几个邋遢鬼在吃两大锅炖菜。他们指给我电话机，我才意识到没有莱普林斯的电话号码。总得想个办法，我灵机一动，打到科塔班耶斯的律师事务所，老律师应该还窝在办公室，尽管只是单纯地不想回到空荡荡的家里。我打过去，提心吊胆地听着电话铃声。有人接电话，我松了一口气。

"喂？"不会弄错的，是科塔班耶斯的声音。

"科塔班耶斯先生，我是米兰达。"

"哦，哈维尔，你好吗？"

"对不起这么晚打扰您。"

"没关系，孩子，我正打算去吃晚饭。找我什么事？"

"麻烦您告诉我莱普林斯的电话号码。"

"莱普林斯的电话号码？为什么？发生了什么事？"

"科塔班耶斯先生，有要紧事。"

他吭吭哧哧地装傻，显然为了争取时间，琢磨着该不该把莱普林斯的电话和地址告诉我。

"孩子，就不能等到明天吗？这么晚给人家打电话不合适。再说了，我不知道我有没有他的电话号码。你知道的……他结婚以后，搬家了。"

"科塔班耶斯先生，人命关天。您先告诉我，回头我再跟您解释。"

"我不知道，让我想想，看有没有这个电话号码。我年纪大了，记性差。哈维尔，孩子，别催我。"

我见他吞吞吐吐，知道这么讨价还价，能耗进去一晚上（科塔班耶斯办事，能让对方都不知道自己说了些什么），我决定如实相告。再说，估计他全都知情，跟他说，不算泄密。

"您瞧，科塔班耶斯先生，莱普林斯跟一个在夜总会工作的姑娘交往过。她跟几个打手有关系，两年前，莱普林斯雇用过他们，干的活儿不太合法。如今，她又回来了，尽管没看见打手。我特别偶然地找到了她，发现她病得很重。如果她死了，警察会去调查，那跟莱普林斯和萨沃尔塔工厂有关的一些麻烦事就会曝光，您明白吗？"

"当然明白，孩子，我当然明白。你跟那姑娘在一起？"

"不在一起。我在一家客栈找到她的，正在附近一家餐馆给您打电话。"

"那姑娘现在一个人？"

"嗯，一分钟前，她还是一个人。"

"有人看见你进出客栈了吗？"

"只有门房看见了，但他好像并不好奇。"

"听着,哈维尔,我不希望你去惹麻烦。你把客栈地址告诉我,我去找莱普林斯。你别回客栈,待在附近,盯着进出客栈的人。我们一会儿就到,听明白了吗?"

"先生,听明白了。"

"那好,别慌,照我说的去做。"

他记下地址,挂上电话。我出餐馆,按他的指示,守在客栈对面。我抽烟,一根接一根地抽,读秒,一秒一秒地数,过了将近一个小时,才听见拐角有人叫我,没叫我名字,我不认识那个人,但还是走了过去。拐角后面,藏着一辆黑色豪华轿车,叫我的人让我去那辆车。窗帘拉着,看不见里面是谁。我走到车旁,门开了,我上车,里面坐着莱普林斯和科塔班耶斯,司机的位子空着,估计叫我过来、守在外头的人就是司机。马科斯坐在前排,莱普林斯邀我坐在中排单独座位上。

"你肯定那人就是玛利亚·科拉尔?"他不打招呼,张口就问。

"百分之百肯定,我昨天刚看过她表演。"

"那两个壮汉呢?"

"影子都没见着,没跟她一起表演,也没在哪里看见。"

"那好,"他开始分派任务,"你带马科斯和我司机过去,我们俩在这儿等,快点。"

"最好带个手电筒,"我说,"客栈里没有灯。"

"马科斯，"莱普林斯对保镖说，"带个手电筒，速去速回。"

马科斯下车，在后备箱里拿了一个手电筒，向司机示意。三人组出发，我打头。走到客栈门口，我让他们停下。

"咱们假装刚从外头玩回来，门房要是问起，我来回答。"

他们点点头，我们仨进门。门房瞟了一眼，什么都没问。三人上楼，进门厅。马科斯把手电筒递给司机，举起一直半藏在大衣里的手枪。门厅里没有人，就算有人，也被我们吓死了。在许愿用的小油灯摇曳的灯光下，我们仨一定很吓人。司机打开手电筒，递给我。我自始至终没开口，把莱普林斯的两名手下带进了玛利亚·科拉尔的房间。在这短暂的间歇里，什么都没变，她还躺在床上，费劲地呼吸、呻吟。手电筒一照，房间更逼仄，更破落得让人揪心：墙皮掉了；霉斑又大又密，看不清墙纸本来的颜色和图案；墙角挂着蜘蛛网；家具只有一张松木桌子和两把椅子。角落里有一只打开的纸板箱，玛利亚·科拉尔的衣服（没看见她在夜总会表演时穿的斗篷和羽毛）揉成一团，扔得到处都是。床的上方有扇天窗，通往内庭院。内庭院跟客栈其他地方一样，又暗又窄。

我用手电筒去照玛利亚·科拉尔的脸，她瘦削的面庞、半闭的双眼和青紫的嘴唇比上回看着更吓人，我不由自主地抖成筛子。马科斯见了，碰碰我的肘，催我快点。我退到一边，他和司机扶起玛利亚·科拉尔，她穿着一件破破烂烂的大衬衫，全汗湿了，不能就这么上街。我脱下大衣，搭在她肩上。可怜的姑娘对周围发生的事浑然不知。出门前，马科斯指了指桌上的破旧天鹅绒小包，我拿着，塞进大衣口袋。马科斯抬着她的脚，司机抬着她的肩膀，走过楼道，穿过门厅，我探头看了看楼梯间，没人，招呼同伴。四个人从弯弯曲曲的楼梯下去，一个人都没遇到。下到二楼，我凑过去，对马科斯耳语：

"咱们不能这么从门房面前过去。扶她站起来，假装喝醉了。"

他们照办，我关上手电筒，先下楼，堆着笑，摇摇晃晃地往门口走。好心的门房还在傻傻地打发时间。我向他问好，尽量用身体挡住他的视线，让他看不到玄关。我拍拍他肩膀，在桌上放了几个硬币当小费。门房歪着脑袋，看见两个男人架着一个瘫软的女人，奇怪地往外走。他用空洞的眼神盯着我，回到昏昏沉沉、毫无意义的看门状态中。我退到门口，四个人去找车。我边走边想，那家客栈一定很怪，门房对离奇的事见怪不怪。

马科斯和司机将玛利亚·科拉尔放在汽车后座，莱普林斯和科塔班耶斯换到中排单独座位。两名手下也上了车，车徐徐发动。莱普林斯在关上车门前，从车里对我说：

"你回家，别跟任何人说这事儿，等我的消息。"

车门关上，车不知往哪里开。我忘了把大衣要回来，夜很凉，我竖起外套领子，双手插兜，快步往前。

内梅西奥·卡布拉·戈麦斯走来走去，望着头顶上的大钟，停下时总会去观赏世纪百货公司的橱窗，里面堆满了琳琅满目的商品，似乎质量不足以吸引人，还增添了彩带、锡纸、槲寄生等圣诞装饰。顾客们潮水般地涌进涌出，空手进，大包小包地出；若是已经大包小包地进，出来时人会不见，只见一座花花绿绿、正在移动的小山，谁也不埋怨自己变成了临时搬运工。贵妇们带着小厮或女仆拎东西，大部分人自己提着憧憬未来的物品。内梅西奥嫉妒地看着他们，有些忧伤。百货公司的正墙上写着几个大字：

[圣诞快乐！1918年新年快乐！]

内梅西奥又去看钟：六点四十。约的是六点半，不过，他习惯等人，没有不耐烦。再说了，眼前的景象很有趣。年轻的母亲挽着小男孩的手，走到他身边，微笑着递给他几个小钱。他一边数钱，一边鞠躬致谢，小声说"上帝会报答您的"。之后，他又走来走去，傍晚天冷，走走暖和。就这样，又过了十分钟。百货公司门前，出租马车停停走走，下客上客。七点差十分，他听见有辆马车里有人叫他，走过去，一只手招呼他上车。他上了车，车又动了。窗帘拉着，看不见往哪儿走。

"有什么消息？"坐在他对面的男子问。

马车里很黑，但内梅西奥还是听出了他的声音，就是几天前托他办事的那位尊贵的先生。

"先生，人找到了。"他回答，"挺难找的，他不怎么跟人交往。不过有耐心、有办法……"

"开场白就免了，直入正题吧！"

内梅西奥咽了口吐沫，想了想，该不该道出实情。他怕和盘托出后，先生没了兴致，不要他调查了，那指望赚的钱，可就飞了。但他也不能撒谎，对方迟早会知道真相。根据经验，他最怕有钱有势的人报复。

"您瞧，先生，我要说的，您恐怕不爱听，一点也不爱听。"

"他妈的，你就说吧！"先生催他快说。

"先生，他被人杀了。"

先生打了个激灵，嘴巴张着，顿了几秒，才说出话：

"你说什么？"

"他被人杀了，先生，可怜的帕哈里托·德·索托被人杀了。"

"你确定？"

"我亲眼看见的，就是这双眼睛。"

"你看见他怎么被人杀死的？"

"嗯……也不能这么说。我送他回家,他不让我送到门口。我走的时候,看见一辆汽车驶过,开始没在意,后来反应过来,好像就是整晚跟着我们的那辆车。先生,我又往回跑,他已经躺在街上,死掉了。"

"街上还有别人吗?"

"先生,出事的时候没有。您要知道,现如今,谁也没有太多同情心。我跑到他身边时,已经围了一大圈人,但这是事后。"

"那时候,他已经死了?"

"死得僵僵的,先生,都没气儿了。"

先生好几分钟都没说话。内梅西奥侧耳去听街上传来的声音,想推断出所在位置,有轨电车叮叮当当,还有马达声。马车走得很慢,估计还没走出商业中心,也许还在费劲地沿着格拉西亚大街往北。

"他被杀之前,你们聊过?"先生终于发问。

"聊过,先生,我们聊了一晚上。一开始,他喝了酒,十分激动。"

"他喝醉了?"

"是的,先生,有点醉。他在我找到他的那家酒馆闹出了很大动静。"

"什么叫闹出了很大动静?"

"他把什么都批了一通,还说一大帮人都该杀。"

"说名字了吗?"

"没有,先生,只说许多人都该杀,没说具体名字。"

"说原因了吗?"

"说他们骗了他。如果不杀掉,他们还会这样骗别人。说实在的,我觉得有点夸张,无论如何不应该杀人。"

"他还说了什么?"

"没再说什么。酒馆里的顾客让他闭嘴,我们就走了。到了街上,他没再说杀人的事,就一路唱歌、撒尿。"

"一直到你把他送到家附近?"

"不是的,先生。我们分手时,他情绪已经稳定,似乎很伤心,说恐怕有人会杀他。这是预感,对吧?"

"毫无疑问。"先生确认。

"他请我帮个忙,我不知道该不该告诉您。"

"白痴,当然应该。我就是为这个付你钱的。"

"您瞧,他说,万一他出事,让我去通知他的一个朋友。"

先生失去的精气神貌似又找回来一部分。

"他告诉你名字了?"

"是的,先生,我不知道该不该……"

"别再说蠢话了,内梅西奥,赶紧说那个朋友的名字。"

"哈维尔·米兰达。"内梅西奥小声说。

"米兰达?"

"是的,先生。您认识他?"

"这跟你有什么关系?"先生拦住他的话头,又用戴着手套的手去摸下巴,"这么说,是米兰达,哦?是的,我认识他,我当然认识。他是莱普林斯的一条狗。"

"先生,您说什么?"

"你管不着。"他用手杖敲了敲车顶,马车立刻停下,"内梅西奥,任务结束。活儿干得不错,你可以下车了,忘了你跟我见过面。"

他给内梅西奥几张钞票,示意他打开车门。内梅西奥已经猜到了这样的结局,还是忍不住满脸失落。先生会错了意,问他:

"怎么了?嫌少?"

"哦,不是,先生。我在想……"

"想什么?"

"先生,咱们不接着干了?不把这事儿干到底了?先生,一个可怜的人被杀了,这是滔天大罪啊!"

"内梅西奥,主持正义不是我的事。警察会去查这个案子,让凶手得到应有的惩罚。我只想了解一些信息,不幸的是,已经不可能了。"

"那个米兰达呢?您不想让我找到他?我能找到他的,我的好朋友遍天下。"

"内梅西奥,别再瞎说了。你吧,狗都嫌。还有,管事儿的是我。请你下车。"

内梅西奥决定亮出最后一张底牌。

"先生,我还没说完。当晚,还发生了别的事。"

"哦,是吗?这么说,你想为自己争取一下,是不是?"

"先生,您别生气,穷人总得为生存而奋斗。"

"瞧,内梅西奥,你很滑头。但这件龌龊事,我已经不感兴趣了。如果还发生了别的事,我也不想关心。"

"先生,是很重要的事,非常非常重要。"

"我都说了,请你下车,别再玩儿我了,懂吗?你没见过我,不知道我是谁。别看我表面上宽容,要是不想步帕哈里托·德·索托的后尘,你就小心点。"

他打开车门,不由分说地把内梅西奥推下了车。内梅西奥趔趄几步,差点摔倒。世纪百货公司已经关门,马车只是在绕着街区兜圈子。他想追着马车走,可是人群迅速将他包围,走不快。他数了数先生给的钞票,收在裤子里头,又推推搡搡地往前走。

科塔班耶斯先生往嘴里塞了两只鸡肉丸子,腮帮子上下蠕动。他想擦手,用目光寻找餐巾纸,发现它在长条桌尽头,伸着手往那儿走,尽量不蹭着别人。一位瘦瘦的先生,银发,蒜头鼻子,胸前披着科塔班耶斯看不懂的绶带,挡在路中间,向他伸出手来。科塔班耶斯把手缩回去,绶带先生看了纳闷。科塔班耶斯跟他解释,一边说,一边将鸡肉丸子的颗粒喷到对方绶带上。

"真对不起。"他说得很含糊。

"您说什么?"

他指了指鼓鼓的腮帮子。

"亲爱的科塔班耶斯,您慢点吃!"绶带先生明白了状况,赶紧说,"您慢点吃!这个时代最大的毛病是着急。"

科塔班耶斯走到餐巾纸前,取了最上面那张,展开,擦手指,擦嘴巴,咽下最后一点鸡肉丸子。绶带先生拍了拍他的背。

"祝您胃口好!"

"谢谢,非常感谢。对不起,我忘了您尊姓大名。"

科塔班耶斯喜欢参加多人聚会,在客套和礼节上,他胸有成竹,又没有直接提问、律师咨询或诱人上当的建议。他喜欢轻松地聊天,聊一半就走,这儿听一耳朵,那儿听一耳朵,这儿随便开句玩笑,那儿随口评论两句。他爱观察、推测、猜想、发现新面孔,掂量着哪些人要红,哪些人过气了,大厅里谁跟谁默契,谁背叛了谁,犯下了哪些社会罪行。

"卡萨博纳,奥古斯托·卡萨博纳,愿意为您效劳。"绶带先生指着自己,做自我介绍。

科塔班耶斯跟他握手。两人瞬间冷场,不知道该说什么。

"科塔班耶斯朋友,"绶带先生终于开口,"您对最新的传言有何高见?"

"卡萨博纳朋友,别用'最新的'这个词,现在已经不是最新的了。"

"哈哈哈,您真逗,科塔班耶斯朋友。"绶带先生笑了,又像受审的人那样,板起了脸,"我指的是,听说咱们的莱普林斯朋友要当下一届巴塞罗那市长。"

科塔班耶斯无声地大笑,笑得肥胖的身躯直抖。

"卡萨博纳朋友,传言多着呢,满天飞!"

"是的,但总有真的。"

"我买彩票时也对自己这么说:总有号码能中奖。可是您瞧,我买的从来没中过。"

"好了,科塔班耶斯朋友,感觉您在转移话题,说明这里头有猫腻。先生,您骗不了我的。"

"卡萨博纳朋友,我要是知道什么,会告诉您的。说实话,我什么都不知道。不瞒您说,这传言我有所耳闻,我对它的态度跟对其他传言一样,没太理睬。"

"不过,科塔班耶斯朋友,您得承认,这消息要是属实,会是颗重磅炸弹。"

科塔班耶斯在各种聚会上，不怕听人口无遮拦，胡说八道。接茬儿又没好处，以沉默回应就好。不过这次，他决定让讨厌的卡萨博纳讨个没趣：

"您说这是炸弹？我私底下提醒您，这个比方不太合适。"

卡萨博纳的脸红了：

"我不是这个意思……科塔班耶斯朋友，您懂的。您知道，我对咱们共同的朋友莱普林斯颇有好感。我说这个话题，恰恰……恰恰是因为我想求他帮个小忙，不是什么重要的事。如果他能行行好……"

科塔班耶斯见他慌了神，心中窃喜。

"卡萨博纳朋友，请问，您是做哪行的？"

"哦，我在费尔南多街开了家集邮公司，您恐怕从门口经过无数次。您要是集邮，就应该知道。不谦虚地讲，我手里有过价值连城的珍品邮票。客户就更不用说了，有巴塞罗那，乃至全欧洲最棒的集邮爱好者。"

"卡萨博纳朋友，不好意思，我对集邮不感兴趣。我条件有限，不敢对邮票敢兴趣，只敢对税票感兴趣。"

"税票？"绶带先生脸发白，赔笑道，"哈哈哈，您真逗，科塔班耶斯朋友。我没想过'邮票'和'税票'居然用的是一个词，说真的，从来没想过。税票，哈？我去说给我夫人听听。"他欠欠身说道："失陪。"低笑着走了。

科塔班耶斯目送他消失在人群。乐队在茶歇，大家正好聊天。乐师们喝着香槟，举杯致谢，一会儿冲着莱普林斯，一会儿冲着玛利亚·罗莎·萨沃尔塔。女主人微笑着，优雅地颔首回礼。身边的帕雷利斯夫人沾了女主人的光，也在微笑着点头致意。晚宴还早，科塔班耶斯用目光去寻找炸丸子，没看见丸子，却看见莱普林斯在书房门口招呼他过去。隔得远，眼又花，他看不清莱普林斯的表情是高兴还是不高兴。

豪华轿车停在公主街邻近圣胡安沙龙的一栋三层新楼，上下开合式窗户，焦糖色玻璃大门，透出门厅里的灯光。大门上方跟墙垂直的招牌上写着：

[梅里达酒店
舒适宜人]

莱普林斯和马科斯下车。莱普林斯按了按门楣上的门铃，里面的小铃铛响了。没过一会儿，听见窸窸窣窣的拖鞋声走近，沙哑的声音反复说："来了，来了。"插销拉开，玻璃门打开，还拴着保险链。莱普林斯和马科斯交换了嘲笑的眼神，睡眼惺忪的半张脸隔着门缝张望。

"先生们，请问有何贵干？"半张脸问。

"我是莱普林斯先生,您还记得我吗?"

半张脸眯缝着的眼突然变大:

"啊!莱普林斯先生,对不起,刚才没认出您!我睡着了,您知道吗?我醒得慢。马上给您开门。"

门先关上,链条栓拉开,门全打开。酒店前台穿着灰色羊毛家居服,里面衣服皱巴巴的。

"请进。不好意思,穿着家居服接待你们,没指望这个点儿还有人来,炉子也熄了,马上去生。这晚上真够折磨人的,不是吗?"

"卡洛斯,我们带来了一位客人,您认识。"

卡洛斯合手望天:

"哦,小姐回来了!先生,真让人高兴!"

"有空房间吧?"

"小店永远有莱普林斯先生的房间,不是上回那间。要是稍微提前一点通知我就好了……不过没关系,还有一间,不临街,稍微小一点,更安静,更保险,小乖小乖的。"

莱普林斯和马科斯回到车上。

"你在这儿等着,"莱普林斯对科塔班耶斯说,"我们很快就回。"

"不行,孩子!"科塔班耶斯说,"这条街这么黑,我不能一个人待着。再说了,天又冷得要命。"

莱普林斯和司机把玛利亚·科拉尔抬下车，科塔班耶斯也跟着下车。四个男人抬着一个女人走进酒店，前台关门，插上插销。

"小姐病了。"莱普林斯说，"先送她去房间，再去找医生，我会留下来陪她，当然，我负全责。"

前台见她病恹恹的样子，直皱眉头。听了这番话，脸上又堆回了笑容。

"先生们，这边走，请跟我来。我在前面带路，小心台阶。"

他举着煤油灯走在前面，先照亮楼梯，再照亮走廊，走到最后一扇门前，从背心口袋里掏出钥匙，开门。跟酒店其他地方一样，房间很干净，但闻上去潮乎乎的。

"有点冷，我来生火盆，房间不大，一会儿就暖和了。"前台说。

莱普林斯和司机把玛利亚·科拉尔放到床上，前台去生火盆，点的是葡萄渣。火盆生好，莱普林斯给他一张钞票，示意他离开。

"非常感谢，先生。有需要的话，我就在楼下，您随时叫我。"

莱普林斯拿掉还盖在玛利亚·科拉尔身上的大衣，替她盖上被子。马科斯检查上下开合式窗户，扫了一眼外面。科塔班耶斯在火盆边直搓手。

"您去找拉米雷斯医生，"莱普林斯对司机说，"地址是萨尔梅隆街6号底楼。在此之前，先把科塔班耶斯先生送回家。让马科斯陪您去，他认识医生。马科斯，告诉医生，是急事，别多问。如果他执意要问，你知道该怎么回答，让他什么都别告诉老婆。万一他不在家，出诊去了，打听那个病人的地址，不管怎样，把人给我带来。明天我再跟你说。"最后一句是对科塔班耶斯说的。

三个男人打个招呼，出门。只剩下莱普林斯一个，他坐在床前，若有所思地端详着玛利亚·科拉尔的脸。

早上，天空依然乌云密布，飘着细雨。马车在铺石路面上留下黑色的车辙，马蹄踏下去，水花四溅。从窗口往外看，一排伞走过去，一排伞走过来。这天气没法儿让人高兴，昨晚的安宁——总算将玛利亚·科拉尔交到牢靠的人手里——没了踪影。我一边刮胡子，一边定定心心地理一理昨天晚上发生的事，对分析后的结果很不满意。首先，莱普林斯之前奇怪地疏远了我，特别是我俩已经几个月没见。他自己不愿意下车，派保镖和司机替他办事。司机的存在对我来说，是个新鲜事。过去，莱普林斯比谁都热衷于开车，开车对他是个天大的乐子。那个猴子模样的人是谁？长得特别寒碜，又是个保镖？为什么莱普林斯要躲在豪华轿车的窗帘后面？为什么科塔班耶斯摆明了一无用处，在这种情况下碍手碍脚，莱普林斯还让他陪着？最后，为什么他们不让我上车？车里地方就算不富余，带上我足够。他们怎么安顿玛利亚·科拉尔了？

我匆忙吃完早饭，赶往律师事务所，本想看见科塔班耶斯，将他拦住，问个究竟，可是居然没有机会。尽管我到得比平时早，他到得比我更早，已经在办公室接待客户了。这又是怪事一桩，科塔班耶斯从不会在十点或十点半之前来办公室。看了看我的表，现在才八点四十五分。

我在图书室里踱来踱去，烟抽了一根又一根。九点十分，多洛雷塔斯来了，唠叨下雨不方便，见我嗯嗯啊啊，答非所问，索性打住不说，揭开打字机罩子，开始打字。十点差一刻，佩里克·塞拉马德里莱斯来了，带了一份讽刺类报纸，想给我看几幅煽动性漫画。我不看，他一头钻进杂物间。十点，我听见科塔班耶斯在办公室叫我，跳起来就去，没想到客户居然是莱普林斯。

"进来，哈维尔，孩子，请坐。"科塔班耶斯对我说。

莱普林斯起身，把我拦住：

"别坐了，用不着，你现在就跟我走。"

"玛利亚·科拉尔好吗？"我问他。

"很好。"莱普林斯回答。

"真的？"

他宽容地笑。我的话恐怕听上去很不客气,他不习惯别人对自己的话存疑。

"医生说的,哈维尔,我相信他的医术。不管怎样,你可以自己去看,今天早上就能见到她。"

"她在哪儿?"

"在一家酒店,什么都不缺。你也不用太担心她的身体,她的病不严重。"

他拍了拍我的肩膀,盯着我的眼睛,笑了。早晨的恐惧烟消云散,我穿上莱普林斯带来的、搭在办公室扶手椅上的大衣,跟他一起出门。豪华轿车气派地开过来,停在身边。我们在淋雨,司机撑着伞下车,为莱普林斯打伞。我们上车,马科斯就在车上,将车开到公主街的小酒店门前。我有点蒙。

"我不会来得不合适吧?"穿过小小的门厅时,我对莱普林斯耳语道。

"别傻了。瞧,玛利亚·科拉尔刚刚醒来,就问自己在哪儿,发生了什么事。当然,这也是人之常情。我们跟她解释,包括昨晚你参与的部分,她非要我答应,第一时间把你找来。"

"真的?她真的想见我?"我兴高采烈地问,莱普林斯哈哈大笑。我的脸一直红到脖子根,内心的情感开始让我犯怵。

我们到了。莱普林斯轻轻敲门,有个女声让我们进去。我们进门,应声的是护士。玛利亚·科拉尔合着眼,卧床休息。

她没睡着,听见我们进去,把眼睁开。她脸色转好,眼神也部分恢复了我记忆中的活力。我走到床边,不知该说什么。她伸过来一只白皙的手,我握着它,她拉着不放。

"你好了,我很高兴。"声音听上去很傻。

"你救了我的命。"她对我笑。

莱普林斯和护士退到走廊,我越发拘束,低下头,不去看她盯着我的眼。

"莱普林斯先生……"我又说,"马上就赶来帮您了。一定是他来得及时,您才获救的。"

"你靠过来,我听不清。"

我的脸凑近她的脸,她还握着我的手。

"我想知道一件事。"她喃喃地问。

"请讲。"我猜到她想问什么,很害怕。

"你昨晚为什么会来我房间?"

我猜得没错,发现脸又红了,我在她的眼神或声音里寻找表情,只找到了"好奇"两个字。

"您别误会。"我开始解释,"有天晚上,我跟朋友去夜总会,看到您在表演。我认出了您,想回去跟您打个招呼,要到了您地址。我敲门,没人应,以为您出门了或不想见客。可是突然,"我灵活机变,在事实的基础上略作修改,"我感觉听到有人呻吟。开门进去,见您躺在床上,模样很吓人,我打电话给莱普林斯。后来的事,您都知道了。"

"这解释发生了什么,没解释为什么发生。"

"为什么发生?"

"为什么你想见我?"

她的眼眸中闪着坏坏的小火苗,我又低下头,想转移话题:

"我见您住在那个破破烂烂的客栈,越想越担心。"

她松开我的手,叹了口气,合上眼,锁住了即将落下的一滴泪。

"您怎么了?不舒服?要叫护士吗?"我惊恐地问,同时也松了一口气。

"没有,没什么。我在想那个客栈和所有发生的事,现在感觉那么遥远,瞧,才过去几个小时。想到……算了。"

"别!想到什么,您说出来。"

她转过头,冲着墙,不想让我看到她流泪,但抽泣声还是出卖了她。

"想到我很快就要回到那里,我就想死……你别笑话我,拜托!我就想死在这儿,死在这家干干净净的酒店,身边有你这样的好人做伴。"

我听不下去,跪在床边,又把她的手握在手心:

"别这么说,我不许您这么说。您永远不会再回到那个肮脏的客栈,不会再回到那个夜总会,不会再过忍到今天的苦日子。

我不知道该怎么办，但总会有解决办法，能让您过上体面的生活。如果需要……如果需要的话，我会全心全意地为您效劳，玛利亚·科拉尔。"

她回过头，甜蜜地看着我，如今流泪的是我。她用另一只手抚摸我的面颊和头发，告诉我：

"别这么说，我不想让你为我受苦，你做的已经够多的了。"

房门开了，我猛地跳起。进门的是莱普林斯和护士，还有个上了年纪的胖胖的男人，秃顶，胡子精心刮过，有须后水的味道。莱普林斯向我介绍：这位是拉米雷斯医生。

"他来看玛利亚·科拉尔。"

拉米雷斯医生向我真挚地笑：

"您别担心，她很壮实，没什么大碍，只是有点虚，很快就会好的。现在，如果不介意的话，请大家出去。我要给她打一针镇静剂，让她睡觉。她需要静养，吃点好的。世界上最好的药莫过于吃好睡好。"

我跟莱普林斯走出酒店。雨停了，天还阴着，空气湿润。

"再下几场雨，"莱普林斯说，"春天就要到了。看见那些树了吗？都快发芽了。"

科塔班耶斯走到莱普林斯身边，两人进了书房。律师心情很好，法国人心情不好。

"我刚跟一位选民聊过。"科塔班耶斯说,"他是集邮公司的老板,挺有影响力的,叫卡萨博纳。"

"没印象,不知道是谁。"

"是你邀请的。"

"我的客人中百分之九十我都不认识,估计他们也不认识我。"莱普林斯反驳。

"他倒是认识你,对你还挺了解……他问我,你什么时候当市长,想让你帮他一点小忙。"

"当市长?消息果然传开了,你怎么跟他说的?"

"没有任何定论。不过,你最好买他几张邮票。选民嘛,还是要宠的。"科塔班耶斯笑言道。

莱普林斯不耐烦地打断他:

"你最近跟佩雷·帕雷利斯聊过吗?"

"没有。他怎么了?"

"他来扫我的兴,说股票的事。"莱普林斯气呼呼地回答。

侍应生推开书房门,站在那儿不动。莱普林斯气呼呼地看着他。

"对不起,先生。夫人问,能不能就座?"

"告诉她,能。别烦我。"莱普林斯打发他走,又问律师:"谁告诉他这个消息的?"

"佩雷·帕雷利斯?当然不是我。"

"也不是我。"莱普林斯傻傻地附和,"问题是他听到了风声,说明有人走漏了消息。"

科塔班耶斯整整领带,扯扯磨损的衬衫袖口,气定神闲地问:

"那怎么办?"

"科塔班耶斯,我不喜欢你这种口气!"莱普林斯咆哮。

科塔班耶斯微笑:

"孩子,我什么口气?"

"科塔班耶斯,看在上帝的分上,别再装傻了。水都快淹到脖子了,你可不能临阵脱逃。"

"谁说要临阵脱逃了?来来来,你定定心神,这儿什么都没发生。你仔细想想,发生了什么事?帕雷利斯听到了一个传言,集邮公司老板卡萨博纳听到了另一个传言。那又怎么样?你不是市长,萨沃尔塔工厂的股票也没有被抛售。只不过有两个假消息在传,没别的。"

"可是,帕雷利斯当真了,气炸了。"

"气会消的,他还能怎么着?"

"只要他愿意,他会对我们很不利。"

"没错,只要他愿意,但他不会愿意的。他老了,孤军奋战。自从萨沃尔塔和克劳德德乌去世后,他已经没劲了。相信我,他只是色厉内荏。最好把他拉到咱们这边儿来。他有名望,谁都买他的账。这……怎么跟你说呢？好比传统、歌剧院和蒙塞拉特山圣母。"

莱普林斯一会儿跷起二郎腿，一会儿放下，手指扭来扭去，定睛看着科塔班耶斯，叹了一大口气，说：

"好了，我心神已定。咱们该怎么办？"

"他听到传言，来质问你，你是怎么回答的？"

"我骂他白痴，撵他滚蛋。没错，我知道！不够外交辞令，但话都说出去了。"

"孩子，你太一根筋，"科塔班耶斯好心好意地劝他，"配不上你的财富和地位。你想想，你有钱，又是公众人物，总不能遇到不顺心的人或事，就发一通脾气。要冷静，孩子。别忘了，你有钱，首当其冲，要保守，要温和，不要攻击。该攻击的人是他们，你只需要防守。稍稍防守即可，别让他们以为攻击会对你造成伤害。"

莱普林斯耷拉着脑袋，一动不动。科塔班耶斯拍了拍他肩膀，感叹道：

"哎，年轻人就是冲动！行了，打起精神来！喊你去就座，这对咱们有利，你给佩雷·帕雷利斯安排一个显赫的位置，对他客气点，然后把他拉到一边，给他一杯白兰地和一支雪茄，跟他和好。必要的话，向他道歉，别让他带着满脑子乌云离开。明白了吗？"

莱普林斯点点头。

"好了,站起来,洗把脸,咱们去餐厅。晚宴你可不能迟到,你是男主人。答应我,情绪不能再失控。"

"我答应你。"莱普林斯气若游丝地回答。

内梅西奥·卡布拉·戈麦斯饿了。他已经在静悄悄的街上转悠了一个小时,寒风凛冽。他从一家小酒馆门前经过,停下,透过暗淡的玻璃门往里张望。门上有油渍,蒙着热气,里头几乎看不清,但能猜到过节一定热闹。今晚是新年夜,他数了数剩下来的钱,估计还够吃顿简单的晚饭。门开了,摇摇晃晃地走出一个大腹便便、身穿节日盛装的男人,挽着一个体态丰满、香气刺鼻的年轻女子。内梅西奥闪到一边,躲到暗处,其实根本没必要。就算扑到这个男人的脚下,他也不会看见自己。他要忙着站稳,还要忙着摸女人,笨手笨脚的。女人一边躲,一边笑着装快活。内梅西奥不由自主地盯着女人,大饱眼福,满鼻子性感的香水味和小酒馆里飘出的炸鱼味。

他被诱惑得不能自已,推门进了小酒馆,里面人声鼎沸。所有人都在说话,醉汉们在唱歌,各人按照自己的方式,扯着嗓子吼,顽固得非要别人听见。内梅西奥站在门口,看着这幅场景,似乎他的出现无人留意,一切都很好。突然,事态的发展让他无法乐观。声音渐渐小了,醉汉们不再唱歌,几秒钟后,小酒馆里鸦雀无声。更有甚者,挤在吧台边的顾客渐渐分到两边,满怀期待地清出一条道来,一头是内梅西奥,一头是大胡子肌肉男,穿着脏兮兮的皮外套,戴着巴斯克贝雷帽。

内梅西奥无须多想,便已猜到情况不妙。他转身推门,发足狂奔,皮外套跟着追出。

"内梅西奥!"他的大嗓门像在开炮,"内梅西奥,你别跑!"

内梅西奥头也不回,一溜烟地在街上跑,闪开行人,跳过障碍,确信皮外套穷追不舍,追到他才会罢休。他加快步伐,窗口泼出的一桶脏水正好浇到他头上,还跑丢了一只鞋。他没了力气,肺里火烧火燎,又听见大嗓门在叫:

"内梅西奥!你跑没用,我非抓着你不可!"

他又跑了五六步,双眼模糊,抓着门前的一张石凳,软软地瘫倒在地。皮外套喘着粗气跑到他身边,抓着他肩膀,拉他起来。

"你还想跑,啊?"

一放下他,他就腿一软,瘫倒在地。皮外套坐在石凳上,等他缓过气来。等待时,他敞开皮外套,掏出粗布手帕擦汗,隐隐露出了黑手枪的枪柄。

"我什么都没干,我向圣父圣子圣灵发誓,"内梅西奥抱着石凳喘气,"我没干见不得人的事。"

"啊，没干？那你跑什么跑？"皮外套顶他。

内梅西奥吸了一大口气，耸了耸肩。

"这年头，坏心眼的人太多了。"

"这个你一会儿再跟我们解释，先起来，跟我走。喂，小心点，别犯傻。你听清楚了：下回再跑，我就一枪崩了你！"

III

莱普林斯说得没错,春天就要到了,空气芬芳,令人陶醉。连续两天(如今回想,是我生命中最美好的两天),我去公主街的酒店探望玛利亚·科拉尔。第一天带了花。想起那天,我就会笑。我战胜了多少疑惑、多少犹豫,鼓起了多少勇气,才去买了那束普普通通的花,害羞地递给她啊!我怕送花太甜蜜,太做作,怕她不喜欢花,会勾起不好的回忆,怕她已经收到更大、更贵的一束花(当然是莱普林斯送的),这束只会显得我寒酸,低人一等。回想起送花的场景,我不禁哽咽。她郑重其事地收下,没有笑话我,没有怨恨我,简单的感激与其说溢于言表,不如说表现在明亮的大眼睛里和接过花的那双手里。她先把花凑到眼前,又把花放在床上,抓着我的手,意味深长地握了一小会儿。我们没聊几句。跟她交谈,要么我一句话不说,要么我要说许多许多。我走了,在街上逛到很晚。记得我很忧伤,我诅咒命运,我很幸福。

第二天再去,花插进了玻璃瓶,摆在雕花立柜的中央。玛利亚·科拉尔气色很好,更有生气。她说傍晚到清晨,他们不许她在房间里摆花,因为花在晚上会吸收氧气。这些我都明白,但我听她细细道来。我给她带了巧克力糖果,她怪我破费,打开盒子,递给我,我吃了一颗。拉米雷斯医生来了,一眨眼吃了三颗，塞了满嘴的巧克力，为她号脉。他笑着说：

"孩子，你身体比我还好。"

他让她坐起来，解开衣服，他要听诊。我去走廊等，医生确认了之前的诊断：玛利亚·科拉尔已经康复，愿意的话，随时可以下床，回归正常生活，还能回去上班。这番话远没让我欣喜，反倒像针一样扎在我心上。我早早地结束了探视，回家。我想思考，可脑子里一团糟，做了一千种不着调的规划，都没有抓住问题的核心。我睡得很少，睡得很糟，断断续续的。早上满脑子的悲观，晚上没睡好，总会这样。工作时，我就像个傻瓜，意思弄反了，文件弄丢了，还磕着家具。只有科塔班耶斯貌似没有留意到我的失态，其他人都好奇地看着我。不过，他们吃过教训，默默地帮我收拾乱摊子。刚下班，我就直奔酒店，被老相识的前台拦在门厅：

"如果您是来看望那位生病的小姐，那就别上去了，她中午走了。"

"她走了？您肯定？"

"那当然，先生。"我表示怀疑，前台佯装被冒犯，"我不会跟您胡说八道的。"

"她没给我留个口信？我叫米兰达，哈维尔·米兰达。"

"小姐没有给任何人留口信。"

"那您告诉我，她是一个人走的，还是被人接走的？她说去哪儿了吗？"

前台一脸抱歉：

"对不起，先生，我无权透露酒店客人的隐私。"

"可是……情况不一样。这很重要，拜托。"

"不好意思，先生，我都说了，小姐没有留下任何口信。"他不多说一个字，让我生疑。

我飞快地思考，不清楚究竟在思考什么。

"我能打个电话吗？"我终于问。

"没问题，先生。"老相识的前台这回很和气，大方向不能让步，小方向乐意通融，"这边请。"

前台走远几步，我打电话给科塔班耶斯，问他要莱普林斯的地址或电话号码。我怀疑他不肯给，但我打算无论如何逼他给，尽管不清楚该怎么逼。不管怎样，我的想法落了空，电话没人接。我挂上电话，跟前台打个招呼，出门。第一个想法是直奔夜总会，去那儿干吗？就算找到玛利亚·科拉尔，我能怎么做？我想了想，没花时间去找答案，因为没走几步，一辆车就停在我身边，一个熟悉的声音在叫我：

"先生，喂，先生！"

我转过头，是莱普林斯的司机，他从车窗里向我招手。豪华轿车的窗帘拉着，估计主人就在里面。我停下脚步，司机对我说：

"先生，请上车。"

我上了车，坐进了石榴红真皮豪华车厢。车里有一盏小灯，在摇曳的灯光下，我看见了莱普林斯的英姿和笑脸。车又发动。

"玛利亚·科拉尔怎么样了？"我问。

"你好，哈维尔，你不觉得，朋友之间的谈话不能这么开始吗？"他露出永远和善的笑容，责备我。

内梅西奥·卡布拉·戈麦斯开始跟着皮外套走，被他无时不刻地盯着，走进了黑乎乎的小巷。内梅西奥混迹于下层社会，这种地方他可以毫不费劲地认出。他很忐忑，这意味着抓他的人并不在乎事后他还能认得路，找回来。这么做只有一个解释，人家没打算给他机会，让他能找回来。

他四处张望，哪里有钟。经过的街道人不多，但餐馆和庭院里传出节日的喧闹声。等钟敲响十二点，人会拥到街上，喝酒，互相祝贺新年快乐，那应该是个逃跑的好机会。哪个鬼地方有钟？他们经过一家教堂，内梅西奥抬头，钟楼上有刻着罗马数字的白色表盘，时针指向十一点。该细节可以供他日后推测。皮外套推了他一下，说：

"等到时候，你再来祈祷吧！"

他磨磨蹭蹭地为自己争取时间，冒着被推更多次的危险，但他白费心机。他们走到一家已经关门的店铺前，皮外套命

令他:

"敲门,先敲两下,停一停,再敲三下。"

"听着,胡利安,你搞错了,全都是误会,我不是你们想的那种人。"

"敲门。"

"你要是不讲道理,会一辈子良心有愧。你想成为该亚法[1]吗?"

"你要是不敲,我就拿你的脑袋当门环敲。"

"你不想听我解释?"

"不想。"

内梅西奥按照吩咐去敲门。不一会儿,油布帘子被掀开,一张皱着眉头的脸在看来人是谁。门开了,门楣上的小铃铛叮叮当当地响。内梅西奥貌似走进了一家照相馆。一头是风箱式照相机,搁在三脚架上,盖着一块黑布,快门线上拖着一只球状物;另一头是一把尊贵的椅子、一根金色的柱子、几只鸽子标本和几束纸花。墙上挂着照片,太黑了,看不清,好像是婚纱照和第一次领圣餐的照片。三人都不说话。开门的男子放下油布帘子,划了一根火柴,带来人下楼梯。楼梯很窄,藏在小柜台后。下着下着,火柴熄了。他们又摸黑继续往下,来到一

---

[1] 该亚法(Caifás)是《圣经》中记载的犹太人大祭司,对杀害耶稣负有最直接的责任。

间冲洗照片的暗房，那儿摆着好几盆浑浊的液体和其他冲洗照片的工具。桌上点着煤油灯，桌边坐着的两个人十天前跟他在小酒馆后店神秘对话过。内梅西奥认识他们，他们也认识内梅西奥。皮外套，就是叫胡利安的那个，把他推到桌旁，自己也在同伴身边坐下，开门的那个也坐下。四个人看着内梅西奥，谁也不开口。内梅西奥很慌。

"别这么瞧我，我知道你们在想什么，凡事不能光看表面。"

"隔壁王二不曾偷。"其中一个开了口。

"好好瞧瞧我，你们认识我好多年了，"内梅西奥目测离楼梯有多远（太远了，开枪的话，躲不及），"我是个饿死鬼，穷光蛋。瞧瞧我的肋骨，"他撩起破衣服，露出一副皮包骨头，"就像《圣经》里写的那样，一根根全都能数得清。现在，你们说说，如果我是资方线人，会过这种日子？会挨这种饿？与你们为敌，背叛朋友，招人报复，对我有什么好处？他们为我做了什么？我又欠警察什么？"

"就你话多，你闭嘴！"胡利安说，"你不是来演讲的，是来回答问题的。"

"还要为自己的行为负责任。"另一个模样像头儿的人补充道。

内梅西奥瘦瘦的身子骨冷汗直冒。他又目测了各种距离，回想照相馆里各个物品的位置，逃跑时，哪个会碍事。他试图回想进门时，店铺大门有没有锁上。太冒险了，他暗暗地对自己说：这么冒险，不值得。

"告诉我们发生了什么事，"他们吩咐，"别撒谎，别隐瞒……道理你懂。"

"我向上天发誓：对你们说的话，句句属实。除了你们知道的，我没有补充了。他被人杀了。"

刀疤脸猛拍桌子，盆盆罐罐都跳了起来。

"到底谁杀了帕哈里托·德·索托？"他质问道。

内梅西奥一脸抱歉地回答：

"我不知道。"

"那你干吗来打听他的消息？"

"估摸两周前，一位模样尊贵的先生来找我，我不认识他，但他认识我。他不说自己是谁，让我别害怕，说不是警察，也不是资方线人。他讨厌暴力，只想避免一桩可恶的暴力行为，揭开坏人的真面目。"

"你就信他了？"

"你们也信我了。"

"这倒是。"看来不管怎样，刀疤脸始终最讲道理，"你接着说。"

"那位尊贵的先生问我，认不认识多明戈·帕哈里托·德·索托，愿他安息。我说不认识，但没问题，我能打听到他在哪儿。'这我相信。'先生说。我问他:'您找他干吗?''我有充分的理由相信,他有生命危险。''他做了什么?''我不知道,'他回答,'这正是你要去调查的。''为什么去调查的是我,不是警察?''提问的是我,不是你。'他说,'不过我可以告诉你,我还没有充分的理由去报警,再说了……''什么?'我问他。'没什么。'他沉着脸,不说话。我见他不说话,就接着问:'找到帕哈里托·德·索托后,我要做什么?''不做什么。'他回答,'他走到哪儿,你跟到哪儿,把他的行动汇报给我。''怎么跟您联系?''跨年夜六点半,你在世纪百货公司门口等我。要找人,时间来得及吗?''先生,您放心。'我们谈好价钱,说真的,钱不多,然后就分手了。"

"那位尊贵的先生是谁?"刀疤脸问。

"我当时不知道,现在也不知道。我要是说瞎话,就让我变成瞎子。"内梅西奥赌咒发誓。

"你号称无所不知,无所不晓,就没去打听打听?"胡利安嘲讽地问。

"我在什么圈里混,你们是知道的。那位先生的圈子跟我的不一样,可怜的我就算活到一千岁,也不可能跟他的圈子有什么来往。我能坐下吗?我还没吃晚饭呢!"

"好好站着,有你休息的时候。"

内梅西奥脊背发凉。但惊恐之下,他也渐渐安下心来。阴谋分子似乎更想动口,不想动手。

"我接着说?"

"嗯。"

"我从来没听说过一个叫帕哈里托·德·索托的人,以为他是这片儿新来的。到处打听,后来我找到了你们,你们给我提供了消息。"

"那是因为你说,你想提醒他,有危险。"

"确实如此。"

"可你刚盯上他,他就被人杀了。"

"看来是我晚到一步。"

"你撒谎!"胡利安插嘴。

"你闭嘴!"刀疤脸喝令道。他对内梅西奥说:"你听着,帕哈里托·德·索托是个混蛋,给我们招惹了一大堆麻烦事,但他本意是好的,为了正义的事业而奋斗,我们不能让他死得不明不白。灭了你很容易,但灭了你没用,反而会让杀他的人看笑话。咱们定位要高,听明白了吗?钓大鱼,不钓虾米。咱们要找出是谁指使的,你去找。"

"我去找?"

"没错。"刀疤脸不动声色,冷血至极,"你听着,别打断我。过去,你为了钱,把我们出卖给有钱人。如今,风水轮流转。这回,你要去出卖他们,代价是你的命。我们给你一个星期,听好,一个星期。别失手,更别想骗我们。你比看上去更狡猾,你在妓女和流浪汉中混得不错,但你别看错我们,也别太自信,我们不是那种人。七天之后再见,你告诉我们是谁干的,他们为什么要杀他,萨沃尔塔工厂里发生了什么,葫芦里究竟卖的是什么药。如果你照我们说的去做,保你平安无事;如果你不照我们说的去做,还想骗我们,那你就等着瞧。"

刀疤脸话音刚落,城里所有的钟都开始敲十二点。钟声在内梅西奥的脑袋里回荡了许多年。街上热闹起来,有喇叭声、哨子声、桑本巴声、卡拉卡[1]声。远处的小区放起了焰火。

"你走吧!"刀疤脸说。

内梅西奥跟众人打了个招呼,离开。

"这么说,我们很快就要有个小莱普林斯了。"帕雷利斯夫人咯咯笑。

宁愿八卦也不去跳舞的夫人们都聚在小音乐厅里喝柠檬汁或甜雪利酒。玛利亚·罗莎·萨沃尔塔的面颊从雪白转为胭红,各种评论、建议、祝贺不绝于耳。

"父母这么标致,孩子一定漂亮!"

"你要多吃点,孩子,你瘦得只剩下一把骨头了。"

---

[1] 桑本巴和卡拉卡均为民间乐器。

"没准儿是双胞胎……"

"随你们怎么说,反正这个孩子会是个地地道道的加泰罗尼亚人。"

玛利亚·罗莎被亲来亲去,吵得有点晕,笑着请大家安静:

"拜托,小声点!别让我丈夫听见。"

"啊?你还没告诉他?"

"我想给他一个惊喜。看在上帝的分儿上,谁都别抢在我前头。"

"放心吧,孩子,我们这儿是不会传出去的。"夫人们异口同声地表示。

有个男人偷偷混进了女人堆,他含笑不语。科塔班耶斯律师有扎进女人堆里的习惯,他知道有耐心,有毅力,就能打听出不少事。当晚,他的理论再次得到证实。律师一边回味炸肉丸子,一边权衡该消息可能产生的后果。顶着鸵鸟毛的夫人用扇子敲他:

"小流氓,您在监视我们!"

"夫人,我是来向你们致敬的。"

"您要以绅士的名义向我们保证,听到的事,守口如瓶。"

"我会当它是职业机密。"科塔班耶斯回答,他转向玛利亚·罗莎,"莱普林斯夫人,请允许我作为第一名男性,向您表示祝贺。"

律师躬身，去亲吻准妈妈的手，结果因为体形太胖，摔倒在沙发上，肚子压着了玛利亚·罗莎。她吓了一跳，开心地尖叫。夫人们一窝蜂地去救女主人，有的去拉科塔班耶斯的胳膊，有的去拉他的腿，还有的去扯他劣质燕尾服的下摆，合力把他从沙发上拉起来，摔到钢琴上。他的手和嘴巴按响了琴键，夫人们继续拉扯，继续玩闹。律师胖得像球，乖乖地被这群尊贵的夫人扯来扯去地寻开心。

豪华轿车行驶在街上，窗帘拉着，看不见走的是哪条路。莱普林斯递给我一根烟，我们俩默默地抽烟，路上大部分时间没有交谈。有那么一刻，马达的轰鸣声和车身的倾斜度让我推测出车正在爬一道陡坡。

"我们在哪儿？"我问他。

"就快到了，"他回答，"别担心，又不是绑架。"

车拐了个弯，把我甩到莱普林斯身上。重力作用又让我坐直，迅速地将我甩向座位的另一边。我掀开窗帘，只看见夜色、灌木丛和松树。

"你满意了？"莱普林斯说，"放下窗帘，我坐车不喜欢招摇过市。"

"我们在郊区。"我说。

"显然。"他回答。

连续拐弯和刹车后,不一会儿,车停下。莱普林斯向我示意,我们到了。司机打开车门,我听见荒郊野外,没错,就是荒郊野外,小提琴在拉华尔兹。

"这是怎么回事?"我问他。

"赌场到了,下车。"他回答。

我真蠢,之前居然没想到。的确,我没来过——连做梦都不敢想——提比达波赌场,但我当然知道这个地方,常常出神地眺望山上它气派的穹顶和灯光,想象着里面的环境,轮盘赌、扑克牌桌和百家乐桌上摆着多少筹码。

"你有意见?"莱普林斯问。

"哦,没有,完全没有。"我赶紧回答。

我们走进赌场。工作人员似乎跟他很熟,他跟他们打招呼,叫得出每个人的名字。一大堆仆役簇拥着我们来到餐厅,预订的位子在角落,说话方便。莱普林斯跟往常一样,不问我,直接点餐、点酒。等餐时,他开始询问我的情况,工作如何,未来有何打算。

"我听说,你回老家巴利亚多利德了,是吧?我真怕你走了,再也见不了面。幸好你深思熟虑之后,又回来了。你知道吗?我认为巴塞罗那是一座迷人的城市,怎么跟你说呢?有它的魅力。有时候,它让人很不舒服,难相处,有敌意,甚至很危险,可你能怎么办?就是离不开它。你有没有注意到?"

"也许您说得没错。就我而言,之所以回来,是因为在老家无事可做。我承认,不是说我在这儿就有事可做,但至少有行动自由。"

"你说得并不开心,哈维尔,你过得不好?"

他这么问,我认为纯属礼貌,不是他想见我的目的。但他态度真诚,我又需要一个朋友,听我大倒苦水。于是,我一股脑儿地全说了,从他结婚前,我们最后一次见面起我所有的经历,所有无望的思考、期待和折磨,说了整整一顿饭的工夫,直到他看都不看,签字买单为止。然后,我们去隔壁大厅喝咖啡和白兰地。

"哈维尔,你刚说的这番话,我听了非常难过。"他接着刚才的话题,"你的处境如此艰难,我一点也不知情。为什么你不来找我呢?要朋友有什么用?"

"我找过,去过您家,门房说您搬家了,他不知道新地址,或不想告诉我。我想通过科塔班耶斯找您,或写信到工厂,又怕打扰您。您音信全无,我以为您不想再跟我交往了……"

"哈维尔,你怎么能这么说呢?我要是当真,会生气的。"他顿了顿,品了品白兰地,斜靠在沙发椅上,闭上眼,"但你说的不是没有道理。我承认,是我做得不好。有时候,人会无意间犯点小错。"他把声音压得很低,"对不起。"

"您别……"

"对不起,我知道我在说什么。我把你晾在一边了,我是无心的,但我对朋友不忠。我告诉你:对朋友不忠,不好。你先听我解释。不,你别打断我,我想跟你解释。"他停下来,点了一根烟,声音压得更低,"你知道的,我跟玛利亚·罗莎·萨沃尔塔结婚后,已故的萨沃尔塔先生留给女儿的工厂股份,虽然法律意义上还没有,但事实上已经落在了我名下。这些股份,加上我原本持有的股份,让我成为真正意义上的工厂主。更何况,克劳德德乌死后,股份留给了夫人。他夫人年纪大了,耳背,没办法打理生意。这种状况,你可以想象,一方面是有好处,另一方面也意味着一大堆责任和一大堆让人焦头烂额的工作。不仅如此,还有个缘故,没那么站得住脚,但确实存在。跟玛利亚·罗莎结婚后,我的社会地位有所变化,成为全城最知名家族的一分子,从外国游民变成了公众人物,需要承担所有的社会责任。我承认,这个担子有时比刚刚提到的工厂责任更重。"

他笑了笑,抽了一大口烟,慢慢地吐出烟圈。

"哈维尔,这几个月的日子很难过,很煎熬。不过,事情一点点地理顺了。我很累,想喘口气,再去过自己的生活,去跟过去的老朋友见见面,一起聊聊天,吃吃饭。你还记得吗?"

我不禁哽咽,说不出话来,点了点头。

"你放心,我会帮你。但是,在此之前……"他盯着我眼睛,我明白,终于要说到正题了。我屏住呼吸,心狂跳不已,双手冰凉,浑身出汗。我喝了一口白兰地,定定心神,"但是,在此之前,我想听听你的意见。你明白我在说什么,对吧?"

"我想,是玛利亚·科拉尔。"我回答。

"没错。"他顿了顿,再开口,我发现他的口气有点夸张,有点虚假,像大幕开启,演员开始背台词,"咱们从头说起。"他又说,"玛利亚·科拉尔跟你说过她的身世吗?没有吧?这很正常,她太骄傲了,不愿意说。可怜的姑娘,真不幸!她也不愿意跟我说,被我一点点套,全套出来了。我甩过她……"他摊开手,似乎想甩掉一段回忆,"现在意识到,当时的行为很卑鄙,但能怎么办呢?当时,就算我自认为是个男人,也还太年轻。"他叹了口气,没有过渡,继续往下说,"玛利亚·科拉尔又跟搭档在一起,你知道的,那两个壮汉。他们又在不同的城市表演,在最下等的表演场,在大型节日上,天知道还有哪些地方,直到两个打手因为犯事,小偷小摸,口角斗殴,入了狱。玛利亚·科拉尔落了单,只好独自表演。同伴出狱后,决定出国。你应该记得,他们之前就屡次犯事,妨碍社会治安,要么被捕后,东窗事发,害怕受牵连,要么被警察鼓动,感觉远走高飞更保险。总之,他们不辞而别。不管怎样,玛利亚·科拉尔尚未成年,也不能跟他们走。于是,可怜的姑娘无依无靠,只能自己讨生活。她一路表演,来到巴塞罗那。你找到她的时候,她已经饿得半死、病得半死了。她简短、悲惨的身世到此结束。"

"到此结束?"我敢肯定,他能听出我话中深意。

"就此,我要跟你谈一谈。"他从多愁善感转而讨论实际问题,"你知道的,从某种意义上讲,我欠玛利亚·科拉尔的,当然不是欠她钱。之前跟你说过,对朋友不忠,我觉得可恨。我想帮她,但不知道该怎么帮。"

"嗯,您有钱,有地位,应该不难。"

"比你想象的要难。当然,给她点钱,打发她走,对我来说,一点儿也不难。但会是什么结果?这年头,钱会很快花完。几个月后,或充其量一年后,情况又会和现在一样,什么问题都没解决。再说,她还是个孩子,不只缺钱,还缺人保护。你同意吗?"

我只能说"同意"。

"那你说,我该怎么办?养着她?给她买套公寓?开个小店?不,不可能,我做不到,日子一长,会露馅的。到时候,谁会相信我的无私?我是有家室的人,是公众人物,不能被人嚼舌根。想想我夫人,我很爱她。她要是知道我花钱,供养一个未成年少女,婚前还跟她有过瓜葛,她会怎么想?一切免谈。"

"您干吗不给她找份工作?她可以自己养活自己。"我抱着最良好的愿望建议道。

"找份工作？给玛利亚·科拉尔找份工作？"莱普林斯低声笑了笑，"你想想，哈维尔，我能给她找什么工作？她除了翻跟头，还会什么？什么都不会。所以，我能把她塞哪儿去？洗盘子？进工厂？进车间？你知道这些地方的工作条件。与其这样，还不如让她继续在夜总会表演。"

这倒是！我无法想象她去忍受超长的工作时间、铁一般的纪律、工头们的各种过分要求，想想我都受不了。我直言相告，他只是笑了笑，默默地抽烟，亲热而嘲讽地望着我。我不说话，他猜到了我的茫然，过一会儿，又开口：

"似乎我们已经想尽办法，不是吗？"听口气，他已经把我引到了他想得出的结论。

"搞这么神神秘秘干吗？"我说，"您肯定已经想好了解决办法。"

他又低声笑了笑：

"亲爱的哈维尔，我不想搞得神神秘秘，只想让你知道我的心路历程。没错，办法我已经想好。咱们不绕圈子，这个办法就是你。"

我被一口白兰地呛住。

"我？我能做什么？"

莱普林斯身体前倾，把手搭在我小臂上，盯着我眼睛，对我说：

"跟她结婚。"

谁都知道，良民和罪犯之间只有一个联系，这个联系就是警察。内梅西奥·卡布拉·戈麦斯不傻，知道如果上面的人能通过警察够到下面的人，那么，下面的人也能沿着这条路走回去，攀到上面的人，只是要更费劲，更机灵。于是，他左思右想，得出结论：想弄到消息，救自己的命，只能去找警察。他的计划风险很大，但毕竟玩儿的是自己的命，犹豫不得。第二天1月1日一大早，他直奔警局，要见警长。他在警局里有熟人，如果有需要或被威胁，他会毫不犹豫地帮警局一点小忙，尽管到目前为止，从未涉足过政治。他小心谨慎地将活动范围只限于街头犯罪，都是小案子，不会给自己惹麻烦。这之前，一切顺利，就算没有博得别人的尊重，至少警察和恶棍都能让他过安生日子。

"警官，早上好，新年快乐！"他一进门就说。

警官狐疑地望着他。

"我是内梅西奥·卡布拉·戈麦斯，不是头一回来这儿。"

"看出来了。"警官嘲讽地回答。

"您别误会。我的意思是，我帮过警局好几回忙。"内梅西奥低三下四地纠正。

"你来干吗？又来帮忙？"

他点点头。

"哦，具体什么事？"

"警官，是很重要的事。不好意思，我要汇报给更高级别的长官。"

警官歪歪脑袋，眯眯眼睛，抬抬眉毛，捋捋胡子，告诉他："内政部长在马德里。"

"我要找社会案件调查组的警长。"他见警官一个劲儿地笑话自己，索性有话直说。

"巴斯克斯警长？"

"是的。"

警官扯烦了，耸耸肩膀，对他说：

"二楼。没带枪吧？"

"您尽管搜，我是良民。"

警官搜完身，大拇指往后一指。内梅西奥去二楼，问巴斯克斯警长。秘书说他还没来，记下名字，让他在走廊等。他等了很久，警长才来，板着一张臭脸。又等了好一会儿，秘书才终于叫他进办公室。办公室大归大，破得很，冬日明朗的阳光照进来，不清不楚的，符合官方衙门的调调。警长和内梅西奥的对话已在本书第一部细细写过。

"结婚?"我问,"让我跟玛利亚·科拉尔结婚?"

"别那么大声,没必要让全世界都知道。"莱普林斯还挂着笑,小声提醒。

幸好乐队还在演奏,我的话被淹没在音乐声中,无人留意。

突然反应过后,我不说话。这个建议简直荒唐透顶,要不是莱普林斯提出来的,我会不假思索地一口拒绝。但莱普林斯不会轻率从事,他这么说,之前一定细枝末节地冷静考虑过。既然他心里有底,我想还是别表态,保持冷静,听他说说理由。

"我为什么要跟她结婚?"我问他。

"因为你爱她。"他回答。

就算赌场的穹顶在我头上轰然倒下,我也不会如此震惊。我准备听到任何理由、任何建议,可是这个回答……超出了我所有预期。正如我所说的,第一反应完全是震惊,然后是突如其来的愤怒,最后再次麻木。不过,让我震惊的不是莱普林斯的惊人之语,而是他一语惊醒梦中人。这是真的?让我不顾一切地去寻找玛利亚·科拉尔,那种无法抗拒、不合逻辑的冲动,让我去夜总会、小客栈、黑乎乎的房间,那种发乎自然的不理智难道是爱?这些天的苦闷、疑惑、可笑的腼腆、盲目地抗拒无情的命运,难道是爱?不,我不敢想。感觉脚下的大地正在裂开,惊恐的我正在边缘摇晃。我没有勇气去直面这种可能性,莱普林斯倒是有足够的勇气去直面生命中的匪夷所思,能在各种关头,依然沉着。我过去羡慕,现在还是羡慕!

"哈维尔,你睡着了?"

他友好、平静的声音将我从思绪中拉回。

"对不起,您让我有点……犯糊涂。"

他开心地笑,似乎我犯糊涂是小孩子胡闹。

"别告诉我,我说错了。"他说。

"我都……不太认识她,您怎么会认为……?"

"哈维尔,"他反驳我,"我们又不是学生,有些事,明眼人一看便知。你的困惑我能理解,但事实就是事实。事实摆在那儿,跟柱子立在这儿一样真实。我觉得否认事实解决不了问题。"

"不行,不行,这太疯狂了,咱们别考虑了。"

"行,听你的。"莱普林斯站起来,"对不起,失陪片刻。我想起来,要去打个电话。你别跑,啊?"

"您放心。"

他故意让我一个人待着,理理脑子里的一团乱麻。我不知道那几分钟在想什么,等他回来,我跟开始一样困惑,但情绪稳定不少。

"不好意思,让你久等了。刚才说到哪儿了?"他亲切地跟我开玩笑。

"您瞧,莱普林斯,我脑子里乱七八糟的,您别逼我。"

"我都说了,咱们不考虑了。"

"不,已经晚了。您说得对,否认事实解决不了问题。"

"啊,你承认爱玛利亚·科拉尔了?"

"不……不是这个。我想说,这恰恰是我的困惑。我无法定义自己的感情,您明白吗?我不否认对她有感觉。没错,我对她一往情深。但我都不太认识她,这到底是爱情,还是暂时的激情?还有,爱情是一回事,结婚是另一回事。爱情是一口气,在空中飘……结婚则是严肃的事,不能草草决定。"

"你不用草草决定,想考虑多久,就考虑多久,你认为怎么好,就怎么做。说到底,又不是跟我结婚,"他开玩笑,"没必要跟我解释这么多。"

"我当您是朋友,是参谋。"我没心思开玩笑,具体问道,"首先,玛利亚·科拉尔是谁?我们几乎对她一无所知,知道的一点点恰恰不能作为选择她的理由。"

"没错,她的过去说不清、道不明。我知道,你也知道,她唯一的愿望是忘记过去,过上体面的生活。她人好,心思单纯。不管怎样,这件事由你自己做主。上帝保佑,别让我给你提建议,免得你日后怪我。"

"好吧,咱们不说这个,换个话题。我能给她什么?"

"体面的姓氏和受人尊敬的生活,尤其是,你能把自己这个诚实、敏感、聪明、有教养的人给她。"

"谢谢您的夸奖,我指的是钱。"

"啊!钱……该死的臭钱……"

科塔班耶斯的出现打断了我们的谈话,他拖着脚,像趿着拖鞋似的走过大厅,皱巴巴、满是油渍的西装和邋里邋遢的模样十分扎眼。要命的是,他还叼着已经熄火的雪茄蒂。

"晚上好,莱普林斯先生。晚上好,哈维尔,我的孩子。"经过时,他匆忙跟我们打个招呼。莱普林斯起身,跟他握手。莱普林斯对他如此尊敬,让我吃惊,事后,我也应该回想起这个细节,"爆竹厂生意如何?"

"往上走,一直在往上走,科塔班耶斯先生。"莱普林斯回答。

"那就不是爆竹厂,该是焰火厂[1]了。"

听了如此不堪的笑话,我觉得脸红,但莱普林斯和几个偷听到对话的人居然哈哈大笑。我想他们笑,是在给律师捧场。

"科塔班耶斯先生,律师事务所生意如何?"

"往下走,莱普林斯先生。不过,我不想扫诸位的兴。你们都是年轻人,自然多想聊聊女人。"

"您不想跟我们聊聊?"莱普林斯邀请他。

"不了,非常感谢。有人在等我打牌,当然,不赌钱。"

---

[1] 此处语义双关,在西班牙语中,"焰火"一词也有"火箭"的含义。

"只赌鹰嘴豆,是不是,科塔班耶斯先生?"

"没错,只赌生鹰嘴豆。您瞧,我这儿带了一把。"

说着,他从外套鼓鼓囊囊的口袋里掏出一把鹰嘴豆,好几粒滚在地上,仆役手脚并用地去捡。

"好了!你们聊你们的,我没什么好聊的,去摸摸牌。"

他踩着地毯,拖着脚,左右打着招呼,走了。仆役攥着捡到的豆子,跟在他身后。

"我都不知道科塔班耶斯常来赌场。"我对莱普林斯说。

别墅宽敞的餐厅里,摆着一张马蹄形桌子,能坐下百来个客人。烛光照耀,银餐具、瓷餐具、雕花玻璃餐具闪闪发光,一长排鲜花增光添彩。客人们急切地在找名片卡上的名字,奔跑、混乱、叫喊、比画手势,有人太敏感,受了伤。

莱普林斯正在往餐厅走,被玛利亚·罗莎·萨沃尔塔叫住:

"保罗-安德烈,我想跟你说句话。"

"哎呀,客人都就座了,你就不能等等?"

玛利亚·罗莎的脸羞得通红:

"你过来,必须现在说。"

她拉着丈夫的手,穿过大厅。大厅人走空了,只剩下乐师。他们正在把乐器装进套子、整理乐谱、擦汗,准备去厨房跟下人会合，吃点东西。

"过来，把门关上。"玛利亚·罗莎走进书房。莱普林斯照做，但一脸不耐烦。

"好了，发生什么事了？"

"坐下。"

"我的老天爷啊！你能告诉我到底发生了什么鬼事情吗？"莱普林斯吼了起来。

玛利亚·罗莎快哭了，小声说：

"你从来没这么对我。"

"看在上帝的分上，你别哭了。对不起，你弄得我紧张兮兮的。我已经受够了神神秘秘，希望一切顺利。一有变故，我就心烦。瞧瞧都几点了，已经晚了，贵宾会随时大驾光临，我们应该就座才是。"

"你说得没错，保罗-安德烈，你什么都考虑到了，是我傻。"

"好了好了，别哭了，给你手帕，你要跟我说什么？"

玛利亚·罗莎擦擦眼泪，将手帕递给丈夫，握着他的手宣布：

"我怀上了。"

莱普林斯的脸惊讶得无以名状：

"你说什么？"

"孩子，保罗-安德烈，我说孩子。"

"你肯定？"

"一周前，我跟妈妈去看医生。今天早上，医生向我们证实了，确信无疑。"

莱普林斯松开妻子的手，坐下，双手顶着手指肚，目光在地毯上游离。

"我不知道该说什么……太意外了……这种事一旦知道，总是让人惊讶。"

"你不高兴？"

莱普林斯抬头：

"我很高兴，高兴极了。我一直想要个孩子，已经盼来了。现在，"他粗着嗓子说，"什么也不能阻止我了。"

他甩甩头，站起来：

"走，咱们去宣布这个消息。"

他亲了亲妻子的额头。两人挽着腰，回到餐厅。主人迟迟不露面，客人们感到奇怪，开始窃窃私语。知道底细的夫人们散布消息，解释年轻的夫妇去哪儿了。餐厅安静下来，所有目光都注视着门，所有脸都在欣慰地笑。莱普林斯夫妇进门时，所有人热烈鼓掌。

巴斯克斯警长对谁杀了帕哈里托·德·索托不感兴趣，他将全部的注意力和几乎全部的精力都放在了萨沃尔塔案件上。手上正在审理的不是一桩普通的谋杀案,而是一桩关乎社会秩序、国家安全的大案。巴斯克斯警长做事有条理、有韧性,不爱炫耀。要是有人已经结了帕哈里托·德·索托的案子,那就结案好了。眼下,他要烦别的事。更何况,内梅西奥·卡布拉·戈麦斯看上去不靠谱,来的也不是时候,他只是稍微搭理两句,随他胡说八道,不听也罢。

内梅西奥被兜头浇了一盆凉水,没想到会是这种待遇,夹着尾巴离开了警局。萨沃尔塔谋杀案横插一脚,对他来说,糟透了。"萨沃尔塔,萨沃尔塔。"他在心里一遍遍地嘀咕,"这名字,我在哪儿听过?"早上冷,冷得他脑袋清醒,想起刀疤脸最后说的话:"七天之后再见,你告诉我们是谁干的,他们为什么要杀他,萨沃尔塔工厂里发生了什么,葫芦里究竟卖的是什么药。"萨沃尔塔和帕哈里托·德·索托有什么关系?帕哈里托·德·索托被杀,所以萨沃尔塔就被杀了?沉浸在这些思考中,他回到了自己活动的街区。店铺刚开门,卸货的车辆来来往往。女人们提着菜篮子,进出市场。小酒馆里没有人,内梅西奥拍拍柜台:

"早上好!这里有人吗?"

他等了一会儿,出来一个系着围裙的小伙子,提着一只很沉的木桶。

"请问有何贵干？"

"我要见老板。"

"老板？他正睡得像头猪。"系着围裙的小伙子回答。

"我有要紧事，您去把他叫醒。"

"要叫您去叫，您这是不想活了。"小伙子不客气地回他，指指通往卧室潮乎乎的窄楼梯。

"你们就这教养？"内梅西奥一边上楼，一边说。此起彼伏的鼾声指引他沿着窄窄的走廊，来到一扇铰链不太活泛的矮门前，他用指节轻轻叩门，鼾声没停下，他推门就进。

酒馆老板的卧室位于阁楼，那里光线暗，通风差，只摆了一把椅子、一个衣架和一张破床，床上睡着老板和一个大声呼吸的女人。内梅西奥的眼睛适应了黑暗后，认出了老板那张大胡子、眉心连着的脸，他毛茸茸、力大无穷的胳膊正搂着那个女人。女人的脸胖乎乎的，皮肤红润，胸很大，两只奶子从被子底下探出头来，像两只淘气的小乳猪，正在盯着内梅西奥。

内梅西奥摸索着往前，绕过床，走到老板那边，摇他肩膀，发现摇也没用，开始叫他名字，在他头上打了几下，最后拿起地上的一杯水（以为是水，结果是葡萄酒），浇到他脸上。

睡觉很沉的人都这样，老板醒得突然，一巴掌直接把内梅西奥扇到墙上。

"怎么回事？谁在那儿？"老板嚷嚷。

"别怕,是我。"内梅西奥回答。

老板睁大眼睛,认出了是谁闯进他房间:

"是你!"

女人也醒了,尽量遮好身子。

"不好意思打扰了。我来,是因为发生了很严重的事。否则,我是不敢……"

"滚!"老板冲他咆哮。

女人因为害怕、没睡醒或是害臊,哭了。

"堂塞贡蒂诺,看在圣母的分上,叫他出去!"她哀求道。

老板在枕头底下摸出一把手枪。内梅西奥往门口退:

"堂塞贡蒂诺,您别上火,真的是人命关天。"

老板朝天开枪。内梅西奥推倒了乱七八糟堆着裤子和裙子的椅子,跳到走廊,一溜烟地下楼。

"我早就跟您说了……"系着围裙、提着木桶的小伙子嘀咕。内梅西奥已经冲到街上,在女人之间飞奔,女人们纷纷护着菜篮子,尽量避让。

喝完第三杯白兰地,点了不知道第几根烟(我向来不爱抽雪茄),我叹了口气,看着莱普林斯。我累得很,完全在硬撑,否则早就在赌场的沙发椅上睡着了。

"你刚才说,对你而言,钱是问题。"莱普林斯说。

"钱……？嗯，是的。我只能勉强养活自己，怎么能去想结婚的事？"

"我的朋友，钱永远不是问题。还要白兰地吗？"

"不要了，谢谢，我已经喝多了。"

"不舒服？"

"没有，就是有点累。您接着说。"

"你应该理解，我也想到了经济方面的问题。之前没跟你提，但我有个建议。现在，希望你别想歪了，一码归一码，两件事没关系。不是说，你非要跟玛利亚·科拉尔结婚，我才给你这个建议……或反过来，你非要接受这个建议，才能跟玛利亚·科拉尔结婚。千万别认为我在胁迫你。"

我做了个不知所云的手势。莱普林斯按熄雪茄，仆役撤掉烟灰缸，换了个干净的。莱普林斯确保没人听见我们说话。

"接下来我要说的，必须严格保密。你什么都不用说，我知道可以信任你。"我想抗议，被他拦住，"接下来我要说的，只是一种可能性。希望你这么理解，免得日后失望。长话短说，我要告诉你，有团体——身份暂时不便透露——向我正式提议，让我进入政界。一开始，他们想把我拉进各自的党派，我当然不肯。后来，他们看我不乐意，就改变了策略，总而言之，希望我能担任未来的巴塞罗那市长。是的，你别惊讶，是市长。职位的重要性无须多言，你很清楚。嗯，他们还不知道，但我可以提前露个口风给你：我会接受这个提议，去参加市长竞选。我不是夸口，但我想，可以竭诚为这座城市，并间接地为这个国家服务。我是外国人，几乎初来乍到，看上去不利，其实有利。民众对政党、政客那一套都厌倦了。我不偏不倚，没有委身于任何人，没有被束缚住手脚。你懂吗？这就是我的力量所在。"

他顿了顿，掂量这番话对我有何冲击。说实在的，我没表情。当时，事态发展已经远远超出了我的理解能力。我想，既然他这么说，那就是真的。但我没做评论。

"跟你说这些，是为后面做个铺垫。这种可能性，你听好，只是一种可能性，要求从我这方面，在手头其他事务允许的情况下，紧锣密鼓地做准备。然而，单纯从条理上讲，我不想把两件事搅和在一起。因此，我决定设立一个办公室……可以称它为秘书处，专门负责我的政治活动。我需要一个信得过的人来组建和领导这个秘书处。当然，没有人比你更合适。"

"等一等，"我忍着困意，"如果我没理解错，您想让我从政。"

"从政？不，起码不是你理解的那个意思。我希望你能像帮科塔班耶斯那样，帮我在暗处做点实事。"

"我需要离开律师事务所。"

"那当然，你觉得遗憾？"

"这倒不是……我在想科塔班耶斯，我不想伤害他。毕竟，他帮了我很多。"

"听你这么说，我很高兴，说明你有良心，特别是你已经在考虑接受我的建议。"

"我不是这个意思。"

"好吧好吧，你不用担心科塔班耶斯，我去跟他说。"

他突然起身，放松面部肌肉，伸了伸腿，打了个哈欠，显得跟我一样累。

"你把瞌睡虫传给我了，咱们走。今天晚上已经聊得够多的了，改天再聊。不着急，你先考虑考虑。啊！差点忘了，"他从口袋里掏出钱包，从钱包里掏出一张名片，"这是我的地址，我再给你写上办公室电话，让你白天晚上随时随地都能找到我。"

豪华轿车送我们回城。我们聊了很多，具体什么都没定。

IV

4月初,春天的一个早上,我们结婚了。

为什么?是什么让我做出如此疯狂的决定?我不知道。即便现在,思考了这么些年,我对当年自己的行为依然不解。我爱玛利亚·科拉尔吗?我觉得不爱。她性感、神秘、不幸,让我混淆了(我这一辈子,始终在不停地、反反复复地混淆各种感情)激情和爱情。也许,孤独、厌倦、对不再年轻感到痛心也对该决定影响不小,悲伤的年轻人总会有各种绝望的行为和不同方式、不同程度的自杀性倾向。莱普林斯的影响、他言之凿凿的理由和说服力强的承诺最终将天平的指针拨向了结婚那一边。

莱普林斯不是傻子,他留意到周围人的不幸,想尽可能地——可能性很多——做些补救。但也没必要夸张,他没有改变世界的梦想,也没有对他人的不幸产生负疚感。我的意思是,他内心萌生的是一丝责任感,不是负疚感。因此,他决定帮我和玛利亚·科拉尔一把,认为我跟她结婚(当然,是在我们都同意的前提下)是上上策,可以彻底解决她的问题,他自己的好名声也不至于被连累。我不再为科塔班耶斯工作,转去为莱普林斯工作,薪水能满足未来的生活需要。莱普林斯如此这般救了我们俩,他不是在做慈善。我会挣钱,养活我和玛利亚·科拉尔。他给的不是钱,是机会,这样更体面,对所有人都好。玛利亚·科拉尔得到的好处很明显,自不待言。至于我,我还能说什么?如果不是莱普林斯的介入,我永远都不会迈出这一步。不过仔细想想,我会有什么损失?我这种人还会有什么奢望?充其量一份薪水微薄的粗活,一个像特蕾莎那样的老婆(跟可怜的帕哈里托·德·索托一样,老婆没好日子过),或一个愚蠢、轻浮的女人,像我和佩里克·塞拉马德里莱斯在街上、舞会上遇到的那种(我还要拼命忍受她无聊的陪伴和无味的闲扯,不动手揍她)。我挣得不多,只能勉强养活自己;成家很费钱;永远单着我又害怕(时至今日,写下这几行文字时,我依然害怕……)。

"哥儿们,我真的不知道该怎么跟你说。你提的问题,我没亲身体验过……"

"又不是让你跟我说什么大道理,佩里克,我只想听听你的意见。"

他喝了一口啤酒,擦了擦浮在新生胡子上的泡沫。

"这个问题很不寻常,很难给意见。我总觉得,结婚是一件非常严肃的事,不能刚交往,就做决定。你自己也说,不是很肯定爱不爱那个姑娘。"

"佩里克,爱情是什么?你体验过真正的爱情吗?日子过得越长,我越坚信,爱情是纯理论,只出现在小说和电影中。"

"咱们没遇到,不代表它不存在。"

"我不是这个意思。我想说,抽象的爱情是空想的产物。如果不具体到某个人,我指的是,某个女人身上,爱情就不存在。"

"很明显,是这样。"佩里克表示同意。

"存在的不是爱情,只是特定环境下、有限时间里爱上的女人。"

"哇,如果你这么说……"

"你说,我们这辈子,会遇到几个让自己陷入爱河的女人?一个都没有。全都是熨衣女工,裁缝女工,你我这种小职员的女儿,长大了都会出落成多洛雷塔斯。"

"我不这么认为,还有别的女人。"

"没错,我知道。还有公主,选美小姐,影视明星,精致、洒脱、有文化的女人……可是佩里克,这些女人跟你、跟我都不般配。"

"既然如此,那你就像我这样,不结婚。"他总有话说。

"佩里克,别说大话!你今天这么说,觉得像个英雄。可是,一年年蹉跎下去,总有一天,你会孤独、疲惫,被在路上遇到的第一个女人征服。你会生一打孩子,她会一眨眼变得又老又胖,你会玩儿命工作,给孩子吃饱穿暖,带孩子看病,让孩子好歹受点教育,把他们培养成像我们这样本分、可怜的办公室小职员，继续过悲惨的日子。"

"哥儿们，我不知道……你把一切都描绘得漆黑一片。难道你认为所有女人都一个样？"

我没吭声，埋藏在记忆中的特蕾莎又浮现在眼前，但她的出现没有改变我的观点。我想起特蕾莎，第一次问自己：她在我生命中代表什么？不代表什么。她是一只胆小、无助、唤醒我天生温情的小动物，就像温室中一朵怏怏的花。特蕾莎跟着帕哈里托·德·索托，生活不幸福；跟着我，生活也不会幸福。她在生活中得到的只有痛苦和失望。她想要爱，却遭到背叛。这不是她的错，不是帕哈里托·德·索托的错，也不是我的错。特蕾莎，他们对我们做了什么？是什么鬼东西主宰了我们的命运？

吃完冷盘、头道菜、鱼肉、禽肉、水果和甜品，客人们纷纷离席。男士们满足地喘口气，拍拍肚子；女士们脸上嫌弃，心里馋得很，思想上跟好不容易忍住不吃的大餐告别。乐队在台子上坐好，奏响了一支玛祖卡，没人跳舞，中断了许久的谈话又聊上了。

莱普林斯在人群中寻找佩雷·帕雷利斯。晚宴时，他一直在观察。老金融家气呼呼的，没怎么说话，上的菜也没吃几口，邻座问他问题，他回答得简短生硬。莱普林斯开始紧张，用目光询问科塔班耶斯。他坐在桌子的另一端,一脸无所谓的样子,意思是没关系。晚宴结束,科塔班耶斯和莱普林斯又聚在一起,科塔班耶斯对他说:

"去,现在就去。"

"不再等等?也许私底下聊更好。"莱普林斯暗示。

"不,现在就聊。他在你家,不敢当众发作。而且,他吃得少,但喝得比平常多。你能套出他知道多少,这对咱们有利。去!"

莱普林斯在乐队附近找到帕雷利斯,他正一个人陷入沉思,面色苍白,无血色的嘴唇微微颤抖。莱普林斯搞不清这些症状是被气的,还是因为他年纪大了,消化不良。

"佩雷,能跟你聊两句吗?"莱普林斯客客气气地问。

老金融家丝毫没有掩饰自己的愤怒,不吭声,作为回答。

"佩雷,抱歉之前对你态度有些粗暴,我太紧张了。近来的情况,你是知道的。"

帕雷利斯没拿正眼瞧他:

"我真的知道吗?告诉我,近来的情况怎样?"

"佩雷,你别嘴硬,情况你比我清楚。"

"哦,是吗?"帕雷利斯依然嘲讽地问。

"自打战争结束,我们就困难了,好吧?我不知道该怎么解决,但相信我们能解决。战争总会有的。如果大家齐心协力,改组工厂，我觉得没必要担心。"

"你的意思当然是，如果我们跟你齐心协力。"

"佩雷，"莱普林斯很耐心，"你很清楚，现如今，我比任何时候都需要你的帮助，你的经验……无论发生什么，你把责任都推到我身上是不公平的。说到底，是美国人打赢了这场战争，我有什么错？你是拥护协约国的……"

"莱普林斯，"帕雷利斯姿势不变，不去看这位年轻合伙人的脸，直接打断他，"我白手起家，创办了这家工厂。我和萨沃尔塔、克劳德德乌气都不喘一口、不眠不休地干活儿，把工厂建到不久以前的样子。工厂对我来说，很重要，它是我的命根子。我看着它建成，生产出第一批产品。这种心情，不知道你能不能体会，因为你都是捡现成的，不过没关系。我知道现在形势不利，过去的努力要打水漂了。萨沃尔塔和克劳德德乌已经去世，我老了，倦了，但我不傻，"他口气一转，"意识不到今天这种事会发生。这辈子，我见过的失败太多了。想到自己也会失败，我是不会害怕的。不仅如此，就算你们告诉我，破产不可避免，已经力竭的我也会毫不犹豫地重新开始，重新将所有的时间和精力投入到工厂中去。"

他顿了顿，莱普林斯等他接着往下说。

"但是，请你记住，"帕雷利斯平静地往下说，"我宁可亲手毁掉对我来说很有意义的东西，也不会允许某些事情发生。"

莱普林斯压低嗓门,悄声问:

"此话怎讲?"

"你比我更清楚。"

莱普林斯左右一瞧,有些客人已经留意到他们,毫不掩饰自己的好奇,正在盯着他们看。科塔班耶斯建议他跟帕雷利斯当众聊,他不听,请老人家随他去书房,单独聊。帕雷利斯先是不肯,后来突然决定跟他走。这个战术性错误加速了悲剧的发生。

"请你把话说清楚。"莱普林斯一躲开别人冒失的目光,就开口问。

"是你应该把话说清楚!"始终注意形象的帕雷利斯开始不管不顾地尖叫,"你说,这些年发生了什么?正在发生什么?你告诉我至今瞒着我的事。也许你说出来,我们可以聊聊。"

莱普林斯气得满脸通红,眼睛冒火,下巴收紧。

"佩雷,如果你认为我在账目里动了手脚,咱们可以现在就去办公室,一起查账本。"

帕雷利斯当晚第一次盯着莱普林斯的眼睛,两位合伙人用挑衅的目光对视。

"莱普林斯,我指的不仅是账目。"

他知道自己说漏嘴了,但他无法控制,酒精和压抑已久的怒火让他说出了心里话。自己说的,听着像是出自第三者之口,但话说得没错。

"我指的不仅是账目。"他又说一遍,"我早就注意到生意内外有很不正常的情况发生,我还自己调查过。"

"然后呢?"

"查到什么,我不想说。该知道的时候,你会知道的。"

莱普林斯暴跳如雷。

"听着,佩雷,我是来解释一个小误会的,现在看来,事情的性质我已经完全不能接受。你的影射是对我的侮辱,我要求你马上把话说清楚。至于你对工厂未来的担心,你随时可以撂挑子。我会买下你的股份,不会讨价还价。但我不想在办公室再见到你,听明白了吗?我不想再见到你。你老了,老糊涂了,脑袋不受控制,已经没用了。我对你荒唐的指手画脚容忍至今,是出于对你过去的尊重,以及看在我岳父的面子上。但我告诉你,我受够了!"

帕雷利斯的脸先变白,又变灰。他似乎透不过气来,用手捂住心脏。莱普林斯满眼凶光,老金融家慢慢缓了过来。

"莱普林斯,我会干掉你的。"他嘀咕道,嗓子似乎被人掐着,"我发誓,我会干掉你的。我有的是证据。"

慷慨大方的妓女"理想主义者"罗西塔独自从市场归来,大声抱怨东西太贵,菜篮子里露出几棵圆白菜和一根长棍面包。

她停下来买山羊奶和奶酪,又绕过水洼,继续往前走。"穷人住的街道永远湿嗒嗒的。"她边走边想。黑乎乎、亮晶晶的腐水流过铺路方石,咕噜噜地流进阴沟,听着瘆人。她骂骂咧咧地啐了一口。瞎子坐在小板凳上,脚前放着小金属盘,用吉他弹出忧伤的圣歌。

"罗西塔,走得真美!"瞎子是乌鸦嗓。

"您怎么知道是我?"罗西塔走到瞎子跟前问。

"听声音。"

"您知道我怎么走路?"没拎菜篮子的手叉着腰。

"听人讲的。"瞎子伸手摸索,"你让我摸摸?"

"巴西里奥叔叔,今天不行,我没心情。"

"就摸一小会儿,罗莎,上帝会报答你的。"

罗西塔退后一步,不让巴西里奥叔叔的手指够到。

"我说不行,就是不行。"

"你在为胡利安的事担心,对不对,罗莎?"瞎子傻笑。

"关您什么事?"她嘟囔道。

"让他小心点,巴斯克斯警长在找他。"

"因为萨沃尔塔的案子?不是他干的。"

"要巴斯克斯警长信才行。"瞎子断言。

"他藏得很好,找不到他的。"

瞎子又开始弹吉他,"理想主义者"罗西塔又往前走,走走停下,折回,给巴西里奥叔叔一块奶酪。

"喏,拿着,新鲜的奶酪,我刚买的。"

瞎子从罗西塔的手里接过奶酪,亲一口,放进大衣口袋。

"谢谢,罗莎。"

瞎子和妓女沉默片刻,瞎子用漠不关心的口吻说:

"罗莎,有人找你。"

"是警察?"妓女惊慌地问。

"不是,是那个告密的……你懂的,你的小情人。"

"内梅西奥?"

"我不知道名字,罗莎,我不知道名字。"

"巴西里奥叔叔,是不是我不给您奶酪,您就不告诉我?"

瞎子一副可怜相:

"罗莎,别乱猜,我刚才没想起来。"

"理想主义者"罗西塔走进黑乎乎的门廊,查看各个角落,没发现有人,费劲地爬楼,楼梯很陡,气喘吁吁地爬到三楼,在楼梯间看见有个黑影缩成一团。

"内梅西奥,别躲了,出来。"

"罗西塔,是你一个人吗?"内梅西奥·卡布拉·戈麦斯悄声问。

"那当然,你没长眼睛啊?"

"我来帮你。"

"你这头猪,把手从篮子上拿开!"

妓女把菜篮子搁到地上,在粗布裙里摸出一把钥匙开门,再拿篮子进门。内梅西奥跟着进门,把门关上。家里有两个房间,中间拉了一道帘子,帘子后面摆着一张金属床。进门那间,有一张带火盆的桌子、四把椅子、一只箱子和一只煤油炉子。罗西塔开灯。

"内梅西奥,你来干吗?"

"我要跟胡利安说句话,罗西塔,告诉我,他在哪儿?"

罗西塔摆出耍无赖的架势:

"好几个月没见了,他现在跟别的女人在一起。"

内梅西奥没抬眼,忧伤地摇了摇头:

"别骗我,上个礼拜天我还看见你们一起进来的。"

"好啊,你在监视我们,啊?说,谁派你来的?"罗西塔一边把菜篮子里的东西拿出来,一边用无所谓加瞧不起的语气问。

"没人派我来,罗西塔,我发誓。你知道的,对我来说,你……"

"好了好了,"妓女打断他,"你可以走了。"

"告诉我胡利安在哪儿,我有很重要的事。"

"我不知道。"

"行了,告诉我吧,为他好。罗西塔,有个叫萨沃尔塔的人被杀了,我不知道他是谁,但他是条大鱼。我怀疑胡利安跟这事儿有关,我没说是他干的,但他跟萨沃尔塔有关。巴斯克斯负责这个案子,你还不明白?我要提醒胡利安,为他好。这事儿跟我一点关系都没有。"

"你这么坚持,多少跟你有点关系。不过,我什么都不知道。你走吧,别烦我,我累了,还有好多事要做。"

内梅西奥带着同情和敬意仔细瞧了瞧罗西塔的脸。

"没错,你脸色很差。大早上的就累,这可不好。罗西塔,这种生活不适合你。"

"讨厌鬼,你想让我干什么?去跟警察通风报信?"

内梅西奥走了,预感坏事就要临头。

莱普林斯负责去跟玛利亚·科拉尔谈。我没这个胆量,他愿意出面,我很感激。三天后,他喜洋洋地给我回复,说玛利亚·科拉尔觉得能跟我结婚,十分幸福。几乎在着手筹备婚礼的同时,我开始为莱普林斯工作。首先,我终于离开了科塔班耶斯的律师事务所。多洛雷塔斯跟我告别时,落了泪,佩里克·塞拉马德里莱斯战友般亲热地拍了拍我的背,他们都祝我好运。科塔班耶斯有点冷淡,也许是嫉妒我抛下他,跟了别人(许多上司,特别是对员工占有欲强的上司,都会这么想)。莱普林斯分配的工作一开始让我头晕,后来时间一长,就跟所有工作一样常规化了,不起眼的活儿,干起来很舒服,文件的数量和格式比内容更重要。再说了,莱普林斯的政治纲领尚未成形,我的工作只是单纯地挑选和分类报刊文章、信件、宣传册、报告和不同类型的文章。然而,其他事务耗费了我大量的时间和精力。玛利亚·科拉尔一同意结婚,我们就按照未来年轻有为的市长秘书的夫人的标准去培养她。我们逛遍了巴塞罗那最好的商店,为她添置来自巴黎、维也纳、纽约最新款的衣服和鞋子。根据莱普林斯的指示,我亲自对她进行淑女培养,她目前的状况糟透了,用词粗俗下流,举止不成体统。我教她优雅地举手投足、得体地用餐、谨慎地交谈,向她灌输了足够的文化知识,尽管流于肤浅。整个过程中,她的兴趣让我感动。她突然生活在仙女故事中,不免眼花缭乱,但她进步神速,一点就通,意志坚定,不愧是在乌七八糟的环境中生活过,经常混迹于下层社会。下层社会是一所好学校。

婚前几个月对我来说,事情特别多,忙得团团转。除了教导玛利亚·科拉尔,装修房子也花了我好多时间。按照最时尚的风格,该要的、不该要的,什么也不缺,连电话都装上了,所有物品都由我亲自购买或亲自挑选。忙起来,我可以什么都不想,过得几乎十分欢喜。我给自己置换了全套衣裳,把书和其他物品从旧公寓搬到新居,跟泥瓦匠、油漆匠、木匠、供应商、装修工人和裁缝做斗争。时光飞逝,不知不觉地就到了婚礼前一天。说实在的,忙疯了的那段日子,我跟玛利亚·科拉尔经常接触，但因为某种下意识、尽管可预见的原因，我们的接触很正式，几乎是官样文章，属于师生交往。结婚在即，我俩却佯装不知，似乎培训结束，就会分开，永不相见。我能干，有礼貌；她听话，尊重我。这恋爱谈的，行为上无可指摘。家人和监护人都不在身边，没有社会或道德桎梏（我在外漂泊，她在低俗的夜总会表演），我们反而出奇地循规蹈矩，仿佛周围尽是难为情的母亲、脸皮薄的女主人和板着脸的舍监。

4月的一个早上，我们结婚了。参加婚礼的只有塞拉马德里莱斯和莱普林斯手下几个陌生的职员，他们来做证人，要签字。莱普林斯没进教堂，不过，他在门口等，跟我握手，也跟玛利亚·科拉尔握手。他把我拉到一边，问是否一切顺利。我说是。他坦言，怕玛利亚·科拉尔最后一刻反悔。她的确犹豫了一下，才回答"我愿意"，声音颤抖，几乎听不清。她同意后，神父的祝福就像一道闸门，轰然落下。

我们去度蜜月。这是莱普林斯的杰作，背着我安排的。他把火车票和酒店预订单递给我的时候，我觉得他在胡闹，不肯要。但他态度坚定，让人无法拒绝。舟车劳顿之后，我们抵达了目的地。火车上，我们一句话不说，别人应该注意到我们是新婚夫妇，投来揶揄的目光，找着机会就出去，让我们单独在一起。

莱普林斯挑的是赫罗纳省温泉疗养院，四匹半死不活的瘦马拉着一辆破破烂烂的马车,把我们送到那儿。温泉疗养院里有一栋气派的酒店,周围房子不多。酒店花园很大,法式的,立着雕像,种着柏树,精心打理过,尽头有个小树林,中间一条小道,通往温泉。乡村景致美不胜收,空气纯净无比。

招待空前热情,正是下午茶时间。花园里摆着铸铁架子、大理石桌面的桌子,上方是鲜艳的遮阳伞。一家家、一群群的人正在喝下午茶,气氛安宁,让人心旷神怡。

我们的房间在酒店二楼,后来我发现,这是酒店最豪华、最昂贵的套间,包括卧室、客厅和卫生间。卧室和客厅都有大型落地窗,对着露台。露台的蓝瓷花盆里,玫瑰盛开。家具很有王室范儿,床的宽度超过长度,床架上挂着蚊帐。每个房间都有电风扇,增加空气流动,吹起的纸条也能驱赶从花园里飞来的虫子。

玛利亚·科拉尔留在房间拆行李,我去外面散步。经过花园桌边,男士们起身招呼,夫人们点头致意,小姐们腼腆地盯着热气腾腾的茶,似乎在茶汤底部的图案中看到了自己罗曼蒂克的未来,我开心地摘下巴拿马草帽回礼。

帕雷利斯夫人和其他夫人对视线内的客人指指点点,一边说悄悄话,一边根据评论的性质,或坏笑,或鄙夷。帕雷利斯先生进门,全体息声。

"咱们走。"他对夫人说。

"怎么?"其他夫人惊呼,"这就要走?"

"是的。"帕雷利斯夫人起身。多年的夫妻生活教会了她不提问,不反驳。他俩的婚姻十分幸福。走到门厅,她问丈夫,发生了什么事。

"一会儿告诉你,咱们先走。你的大衣在哪儿?"

年轻的女仆拿来好几件大衣,请他们辨认,说是新来的,为自己的笨手笨脚感到抱歉。帕雷利斯先生接受了这不着调的借口,要辆车。女仆不知道该怎么办,他让她去找管家,管家也不知道该怎么办。这附近没有马车经过,也许走到广场,能找到停车点或车站。

"不能让人去叫一辆?"

"对不起,先生,所有人都在忙晚会。先生,我本人倒是很乐意去叫车,但我被绝对禁止离开这里。先生,我很抱歉。"

帕雷利斯先生开门,走到花园。夜晚满天星斗,微风已经停了。

"那咱们去散散步,晚安,告辞。"

两人穿过花园,大门口栅栏边有人守着。夫妇俩等他开门,但他一动不动。帕雷利斯先生去推,发现门推不开。

"门锁着。"那人说。看他的言行举止,尽管穿着制服,不像仆人。

"看见了，把门打开。"

"不行，有命令。"

"谁的命令？全都疯了吗？"老金融家吼道。

那人从条纹坎肩口袋里掏出证件，出示给他看：

"警察。"

"这是什么意思？难道我们都被捕了？"

"没有，先生，只是这栋房子被监视了。没有许可，谁都不准进出。"警察收回证件，放回口袋。

"要谁的许可？"

"总探长的许可。"

"总探长在哪儿？"帕雷利斯先生咆哮。

"在里面，正在参加晚会。但我不能去找他，他没穿制服，混在里头。你们要等，"那人说，"命令就是命令。您有烟吗？"

"没有。请您马上把门打开，否则有您好看。我是佩雷·帕雷利斯！这太荒谬了，明白吗？太荒谬了！这在防什么？怕我们把银勺子带走？"

"佩雷，"夫人镇定地对他说，"咱们回去。"

"我不回去！我……他妈的不想回去！咱们就待在这儿，等到开门为止！"

"你们要想待一会儿，那我赶紧去上个厕所，"扮成仆人的警察说，"我都快憋不住了。"

帕雷利斯夫妇回到门厅,跟管家说,管家去跟莱普林斯说,最后,一位独自在各个厅里小心穿梭的客人来找他们。

"夫人身体不适,我们想回家,我不认为这是犯罪。我是佩雷·帕雷利斯,"帕雷利斯先生用断然的口气说,"请让他们开门。"

"当然可以,"总探长回答,"请允许我陪同。非常抱歉,我们在等候几位客人的光临,不得不采取这些让人不适的防范措施。请相信我,你们麻烦,我们也麻烦。"

帕雷利斯夫妇随总探长来到栅栏门前,看守正躲在灌木丛后小便。

"夸德拉多,开门!"总探长下令。夸德拉多系好裤子,跑来执行命令。帕雷利斯先生走到街上,还气得发抖。

"太丢人了!"

警察守着人行道,十字路口有戴着三角帽、披着斗篷、配着马刀的骑警。夫妇俩经过,警察投来怀疑的目光。临近广场,听见一声闷响,地面开始震动,他们挨着一栋别墅的围墙。一队马车正在上坡,守着人行道的警察把手放在腰间,谨防各种微小的不测,守在拐角处的骑警马刀出鞘,行礼。车队走近,马蹄敲打着铺石路面,军号响起。突然奏乐,邻居们吓了一跳,纷纷探出头来,被警察粗暴地喝令回去。连树冠上都有荷枪实弹的人守着,暮霭让车队有些影影绰绰。

帕雷利斯夫妇缩在围墙边,亲眼看见一队胸甲骑兵和几辆由轻骑兵两边防护的马车经过,轻骑兵手中的长矛一路扫毁低矮的树叶。马车的帘子有些拉着,有些没有。在排后的一辆马车里,帕雷利斯隐约看见了一张熟悉的脸。车队走远,让惊讶的夫妇俩吃了一鼻子的灰。他从惊愕中缓过神来,低声说:

"太过分了!"

"是谁啊?"夫人用颤抖的声音悄悄问。

"是国王。咱们走。"

"巴斯克斯警长,您要搭理我,听听我说的话,您不会后悔的。罪案就是罪案。"

巴斯克斯警长把正在读的文件扔在桌上,瞪着衣衫褴褛、声称有情况要汇报的内梅西奥·卡布拉·戈麦斯。内梅西奥扭着双手,重心一会儿在这条腿,一会儿在那条腿,绝望地试图吸引警长的注意。

"哪个浑蛋放这个家伙进我办公室的?"警长望着斑驳的天花板咆哮。

"没人,是我擅自……"内梅西奥往铺满报纸、文件夹和照片的办公桌凑了凑。

"上帝啊!救救我吧!"警长开口,又住口,发现自己跟烦人的内梅西奥用的是同一套说辞,"你就不想放过我,哪怕一分钟？滚！"

"警长，我想跟您谈谈，已经找了您五天了。"

阴谋分子给他的期限只剩下两天，而关于帕哈里托·德·索托的死因，他还没找到半点线索。萨沃尔塔谋杀案横插一脚，警察全力以赴地在查这个案子，别的案子一概不管。内梅西奥也很努力地想找到阴谋分子，提醒他们巴斯克斯警长因为萨沃尔塔的案子在找他们。然而，在那不幸的五天里，他使出的所有手段均被严词拒绝。

"五天？"警长说，"我感觉已经五年了！奉劝你一句：滚，别再回来。我警告你：下回再看见你在警局附近转悠，我就把你关起来。从我面前消失！"

内梅西奥走出办公室，下楼，感觉大事不妙。想法很快烟消云散，因为发生了一起意外。走到楼下，他发现警局很反常，乱成一团。警察们大呼小叫，四处乱跑。"出事了，"他对自己说，"早走为妙。"正想离开，胳膊被一个制服警抓住，人被推到大厅尽头。

"别挡道儿。"警察喝令。

"出什么事了？"内梅西奥问。

"抓来几个危险分子。"警察回答。

内梅西奥屏住呼吸观望。从他所在的角落，能看见警局大门。门口停着一辆全封闭、金属车身的囚车，从囚车到大门，两排荷枪实弹的警察锁出一条通道，将犯人从囚车上押下。内梅西奥想逃，胳膊被警察牢牢抓住。寂静中，只听见脚镣叮当，进来了四名犯人：最年轻的在哭；胡利安的贝雷帽不见了，一只眼睛被揍得青紫，皮外套上沾着血，戴着手铐的手捂着肋骨，走路时，两腿打软；刀疤脸看上去很镇定，尽管挂着重重的眼袋。内梅西奥感觉要死。

"他们干了什么？"他悄声询问看守他的警察。

"好像是杀了萨沃尔塔。"警察回答。

"可是，萨沃尔塔死于跨年夜！"

"闭嘴！"

他不敢说，当时，他跟这帮人在照相馆，是被胡利安拖去的。他怕被卷进案子，乖乖闭嘴。但没用，刀疤脸已经看到了他，用肘碰了碰胡利安。胡利安原本低着头，现在抬起头看他。

"婊子养的狗屎东西，你终于把我们给卖了！"胡利安的怒吼似乎发自肺腑。

押送的警察一枪托打过去，胡利安倒地。

"带走！"一名便衣警察下令。

可怜的队伍从内梅西奥身边经过。两个警察托着胡利安的腋窝，把他拖走，身后留下一道血痕。刀疤脸在他身边停下，鄙夷地冲他冷笑：

"内梅西奥，我们早该把你干掉。真没想到，你还有这一手。"

警察逼他往前走,内梅西奥好半天才恍过神来。他猛地挣脱看守他的警察,往楼上跑。

"警长,不是他们干的!我保证,不是他们杀了萨沃尔塔!"

警长看见他,像看见蟑螂在床上爬,直接气红了脸:

"怎么……你还没走?"

"警长,不管您愿不愿意,这回您一定要听我说。不是他们干的,这帮人……"

"把他带走!"警长推开他,继续往前走。

"警长!"内梅西奥苦苦哀求,被两名壮实的警察抬着往门口走,"警长!萨沃尔塔被杀时,我跟他们在一起!我跟他们在一起啊,警长!"

科塔班耶斯和莱普林斯在书房会合。莱普林斯沉着脸,态度粗鲁,紧张地踱步;科塔班耶斯吃撑了,瘫在沙发椅上,耷拉着嘴,半眯着眼,专心听他说话。莱普林斯说完,科塔班耶斯用拳头揉了揉眼睛,好半天才问:

"他知道的比说的多,还是说的比知道的多?"

莱普林斯在书房中间停下,目不转睛地盯着科塔班耶斯。

"我不知道。科塔班耶斯,现在不是颠来倒去说俏皮话的时候。不管他知道多少,都是危险分子。"

"只要他手里没有具体证据,就不危险。我跟你说过,他老了,落了单。人到这个份儿上,再去冒险折腾,没有任何益处。如果只是怀疑,他不会再说什么。今天他很激动,明天就会换一种方式看问题了。不惹乱子,对他更合适。咱们劝他退休,回家愉快地去剪各种优惠券。"

"如果他脑子里不只是单纯的怀疑呢?"

科塔班耶斯捋了捋不规则的后脑勺上稀疏的头发。

"他会知道些什么?"

莱普林斯又开始踱步。科塔班耶斯的镇定让他重拾信心,但这个问题再次激怒了他。

"你他妈问我的是什么问题!你认为他会跟我们交底?"他停下,张着嘴巴,举着一只手,眼睛直盯盯的,"等等!你还记得……你还记得帕哈里托·德·索托那封著名的信吗?"

"记得,你认为信会在佩雷·帕雷利斯手里?"

"有可能。总会有人收到了那封信。"

"不,不可能,事情已经过去很久了。帕雷利斯为什么忍了三年不说,现在要说?……因为现在工厂生意不好。"他习惯性地自问自答,"这是一种假设,尽管我很怀疑。尤其是我们已经讨论过无数次,不能确定那封信真的存在,只有那个疯子跟巴斯克斯警长提过。"

"巴斯克斯警长信了!"

"没错,但巴斯克斯警长在很远很远的地方。"

莱普林斯没再说什么,两人陷入沉默,科塔班耶斯又问:

"你打算怎么办?"

"还没决定。"

"我劝你……"

"我知道,要镇定。"

"嗯,尤其是,别……"

隔壁大厅一阵骚动,乐队没声儿了,花园里响起军号声和马蹄声。

"他们来了,"莱普林斯说,"咱们先去,一会儿再说。"

"喂!"莱普林斯还没走到书房门口,科塔班耶斯又把他叫住。

"怎么了?"莱普林斯不耐烦地问。

"真的有必要让马科斯像影子似的跟着你?"

莱普林斯微笑着开门,跟客人们会合。管家要求全体肃静,期待中,有人隆重宣布:

"国王陛下驾到!"

我们在酒店餐厅用餐,晚餐结束,去各个厅转了一圈。舞厅里,乐队在奏华尔兹,但温泉疗养院的客人疗养甚于休闲,跳舞的人很少,舞技也差;第二个厅里燃着壁炉,夫人们梳着复杂的发型，装着一肚子不可思议的秘密，正在聊八卦；第三个厅是游戏厅。等再回到房间，情形就变得很不自然。我们都傻傻的、莫名其妙地待在小客厅。终于，玛利亚·科拉尔打破沉默。她的话很简单，符合逻辑，在当时的情形下，就像在发表原则声明：

"我困了，要去睡了。"

她提议，我附议，不反驳。我从衣柜里取出睡衣和家居服，钻进卫生间，不慌不忙地换好衣服，留足时间，让她也把衣服换好。收拾完，点了一根烟，以为抽烟会帮助我思考，其实不然。抽完烟，我跟最近几周一样，脑子里一片空白。卫生间很冷，手脚都冻僵了，有点冷到骨头里。我坐在浴缸边上，不知在逃什么，不知要往哪儿逃。再待下去也不明智，我决定直面现实，体面行事，随机应变，打开卫生间的门，走了出去。卧室里黑着灯，借着卫生间的灯光，能看见床上躺着一个人。我把灯关上，摸索着往前走。她睡在靠卫生间这边，我只好沿着床边绕过去，总不能从她身上翻过去。她呼吸平稳，挺沉的，估计睡着了。我觉得这样挺好，脱掉家居服和拖鞋，钻进被子，合上眼，打算睡觉。想睡着很难，在被睡意打倒之前，脑子里过了一大堆鸡毛蒜皮的事：表没上弦，莱普林斯有没有预付酒店费用，怎么给小费完全没概念，没把内衣送去洗。不知睡了多久，肯定睡得又少又浅，我突然醒了，脑袋清楚，神经紧张，感觉边上有个热乎乎的身子，手指抓着软软的睡衣上的褶皱。这种或那种行为占了上风，但上帝和魔鬼似乎都撤出了战场。生命中有些时候，一切取决于突如其来的直觉和才能。现在就是这种时候，而我脑袋里安置各种想法的部分一片混沌。我听见远方的大钟在敲两点，感觉很无助，如同在茂密的森林里迷失的远足者，力气将要耗尽，天快黑了，却发现此地曾经走过。最后，我终于睡了过去。

完全没想到，醒来时，心情大好。这是一个灿烂的早晨，阳光漏进窗帘缝，在地上汇成一个个光圈，像小人国里的场景。我从床上蹦起来，进卫生间，刮胡子，洗漱，换衣服，精心挑选最适合明媚春天的穿着。收拾完回到卧室，她还在睡觉，睡姿罕见，仰面朝天，被子拉到下巴，双手放在被子上，让我想起狗狗四脚朝天，想让主人来摸肚子的模样。这莫非是机会？我犹豫了。要知道，在这种情况下，犹豫等于放弃或失败。我拉开窗帘，阳光倾泻进来，洒满每个角落。玛利亚·科拉尔半睁着眼，半哼哼、半嘟哝地抱怨。

"起床了！瞧，多好的天气啊！"我叫道。

"谁让你把我吵醒的？"她反问。

"我以为你喜欢晒太阳。"

"你以为错了。叫人把早餐送来，拉上窗帘。"

"我会拉上窗帘，但不会叫人把早餐送来。我现在就下楼去花园吃早餐,愿意的话,一起来;不愿意的话,你自便。"

我又拉上窗帘,拿起手杖和帽子,下楼去餐厅。玻璃门大开着,有些人坐在外面露天桌边,只有几个小老头愿意坐在里面晒太阳。空气清凉,纯净得不可思议,纯净到让人头痛。微风徐徐,花园里的小树轻轻地随风摇曳。

"先生想用早餐?"服务生问。

"是的。"

"巧克力、咖啡还是茶?"

"牛奶咖啡,如果咖啡好的话。"

"先生,咖啡棒极了。牛角面包、烤面包片还是小面包?"

"每样都来一点。"

"先生一个人用早餐还是夫人的早餐也一起送来?"

"就我的吧……不,等等,再来一份给夫人。"

我在点餐时,看见玛利亚·科拉尔睡眼惺忪、一脸不高兴地出现在餐厅。那模样骗不了我,她是下来跟我吃早餐的。我起身,拉椅子请她坐下,告诉她点了什么,然后就专心看起了报纸。难挨的夜晚终于过去,然而,空气中正在蓄力,预示着会有新的苦恼。我决定长痛不如短痛,吃完早餐,提议她回卧室"再睡一会儿"。她直盯盯地看着我。

"我知道你在想什么,"她回答,"咱们去散散步,说说话。"

我俩默默地在花园里走,走到尽头,在石凳上坐下。石凳冰凉，树叶沙沙地响，一只鸟儿在叫，我永远忘不了那个场景。玛利亚·科拉尔告诉我，她仔细考虑过，看形势，还是要把话说清楚。她坦白，跟我结婚是利益驱使，没有感情因素在里头。但她问心无愧，因为我没有受骗上当。我娶她，一样是想得好处。因此，这桩婚姻再遭人非议，至少可以避免让折磨人的环境将她拖到糟糕千百倍的地步。

"我们是反着来的。"她又说，"一般人先了解，再结婚。我们是先结婚，彼此并不了解。"

鉴于此，加上结婚只是形式主义，我们应该理智行事。假戏真做只会导致关系紧张，互相猜疑，只会埋下仇恨的种子，互相怨恨。另一方面，她自认为是正经女人（她垂下眼，说得很谦卑，光洁的脸颊上泛出淡淡的绯红），委身于我无异于卖身。

"我知道，我的生活不值得尊重，我确实在最令人作呕的地方表演过杂技。但工作之外，我是有尊严的。"

看眼神，她需要被信任。眼眶里闪出一滴泪，像不速之客，像第一缕春风，像头几场初雪，像破土而出的第一朵花。

"我跟莱普林斯因爱结合。当时我还小，他的个性和财富让我着迷，我配不上他，拼命地讨他欢心，但从他的表情、话语和目光中只看到愤怒。他把我扔到街上，我认了，觉得很公平。他是我生命中的第一个男人……也是迄今为止最后一个男人。如果你尊重我，我也会一直尊重你。如果你想要我的身子，我不会拒绝。但你要搞清楚，你要我，是糟蹋我，很可能我会离开你。到时候，你要为发生的事负责。你自己决定，你是男人，当然是你说了算。但你要知道，现在无论怎么决定，日后一定要做到。"

"我接受你的条件。"我大声说。

她俯下身，亲吻了我的手。温泉疗养院的那些天就这样过去，当年觉得愉快，现在感到幸福。这样最好。有些当初幸福的事，回忆起来很痛苦；有些本身平淡无奇的事，怀旧时却带着一丝幸福的滋味。前者短暂，后者永恒，在不幸时给人慰藉，我更偏爱后者。我不折不扣地履行了和她达成的协议。我们俩的关系被定义得很明确，尽管我这方面，至少在遵守协议条款上无须勉强，用不着费力气。她作为同伴，谨慎不语，一天我跟她聊不上五句。我们习惯分开散步，要是在迷宫似的花园里遇到，那就停下来，说句话，再各走各的。不过，说的话倒很亲切。午餐和晚餐一起吃，完全是出于社交便利。我点餐，她觉得方便，菜单上的法文让她一头雾水。

"我在想，之前除了夹肉面包，你还有没有吃过别的？"一天，我对她说。

"也许！但至少我不会假装自己只吃过龙虾和鱼子酱。"她撑我。

我笑她灵机一动的撑人话，她在这种时候，会表现出最好的一面，胆小的穷孩子真正的个性。当年，她十九岁。她没意识到，那之前，没人像我这样理解她。就我而言，尽管不想坦白，还是希望我对她隐隐的温情能在不远的将来得到回报。温泉疗养院的安宁适合这种遐想。在那里，安宁无可争辩，无处不在。那里的客人身体多有不适，只有我和玛利亚·科拉尔两个年轻人。听侍应生说，许多客人从来不出门，有些从来不下床，等着油尽灯枯。除了我们俩，没有人能散步到花园尽头，除非坐轮椅或在服务人员殷勤的搀扶下。在那些身体不适的人当中，我跟一位老数学家成了朋友。他自诩有若干项革命性成果，不知为何，政府始终不予承认。他大聊特聊永动论，以及永动论在汲取地下水方面的应用。他的说法前后矛盾，还有点结巴，那些术语听上去很遥远、很诗意，像是从儿童故事里冒出来的。我还发现了一位已经发霉的激进派政治家，非要让我羡慕他震古烁今的爱情经历。肯定是在温泉疗养院孤单太久，臆想出来的，好比废弃的修道院龟裂的墙上会生出攀缘植物。一天下午，太阳落山前，我和老政治家在露天茶座上昏昏欲睡。花园里貌似无人，突然，玛利亚·科拉尔神情毅然地从被修剪成拱形的柏树中独自散步归来。老政治家戴好夹鼻眼镜，理了理山羊胡子，用胳膊肘碰了碰我。

"年轻人，看见那个漂亮姑娘了吗？"

"漂亮夫人，先生，她是我夫人。"我回答。

V

天蒙蒙亮,天空清澈无云,微微的曙光洒在无人的街道上。汽车停在拐角,两名穿着大衣、挡着晨露的男子下车,不约而同地看了看表,一言不发,往守在门口、穿着制服的警察走去。警察看见来人,立正。一名男子掏出烟盒,分享烟丝和烟纸。守门警察接着,三人各自卷烟。

"你们亲眼看见了?"递烟的人问守门警察。

"没有,探长。我们听见爆炸声才跑来的。"

"有目击证人吗?"

"暂时没有,探长。"

好奇的人躲在邻家窗口的薄窗帘和百叶窗后窥视。夜巡警摇摇晃晃地走来,人很胖,上了年纪,拖着的木棍像是从粗制滥造的身体上掉下来的零件。胡子无精打采地垂着,沾着尼古丁,眼睛肿肿的,眼神躲闪,鼻子泛红。

"您来的真是时候。"递烟的人对他说。

夜巡警不说话,脸埋在帽檐下。

"姓名,警务号,报上来,有您好看。"

"先生,我有点睡着了。要知道……我这把年纪。"夜巡警为自己开脱。

"睡着了?您是喝醉了!老兄,你浑身酒气!浑身都是酒气！"

正在探长记录该下地狱的夜巡警的资料时，一辆救护车呼啸而来。两名还没睡醒的男护士打开救护车的后门，取出担架，疲惫地在人行道上搭好，一人抓着一头，拖着脚，往三个人的方向走。

"是这儿吗？"

"没错。谁叫的救护车？"探长问。

"我叫的。"守门警察回答。

"有人受伤吗？"一名男护士挠着没刮胡子的下巴问。

"没有。"

"那叫我们来干什么？"

"有人死了。请跟我们来。"探长走进门厅。

回到巴塞罗那又让我们面对几乎被遗忘的现实。离开了一段日子，人更敏感。刚下火车，我就感受到经济危机造成的紧张气氛。车站里挤满了乞丐和殷勤地向乘客揽活儿的失业者；破衣烂衫的儿童在站台上跑来跑去，伸手乞讨；流动商贩高声叫卖；国民警卫队维持车厢秩序，将移民集结成可怜的一小队一小队；好心的夫人带领提着篮子的仆人，给需要的人分发面包。墙上刷着各式各样的标语，大部分在煽动暴力，鼓动造反。回家路上，我们目睹了小规模的工人游行，要求涨薪。有人冲汽车扔石头,一位夫人满脸是血,歇斯底里地尖叫着下车,躲进门廊。

在温泉疗养院的日子成为一段插曲,如今回到巴塞罗那,看到的依然是悲剧,同样的暴力,同样的仇恨,没有欢乐,没有目标。经年累月持续残酷的斗争之后,各方(劳方、资方、政治家、恐怖分子和阴谋分子)都已经失了分寸,忘了初心,不再要什么成果了。西班牙人与其说因为意识形态的分歧而分裂,不如说因为对抗和苦闷而团结。我们闹哄哄的,一窝蜂地沿着雅各布的天梯往下走,一级级台阶是复仇连着复仇,乱七八糟的结盟、控告、报复和背叛直通地狱,那里有基于恐惧的不妥协和绝望中孕育的罪行。

前脚刚踏进新居,玛利亚·科拉尔后脚就开始收拾,打造她所希望的,并强加于我的既自由,又安全的同居环境。我实在恼火,精心摆放的家具全都被她弄乱。她把我的床(为什么不是她的床?)从主卧搬到阴暗的杂物间,慷慨地把两组衣柜分给我一组,让我拿走了一把小扶手椅、两把普通椅子和一盏落地灯。她对家居和谐的无视让我气愤,但是仔细想想,我又得出这样更好的结论。我们俩风平浪静,相安无事,如今见面更少,说实在的,几乎见不着面。尽管她很努力,但她的存在还是在家里看得见、摸得着:声音、香水味、门缝里透出的光、薄墙后传来的歌声、叹息声、咳嗽声。

莱普林斯将恩桑切区的公寓改成了小办公室，离科塔班耶斯的律师事务所不远。我又去那儿上班，工作单调，有条不紊，很多时候挺让人厌烦的。同事一位是老处女，默默地——令人生疑——将我的手写稿用打字机打在卡片上，另一位是不到青春期的小伙子，满城跑，傍晚带回各种报纸、杂志、宣传册和天知道什么传单。

上班时间就这样过去，其他时间跟过去一样，变化很小。一天下午，下班回家，听见玛利亚·科拉尔在房间叫我。我敲门，她唉声说"进来"。

她躺在床上，出汗，发抖。她病了，模样让我想起遇见她半死不活的那个晚上。

"你怎么了？"

"不知道，很难受。天热，估计没盖被子，着凉了。"

"我去叫医生。"

"别，别叫医生。你去买点草药，帮我熬成药汤。"

"哪种草药？"

"哪种都行，只要是草药就好。别去叫医生，我不想见什么医生。"

"你别没文化，草药和药汤没什么用。"

她合上眼，握紧拳头，小声说：

"你愿意帮，就帮；要是来骂我、教训我的，那就一边凉快去吧！"

"好吧，你别生气，我去找草药。"

我去一家草药店，询问店主哪种药汤可以治疗伤风感冒。她给我抓了一些切碎的干草，味道很好闻，装在圆锥形纸袋里。我完全不相信药效，回家用小锅熬成药汤，给玛利亚·科拉尔喝。她喝完，气喘吁吁地倒头便睡，大量发汗，我都怕她虚脱了，给她盖了两床毯子，守在床边读书，一直守到她呼吸正常，安睡为止。快到半夜，她猛地一震，醒了，吓得我手上的书掉到地上，人也差点摔到地上。她开始哼哼，拼命挥手，圆睁着眼，什么也看不见。我在她圆睁的双眼前挥手，她没反应。我坐在床边，按住她肩膀。她把头埋在我肩膀上哭，不停地哭，哭了好久好久，才平静下来，又接着睡。我守到天亮，自己也睡了过去，醒来发现她不在床上，在家里到处找，发现人在厨房，正坐在凳子上吃面包和奶酪。

"你在这儿干吗？"我讶异极了。

"饿醒了，来找点吃的。你在沙发椅上睡得真香，你整夜都在那儿？"

我说是。

"你真好，谢谢。我已经好了。"

"也许。但你最好还是回到床上，盖好，别着凉。真的不用叫医生？"

"不用。你去上班吧,我会照顾自己的。"

我出门上班,等我下班,她不在家。她回来很晚,冷冷地跟我打个招呼,就把自己关进房间,根本不给我解释,我也不想问。毕竟,就算把心中的疑惑问出来,问她为什么哭,她也不会回答我。做噩梦了?喝药汤后的正常发泄?我宁愿忘了这个插曲,然而很长时间里,只要想起玛利亚·科拉尔,我就会记得她埋在我肩膀上哭泣的那个场景。

内梅西奥·卡布拉·戈麦斯离开小路,钻进灌木丛。那儿不算荒郊野外,日光下不太危险,夜色中更危险,目标更大。他频频摔倒,频频爬起,原本破烂的衣衫被树枝和灌木刮得更加破烂。坡很陡,临时爬坡的他开始喘气、咳嗽,但没停下脚步。夜晚异常湿冷,月亮没有探出头来。他手脚并用,爬到一块平地上,停下,藏在草丛里,蜷成一团,冻得哆嗦,也吓得哆嗦,直到布满血丝的眼睛在地平线上捕捉到模糊不清的光亮。于是,他站起来,穿过平地,贴着泛红的石墙,不让哨兵发现。城堡还在沉睡中,天越来越亮。他贴着外墙,来到关着的小门前,那儿有雉堞。灰色的晨曦中,渐渐显出两个披着军大衣的身影。他爬过门前的开阔地,等有围墙了,再起身,蒙特伊克城堡监狱令人毛骨悚然的公共墓穴就在几米开外。通往城堡小门的路上,一位神父侧骑着驴在走。他亮明身份,哨兵开门。

内梅西奥从藏身处看见驶来两辆马车,一辆载着平民,一辆载着士兵。天亮了,城市在他的眼里变得清晰:前方是港口码头;右手边是奥斯皮塔莱特工业区,许多烟囱正在冒烟;左手边是兰布拉大街、唐人街、老城区;再往上,几乎在他背后,是资产阶级的聚居地,尊贵的恩桑切区。城堡里热闹起来,命令声、军号声、击鼓声,有人跑来跑去,有人在并脚立正、拉门闩、开锁,铁链声,栅栏声。便门开了,出现了一队人,先是军人,再是囚犯,最后是神父和官员。刀疤脸看着地面,神情严肃,专心在想事情;后面是胡利安,脸色煞白,眼睛凹下去,步子摇晃,似乎看守们知道他大限将至,没必要疗伤;最年轻的小伙子,内梅西奥在警局见他哭,现在不哭了,见他的人会说,他已经不属于这个世界,走路像丢了魂,圆睁着眼,似乎想吸进清晨湛蓝的空气。内梅西奥按捺不住,站起来,离开藏身处大叫。谁也没注意到他,叫声被咚咚咚的鼓声淹没。囚犯们被蒙上眼,神父从他们身边走过,低声祷告。行刑队已经列队站好,长官发令,密集的枪声响起,内梅西奥晕了过去。

等他苏醒过来,太阳已经升得老高。他在灌木丛中行走,丝毫感觉不到脚下的刺,走到小路上,找了一张石凳坐下。晚上,给城堡驻军运送粮食的车夫发现他半裸着,流着血,无神地望着远方,嘴巴耷拉着,以为他病了,通知了城堡驻军。一小队士兵出来找他,医生诊断为痴呆。内梅西奥说的话无人听懂，他被带至略夫雷加特的圣包迪略精神病院，在那里一个人待了一年多，被刚刚目睹的景象和悔恨折磨。一年多后，巴斯克斯警长复查萨沃尔塔案件的卷宗，理清了之间错综复杂的关系——直接导致自己被流放——想起了这个怪人，于是去精神病院看他。

玛利亚·罗莎·萨沃尔塔惊呼一声，一杯咖啡掉在了地毯上。莱普林斯不动声色地按了几遍铃，不一会儿，穿着家居服的管家赶来，努力地跟缠在耳朵上的护须罩做斗争。

"先生叫我？"

"收拾一下。"莱普林斯假装没看见护须罩。

管家撤走了咖啡杯、小勺和碟子，用餐巾盖住还在冒热气的棕色污渍，退下，又端来一杯新沏的咖啡，鞠躬，再次退下。

"对不起，我真是笨手笨脚的！不知道怎么了，有时候脑子不做主。我太伤心了。"

"夫人，没必要道歉，"莱普林斯赶紧抢过话头，"这种事谁都会遇到。"

说着，他偷偷看我一眼。我想起他跟我说过的话，岔开话题。当时，我们在莱普林斯购置的位于提比达波山坡上富丽堂皇的别墅做客，请柬是一天下午寄来的，自然把我和玛利亚·科拉尔吓了一跳，但没弄错：莱普林斯夫妇诚挚地邀请米兰达夫妇于下周三来赴家宴云云。玛利亚·科拉尔说她不去。

"我不想去演戏！晚上好，夫人；晚餐很丰盛，夫人。"她在小客厅里夸张地扭胯，恶心地走来走去，模仿道，"简直臭狗屎！"

"别这样，不至于。莱普林斯想见我们，发出邀请，没别的。他很久没有我们的消息了。仔细想想，我们对他也不好。毕竟，我们欠他很多，不是吗？"

"别把自己说得猪狗不如，你的薪水是正经挣来的。"

"非也！"我没抬高声音，想以理服人，"靠我自己，永远不会有今天。还有，这回又不是要做什么重大决策，就是接受邀请，定定心心地去吃一顿饭，客客气气地告辞。"

"反正我不去。"她决心已下。

当然，我们还是在约定时间去赴了宴。我自认为态度有些粗暴，怕玛利亚·科拉尔临阵脱逃。不过，我的担心是多余的，什么也没发生。莱普林斯不拘礼节地接待了我们，玛利亚·罗莎表现得平易近人。她亲吻玛利亚·科拉尔的面颊，当众夸我选了一个"非常漂亮、非常迷人、非常出众的"妻子。我惊恐地看着玛利亚·科拉尔，以为她会爆粗口，可是她没有，只是脸红，谦卑地垂下眼，整晚都很害羞，心不在焉。莱普林斯把我拉到一边，给我一杯干红雪利酒。

"跟我说说……我迫不及待地想知道你们过得怎么样。"

我们走进一个小房间,那儿是莱普林斯的小会客室。墙上挂着一幅画,我一眼认出,就是曾经挂在加泰罗尼亚大街公寓壁炉上方的那幅高仿:还是那条河,还是那座桥,还是那么安宁。

"现在你为我工作,"莱普林斯接着说,"我反倒见你很少,还不如过去你为科塔班耶斯工作时见得多。"

"您瞧,"我说,"一切正常,就像这条河,"我指着那幅画,"岁月平静地流淌在自己的河道里。"

"你觉得没劲。"

"不,我没觉得。多亏您,我没什么好抱怨的。"

"别说傻话。"

"不是傻话,我永远不会忘记您为我和玛利亚·科拉尔所做的一切。"

"这种话我听都不要听。再说了,你们要是欠我的,现在有机会加倍偿还。"

"有什么可以为您做的?您尽管开口。"

简而言之,跟他夫人有关。玛利亚·罗莎尽管婚姻美满,还是忘不了过去的不愉快。父亲惨死,莱普林斯遇险,都在她脆弱的心灵里留下了伤痕。她会时不时地消沉,整个人无精打采;做噩梦,影响她正常休息;无缘无故的害怕,老是弄得她一惊一乍。目前的情况还不严重,但莱普林斯始终关注夫人的状态，担心长此以往，症状加重，会让她濒临精神崩溃。

"我的天啊！"听到最后一个词，我惊呼道。

"没必要过早担心，有可能只是暂时状况，是不顺心的事累积造成的。"

"但愿如此。医生怎么说？"

"目前，我不想去找医生。让她的精神去接受专业医生冰冷的分析，对她而言，会是痛苦的折磨。不管怎样，我不相信现代诊疗方法。一个劲儿地盯着病人，非要让病人意识到自己病了，多么残忍！让病人有病而不自知，用温情抚慰，用宁静舒缓，不是人道千百倍？"

我认为他言之有理，又问：

"可是，我们能起到什么作用？"

"能起到很重要的作用。你们年轻，新婚燕尔，会让周围的人开心，有欲望活下去。还有，从出身上讲，你们跟工厂无关，跟萨沃尔塔家族无关，跟巴塞罗那上流社会无关。而巴塞罗那上流社会正是她的伤心地。你们是一股新风，能起到净化的作用。因此，我相信你们会是更好的药。你能帮我吗？"

"有什么用得着我们的地方，您尽管吩咐。"

"谢谢，这正是我希望听到的。啊，最后一个请求，别让她察觉到或怀疑到我跟你说过这些。一个字都别告诉玛利亚·科拉尔，你知道的，女人根本藏不住秘密。你们的态度要始终亲切,但绝不是同情。"

管家请我们上桌。我们在餐厅等了一会儿,玛利亚·罗莎和玛利亚·科拉尔才来。玛利亚·罗莎向大家道歉:

"我带她参观了一下房子,女人嘛。"

"房子非常漂亮,"玛利亚·科拉尔说,"装饰得极其高雅。"

"哎哟哟,"我心想,"这姑娘从哪儿学来的这一套?"要是让玛利亚·罗莎瞧见她收到请柬时的态度,会是什么表情?我在心里偷偷笑。不过,这些都是细枝末节。

莱普林斯已经像平常那样无拘无束,谈笑风生。晚餐用完,他把仆人打发走,在隔壁小厅亲手为我们沏咖啡,笨手笨脚的,有些夸张,逗得我们哈哈大笑。夫人要帮他,他不让,假装职业尊严不可侵犯,还冲我挤了挤眼,低声笑。日常工作逼他正经,如今将幽默感全都释放出来。东道主的职责履行完毕,他点了一根烟,舒服地哼哼,又接着跟我聊,问起某些工作细节。我解释给他听,他说:

"哈维尔,别以为你是白费工夫。你知道的,11月市政选举,我很可能参选。"

"哇,这太好了!"我大声说。

"甚至你跟我有可能要去一趟巴黎,取一些跟我有关的材料。"

我快晕过去了,去巴黎!女士们抗议,说这是性别歧视。

莱普林斯腹背受敌,笑着求饶。她们不放过他,直到他答应研究四人同去的可能性,她们才兴高采烈地拍手。

时候不早了,玛利亚·罗莎显出疲态,摔了一杯咖啡,惊慌失措地请求我们原谅。她亲热地跟我告别,又亲吻了玛利亚·科拉尔,在周到的丈夫的陪同下,回房休息。只剩下我们俩,我对玛利亚·科拉尔说:

"迷人的一对,你不觉得吗?"

"哈!"她说。

"怎么了?我还以为你挺喜欢这么聊天的。"

"那个男人气得我够呛,他以为他是谁啊?无所不知,无所不晓。相信我,他就是个乡巴佬儿,一个乡巴佬儿暴发户,想把人都镇住。他老婆,哦,简直难以忍受,这你不会反对吧!别提了,做作的……"

"玛利亚·科拉尔!你别这么说……"

莱普林斯回来,我们不争了。他笑着走来,代夫人为她的突然离场表示道歉。

"玛利亚·罗莎体弱,需要休息。她请你们原谅,拜托我送送你们。"

我们互相说了些客气话,他把我们送到门厅。那辆黑色豪华轿车正在花园里等候,司机趴在方向盘上打盹。回家的路上,我对玛利亚·科拉尔说:

"奇怪,整晚都没看见马科斯,他被辞退了?"

或许是我的错觉,但貌似司机听了,露出嘲讽的表情。

他们在楼梯间遇到了另一名警察。他跟守在街上的警察一样,向他们立正。冲着楼梯间的两扇门,一扇紧闭,一扇大开。探长在开着的那扇门门口探头,闻到一股刺鼻的火药味,这味道一闻便知。他回到楼梯间,又看了看表。

"几点发生的?"他问警察。

"探长先生,准确时间我不知道,当时没想起来看表。我们正在巡逻,似乎听见一声爆炸,就往这儿跑,看见窗户冒烟,有人在叫,叫得很恐怖。我们叫夜巡警,让他来开大门。他没在,我们只好用枪托把锁砸了,刚上楼,就看见有人死了。我们给您打电话,叫救护车。我不知道整个过程有多长时间,加起来应该不到二三十分钟。"

"叫声从哪儿来的?"

"探长先生,从家里,就是从这家。家里住着一对上了年纪的夫妇和一名女仆。女仆不在,夫人没受伤,是她在尖叫。"

"夫人还在里头?"

"不在,探长先生,她去邻居家了。"警察指指紧闭的那扇门,"我们觉得可以放她进去,她人都慌没了。要不要把她带来?"

"不用,暂时不用。女仆回来了?"

"没有,探长先生。她要过几天才回来,好像是周六回乡下,参加庆祝活动,杀猪什么的,我搞不懂。"

"好的,您守着,我们进去看看。"

除了火药味,屋里没有遇袭的痕迹,会客厅和过道里的花瓶,还有其他装饰品完好无损。

"炸弹肯定威力不大,"陪同探长的人说,"否则的话,冲击波会把瓷器震碎的。"

探长点点头。他们来到走廊尽头一扇厚重的深色房门前。

"是这儿?"

"没错,我觉得是。"

"房门是栎木的,没炸坏,"陪同用欣赏的目光看了看铰链,"做工真好,现在东西做得没这么好了。"

探长推门,两人进去,抬担架的护士留在过道。这里应该是书房,被炸得很惨,家具倒了,画掉了,地毯中间煳了,边上黑了,墙纸被冲击波和霰弹一条条地扯下,露出舌状的石膏。桃花心木的桌子底下,躺着一具男尸,身上几乎全是纸。探长弯下腰:

"脸上没血,衣服上也没血。"

陪同探长的应该是个爆破专家,他用尺子量了量距离。

"他一定是看到炸弹,往后退,炸弹在地上爆炸,把这儿的地毯几乎炸没了。冲击波掀翻了桌子,身体在底下,被桌面护住。"

"这种情况,他应该获救,不是吗?"

"我觉得是。我倾向于认为他不是被炸死的,应该是死于心脏病。炸弹不大,您抬头看,吊顶和灯都没事。"

过道里有人问:

"可以进来吗?"

两名男子没等人回答,直接进门,是一个中年人和一个老年人。老年人蓄着乱蓬蓬的白胡子,戴着厚厚的螺钿眼镜,提着出诊箱;中年人一袭黑衣。他是法官,老年人是法医。

"早上好,先生们,怎么回事?"法官应该是刚到巴塞罗那任职。

法医跪在尸体旁边,碰碰这儿,摸摸那儿,然后问洗手间在哪儿。

"找不到书记官,"法官说,"他两小时前去喝咖啡,到我出发时还没回来。这个国家没救了!"

"医生,他怎么死的?"法医回来,用手帕擦手时,探长问。

"我哪儿知道?应该是被炸死的。"

"可是身上没有伤痕。"

"啊,没有吗?"

"摄影师没来？在英国，案发地点都要现场拍照。"法官问。

"没有，先生，我们没有摄影师，这又不是婚礼。"

"您听好，我是法官，这儿该怎么做，我说了算。"

一名担架护士探头问：

"我们是把尸体抬走，还是等它腐烂？"

"先生，请您放尊重点！"法官呵斥。

"我的活儿干完了。"法医说。

"起码要画张图吧？画张速写？"法官问。

"我什么都不会画，"探长回答，"您呢？"他问爆破专家。

"嗯，我不会。"爆破专家回答得心不在焉。他从口袋里掏出几根管子，用一把小调药刀收集尘土和碎片。

"书记官没来，什么都不许碰。"法官见两名担架护士拉胳膊拖尸体，进行劝阻。

"我们不能一早上都在这儿等着。"担架护士跟他顶嘴。

"我说等，就得等。"法官一锤定音，"要先开具死亡证明。"

乐队奏响《皇家进行曲》，国王堂阿方索十三世在王后堂娜维多利亚·欧亨尼娅、随从及护卫的陪同下步入大厅。国王身着骑兵制服，金丝银绣在灯光下闪闪发亮。客人们全体起立，热烈鼓掌，掌声经久不息。莱普林斯走出人群，跑去向他致敬。国王不拘礼节地笑，跟他握手，拍了拍他的背。

"陛下……"

"你的房子真漂亮。"堂阿方索十三世说。莱普林斯亲吻了堂娜维多利亚·欧亨尼娅的手。玛利亚·罗莎·萨沃尔塔突然害羞,站在人群中不能动弹,丈夫拼命地跟她使眼色,她才怯生生地走出来,向尊贵的客人行礼。队伍即刻解散,国王、王后及其陪同混进了人群中。

"您光临寒舍,蓬荜生辉。"莱普林斯用了更亲切的"您",私底下称呼,没"陛下"那么隆重。

"亲爱的朋友!"国王挽着他的小臂,"别以为我不知道,我来这儿,能帮你在11月的市政选举中拉票。不过,你这么安排,我也很感兴趣,能让我吸引加泰罗尼亚人,不知道我在这些偏远地区的声望如何。"两人都开心地笑。

"你们结婚很久了?"堂娜维多利亚·欧亨尼娅问玛利亚·罗莎,"没有孩子?"

"王后陛下,我正怀着,"玛利亚·罗莎害羞地回答,"恳请国王陛下和王后陛下做我们孩子的教父教母。"

"没问题!"王后一口答应,"一会儿我跟阿方索说,不会有问题的。我有两个孩子。"

"我知道,王后陛下,我在画报上看到了。"

"啊,那是。"

那段日子，我们常去莱普林斯家的别墅。暮春已至，尽管还感受不到酷暑的气息。我有莱普林斯和两位迥然不同的美貌女子的陪伴，感觉十分幸福。如果我能掌控，这样的生活我绝不愿意跟别人换。那段美好的回忆如今已浓缩成过去的一个幸福点，但有件事无比清晰地印在了我的脑海中。莱普林斯不安分，总在寻找新的刺激，新的风景。他提议，星期天去郊外，用当年的说法，去 picnic（野餐）。

"我们在家关了太久，"夫人反对，他摆出理由，"需要纯净的空气，接触大自然，稍微活动活动。"

就这么决定了。他们带吃的，上午十点上门来接。

豪华轿车在约定的时间来到我们家门前，莱普林斯夫妇已经在车上。我们上车，车子发动，出城后不久，车就开始爬坡，爬陡坡。发动机在怒吼，但车速依旧。我坐在逆行方向的单独座位上，从后车窗里看见另一辆车在跟着我们。起初我没在意，也没告诉其他人。可是，我们兜兜转转了一个小时，路线那么复杂，它还在锲而不舍地跟着，我有点慌，提醒莱普林斯。

"哦，我知道有辆车在跟着我们，不用慌。请允许我先不透露，我给你们准备了一个惊喜。"

我没再说什么，望着原野。车正行驶在茂密的林子里，有松树和栎树，阳光从枝叶间洒下。林子渐渐稀疏，远远地看见一片辽阔的山谷，郁郁葱葱，围在群山和树林间。车开始下坡，来到山谷，拐了好几个弯，找到一片宽敞、平整的空地，有草丛和三叶草，模样很让我们满意。旁边还有清洌甘甜的泉水，我们拿着小金属杯去接，尝一尝这富含药效的泉水。这时，跟着我们的那辆车到了，我顿时明白莱普林斯口中的惊喜指的是什么。这辆神秘的汽车就是他过去开的那辆红色菲亚特跑车。

"哎呀，是这辆车！"我兴高采烈地跟车打招呼，就像它是个老朋友，"谁在车里？"

"你猜不到？"莱普林斯问。

是马科斯。

两辆汽车停在空地边缘。司机在几米远的地方铺了一块白色亚麻桌布，摆上盘子、刀叉、杯子、瓶子和盒子。马科斯坐在松树下，用礼帽盖着脸打盹。我们在草地上散步，找四片叶子的三叶草，追着鸟儿飞，看毛毛虫、金龟子等各种稀罕物。蟋蟀在草堆里唱歌，泉水汩汩地流，微风吹拂，密林间似乎奏起了神圣的交响乐，乐声从远方飘来。玛利亚·罗莎·萨沃尔塔乏了，坐在草地上。莱普林斯事先铺了一块围巾，免得她弄脏衣服，也能防潮，挡虫子。

"岁月静好！"莱普林斯站在夫人身边，张开双臂，想将美景揽入怀中，感叹道。玛利亚·罗莎打着遮阳伞，抬头望着丈夫。清澈的阳光洒向草地，似乎她在神秘地陶醉。

"确实,"我点头称是,"生活在城市,我们都忘记了大自然的美满。"

然而,善变的莱普林斯不可能长久专注于一样东西。他很快晃晃脑袋,咂咂舌头,叫道:

"哎,哈维尔,陶醉得差不多了。我不是告诉你,有个惊喜吗?"

说着,他打了个约好的手势。司机已经准备完吃的,上了那辆红色汽车,发动,缓缓地向我们驶来。

"上车。"莱普林斯对我说。司机停车,下车。

"去哪儿?"我问。

"哪儿都不去,你来开车。"

我见他捉弄人的眼神里,既有温柔的关心,又有傲慢的挑衅,是他特有的表情。

"您在开玩笑吧?"我问。

"别厌了,这辈子什么都要尝试一下,尤其是各种快感。"

莱普林斯的提议,我向来无法拒绝。我坐上驾驶位,听候指示。玛利亚·罗莎满意地看着,突然意识到我们想干什么。

"喂,你们想干吗?"

"别害怕,亲爱的,"莱普林斯叫道,"我想教哈维尔开这玩意儿。"

"可他从来没开过车!"

我挤出一丝无奈的笑容，耸耸肩，意思是这事儿由不得我。

"你瞧，咱们来开心一会儿！"莱普林斯说。

"你们会送命的！你们就是在送命！"她扭头去找玛利亚·科拉尔帮忙，"跟他们说说，看他们会不会听你的。这俩死脑筋！"

"随他们去，都是大人了，应该知道分寸。"玛利亚·科拉尔很激动，就像要看一场即兴表演的杂技。

这时，莱普林斯正在教我开车，司机也在教，两人的教法互相矛盾，都笃定我能听懂那些奇奇怪怪的术语。玛利亚·罗莎见说服不了丈夫，决定换个姿态。

"我的朋友，"她对玛利亚·科拉尔说，"至少，我们可以祈祷，让上帝保佑那几个疯子。"

"夫人，您要祈祷就祈祷，我去找我先生玩儿。"玛利亚·科拉尔回答。

她两步蹦到汽车旁，爬上后座，窝成一团。那儿原本是放行李的，不是坐人的。莱普林斯兴高采烈地摇着曲柄启动器，我用双手死死地握着方向盘。我们都脱了外套，车一震，我的草帽滚落到地上。莱普林斯叫着"乌拉"，也把自己的英国帽子抛向空中。等车开始启动，他爬上脚踏板。司机站在下面，冲我嚷嚷，我听不见。莱普林斯一个倒栽葱，"摔"进车里，蹬着两条腿，直呼救命，快笑疯了。我努力地想稳住方向，但车一个劲儿地原地打转。我刚看见玛利亚·罗莎跪在围巾上，低垂着眼，双手交叉，就看见司机挥舞着手，在说一大堆机械术语。莱普林斯已经坐好，也握着方向盘，我往这边转，他往那边转，车曲曲折折、很有想法地追着司机跑，扑腾来扑腾去，轧坏了我的草帽。之后没有任何过渡，像哮喘病人似的呼哧一声停下。莱普林斯跳到地上，又去摇曲柄启动器。我对他说：

"哦，不！哦，不！今天就到这儿吧！"

可他说：

"不行不行，再开一会儿。"

正说着，车拱了他一下，开始移动，起初很慢，后来越来越快，车上只有我和玛利亚·科拉尔。

"哈维尔，赶紧让这破玩意儿停下！"玛利亚·科拉尔窝在后座，冲我嚷嚷。

"我也想啊！"我回答，尽量不去撞树，希望车能自己停下。莱普林斯和司机有时在车后跑，有时在车前跑。他俩撞来撞去，还同时叫。只有马科斯躺在松树下的青草上小憩，对空地上的惨剧视而不见。

终于，连我自己都吓了一大跳，我能让车基本按想法行驶了。车停下，我开心地蹦下车，又去扶玛利亚·科拉尔下车。莱普林斯气喘吁吁地赶来。

"我成功了！"我对他说，激动得全身发抖，尽量稳住。他笑了。

"起手不错，我第一把开得不如你。现在要勤加练习，不用害怕。"

我比较细致地描写了这个看似无足轻重的小插曲，因为后来，事到临头，这项技能发挥了重要作用。

野餐时以及回程路上，大家一个劲儿地评论我的壮举。莱普林斯心情大好，玛利亚·罗莎不再害怕，玛利亚·科拉尔对我刮目相看（我斜着眼睛，暗暗观察到的）。春天那几个月，我们常去郊外，我接着练车，不谦虚地说，直到掌握了最基本的驾驶技能。

"是定时炸弹？"法官问。

爆破专家吹了声口哨，搓了搓手。

"不，不是这个意思，现在下结论，为时过早。不过，我倾向于奥尔西尼炸弹，您懂的，球形，带雷管，碰到物体就爆炸，不用导火线或导火装置，操作极其简便，只要是爱好者都能驾驭，也是最普及的一种炸弹，从不失手。"他用做产品宣传的口吻结尾。

探长从阳台探出头去，人行道上，除了守在门口的警察，一个人都没有。远处传来收废品的叮当声。

"恐怕是从街上扔进来的，死者的阳台门开着。"

"他为什么要开阳台门？大清早的，天气很冷。"法官问。

探长耸耸肩，给法官让道，他在目测从阳台到街道的距离。

"太远了，不是吗？"

"是的，没错。"探长承认，"除非架梯子，否则不太可能。"

"又或者，是爬到车顶上扔的。"爆破专家指出，"可以是马车，最好是汽车。"

"为什么最好是汽车？"法官问。

"马车稳定性不好，马儿会动。马儿一动，上面的人就会失去平衡，非常危险，会带着炸弹摔到地上。"

"就是，分析的有道理，"法官兴致勃勃地承认，"总要把事实还原出来。那动机呢？探长，您怎么看？"

探长斜着眼去看法官：

"谁知道呢？敌人、继承人、无政府主义者，妈的，有成千上万种可能性。"

说话间歇，法庭书记官到了，画了幅速写。爆破专家看了，高高在上地笑。护士们用担架抬走尸体。法医告辞，承诺会尽快写好报告。速写完成，法官和书记官也走了。只留下探长和爆破专家。

"来杯咖啡怎么样？"探长建议。

"棒极了。"

出门时，遇到两个人正在跟守门警察发生争执。

"怎么了？"探长问。

"探长先生，这两位先生非要上楼，说是死者的朋友。"

探长端详来人：一位是自信、优雅的年轻人，一位是肥胖、邋遢的中年人，后者哆嗦个不停，还咋咋呼呼。

"我是科塔班耶斯律师，"中年人说，"这位是堂保罗-安德烈·莱普林斯，我们是帕雷利斯先生的朋友。"

"你们怎么知道出事的？"

"遗孀刚给我们打过电话，我们就飞奔过来了。恳请您原谅我们的举止和冒昧，但您可以想象，噩耗很意外，让我们大为震惊。可怜的佩雷！几小时前，我们还在跟他说话。"

"几小时前？"

"帕雷利斯先生来我家参加了招待会。"莱普林斯回答。

"他没跟你们说什么？你们也没留意到他的行为有什么可疑之处？"

"不知道，不知道该怎么跟您说，"科塔班耶斯呻吟道，"我们对此悲痛欲绝。"

"我们能上楼看望遗孀吗？"莱普林斯问。看上去，他丝毫没有悲痛欲绝。

探长想了想。

"能，你们可以上楼去看望遗孀，但别进家门。遗孀在对门邻居家，那儿有个警察，会给你们指路。失陪几分钟，等我回来，咱们谈谈。你们等我。"

警察守在楼梯间，看见莱普林斯和科塔班耶斯，脸一沉。他接到指示，不经上司允许，任何人不得入内。他向来人说明情况，来人告诉他，是探长约他们来做口供的，他们是最后看见死者的人。警察还在犹豫，他们已经礼貌并坚决地将他推到一边，不由分说地溜进了死者家里。科塔班耶斯一踏进帕雷利斯的书房，就开始哆嗦。

"我不行，我不行，"他啜泣道，"我干不了。"

"好了，科塔班耶斯，我来找，但这个机会不能白白浪费。来帮我把桌子扶正。瞧，哪儿都没有血迹什么的。老兄，来推一把，我一个人劲不够。"

他们扶着桌子，将它正回到原来位置。抽屉没锁，莱普林斯一阵乱翻。科塔班耶斯一动不动，脸色苍白，嘴巴半张着，看着他翻。

可怜的帕雷利斯！我哪儿能想到，那天晚上我们告别，竟是永别！他向来不喜欢我，我很久才明白原因，但这不妨碍我尊重他。他不仅聪明，还人品高尚、礼貌待人、学识渊博……像他这样的人，已经没有了。

我们最后一次见面，是在莱普林斯举办的晚会上。国王驾到，令人难忘。我和玛利亚·科拉尔接到了邀请。当我们拘谨、胆怯、满怀期待地出席时，并不知道那次社交活动标志着我们人生一个阶段的结束。晚会过后，一切都跟过去不同。可在当时，别墅里有豪华客厅、衣香鬓影、珠光宝气，工业界和金融界名流悉数到场，不堪的现实和它蕴含的危险似乎遥不可及。

"去多维尔？先生，您真是太好了，但您必须先征求我先生的意见。"

"上帝啊，玛利亚·科拉尔，"趁她难得不被讨厌的人纠缠，我赶紧批评，"能不能别表现得像个轻佻女人？"

"轻佻女人？"她无知，但一猜便知，"你的意思是，高级妓女？"

我点头，眉头依然紧锁。

"哈维尔，可我就是这样的女人啊！"她开心地回答。一位油头粉面的老将军冲她挤了挤眼，她报以微笑。

我们刚进门，她异国风情的美貌就不停地在惊艳众人。就连最博学的老牌绅士见了她，都会荒唐地变成小歌剧里的愣头儿青。我既虚荣，又嫉妒，简直气不打一处来。

"孩子，日子过得怎么样？我看你挺受欢迎的。"科塔班耶斯过来找我，有个客户缠着他，寸步不离。

"您瞧，"我指着玛利亚·科拉尔，她正在跟受俸牧师说话，"浪费时间，还丢人。"

"哎呀，有本钱，才能浪费！"律师说，"工作干得怎么样?"

"进展缓慢,但又不能不干。"我用开玩笑的语气回答。

"孩子,要抓紧。看这架势,今晚要有大事发生。"

"是吗?"

"很快就会见分晓。"他压低嗓门,手指竖在嘴巴前面。

"您对摩洛哥战争有何看法?"缠着他的客户不依不挠地问。

科塔班耶斯向我示意,让我帮他解围,甩掉这个包袱。

"确实很不像话。"

"就是!"客户抓着我,像抓着新的救命稻草,"简直无法容忍!几个狗屎黑鬼子敢来挑衅早在几百年前就征服了美洲的国家。"

"先生,时代变了。"

"不是时代变了,"讨厌鬼反应强烈,跟大众的无动于衷对比鲜明,"是人变了。没有过去那种政治家了,像萨加斯塔和卡诺瓦斯·德尔·卡斯蒂略那样的人在哪里?"

国王驾到,谈话中止。大家蜂拥拜倒在尊贵的客人面前,科塔班耶斯趁机跟我们站在一起。

"瞧见没?就像农场主撒了一把米,鸡全凑上去了。"他悲痛欲绝地摇头,"这么搞,咱们没出路。还记得他们想动用私刑,弄死坎博吗?"

我说是的,我还记得。如今,坎博在毛拉政府任财政部长。

国王和善地跟大家打招呼,厌烦加漠然地听人称颂和提出各种请求。他在大厅闲逛,迈步时先画个半圆,像在跳舞。他有点塌肩,未老先衰,甜蜜的微笑中带着淡淡的一丝忧郁。

"地上有纸,你去看看,别浪费时间,葬礼上有你哭的时候。"

科塔班耶斯跪在地上,开始检查散落在各处的纸。

"可怜的佩雷!我跟他认识三十多年了,他是个好人,正直,不会做背信弃义的事。还记得他儿子去世那天,他叫马特奥……他们家真是不幸!佩雷想让儿子成为完美的绅士,送他去牛津上学,省吃俭用,供他读书。结果儿子在牛津得了要命的肺炎,回国后,就死在这个房子里。"

"现在说这些哭哭啼啼的事干什么?"莱普林斯嘟囔道。

"你瞧,"科塔班耶斯给他看散落在地上的几张纸,"可怜的佩雷遇害时,在看这个。"

莱普林斯接过科塔班耶斯递来的纸,岁月已久加经常阅读,纸张已经泛黄,上面写着:

"亲爱的爸爸妈妈:得知你们身体健康,我很高兴。我没什么好抱怨的,尽管冬天似乎冷个没完,我的感冒总是好不了,很难受。这儿的确像小说里写的那样,老是在下雨……"

日期是 1889 年 3 月 15 日，莱普林斯把这封信放到地上，看下一封：

"亲爱的爸爸：别让信落到妈妈手里。我的身体越来越差，这个星期老发烧。医生说不用慌，全怪这糟糕的天气。幸好没多久，就要考试了，我很快就会放假回家，跟你们在一起。你们想象不出，我是多么想念你们。这个国家很棒，但毕竟是外国。一个人在这里生病，只会让我想念巴塞罗那……"

"见鬼！"莱普林斯叫道，"帮我把桌子还原。"

他们尽量不出声，又把桌子掀翻在地。科塔班耶斯哭得稀里哗啦。

"咱们走，"莱普林斯说，"不在这儿。我怀疑那封该死的信压根儿就不存在。"

VI

　　春天过去了。铅灰色的夏天湿嗒嗒的,让人头昏眼花,折磨着这座城市和生活在这座城市里的人。玛利亚·罗莎·萨沃尔塔体质本来就弱,怀孕后期,对酷暑天更加敏感,身体不好,血压更高。我们不再常去莱普林斯家的别墅,只跟他们在星期天郊游时见面。很快,连星期天郊游也停止了,我们跟莱普林斯夫妇失去了联系。玛利亚·罗莎足不出户,在家也很少出房间,偶尔会幽灵般悄无声息地出现,人痛苦,脸木然,眼发直,把仆人都吓坏了。她罩着梳头衣,披头散发,脸色惨白,拖着脚在家乱走,活像一条在鱼缸边游来游去的鱼,听天由命地让人惊恐。我和玛利亚·科拉尔远离了莱普林斯夫妇,直接跟社会脱节,锁在狭小的空间里相敬如宾,关系模糊,互不侵犯。于是,我对周遭环境产生了强烈的怨恨,当时说不清楚,如今时隔多年,平静下来,看得十分清晰,那是许多情感早早地被压抑、许多梦想早早地被遗忘的结果。日子一天天过去,我的火气一天天变大,对玛利亚·科拉尔态度恶劣,冷嘲热讽,肆意挖苦。她开始假装没听见,后来跳起来反击。她脑子转得快,反唇相讥对她来说,不费吹灰之力。我们无缘无故地吵架,互相咒骂,直到筋疲力尽。6月仲夏节狂欢夜那天,形势急转直下。

那天我们在吵架,我想到什么,就劈头盖脸地甩过去骂,整个人十分激动。这场口水仗,我占了上风。玛利亚·科拉尔耸拉着肩膀,呼吸急促,双眼湿润,像个状态下滑的拳击手。最后,她扯破嗓子,求我别说了,别再伤害她了。我脑子犯糊涂,居然抖擞精神,发起新一轮攻击。她从椅子上站起来,离开了小客厅,我追到走廊。她进房间,关门,锁上。我魔鬼附身,小跑,用肩膀去撞门。门开了,木屑直飞,铰链掉了。她站在床前,明显很害怕。我将她拥在怀里,抱着她,亲吻她,是想侵犯她吗?谁知道呢!她没有抵抗,一动不动,像魂没了或人没了。我跪在她脚边,搂着她的腰。这时,她用膝盖顶我,将我顶倒。我猛地跳起,她已经四仰八叉地闭着眼,躺在床上,呼吸急促。但凡我还有一点点理智,应该就此罢手,安静地离开房间,因为我已经稳操胜券。可在当时,我并不理智。我走到床边,俯下身,把手放在渴望已久的身体上。她没有动。

"我早就说过,如果你要我,我不会反抗,"她小声说,"但你要知道后果。"

我收回手,盯着她问:

"你怎么能说这种话?难道从那天下午起,什么都没变?难道我们共处了这几个月,你的决心一丁点都没动摇?"

"我没变,好像是你变了。你决定吧!"

"你怎么能这么自私,认为一点儿也不欠我的?"

"你想找我算账？"

"不是。我只想让你知道，你对我有多不公平。我娶你，接受了你的条件，始终遵守。你病了，我像好丈夫那样照顾你。你靠我的薪水生活。难道这还不够？"

玛利亚·科拉尔坐起身，并拢腿，撑着胳膊。

"你是这么认为的？人怎么能活得这么愚蠢？你依然认为，付你薪水，是因为你在工作？帮你一把，是出于友情？你还没发现真相？"

"什么真相？你在暗示什么？"

她弓着腿，把脸藏在膝盖间，放声大哭。自她生病以来，我还没见她这么哭过。

"我的妈呀！你这么蠢！这么瞎！这么没用！"

于是，她说了下面这番话：

"一切都要从公主街那家酒店说起。我在那儿养病，就是幸亏你来了，我才没死的那场病。医生让我出院，几小时后，我就可以离开酒店，回夜总会上班。结果，莱普林斯一反常态，一个人来我房间，说了一大段开场白，说跟老婆过得很糟，孤独、没人理解、很失败之类的傻话。他恨老婆，跟她结婚，是为了钱，为了控制工厂。你以为呢？然后他提议，过回到从前那样，给我个小房子，他出钱养我，被我一口拒绝。这几年，日子过得不容易，我学会了讨价还价。他出手大方，但办法不牢靠。莱普林斯反复无常,就像我们生活的这个时代,动荡得很。谁能保证一个月或一年后,他不会被人干掉?所以,我提的条件是:不要钱,不要房子,不要店铺,不要股份,要一个工作稳定、正派、勤劳的丈夫。他笑了半天,说:'就这几条,那就是他了。'他说这些话时,应该想的就是你。他的如意算盘打得不错,你为他工作,再来养我,其实,他得到我,没花钱。当你以未来丈夫的身份出现时,我真的好奇。能接受这么丢人现眼的交易的人,会是哪种人?脑子里想过三种可能性:无耻之徒,天字第一号大傻瓜,被债逼得走投无路的人。我再也没想到,你是个相信爱情的理想主义者。发现真相时,我很同情你,甚至直到今天,我还有点敬重你。在这种情况下,你应该很清楚,我永远不属于你。这几个月,我尽量向你隐瞒真相,不让你日子难过。现在没办法了,你已经知道我是怎样的人。在我生命中经过的男人数都数不过来,我不得不离开家乡,不想被人用石头砸死。我跟玩杂耍的壮汉做伴,他们给我吃的,我就要干活儿,满足他们俩。他们一般轮流上,一晚上陪一个。但他们经常喝醉酒,就不管谁先谁后了,我常常挨打。然后,莱普林斯出现了;再然后,更多的人出现了。所有人里头,我只跟一个人的关系不龌龊,这个人就是你。所以,我才会提出你知道的那些条件。所以,我才会在温泉疗养院的花园里哭。我的生活就是地狱。你出门上班,人走了,把我的安宁也带走了。没过几分钟,莱普林斯就会带马科斯过来,有时只待一个小时,有时会待更长时间,他会滔滔不绝地聊自己,聊生意,聊政治追求,最后聊让他无限期待的孩子。在这种情况下,他会在这儿吃午饭,睡午觉,下午看东西,写信,甚至会带个秘书来。如果弄晚了,怕你回来,他就打电话给手下,再多给你派点活儿。瞧,有钱有势,做起事来,就是这么简单。我想,有了这么多防备,如果你还是突然出现,马科斯会一枪崩了你。这帮人根本没有心。"

"你呢?"我问,"你有心吗?"

"我不知道,我很乱。"

我一言不发,站起来,离开房间,走出家门,来到街上。家门口的街道中央,燃起了节日的篝火。耳边传来鞭炮声,焰火闪电般地划过天空,乐队在演奏,各个方向都有身着节日盛装的人群,有的戴着假面具。依然沉浸在巨大惊愕中的我走过喧嚣的都市,来到兰布拉大街,那儿像舞厅,像杂耍场,像疯人院。一堆堆爱闹事的市民弹奏着各种吵死人的乐器,一群群士兵围着圈跳舞,无数的脑袋上戴着小纸帽,就连当班警察都在唱歌,经过中意的女孩子身边,也会向她们扔鞭炮。看着欢乐的节日场景,我又惊又恼。这时,一只手拍在我肩上,力气很大,让我膝盖一软。

"哈维尔,你在这儿!"我听见有人在冲我吼,喧闹声震耳欲聋。

一开始，我没认出拍我肩膀的家伙，他的脸藏在一个恶心的纸板大鼻子后面。后来，我认出了他。

"佩里克·塞拉马德里莱斯！"

"怎么了，出来过节？"他眼睛红红的，很蒙眬，闻上去一股酒味。

"嗨，老兄，要是我告诉你……"

"发生什么事了？你哭丧着脸，说来听听。"

"我不想扫你的兴，你有伴儿吗？"

"有，一大帮。有几个女裁缝学徒，说实在的，我还指望能跟她们有点什么。"

他指着一群蹦蹦跳跳、正在尖叫的人。女孩子们很年轻，模样很健康，正在模仿喜剧电影《康康舞》里的场景，裙子提到膝盖，噘着嘴，露出粗俗、挑逗的表情。

"去跟你朋友玩儿吧，佩里克，我不想扫你的兴。"

"嗨，别管他们，我晚一点再去找他们。你等等，我去跟他们说一声，一分钟就回来。"

他跟舞者中最不疯狂的人说了两句，给所有女孩子抛了个飞吻，又回到我身边。

"哈维尔，现在全都告诉我吧！我们过去一直是朋友，尽管最近你有点把我晾在一边。"

"没错,别在街上说,找个安静的地方,行吗?我请你喝一杯。"

我们在一个相对不吵的地方找到一家门庭冷落的破酒馆,里面只有两个醉汉,穿着破旧的古巴战争老兵军装,低声唱歌,紧紧地抱在一起,在桌子中间晃晃悠悠地走,免得摔倒。我们坐在角落,要了一瓶葡萄酒、两个杯子。第一口让我直犯恶心,从中午起,我就没吃过东西。渐渐地,酒在胃里安了身,我开始感觉好些,更自信,更能面对生活。

"哎,佩里克,"我开始说,"今天气死我了。"

"怎么回事?"

"我知道我老婆跟别人有一腿。"

"你老婆?你说玛利亚·科拉尔?"

"那当然。"

"哎哟,老兄,你就为这个伤心?"

"你还嫌不够?"

他看着我,像见了鬼。

"不是,老兄,我……我以为你早就知道。"

"知道什么?"

"嗯……你老婆跟莱普林斯的事。"

"好家伙!你早就知道?"

"哎,哈维尔,全巴塞罗那人都知道。"

"全巴塞罗那人?那你怎么不告诉我?"

"我们以为你结婚的时候就知道。你的意思是,你到今天才知道?你说真的?"

"佩里克,我以我妈的名义发誓。"

"太绝了!伙计,再来瓶酒。"

伙计又拿酒来,我们俩直接抄瓶子喝。

"那你也不知道赌场的事?都上报纸了!当然没有指名道姓,但指谁是明摆着的。当然,登的是左派报纸。"

"赌场的事?"

"看来,你还蒙在鼓里。莱普林斯在提比达波赌场,当众扇她……你老婆耳光,她想用藏在包里的匕首刺他。要不是科塔班耶斯出面阻止,她差点被警察抓走。"

"还发生过这种事?上帝啊!莱普林斯为什么要打她?她干了什么?"

"我不知道,恐怕是吃醋。"

"这么说,还有别的男人?"

"我说……对不起,反正不是吃你的醋。"

"没事,你可以说。我都成了全世界的笑柄了,你说什么,我怎么会在意?"

"不至于,哈维尔。人家都以为你不要脸,没人会想到你不知情。"

"那就好。"

两个唱歌的醉汉已经躺在地上,打了半天呼噜。外面街上,狂欢继续。佩里克把手搭在我小臂上说:

"我以前把你想歪了,哈维尔,对不起。"

"你不用道歉。说到底,你帮了我一个忙。我宁可做一个没尊严、不要脸的人,也不想做一个被戴绿帽子的傻丈夫。"

"别伤心,凡事总有解决办法。"

"也许,不过我的问题,我看没有解决办法。"

"明天再想。知道今晚我们要去做什么吗?疯玩儿。你来吗?"

"行,我觉得这样最明智。"

"那就什么都别说了。你买单,咱们找乐子去,去跟我那帮朋友会合。你会发现,他们有多棒……我们真是太他妈的投缘了。"

我买了单,我们出门,在推推搡搡的人群中挤出一条道来。我跟着他走,他时不时地回头,机械地跟我打招呼,让我快点。我们来到圣塔埃乌拉利亚拱门一座阴森森的房子前。街门开着,他进去,我跟着。我们擦亮了一根火柴,上楼,楼梯又高又旧又窄。不知道拐了多少个弯,花了多少时间,擦亮了多少根火柴,才爬到天台。日式小灯照明,不够亮,装饰着纸花环,佩里克的朋友们就聚在这儿。有六个男的,四个女的,加上我们俩,总共十二个。男的都醉醺醺、晕乎乎的;女的却正在兴头上，一看见我们走上天台，就扑了过来，扯着我们的胳膊和外套，拉我们去跳舞。

"姑娘们，姑娘们，"佩里克哈哈大笑，"没音乐，怎么跳舞？"

"我们会唱。"她们开始干号，各号各的，跳啊，跑啊，让佩里克像轮轴一样转。一个姑娘搂着我的腰，贴着我，嘴巴凑到我下巴上，傻瓜似的盯着我问：

"你是谁？"

"巴塞罗那最大的王八。"

"哦，真好笑。你叫什么名字？"

"哈维尔。你呢？"

"格拉谢拉。"

格拉谢拉母性泛滥，喂奶似的给我喂水，每喂一口，就让我靠在她丰满的乳房上，哄我睡觉。一个睡意蒙眬的醉汉爬到我们身边，把手伸到她裙子底下。格拉谢拉扭着屁股，像在甩尾巴赶苍蝇。她无时不刻都在笑，把好心情也感染给了我。我弯下腰，揭开醉汉脸上的面具。这男的四十多岁，病恹恹的，挤出一丝笑容，牙齿不全，满脸落魄。

"多么结实的大腿啊，是不是？"我没话找话。

"可不是。"他指着手放的位置，我能想象，他正抓着不光滑、紧实的大腿，"多好的风景啊！快来瞧，快来瞧。"

我在醉汉身边躺下，两人从格拉谢拉的裙底往上看。什么都看不见，就像黑乎乎的一口钟，里面有大块大块的阴影。

"我叫安德烈斯·普伊赫。"醉汉自我介绍。

"我叫哈维尔，"我回答，"是巴塞罗那最大的王八。"

"哦，真有意思。"

"你们俩要在那儿看一晚上？"窥探让格拉谢拉很不耐烦。

"您知道吗？我老婆是个怪人，跟我，啥都没有……明白吗？啥都没有。"

"啥都没有。"醉汉跟着我说。

"但跟别人……你知道她跟别人怎样吗？"

"啥都没有。"

"要啥都有。"

"运气真好！把她介绍给我。"

"没问题，现在就介绍给你。"

"我做不了，现在醉成这样，做不了。"

"放心，老兄，您放心！我老婆是那种能让死人都活过来的女人。"

"真的？说来听听，说来听听。"

"我来告诉您，我是怎么认识她的。她在夜总会工作，在全世界最破的一家夜总会工作。她光着身子，全身上下披着五颜六色的大羽毛。两个壮汉把她抛向空中，落下来，再接住。每抛一次，就掉一根羽毛。节目演完，她就光溜溜的，全部都被人看见了。"

"全部都被人看见了？"

"我刚才不是说了？全部！"

"我的妈呀！这鸟人真棒！"

"就是。"

记得那天晚上，我跟醉醺醺的安德烈斯·普伊赫打架，争着让格拉谢拉独宠，我打赢了。记得格拉谢拉对我的请求和大胆举动（"上帝啊，这儿不行"）提出质疑，后来我没坚持，她却做出了令人困惑的决定（"去我家，我爸妈都睡了"）。我前后不算，没搭理她。记得我把所有酒瓶里的酒喝了个底朝天，絮絮叨叨地说了许多话，说完了，安下心来。

到家已经天亮。出门时，没想再回去，可两条腿又不自主地走回了家。我很开心，还哼着小曲儿，一开门，被一股致命的煤气味逼退到楼梯间尽头。事后我才发现，之所以没被毒死，捡回了一条命，是因为还戴着纸板大鼻子。我绝望地下楼，脑子里突然闪过一个念头，又折回去，上楼，深吸一口气，冲进家门。我感觉自己要晕了，家里雾沉沉的，家具都不太看得清。我喘不过气来，走到一扇窗前，一拳打碎玻璃。这还不够。我又跑到走廊另一头，打碎了另一扇窗玻璃，好让空气流通。之后，我关上煤气阀门，冲进玛利亚·科拉尔的房间。她躺在床上，长发披散在枕头上，穿着我俩第一夜同床共枕时穿的那件大衬衫，还是在温泉疗养院，记忆中那么遥远、那么痛苦的一个晚上。

现在不是胡思乱想的时候。我用床单裹着玛利亚·科拉尔，抱着她下楼，冲到街上，一夜狂欢，胳膊没劲，用上了吃奶的力气。清晨的凉风将我吹醒，街上空荡荡的，找不到出租马车，十字路口篝火的余烬还在冒烟。晨雾从港口蜿蜒着往山上爬，晨雾中，两匹白马拉着一辆四轮马车，拐过街角，向我走来。我拦住它，马车停下。我去找马车夫，求他马不停蹄地送我们去医院，人命关天。我还抱着玛利亚·科拉尔没有断气的希望。马车夫让我上车，车里有个男子，披着斗篷，戴着礼帽，四仰八叉地躺着。

"放心上车，他不会知道的。"马车夫用马鞭指指主人说。

我上车，把玛利亚·科拉尔放在前座，自己坐在睡着的男子身边，不管三七二十一，把他推到一旁。情况紧急，必须当机立断。我刚坐下，马车夫就开始赶马，急速前行。男子睁开眼，盯着我的纸板大鼻子问：

"怎么，狂欢回来的？"

我指指床单包裹着的玛利亚·科拉尔。披斗篷、戴礼帽的先生仔细瞧了瞧，胖乎乎的脸上露出聪明的表情，用胳膊肘捅了我一下，惊呼道：

"小鬼头，这妞美得很嘛！"便又睡了过去。

VII

我跟佩里克·塞拉马德里莱斯刚刚分开两个小时,就又像头一回那样,跟他再次偶遇,场面更让人意外。我在医院走廊等医生的诊断结果,医生说玛利亚·科拉尔生命垂危。他喝多了,从楼梯上滚下去,摔破了脑袋。他头上绑着绷带,脸上全是挫伤,简直难以辨认。有他陪着,我安心不少。我们坐在长凳上,抽他剩下的最后几根烟,看着玻璃窗后太阳升起,看着时间一点点过去,看着走廊里来来往往的众生病痛相。

"哈维尔,从某种程度上讲,我挺羡慕你的。你的生活激情四射,不单调,不令人作呕。"

"你口中的激情四射只会给我带来痛苦。坦白说,我不认为自己值得羡慕。"

"嗯,凭我对你的了解,我愿意跟你换。尽管这是一本正经地胡说八道,但情况就是如此,谁也不喜欢自己的生活……"

"是的,可这是我唯一能过上的生活。"

一位年轻的医生走过,白大褂上全是血。他问我们:

"你们在这儿干吗?"

"我头破了。"佩里克回答。

"包扎好了,不是吗?"

"是的,您瞧。"

"那您回家去吧,这儿又不是俱乐部。"

"好吧,那我走了。"佩里克说。

"您呢?哪儿破了?"

"哪儿都没破。我老婆出了意外,我在等手术结果。"

"那您留下,别挡着担架通过。多么美好的夜晚啊!居然还叫什么狂欢?"

他骂骂咧咧,气呼呼地离开。

"那我走了,"佩里克说,"我会打电话去你家,问问情况。你要勇敢。"

"有你陪着,你不知道我有多感激。"

"别说客套话了,改天来律所看我们。"

"我答应你,一定去。科塔班耶斯好吗?"

"老样子。"

"多洛雷塔斯呢?"

"啊,你不知道啊?她病得很重。"

"什么病?"

"我不知道。找了个一百多岁的医生看,药能开对,也是奇迹。"

"她现在不打零工,靠什么生活?"

"科塔班耶斯时不时地会接济她一点儿。你为什么不去看她?你去,她会高兴坏的。你知道的,她爱你,当你是自己儿子。"

"放心吧,我会去的。"

"走了,哈维尔,祝你好运!你知道我在哪儿,有需要随时找我。"

"谢谢,佩里克。你为我做的一切,我永远都不会忘记。"

佩里克走了,时间过得更慢。医生终于来了,把我叫进一间破破烂烂的办公室。

"她怎么样,医生?"

"好不容易救活了,但病情十分严重。她需要人照顾,需要人好好关心。您懂的,有些病要靠科学手段,更要靠病人意志。这就是一个典型的例子。"

"嗯,我来照顾。"

"跟我说实话,您肯定这是意外事故?"

"百分之百肯定。"

"你们的感情生活……一切正常?没有分歧?"

"没有没有,医生,我们刚结婚不到一年。"

"但据我推测,您昨晚在外头狂欢,她一个人在家里,难道不是?"

"她头疼。我跟别人说好,要去参加聚会。我们没办法才分开的,不存在任何误会。我再跟您说一遍:这是意外事故。我承认,这很难理解,但所有的意外都很难理解。"

有人在叫医生,狂欢后受伤的病人络绎不绝,事情就这么解决了。中午前后,马科斯来了。

"莱普林斯先生问:夫人怎么样?"

"告诉莱普林斯先生:我夫人很好。"

莱普林斯考虑得很周到,没有亲自来医院。对此,我很感激。但我认为,换个人来送信,会更合适。

"莱普林斯先生说:医药费他付。"

"告诉莱普林斯先生:我暂时不想谈这个话题。还有别的事吗?"

"没有了。"

"那好,你走吧!告诉莱普林斯先生:有消息,我会通知他。"

"明白。"

在接下来的日子里,我没有莱普林斯和他手下的任何消息。只有弗里亚特先生来短暂看望过,带了一小盒糖果,跟我们说许多年前,他老婆得的病,说全工厂的人都在祈祷,祝我夫人早日康复。这些都是后来发生的事。那天早上,太阳已经升得老高,医生又叫我,问我想不想去看玛利亚·科拉尔,我说想。医生嘱咐我,别跟她说话,别碰她。他让我进病房,阳光洒进窗户,病房又高又长又窄,像火车车厢,摆着两排病床,每张床上躺着一个病人,表面上很安静,在病人的呻吟声和喘息声中，显得更加安静。我们在两排病床间走,医生给我指了其中一张,我走过去,看见了玛利亚·科拉尔。她的脸色变得很黄,几乎发绿;双手放在床罩外面,像死鸟的爪子;呼吸很慢,节奏很乱。我哽咽了,跟医生比画,我想出去。到走廊上,他对我说:

"您最好回家睡一会儿。康复的时间会很长,需要您全心付出。"

"我想留在这儿,不会妨碍你们。"

"您急切的心情我能理解,但为她好,您要听我的。"

"那好,我给您留电话,有事马上给我打电话。"

"您放心。"

"医生,非常感谢。"

"只是职责所在。"

我的生命中充满了背叛和虚情假意,那位医生高尚的人格好似漆黑大海中的一座灯塔。

家里空荡荡的,我心里堵得慌,走过每个房间,摸着每件家具,将代表小家个性的每个小物件印在脑海中,跟过去的回忆一一对应。我问自己:接下来会发生什么?我们的生活会有怎样不同寻常的转变?我苦闷地寻思着是什么原因,让玛利亚·科拉尔走上了自杀的道路。用不了多久,谜底就会解开。下午,我打了个盹,睡得很不踏实,洗把脸,刮个胡子,又去了医院。气氛变了,走廊上没有人,医生们在不紧不慢地聊天,偶尔会看见一位修女手捧托盘,装着各式小瓶和器械,走在昏暗的游廊。医院不再像乱糟糟的市场,恢复到正常、凝重的学术氛围中。我在办公室里找到了那位医生,他告诉我,玛利亚·科拉尔的状况令人满意,允许我去探视,恳请我千万谨慎,要不惜一切代价,给她打气。我独自走进病房,战战兢兢地来到我老婆床边。她闭着眼,没在睡觉。我叫她名字,她看着我笑。

"你怎么样?"我把声音压得很低。

"累,胃不舒服。"她回答。

"医生说,你很快就会跟从前一样。"

"我知道。你呢?你好吗?"

"挺好的,就是有点后怕。"

"你吓了一大跳,对吧?"

我低着头,泪水止不住地往外流,不想让她看见。我想起来应该给她打气,就想了个笑话:

"这个月,咱家煤气费要吓死人了。"

"上帝啊,别提煤气!你怎么这么笨?"

"对不起,我只想开个玩笑。"

"这种时候,还开什么玩笑?"

"医生说……"

"随他们说去,他们什么都不知道。我们有更重要的事要谈。"

"啊,真的?"

玛利亚·科拉尔又是一副虚弱不堪的样子,我很慌,好在只持续了几秒,便又像垂死之人那样定定地看着我。

"哈维尔,你爱我吗?"

我吓了一大跳,原以为还像过去那样心有疑虑——记得跟佩里克说我要结婚了,当时的疑虑让他震惊——结果答案脱口而出:

"爱,我一直爱你。我对你一见钟情,现在比任何时候都爱你。不管你怎么做,我会永远爱你,到我死去的那一天。"

玛利亚·科拉尔叹了口气,闭上眼,呢喃道:

"哈维尔,我也爱你。"

门开了,医生向我们走来。很明显,他想提醒我,我该走了。我赶紧跟她告别:

"我走了,明天一早就来看你。你想让我给你带什么东西吗?"

"不用,我什么都有。你这就走了?"

"我得走了,医生来催了。"

医生已经来到我们身边,打断了我们的告别。我挺高兴的,刚才有百爪挠心的感觉,心里乱得很。

"米兰达先生,我们亲爱的病人需要休息。明天会是新的一天,请您配合。"

"医生,别为我担心,"我们往外走,玛利亚·科拉尔朗声表示,"我知道,我会痊愈的。"

走到街上,我深呼吸。真话说出口,感觉很轻松,也很不安。

不幸的仲夏节狂欢夜之后,玛利亚·科拉尔的身体显著好转,精神状态极佳,很快就能下床,在医院周围的花园散步。温度高,天空湛蓝,万里无云。舒心散步时,我们聊些无关紧要的事,尽量不触及过于私密的话题,不提过去和现在的状况。自从马科斯来过,再也没有莱普林斯的消息。佩里克隔三岔五地来电话,问问情况。一天,我们正要出去散步,医生来了,通知我们,说玛利亚·科拉尔状态喜人,第二天就能出院。

"加油,夫人。"医生说得好心好意,"明天您就能回家了,可以像过去那样生活。"

他刚走,剩下我们俩,玛利亚·科拉尔就脸色阴沉,感觉不适。

"哈维尔,现在咱们该怎么办?"她问我。

"我不知道,总会有办法的,相信我。"我安慰她,尽管跟她一样害怕。自从狂欢夜那天起,我就没去过办公室。发薪水的日子快到了,我们没钱了,怎么办?一路无言,道路两旁是花丛和灌木丛。病人们坐在轮椅上，虚弱地跟我们打招呼。突然，玛利亚·科拉尔在我面前站住：

"我有个主意！"

"说来听听。"

"咱们移民去美国。"

"移民？"

"是的，就是收拾行李，去美国生活。"

"为什么要去美国？"

"我听说美国好极了，一直梦想去那儿。对年轻人来说，那个国家充满了各种可能性。挣钱多，又自由，想做什么就做什么，没人问你是谁，你在想什么，你从哪里来。"

"可是姑娘，那儿说英语，咱俩一个单词都不会……"

"傻话！那儿到处都是各个国家去的移民。咱们又不是去演讲，再说了，语言可以学，难道不是？"

"是的，当然。可我不会英语，能干什么工作？"

"随便找一个。你可以去养牲口。"

"疯了吧！去养牲口！"

"好吧，除了养牲口，还有别的可能性。听我说，一开始，你去学英语，学到能交流自如；在此期间，我去工作，养活咱俩。我可以去干老本行，干杂耍。"

"那可不行！"

"哎,别逗了。瞧瞧,多好的主意啊!咱们可以去好莱坞,那儿拍打仗的、骑马的片子,都要会杂耍的,我能找到活儿干。你也可以去演电影,干这行,不用学语言。"

我想象着自己在影片里,戴着宽檐帽,骑马驰骋在枪林弹雨的沙漠中,忍不住笑。

"我太丑了。"我给自己找理由。

"汤姆·米克斯[1]也很丑。"她一本正经地打断我。

我看她想得起劲,不想去扫她的兴。当晚一个人在家,思来想去,盘算来盘算去,直到天明,也没想出个所以然来。下午去接她出院,叫了一辆出租马车,把她接回家。家里摆满了花,但压在心头的回忆还是让她消沉。她爬上床,服了医生开的镇静剂,倒头便睡。睡眠对康复有利,她一直睡到第二天很晚才醒。

下午,佩里克登门探望,带了一束康乃馨,拼命想表现得自然、自如,但聊得还是磕磕巴巴。我知道他脑子里在想什么,但我没去缓和气氛,任何努力都是徒劳的。我想起在夜总会初见玛利亚·科拉尔时的印象,周身弥漫着不道德、神秘的气息,不幸的姑娘似乎只能被视为一具身体,供有钱的、大胆的人享乐。佩里克太单纯,人生经验不足,做不到厚颜无耻。他被表

---

[1] 汤姆·米克斯(Tom Mix, 1880—1940):美国早期西部片演员,代表作为《泄密的刀》《奇迹车手》等。

象唬住，不敢去打破。他天性懦弱，面对传奇般的人物，愈发胆小。他来了没多久，气氛一直紧张，告辞时，我知道我们再也不会见面。等我回到玛利亚·科拉尔身边，受他的影响，我觉得她是不起眼的律所实习生的禁果，是莱普林斯之流专享的盛宴。我很粗暴，她也很生气。

"你朋友怎么了？怎么像看怪物似的看着我？"她问。

"他腼腆。"我不想让她伤心。

"你明明知道，不是这个原因。"她说，"他怕我。"

我想说："我也是。"但没说出口。当时，我感觉像钻进狮笼里的驯兽师，知道无人愿意同往，知道没准哪天，会被狮子冷不丁地一口咬死。科塔班耶斯会说：命运已经注定。可是，这种和睦还能维持多久？

佩里克·塞拉马德里莱斯上门后，我几天没出门，闷在家里闷烦了，决定去看望多洛雷塔斯。我跟玛利亚·科拉尔说，她没觉得不妥。

"你要是不介意，我就待在家里。我还有点虚，你别去太久。"

多洛雷塔斯住在新变化街，房子阴暗、寒酸，楼梯又黑又窄，墙壁坑坑洼洼，栏杆锈迹斑斑，整栋楼一股杂烩味、蔬菜味，闻上去脏兮兮的，不好吃。我敲门，里面开了一扇小窗，尖尖的声音问：

"谁啊？"

"我是多洛雷塔斯的朋友，哈维尔·米兰达。"

"哦，这就给您开门。"

门开了。门厅阴森森的，没有家具。开门的是个年轻的胖女人，一只手提着围裙角，兜着几把豌豆。

"我这副样子，真是对不住。嗯，我在剥豌豆。"

"没关系，夫人，我来关门。"

"我是多洛雷塔斯夫人的邻居，嗯，有时候会来陪陪她，比如择菜做饭的时候。"

她一边说，一边带我走过一条狭窄的走廊。尽头是个四四方方的客厅，中间放着一张带火盆的桌子和一把大扶手椅。桌上摆着满满一盆豌豆，摊开的报纸上堆满了豌豆荚。多洛雷塔斯靠在大扶手椅上，天热得要命，她还盖着毯子。看到我，她黯淡的眼神顿时明亮起来。

"啊，哈维尔先生，您真好，还记得我。"

她说话很费劲，右边脸瘫了。

"您好吗，多洛雷塔斯？"

"不好，孩子，糟透了，您瞧我这个样子。"

"别灰心，夫人。要不了几天，您就又回律所战斗了。"

"哎呀，哈维尔先生，您就别安慰我了。我再也回不去了，瞧我身体糟的。"我不知该如何回答,老实说,她的模样糟透了,"我只求上帝一件事:'上帝啊,请赐予我健康吧……别的你都拿走了,健康你要给我。'可是上帝想给我最后一个考验。"

"这不公平,多洛雷塔斯。您会好的,要有信心。"

"不,不会好了。我的运气向来很糟。您瞧,我自小没了爹妈,吃了许多苦头……"

女邻居一边摇晃着肥胖的身躯,一边在机械地剥豌豆。天黑了,夏日海滨城市,黄昏后气压更低,闷得人透不过气来。剥豌豆的声音很轻,很遥远,像小虫子在哀号。

"后来好像都理顺了。我认识了安德鲁,他是天底下最好的男人,工作非常努力,愿他安息。我们结婚。两人很年轻,很投缘,很开心,谁都羡慕……对不起,我跟您说这些。您会说,我是个疯老婆子……您知道吗?安德鲁不是巴塞罗那人,他是来这儿念书的,后来认识了我,跟我结婚,就留在城里生活了。他不怕工作辛苦,很有上进心,可惜没门路,没关系,后来交了个朋友,叫佩普·蓬赛特。他兴致勃勃地跟朋友在一起,两人玩儿命地工作。佩普认识很多人,一来二去的,两人挣了不少钱。我不喜欢那家伙,跟他说:'瞧好了,安德鲁,瞧好了,这个佩普我一点儿也不喜欢。'可怜的安德鲁只想工作,只想挣钱,好让我什么都不缺。结果,佩普这个不要脸的家伙把他当傻子给骗了,让他经手了见不得人的生意,一看情况不妙,自己卷钱跑路了,让安德鲁落了单,仇家都来追他。'瞧见了吧,安德鲁,瞧见了吧!''别生气,老婆,咱们把债还了,从头再来。'安德鲁人太好,没有坏心眼。一天晚上……一天晚上,我做了炖菜,知道他到家,会胃口大开。可是等啊等,等得菜都凉了。后来,几个警察来家里,问了我几个问题,对我说:'夫人,跟我们走,您丈夫在医院。'等我们赶到医院,可怜的安德鲁已经死了。他们说是意外,我很清楚,他是被佩普的仇家害死的。"

她哭了,女邻居给她擦眼泪。

"别想了,多洛雷塔斯夫人,这都是很久以前的事了。"

多洛雷塔斯的眼泪止也止不住。

"哎,上帝啊!人这辈子,苦多乐少。快乐一下子就没了,痛苦总是没完没了……"女邻居说。

"我知道,"多洛雷塔斯说,"我知道您结婚了,哈维尔先生,娶了个很好心、很出挑的小姐。您要行善事,脑子要清楚,多向上帝祈祷,保佑她身体健康,生活美满。您要多多祈祷,让您夫人不要像我这样受苦。"

从她家出来,我情绪低落,连影子都压在心里,沉甸甸的。我找了家啤酒屋,喝了一杯白兰地,琢磨多洛雷塔斯的话。她的经历就是巴塞罗那市民的经历。

玛利亚·科拉尔见我魂不守舍地进门。

"你怎么了,哈维尔?见到鬼啦?"

"嗯。"

"说来听听。"

"一个很特别的鬼,从将来诈尸回来,就是我们自己。"

"好了,打住!别跟我来律师那一套,好好说。"

"不是律师那一套,玛利亚·科拉尔。我很迷糊,需要好好想想。"

她话还没说出口,我就把自己关进了房间——她还在康复中,我们还是分房睡——晚饭时才出来。我之前很不礼貌,玛利亚·科拉尔很不高兴。我跟她挑明,这个世界弱肉强食,我们的生活岌岌可危,只靠自己的力量,活不下去。危机明摆着,环境很艰难,工作岗位紧缺,我们不能去冒险,投身于惊涛骇浪之中,只抓着出发点良好这根并不牢靠的救命稻草。要动脑子,遏制住罗曼蒂克的冲动,不能一脚踏空。要牢靠,玛利亚·科拉尔,牢靠就是一切。她应该相信我,我这么说,更多考虑的是她,不是我。她太年轻了,我对生活的了解,她根本想象不到……

我絮絮叨叨的,她没听完,就把餐具和盘子摔了,站起来的时候,又掀翻了椅子,脸气得发紫,身体气得发抖。就连仲夏节狂欢夜我们吵架,她都没气成这样。

"我知道你想说什么,别再说了!我为什么要相信你?我为什么这辈子非要相信一次男人说的话?"

她哇哇大哭,想离开餐厅,我拉着她胳膊:

"你别这样,听我说完。"

"不用,不用了……你不敢说的话,我都懂。"她咬牙切齿,满眼仇恨,"你跟莱普林斯一个样……你跟他一个样,区别只是他有钱,你是个可怜的穷光蛋。"

她甩开我的手,离开餐厅。我听见摔门声,像炸了一颗榴弹炮。她把自己关进了我房间——她房间门还是坏的——任我怎么哀求,都不出来。

第二天,我出门上班,相信玛利亚·科拉尔的怒火会随着时间慢慢平息,正在左思右想,我们的问题该如何彻底解决时,只见莱普林斯的豪华轿车迎面驶来。我停下脚步,看车往哪儿开。车就停在我家门口,下来两个人。尽管隔得远,我还是一眼认出,是莱普林斯和马科斯。司机开车掉头,又从我身边驶过。我们的问题已经不存在了,无解的问题根本就不是问题。当下,已经没有问题了,只有不可逆转的现实。我的心被扯得粉碎,人继续往上班的地方走。

晚上下班回家,玛利亚·科拉尔不在。我没吃晚饭,躺在床上,一根接一根地抽烟,直到门厅传来脚步声。玛利亚·科拉尔撞在家具上,脚步趔趄,突然肆无忌惮地打了个嗝,看来她喝多了。我还抱着一线希望,想将失去的幸福挽回一鳞半爪,从床上起来,去她房间。有人帮她把门修好了,门锁着,推不开。我柔声叫她:

"玛利亚·科拉尔,你在吗?是我,哈维尔。"

"亲爱的,你别进来,"她的揶揄被笑声打断,"我不是一个人。"

我的脸煞白。她说真的,还是在唬人?我弯下腰,想从锁眼里窥探,还没看着,就被人拍了一下背,及时制止。我转过身,看见马科斯含笑站在走廊中间,拿枪指着我。

"小朋友偷看,大人不喜欢。"他的揶揄更扎心。

我回房间,等。好几个小时,没完没了,我听见走廊上马科斯的脚步声,玛利亚·科拉尔卧室里的胡闹声和体面邻居的抗议声,后来模模糊糊地听见有人出门。我想象着我老婆赤身裸体,在楼梯间送别情人的场景……我终于睡着了,梦见我在巴利亚多利德,爸爸第一次送我去上学。

从第二天起,我们的生活又恢复到和仲夏节狂欢夜之前一样,区别在于现在生活的舞台没有布景转换器。我们像演员一样过日子,只是没有观众,彼此扮演的角色假到无以名状,十分荒唐。令人面红耳赤的场面在头几周频频上演,尽管我没再遇到马科斯。我和他们在演戏上都百分之百认真。后来,胡闹无论在频率、时长,还是在程度上都逐渐下降,降到一周一次,莱普林斯老了。我几乎每天都去看望多洛雷塔斯,总在她那儿待到很晚很晚,一方面想避开家中上演的悲情滑稽戏,另一方面听她不停地唠叨自己有多惨,对我是种安慰,感觉自己没那么惨。该状况持续了整个夏天,直到9月中旬的某一天,一切都乱了套。

晚上回家,我预感到有事发生。果不其然,大门没锁。我以为玛利亚·科拉尔提前回来了,就在门口叫她,可是无人答应。餐厅里亮着灯,我往那儿走,万万没想到,坐在餐厅里的不是玛利亚·科拉尔,而是莱普林斯。他像是很倦,甚至病了的样子,脸上刻着深深的皱纹,眼袋很重。

"进来。"他对我说。

"您在等玛利亚·科拉尔?"

他苦笑,用深邃的、充满柔情和讽刺的目光看着我。三年前,我还是个毛头小伙子,还不怎么认识他,就劈头盖脸地问"莱普林斯先生,谁杀了帕哈里托·德·索托?"时,他也用这样的目光看着我。

"哈维尔,你不会认为我这么钝感吧?"他回答。

"那您为什么来我家?"

"你可以想象,要不是发生了很严重的事,我是不会来的。"

我脸色大变,往最坏处想。莱普林斯见了,无力地做个手势：

"放心，不是你想的那样。"

"出什么事了？"

"玛利亚·科拉尔跑了。"

我哑然加茫然，想领会到这个消息的分量。

"您来告诉我这些干什么？"我的反问不是出于真心，颤抖的声音出卖了我。

莱普林斯再次选对了靶子，一击即中。

"您想让我做什么？"我终于问。

他掏出银烟盒，递给我一根烟，牌子我不认识。我们俩默默地抽烟，他又开口：

"你得找到她，让她回来。"

他把刚点的烟掐灭，双手顶着手指肚，眼睛盯着地面。

"我都不知道她去了哪儿，怎么把她带回来？"

"我知道她去了哪儿。"

"那您干吗要找我？"

"我拦不住她。"

"为什么？"

"她跟马科斯跑了。"

惊得我目瞪口呆。

"难以置信！"

"来不及解释了。我的话,你要仔细听好,不能再浪费时间了。"

他从地上拿起公文包,打开,掏出一把左轮手枪、一盒子弹和一张折起来的纸。他把枪和子弹放在桌边,把纸展开,用掌侧抹平。

"拿盏灯来,还有纸笔。"

我回房间,把晚上看书的落地灯拿到餐厅。天气很热,莱普林斯已经脱了外套,我也把外套脱了,两人在灯光下,把头凑到一起。他指着地图上的一个点:

"这是巴塞罗那,看到了吗?这是巴伦西亚,这儿,另一边是法国,马德里在这个方向,明白吗?不,最好把地图掉个方向。不,最好你来我这边,免得互相说晕了。"

VIII

马达的轰鸣声突然停歇，在我的脑子里留下一片空白。我从巴塞罗那出发，一溜烟地去追两个逃跑的人，被轰鸣了整整一夜。按照莱普林斯的估计，那天早上就应该能追上。玛利亚·科拉尔和马科斯没有汽车，他们会乘火车、或短途小火车，也许是双轮马车，在最顺利的情况下，也不会走过塞尔韦拉。而我有菲亚特跑车，春天周日郊游时，已经开顺手了。

"你会在塞尔韦拉入口看到一家红砖客栈，名字我不记得了。马科斯会经过那儿。要是他们还没到，你就等。"

莱普林斯怎么会如此笃定他们的行走路线和阶段？我问了好几次，每次他都回答：

"来不及解释了，你先记下，别问。"

我不知第几次翻看小本子：在客栈停下，等。要谨慎。

我拿着莱普林斯给我的枪，别在腰上，用外套遮着，免得扎眼，向红砖客栈走去。第一缕晨光让栖息在岩石上的一座城市出现在我面前，安静的田野，晴朗的天空，预示着这一天会很热。我走到客栈旁，停下，贴着墙，透过挂着霜花的大窗户，隐约看见一间大堂，尽头处是一个长长的柜台。椅子反扣在桌上，有人在柜台后忙碌。看身形和动作，不可能是马科斯。我推门进去。

"早上好，先生，您起得真早。"柜台后的男人说。

"不是我起得早，我还没睡。"我回答。

那人接着忙，在柜台上放了两排小碟子，每只小碟子里，放一只咖啡杯和一把小勺。

"给您来份晚餐还是早餐？"

"随便来个三明治，再来杯牛奶咖啡。"

"那您要等等，咖啡还没煮。先坐下歇会儿，您看上去很累。"柜台后的男人说。

我在窗边坐下，从那儿能看见整个大堂，隔着玻璃窗，还能看见从蒙塞拉特山间果林蜿蜒而来的公路。我真是胆大包天，居然敢在崎岖的山路里开夜车，想想都后怕。如今松弛下来，周围的物品还在微微摇晃。

"先生……先生！您的三明治和咖啡。"

我突然惊醒，伸手去摸枪。柜台后的男人把一盘三明治和一大杯热气腾腾的咖啡放在我面前，我已经趴在桌上睡着了。

"对不起，吓着您了。"

"我睡着了。"

"我看见了。"

"睡了很久？"

"也就一刻钟的样子。您为什么不去楼上房间睡一会儿呢？您已经站不住了。"

"不行,我还要赶路。"

"不好意思,我多句嘴,这样不妥。您是开车来的,对吧?"

"是的。"

"您这个状态,不能开车。"

我喝了几口牛奶咖啡,滚烫的咖啡让我的精神稍微振作了点。

"我得接着赶路。"

柜台后的男人讥讽地看着我:

"提醒您一句,马科斯和姑娘三个多钟头前经过这里。"

"您说什么?"

"马科斯和姑娘已经走远,您还有很远的路要赶。先睡一会儿,明天能追上。"

他转身,小声嘟囔着往柜台走。他说的是:

"哪儿来的这么大劲头?"

"喂,您怎么知道我在找马科斯和姑娘的?"

"嗯,您是莱普林斯先生派来的,不是吗?"

"您是谁?"

"莱普林斯先生的朋友,别掏枪。我要是想使坏,机会多的是,早就把您给害了。"

他说得没错,还有,现在不是刨根问底的时候。

"他们往哪儿走的?"

"什么往哪儿走的?您没带个小本子,把路线记下来吗?"

"带了。"

"那您还问?把早餐吃了,我去给您准备床铺。"

我的眼睛都快闭上了。

"车子……"我小声说。

"我去加油,把车准备停当。等您醒了,再接着追。行吗?"

"行……谢谢。"

"不用谢。咱俩为同一个老板打工,回头告诉他,我干得不错。"

"您放心。"

我挣扎着爬到二楼,那儿有客房。我像几个月没睡过觉似的,在其中一间房里沉沉睡去,直到柜台后的男人把我叫醒。我洗漱,结账,出门。夕阳西下。车子锃亮,停在客栈门口。我上车,跟柜台后的男人告别,发动车子,赶了整整一夜的路,天大亮时来到巴拉格尔。

"到了巴拉格尔,你去马车驿站,找布利亚斯大叔。"

马车驿站的小广场上遍地都是马粪,尽头处有栋土坯房子,我往那儿走。阳光洒满了小广场,作为靶子,我过于明显,普通射手也能将我撂倒。于是,我尽可能地加快脚步。房子既是办公室,又是马厩,还是候车室,门关着,牌子上写着"歇业"两个字。我听见马儿刨地的声音,绕过房子,看见有人在马厩里给一匹佩尔切隆马钉马掌。外面停着一辆马车,没有套马,用链子拴在墙壁马环上。我走过去,钉马掌的是个魁梧的老汉,不容易亲近,根本不屑于瞧我。我等他把活儿干完,问:

"您是布利亚斯大叔吗?"

老汉将马赶回马厩,关上门,手里还拿着钉马掌用的锤子。

"找谁啊?"

"布利亚斯大叔。您是布利亚斯大叔吗?"

"不是。"

"请问我在哪儿能找到他?"

"去你妈的,我不知道。"

他开始往办公室走,我跟在后面,注意保持距离,尽量不被锤子砸到。

"您看见有马车从塞尔韦拉过来吗?"我追着他问。

"晚了,没有马车。"他指着牌子,"不认识字啊?歇业!"

"我知道没有马车。我是问有没有马车从塞尔韦拉过来。"

"没有马车,没有马,什么都没有。别烦我。"

他一头钻进办公室,关上门,门上的牌子在我眼前晃。我离开那儿,在巴拉格尔街上乱转,生怕中了马科斯的埋伏。我找了一会儿,什么也没找到,看见一位家庭教师带着一群孩子

迎面走来。教师看上去是正经人,我去问他:

"打扰了,请问您认识布利亚斯大叔吗?"

他很不高兴地看着我:

"先生,我从来没听过这个名字。"

他走过去,后面跟着一溜儿孩子。一个小男孩偷偷走出队伍,对我说:

"您去霍尔迪酒馆打听。"

我找到酒馆,向老板打听。老板高声叫道:

"霍安,有位先生找你!"

一个结实的小个子男人从桌边站起,走来。他戴着深紫色的加泰罗尼亚帽子,正在跟另外三人玩多米诺骨牌。

"什么事?"

"莱普林斯派我来的。"

他摸了摸下巴,目不转睛地盯着我,看地面,又看我,问:

"谁?"

"莱普林斯先生。"

"莱普林斯?"

"没错,莱普林斯。您是布利亚斯大叔,对吗?"

"没错,还能是谁?"

"您认识莱普林斯先生,对吗?"

"没错,我替他干活儿。"

"那您还问?"

他又看我、看地、看我,眯着眼说:

"好吧,莱普林斯先生,咱们去外头说。"

我跟着他,来到街上,他又不放心地看我,最后终于问:

"我妹夫的事怎么说?"

"挺好的。"我不想让谈话变得复杂。

"都六年了,老说挺好的。"他又笑,"操他奶奶的,要是不好,我都不知道会怎样。"

"这种事要慢慢来,我回去就办。您有消息要给我吗?"

他一下子严肃起来,又笑了好一会儿,又严肃起来。

"他们来过这儿,马科斯和那个妞儿,找了几个钟头交通工具,想租马车来着,没租到。"

"这么说,他们还在这儿?"

"不在,走了。"

他一会儿笑,一会儿不笑,只是阶段性地正常说话或正常听人说话。这么聊下去,要聊好几个钟头。

"怎么走的?"

"坐车。"

"坐汽车?"

"嗯。"

"谁的车?"

"厂里的。"

"这是谁?"

"不是谁,谁也不是。"他又笑,"是个厂,电厂。他们跟工程师的车走的,应该往发电站方向去了。"

"往特伦普方向?"我想起莱普林斯的指示。

"比这更远,恐怕要到别利亚。坐的大车,黑色的。您要是想去那儿,千万小心,莱普林斯先生,公路很危险。要是摔下山崖,会死的。"

"谢谢,我会小心的。"

"随您的便,记着我妹夫的事。"

"他们几点走的?"

"一早走的。"

"晚上还是早上?"

"我不知道。"

我走了,不想发火,几分钟后又上路。正如布利亚斯大叔提醒的那样,公路迅速变窄,进入河流在石山里冲刷出来的峡谷。公路建在山崖边的凸起处,很高,下面是湍急的河流,河水泛黑,弯弯曲曲,无规律可循,确实很危险。中午过后,我又饿又累,手脚发麻,远远地看见了特伦普水库。天热,我把车停在树荫下,脱衣服,在凉水里泡了个澡。车也有过热的迹象,我决定让它休息几个小时,让自己也休息几个小时。我躺在柳树下，睡着了，醒来时，太阳已经落山。我去发电站，几个工人告诉我，公司的车开过去了，没停，估计目的地是波夫拉德塞古尔、索特，也许是别利亚。

吃完晚饭，我又上路。夜黑，气温陡降。月亮出来了，山顶的雪在发光。我冻得发抖，但最好别停下。天冷，发动机不会过热。车已是强弩之末，前方的挡泥板掉了；备用轮胎无可挽回地跌入山崖；方向盘耷拉着，只靠一个螺钉支撑，一直在敲打着挡风玻璃；刹车不太听使唤；车一路滴下黑乎乎的液体。

早上，我来到一个不知名的小村子，村口有一栋很大的灰石砌成的房子，围着栅栏。栅栏上钉着牌子，牌子上写着P. F. M.，应该是布利亚斯大叔提到的那些工程师工作的电厂名字的首字母。我停车，下车，走进栅栏，花园里有人在浇花。我问他有没有看见厂里黑色的汽车开过，他说没有，车就在家里，工程师们正在休息。我想去见一见，他们叫醒了其中一位。他走过来，我自我介绍，提到了莱普林斯，问了几个非问不可的问题。

"是的，我们捎了一个德国人和他夫人，把他们带到了这个村子，一对很让人愉快的夫妇。什么？没有，我们没到多久，顶多两个小时。是的，他们应该还在这儿转悠，他们的计划是接着赶路，去别利亚或更远的地方。我不知道，我们聊的不多。是的，他们行为端正，但不太说话。不，我觉得他们不会马上离开。只有从帕斯库亚斯到拉莫斯的马车经过这儿,要么只能租骡子走。德国人的妻子好像病了,我们才捎上他们的。我觉得他们暂时走不了。是的,我只能告诉您这么多。我再强调一遍,我跟他们聊的不多。不,不用谢,不麻烦,乐意为您效劳。"

我把汽车藏在马科斯找不着的地方,步行进村,免得惹人注意。村子很小,美丽如画,位于一片小山谷,土地贫瘠,植被稀少,高山环绕。部分山体全是石头,部分有树,山顶常年积雪。

村民不到百人,陆续有人移民到城市,给人口普查增加了难度。村里都是平房,棕褐色,厚墙,窄窗,不规则,像墙上裂开的缝隙。炊烟袅袅。

不惹人注意的想法很快破灭。突然,我被无所事事晒太阳的好奇者包围。我向他们打听,他们告诉我,那对外国夫妇住在比罗莱特大叔家。他的子女去巴塞罗那了,家里有空房间。

"所有人都去电厂工作,村里只剩下老人。电厂工资高,年轻人都嫌村子太小。"

我继续打听那对新来夫妇的事。

"夫人好像病得很重,"所有人都说,"他们只好住下。金发先生想不顾一切地赶路,夫人坚决不肯,见过她模样的人都觉得她说的有道理。我们劝他们至少休息两天再走,这儿的气候很适合养病。"

我问村里还有没有空房间,他们带我去克拉拉夫人家,老太太把鸡养在饭厅。她租给我一间坡顶房,里面有一张沙发,租金少得可怜。我要洗一洗,他们给我一个脸盆、一大罐水和一面四分五裂的镜子。我照镜子,发现脸颊凹了,下巴尖了,胡子拉碴,挂着紫色的眼袋。我突然抖得厉害,感觉发烧了,躺下,裹着一堆毯子,睡了一下午加一晚上。克拉拉夫人给我送来了肉汤、新鲜的鸡蛋、小饼干和小杯葡萄酒。我睡得噩梦连连,醒来感觉身体恢复了,想起梦里不停地看见怪物,预示着会死得很惨,不禁悲从中来。

一路的变故搅得我心力交瘁,制订不了行动计划,甚至想象不出我们见面是何场景。我不想事到临头,随机应变,整个上午都在瞎想,尽管不承认,但也明白,要是动真格的,冥思苦想的结果会瞬间被推翻,说什么,做什么,我都会无所适从。中午刚过,一个破衣烂衫的孩子来克拉拉夫人家找我。我们让他进来,他捎来口信:外国夫人想见我。我明白一直躲着,与其说是害怕面对马科斯,不如说是害怕面对玛利亚·科拉尔。我穿上衣服,确保枪还在,装了子弹,还记得怎么用,然后让孩子带路,去比罗莱特大叔家。全村人都跟着,他们应该有所耳闻，期待发生流血冲突，以精彩的方式收场。

比罗莱特大叔家位于一条阴暗的窄巷，通往教堂、村政府和国民警卫队军营所在的广场。好奇的人群留在广场，我孤身走进无人的小巷，走得飞快，贴着墙，经过窗口时都猫着腰，就这样走到目的地，村里的宁静丝毫没有被打破。我在最后一刻回头，想请求帮助或飞身逃走，但不可能。此事必须有个了断，一定要以我的方式、用我的方法去了断。再说，好奇者似乎并不想主动插手，他们舒舒服服地坐在广场柱廊下卷烟抽，或有节奏地去喝特大酒罐里的酒。

比罗莱特大叔家的门虚掩着，一推就开，黑暗中有一条长长的过道。我闪到一边，屏住呼吸，等了几秒，什么也没发生。我探头看，过道上还是没有人，尽头处有一线灯光。我走进家门，小心翼翼地走到灯光所在的位置。另一扇门虚掩着，我再推开，闪到一旁。没有声音。我看了看，房间里亮着灯，貌似无人。

"有人吗？"我问。

"哈维尔，是你吗？"

我听出是玛利亚·科拉尔的声音。

"是的，是我。马科斯跟你在一起吗？"

"没有。他出去了，要晚一点才回来。别怕，你进来。"

我进去，立刻感觉被枪指着太阳穴，一只手缴了我的枪。

玛利亚·科拉尔坐在角落，胳膊倚着膝盖，脸埋在胳膊里哭。

"可怜的哈维尔……哦，可怜的哈维尔。"我听她在啜泣。

玛利亚·科拉尔把我跟马科斯单独留下。马科斯先在桌边坐下，叫我坐在另一把椅子上，我听从吩咐，也坐下。他把自己的枪别在腰间，把我的枪放在桌上，但我够不着。然后，他脱下礼帽，松开领带，请我允许他脱掉外套，只穿衬衫。"很热，不是吗？"我说是，是很热。他在脱外套时，我仔细瞧了瞧。他胡子稀疏，面色红润，没有半点疲态，跟我完全不同。他干净，清爽，像刚沐浴过。他捕捉到我的目光，笑了。

"米兰达先生，您很累，是吗？"

我坦白说："是的。"他又笑了，指着窗外的山峦说：

"户外空气，对您有益！"

之后一片沉默，气氛紧张。终于，他开口说了下面这番话：

"米兰达先生，请您原谅我不讲武德，接下来，我会跟您解释。首先，您别怪玛利亚·科拉尔，她配合我，让您丢脸地被捉住。她这么做，是为了避免造成更大的伤害。您要知道，我根本没必要去下……嗯……这个可耻的套。我要是愿意，可以杀了您，出其不意也好，面对面也好，在郊外随便找个地方，随时都行。我一得到消息，就可以动手。我在塞尔韦拉得知您出发，来……怎么说来着？来追我们？没错，就是来追我们。

我为什么没动手?现在您会知道原因的。首先,我不是您想的那种人。您瞧,比方说,我的卡斯蒂利亚语说得相当好,这之前,我都在竭力掩饰。我不是那种典型的雇佣杀手,我受过一定的教育,能相当理智地独立思考问题,说到底,我心肠不坏。大环境由不得我,只好干了这个糟糕的营生,我也很难过。我承认,我干得不赖,但我一刻也不认同杀人这个勾当。至于您,米兰达先生,我对您从无恶意,甚至有些同情。这些是我的情况。说到玛利亚·科拉尔,相信我,她只是一名无辜的受害者,您不知该如何替她伸张正义。对不起,我触及了您的感情问题。这种事我不常做,我保证在谈话过程中,类似的错误不会再犯。最后,说回到事情本身,我要告诉您:我们逃跑,不单纯是您一定猜到的感情原因,而是出于别的更冷静,同时更让人理解的原因。"

他顿了顿,用手指梳了梳金色的直发,闭上眼,想把看不见的思绪再接上。

"您要知道,首先,莱普林斯没有告诉您真相,至少没有告诉您全部真相。他谨慎起见,向您隐瞒的部分,我来告诉您。莱普林斯已经……破产。西班牙语怎么说来着?quiebra?没错,就是这个词:quiebra。不,还没有官宣,但整个金融界都知道。工厂停产,商品锈在仓库里,债主找他追债,银行背过脸去,不搭理他。形势早晚会爆,到时候,莱普林斯就完了。

没有钱,没有势,再说完整些,没有我,他的日子也就快过到头了。这么些年来,默默恨他的人会抓住机会,落井下石。您要知道,有好多人盯着呢!我倒不佩服他们,但从某种程度上讲,我理解他们。莱普林斯喜欢恃强凌弱,干了许多坏事,现在让他付出代价,这是报应。咱们别跑题。"

他又顿了顿。外面广场上,教堂的钟声响起。一条狗在远处吠。天空泛红,群山模样狰狞。

"在这种情况下,先生,我和玛利亚·科拉尔自然想脱身,因为我俩无论过去还是现在,都是跟莱普林斯关系最密切的两个人。如今这种态度,客观上可以被视为对他的不忠。但如果考虑到我们之间关系最根本的因素是钱,那就谈不上什么不忠。没有钱,他当然要自己保护自己,这是对我而言。对玛利亚·科拉尔而言……他当然要在合法妻子身上找乐子。可是,玛利亚·科拉尔不能倚仗您。我这么说,您别以为是价值评判,这是事实。莱普林斯没了,工厂被清算,您就会没着落,这是事实。所以,我们决定逃跑。要不是玛利亚·科拉尔突然发现自己怀孕,这时候,我们早就过边境了,您不可能追上我们。现在情况有变,她不能骑马赶路,我们只好把您引来谈谈,不想制造流血冲突,只想寻求合作。事到如今,我们彼此为敌,没有任何意义。"

他不说话,许久无人开口。我努力地想弄清楚局面,领会他给我摆出的一条条道理。原本跌宕起伏的情感冒险最终以冰冷的交易在桌边收场。

"你们想让我怎么合作?"我问。

"把车给我们。"

"抢走不是更方便?"

"抢的话,估计您会反抗,也许……结果会不太好。"

"您别告诉我,事到如今,您还会有所顾忌。"

"哦,不是,您误会了,这只是权宜之计。您放心,我不会杀了您。要知道,莱普林斯派您来追我,铁定以为我会杀了您。现在来不及解释了,您给不给我们车?"

"我为什么要给?"我问他。

"为了她,"马科斯回答,"<u>如果您还爱她</u>。"

汽车发动,驶向远方,村子重归宁静。我站起身,走出比罗莱特大叔家。天差不多黑了,小广场上的好奇者只剩下为数不多的几个,大多数人等得不耐烦,散了。执着等待的几个人静静地目送着我走过,眼神中一半在责备我浪费了一场好戏,一半在同情我冒险失败。

我回到克拉拉夫人家,在沙发上躺了很久,一边抽烟,一边思考我的生活,兜兜转转,又回到起点。年纪大了,幻想少了,前景渺茫。我想起科塔班耶斯说过的话:"人生就是旋转木马,不停地转啊,转啊,转到晕,然后,你在上木马的地方下木马。"

脑子里还在思考这些,村子街上传来一阵骚动。不一会儿,那个破衣烂衫的孩子又来了。几小时前,他给我捎来玛利亚·科拉尔的口信。孩子很激动,后面旋风般地跟着一群村民。

"先生,先生,快跑!"

"怎么啦?"

"国民警卫队把您的车弄回来了!快跑!"

我冲出门,全村人都提着油灯,聚在公路上,影影绰绰的一团东西正在靠近。我来到头几盏油灯旁,只见两个戴着三角帽、披着军大衣、斜挂着枪的国民警卫队员根据路况,时推时拉,把莱普林斯的汽车送了回来。我凑过去一看,马科斯坐在驾驶座,面色惨白,五官错位,胳膊耷拉着,衬衫上有血。很明显,他死了。

"国民警卫队员把外国人打死了。"有人说。

我跟着国民警卫队员,去了军营。稍等了一会儿,队长就把发生的事告诉了我。队长是个中年人,干瘦干瘦的,蓄着拳曲的小胡子。

"他俩在山谷巡逻,看见外面那辆车开过来,"他指指虚掩的大门,街上黑得可怕,已经没人了,"去拦,车子停下。走近一看,车里有两个人,死的这个和一个女人。"

"那个女人怎么样了?"我打断他。

"您先听我说完事情先后,我接着往下说。他们依照相关法令,要求两人出示证件。没想到死者——这么说容易懂——从腰里拔出枪来,想对国民警卫队员开枪。国民警卫队员自然要举枪还击,将他击毙。"

他脱下三角帽,用粗布手帕擦汗。一名国民警卫队员进来,恭恭敬敬地对他说:

"您要的《刑法》。"

队长把三角帽放在桌上,从口袋里掏出金丝眼镜。

"放在这儿,希梅内斯。这位先生是车主,我要听取相关口供,一会儿再叫你们。"

国民警卫队员举手行礼,后退着出房间。队长已经戴上眼镜,翻看《刑法》。

"您瞧,米兰达先生,这儿写得很清楚:袭警,抗命。您看得跟我一样清楚,对吧?我不想惹麻烦。"

"是的,我看到了。我不明白的是,既然您手下遇袭,怎么会安然无恙?"

队长合上《刑法》,拿着法律文书给自己壮胆。

"您瞧,外国人拿的是小口径左轮手枪,需要把胳膊抬高,才能越过车门射击。"一根手指从《刑法》后冒头,"而国民警卫队员配的是滑膛枪,子弹可以出其不意地穿过车身,确保打得又快又准。"他将《刑法》放在三角帽边上,得出结论:"这个外国人应该是个城市枪手。"

"那跟他在一起的女人呢?"我追问道。

"此乃最离奇之处。您瞧,公路一边是山,一边是悬崖,瞧见没?"《刑法》摇身一变,变成了公路,"结果,国民警卫队员在给滑膛枪上子弹时,那个女人跳上座椅后背,跳下了悬崖。"

"我的天啦!"

"您等等,精彩的还在后面。国民警卫队员们探出头,看她摔死了没有。可是,这个女人连影子都看不着,人间蒸发了。"

"感谢上帝!"我先感叹,又跟队长补充了一条信息,"她是马戏团的杂耍演员。"

"没错,她一定像山羊似的,顺着岩石攀下去了。如此壮举,也是徒劳。她要是活着,很快就会回来。"

"您怎么知道?"

"她衣衫单薄,太阳照着,是热,可到晚上,天气凉得很。还有,她跳的时候,把鞋脱了,我们在汽车后座上找到了她的鞋。您自己瞧瞧,天凉得有多快。"

我从军营的铁栅栏窗户往外望,凉风飕飕,山里似乎还传来狼嚎。

"这地方有狼?"

"当地人这么说,我从来没见过。"队长漫不经心地回答,

"好了，您要是可以，咱们来录口供。"

我尽量含糊其词，说实在的，用不着多费力气，就能把队长说晕。我不知道马科斯姓什么，多大年纪，在哪儿出生，以及其他所有相关个人资料。在被问到玛利亚·科拉尔时，我撒了谎，假装不知道她是谁，免得说多了，让她成为容易识别的逃犯。队长也没想打破砂锅问到底，看得出，这事儿让他挠心。告辞时，我对他说：

"要是找到那个女人，别动粗，她还没成年。"

队长在我肩上轻轻拍了一下：

"你们巴塞罗那人，啥都不放过。"

我坐在门廊等玛利亚·科拉尔，等了一宿，一直等到第二天早上，也没把她等回来。大上午的，我决定打电话到巴塞罗那，跟莱普林斯交流。正如我所料，村里哪家都没有电话。我去电厂办公室，打算想办法找工程师帮忙，他们挺有影响力的。

然而，我的打算注定要落空。从公路前往电厂的路上，我被一群工人拦住。

"您去哪儿？"一名工人问我。

"去办公室打电话。"

"不行，办公室关了。"

"关了？今天关了？为什么？"

"在罢工。"

"我有人命关天的事。"

"非常抱歉,罢工就是罢工。"

"起码让我试试。"

"好吧,请便。"

他们放我过去,但没用,罢工纠察队的人手持铁棍、工具和其他可以用来殴打的物件守在铁栅栏前。尽管如此,气氛平静。没有人注意到我,我等。过了一会儿,十几个人走出电厂大楼,至少两个背着猎枪,所有人的脖子上都系着红围巾。外面的人打开栅栏门,不一会儿,工程师们乘坐的黑色汽车出现了,很像有轨电车,坐得满满当当,驶出铁栅栏,消失在前方公路上,往巴塞罗那方向驶去。然后,工人们进电厂大楼,关门。我追了一会儿汽车,招手让它停下,他们当然没有理我。

我回村,去国民警卫队军营。队长出去了,我求他们让我发个电报。

"电报机用不了,罢工分子把电给切了。"国民警卫队员告诉我。

"有失踪女孩儿的消息吗?"

"没有。"

"我想,你们会去找的。"

"别做梦了!这个该死的罢工就让人头疼得要命。他们眼下还算消停,再过几个小时,够我们受的。等这波闹完,也许我们会去山里。"

"罢工要闹多久?"

国民警卫队员耸耸肩:

"鬼才知道,弄不好是场革命。"

中午,他们把马科斯埋了。趁地方当局顾不上罢工之外的事,我请人把枪也埋了,给他陪葬。我想,无论死者会去哪里,马科斯一定要跟枪在一起。开始填土时,来了几个罢工分子,举着一面红旗和一面无政府主义旗帜,向马科斯致敬。我问他们为什么这么做,他们说不认识这人是谁,但他是死在国民警卫队手里的,这就够了。

IX

马科斯死了五天,玛利亚·科拉尔还是没有出现。我等待(专注于处理目前社会危机的)国民警卫队帮忙等到绝望,想法子找了个当地的大老粗,两人一起去巡山。他当向导,问我讨点"黄货",我把表给他。说实话,这笔交易纯属互相欺骗,金灿灿的手表质地是黄铜,大老粗也欺负我不辨东南西北,只带我在村子附近转悠,不冒险去坎坷崎岖的地方。同时,村里的铁匠在帮我修车,活儿干得烂极了,钱却收得离谱,因为"罢工期间,只能晚上干活儿,还要冒生命危险"。结果,我付的是工贼的工钱,他把一辆破车捣鼓得比原来更破。

罢工是从细枝末节上看出来的,村里除了电厂,其他活儿都不能停。电厂大楼上飘扬着无政府工团主义旗帜,村广场贴着列宁像,很快就被小鬼头们画上了眼镜、香烟和其他乌七八糟的涂鸦。

工人们天天聚在一起,白天坐在酒馆门前晒太阳,高谈阔论,散布有关别处革命行动的谣言;傍晚召开群众集会,社会主义者和无政府主义者对骂;结束后,演讲者和听众聚在教堂前骂神父,说他放高利贷、侵犯未成年人、告密。这种时候,国民警卫队连影子都看不着。据我证实,他们躲在军营的窗户后面,关注罢工进展,记下哪些人参与、说了哪些话、有哪些动向，汇成厚厚的一本材料，由队长口述，国民警卫队员笔录，留下各种文字错误和涂改痕迹。

这些让村子眼花缭乱的新闻，我都是晚上从山里回来才得知的。我在山里跑来跑去，腿都快跑断了，人都快冻僵了，衣服和皮肤被荆棘刮破，喊玛利亚·科拉尔的名字外加赶兔子，喊得嗓子直冒烟。大海捞针终于让我厌烦，瞎鼓捣车子也终于让铁匠厌烦，于是，我决定返回巴塞罗那，等局势正常后再回村，有组织地展开搜寻，确保将搜寻进行到底。

我早上离开村子，以为不到四十八小时就能抵达目的地。结果，我用了一个星期。

第一天正常行驶了若干公里，爬上一道坡，车停了，吼了几声，蹦了一下，喷出紫烟。我刚跳下车，躲在一块石头后面，车就爆炸了。我扔下烧得焦黑的菲亚特跑车残骸，步行到一个村子，村名我一直懒得去查。

不知道叫什么名字的村子像在庆祝盛大的节日，其实在闹罢工。那些古老偏僻的村子如何能在劳资纠纷中步调保持一致，这是个谜。然而，据我后来看报和沿途亲眼所见，加泰罗尼亚全境都投入到总罢工的浪潮中，我的计划因此受挫。交通工具本来就少得可怜，现在全都停了。我也不能打电话、拍电报或使用其他通信工具。等我回到巴塞罗那，距我离开，已经过去了十六天。这段日子,我与世隔绝。

说回到事情本身。我来到洋溢着节日气氛的村子,进村时,无人好奇。村民们不搭理外人,全都聚在中心广场的音乐亭里排练《国际歌》大合唱,排练完,人就散了。我向一群群人打听,怎么去巴塞罗那,大部分人指着公路,建议我步行。总算有个小个子男人对罢工不满,说"一天不工作,会得肺结核",他租给我一辆自行车。我预付了两个礼拜的租金,立下字据,"以君子的名义"发誓,保证归还。

我还是很小的时候骑过自行车,出村时,骑得歪歪扭扭,但很快找到感觉,跟过去骑得一样好。于是,我斗志昂扬,寄希望于能结束这次旅行。但我错了。租车的那个村子地处高原,第一段路程缓缓下坡,但很快路就变平,几公里后爬起了陡坡。车蹦跶不起来,人也开始疲惫,双腿不听使唤,上气不接下气,每个毛孔都在出汗,感觉人快死了。后来,看这么着不是办法,我决定把车扔下,接着步行。我不停地走,走到山顶,从那儿看见一个黑黝黝的、荒凉的山谷,再往前,有更多的山和更多的山谷。

我一直休息到缓过劲来,但糟糕的事还在后头。我浑身疼,动弹不了,连站起来都是折磨,走了一百多米,就瘫倒在地。我怕这里无人经过——因为罢工,道路根本无法通行——我会冻死加饿死。天快黑了,附近林子里传来阵阵可怕的声响。

我蜷成一团，听天由命地等待着跟玛利亚·科拉尔——毫无疑问——同样的结局。

开始感觉身体渐渐瘫痪时——恐怕是臆想出来的——远处传来确凿无疑的马达声。我一跃而起，站在马路中央，打算拦下任何开车过来的人，哪怕是魔鬼。

道路起伏，看不见车，但车正在靠近。我屏住呼吸，感觉连心脏都停止了跳动，终于见它出现在高处。车老到散架，轰隆隆地往前，边走边冒烟，还噼里啪啦地响。车迎着落日驶来，感觉轮廓很大，尽管它只不过是辆当年用来短途运输小宗商品的货车或卡车。驾驶室里有两个座位，驾驶位和副驾驶位。后车厢竖着架子，可以盖帆布或塑料布，恶劣天气时用来保护货物。

卡车驶近，我看见两侧挂着标语：性爱自由万岁！车里有七个女人，一个很小，一个中年，剩下五个在二十五岁到三十五岁之间。一人开车，其余的都在后车厢里打扑克、抽烟、吃吃喝喝。她们穿着农村服装，袒胸露乳，露着小腿也不在意，化着浓妆，洒了很多香水，头上、脖子上或腰上系着红围巾。我记得最小的叫埃斯特雷利亚，最大的叫德莫克拉西亚。

车停了，她们请我上后车厢。空的地方不多，我尽量舒服地坐下，车继续奔波。我感谢她们如此好客，最大的那个代表所有人回答我，不用谢，不用在别人面前低人一等，解放的时刻到了，万物皆共产，众生皆兄弟，你我皆国王。

"你要是饿了、渴了，就说一声，我们尽可能满足你。之后你要是乐意，可以在我们几个里头挑个最喜欢的，满足一下。"

说真的，我有点蒙。不管怎样，我吃了一个香肠三明治，喝了一口葡萄酒，婉拒了后半部分的邀请，理由属实，我已经没劲儿了。

"求求你们，千万别误会。"我又解释，"坦白说，我刚失去了一位至亲。"

她们都同情我。叫德莫克拉西亚的女人还斗胆提议，也许她们能给我找点乐子。我坚决不答应，她没再坚持，让我安心休息。

卡车一刻不停地在荒芜的田野和泛红的荆棘间行驶。夜幕降临，打扑克的人把牌收起来，开始唱歌。最大的和最小的——我估计不到十五岁——跟我说她们开展的活动。我没理出特别清晰的头绪，只知道一开始大罢工，她们就上了路，目的是用言语和行动宣扬性爱自由，已经走过了一大片地区，获得了大量的支持者。她们给我看一张印刷粗糙的纸，一个裸女摆出古希腊雕像的姿态，背面写着：

穷苦的男人劳动，被不劳而获的富人压迫，但他依然有办法报复。手段很可悲，他会去压迫那个落到他手里的女人。女人没办法宣泄，只好咽下资产阶级剥削酿成的苦果：挨饿、受冻、受穷——似乎还嫌不够——忍受男人兽性、欠考虑、侮辱性的控制。她们已经是最幸福、最幸运的女人了，是大自然的宠儿。还有百分之三十到百分之四十的女人生活得更加不幸。我们的社会组织**甚至禁止她们有性的权利、做女人的权利，或其实是一回事，证明自己是女人的权利。**

哦，女人！她们才是社会不公真正的受害者，她们才是无私倡导者真正的使命所在。

"这是一位无政府主义导师的一篇崇高的美文。"甜美的埃斯特雷利亚用她深邃清亮的眼睛，看着我的眼睛说。

"我们想用行动向男人证明：我们能，我们值得被理解，我们同样享有自由的权利。"叫德莫克拉西亚的女人朗诵道。

我不知该如何决断。一开始，我以为她们是与时俱进的普通妓女；后来发现她们开展的"宣传活动"不收钱，但接受食品、葡萄酒、香烟和不值钱的礼物（一块手帕，一双丝袜，一束野花，一张巴枯宁的肖像）；旅行途中，我又陆续将她们定义为疯子、喜剧演员、神经病和圣女。

驶往巴塞罗那的六天旅程，我斗胆将其定义为田园牧歌式。我们昼行夜伏，睡在农庄的牲口圈里，牲口们很好客，待我们如兄弟。我们躺在稻草上，盖着借给我们的毯子，想睡着却不容易。农庄的小伙子们在得知女客们的想法后，频繁光顾临时集体宿舍，闹哄哄的。一次，我被一双颤抖的手摸醒，有人在摸我的脸，摸完说：

"我操，这是个男的！"

可是，性爱自由的宣传者们不知疲倦。早餐是美味的火腿或香肠，刚挤的牛奶，松软的面包，吃完上路。一般由我开车。她们给我提供吃住，而我自然无法参与到她们的"宣传活动"中去，只能以此为报。要是遇见举着无政府主义标语的罢工人群，她们会让我刹车，人从卡车上下来，跟他们聊天，分发有关无产阶级女性的传单，携手消失在灌木丛中，把我一个人留下或是让我跟一帮老头儿在一起。于是，我结识了许多新朋友，聆听了许多哲学教诲。跟我一开始猜的不一样，男性——有单身的，也有已婚的——的认同十分真诚，七名性爱自由的宣传者始终受到极大的尊重。

就这样，我们抵达了巴塞罗那。农村的解放和欢乐，到城市就变成了暴力和恐惧，让我大受震撼。断了电，拥挤的城市变成阴暗的迷宫，恶意都被掩盖，宿怨能被清算，并免受法律制裁。白天有光，满街都在宣传平等、友爱；夜晚就不由分说地变成恶棍、扒手、捣乱分子的舞台。商铺歇业，农村供应跟不上，造成必需品短缺。坏人在黑市横行霸道，连买面包都悲哀地像自取其辱。

世道这么乱，我劝性爱自由的宣传者们别在这儿开展活动，回农村去。

"我们的宗旨是和人民在一起。"她们说。

"这些不是人民，"我反驳，"是人渣。你们都不知道这帮畜生能干出些什么事！"

我们惊天动地地吵了一架，我让她们答应在我家过夜。可是到了门口，她们见房子气派，坚决不在资产阶级家中留宿。我求她们——明知会招惹闲话——至少让我照顾年纪最小的埃斯特雷利亚，可说破了嘴也没用。她们把我晾在人行道上，开着卡车，带着标语，揣着梦想，消失在黑乎乎的街道中。我再也没有听到过她们的消息。

我在家里关了两天，吃邻居好心送来的饭菜。第三天，距我离开第十九天，电终于来了，城市恢复正常。墙上的匿名贴已经被初秋的头几场雨泡得看不清字，传单被风卷着，混着棕褐色的梧桐叶，在地上乱飞。梧桐树光了枝干，露出乌云密布、酝酿着雷声和暴雨的天空。出租马车被雨水冲刷得光亮，瓦斯路灯的光映在铺石路面上，窗户遮着厚厚的窗帘，烟囱冒着烟。行人拖着夏日迟缓、疲惫的脚步，用斗篷捂着口鼻，快步往前。孩子们不吭声，回到学校。毛拉是首相，坎博是财政部长。

我从报纸上得知了莱普林斯的死讯。

一场大火将萨沃尔塔工厂烧了个精光。因为罢工,所有人都不在,除了他,没有伤亡。从这里起,各家报纸说法不一。有的说火灾发生时,莱普林斯在工厂,没能逃脱;有的说他跟几名志愿者在一起,想救火,被倒下的一根大梁或一堵墙砸死;还有的说他被库存的黑色炸药炸死。但谁都没有做进一步的解释,谁都避开了从我的视角所能提出的疑问,即:莱普林斯**一个人**在工厂干吗?是他自己想去的,还是一场**精心**伪装的谋杀?如果是谋杀,他是被强行带到工厂,关在里头的,还是火灾发生时,他已经死了?**为什么警察不调查?**所有疑问从来没有得到过答案。

然而,所有报纸都一条声地强调他是"一位伟大的、出类拔萃的金融家"。谁也不提工厂已经破产,谁都在夸张地为死者唱挽歌。"本地人让城市建立,外国人让城市伟大"(《先锋报》);"他是法国人,但他像加泰罗尼亚人那样生活,像加泰罗尼亚人那样死去"(《巴塞罗那日报》);"伟大的加泰罗尼亚工业的缔造者之一,一个时代的象征,现代社会的灯塔和指南针"(《世界画报》),总之,通篇刻板的陈词滥调。只有《正义之声》敢翻旧账,头版刊发了一篇言辞激烈的文章,标题是:"狗已死,祸未除"。

当天下午，我去莱普林斯家的别墅。秋日的午后，萧瑟，阴冷，飘着雨。房子在昏睡中，窗户紧闭，花园积水，小树被风吹弯了腰。我敲门，门开了一道缝，露出一名老仆瘦削的脸。

"您找谁？"

"下午好。我是哈维尔·米兰达，想见夫人，如果她在家的话。"

"她在家，不见客。"

"我是这家的老朋友。很奇怪，您之前没在这儿见过我。您刚来不久？"

"不，先生。我在萨沃尔塔夫人家做了三十多年，我是玛利亚·罗莎小姐的奶妈。"

"我明白了，"我想博取她的好感，"您在小姐父母家、萨里亚那栋别墅里做事，对吧？"

老仆不信任地看了看我：

"您是记者？"

"不。我是谁，已经告诉您了：我是这家的老朋友。您能请管家出来一下吗？他应该认识我。"

"管家不在。保罗-安德烈少爷死后，人全都走了。"

一阵风吹来，吹得我们满脸是雨。我的脚湿了，想赶紧结束这场对话。

"请您告诉小姐，哈维尔·米兰达来访，劳驾您。"

她犹豫了一会儿,把门关上,脚步声越来越轻,消失在门厅。我冒着雨等,感觉时间漫长得无休无止,终于又听见老仆的软底鞋脚步声,门又开了。

"玛利亚·罗莎小姐说,您可以进来。"

门厅很暗,但还是能发现到处积灰,各种乱。我几乎摸黑来到莱普林斯的小会客室。书架空了,椅子倒了,墙上有个白框,过去挂着莱普林斯珍爱的莫奈那幅画。我点了一根烟,发现连烟灰缸都没有。通往客厅的小门被人推开,还是那名老仆。

"少爷,请进。"她的声音几不可闻。

我来到客厅。那么多天晚上,我在这里跟玛利亚·科拉尔、玛利亚·罗莎和莱普林斯喝咖啡。客厅乱得吓人,桌上堆着咖啡杯,有些杯子里还剩了脏兮兮的果冻状咖啡;地上全是烟灰、火柴棍和烟头;空气污浊,窗户就像在外面看到的那样,关得严实;只开了一盏灯,灯光微弱。玛利亚·罗莎·萨沃尔塔躺在沙发上,盖着毯子。旁边有个小摇篮在摇啊摇,里面睡着几天大的婴儿。我发现她的身材已经复原,看来这是莱普林斯的孩子。

"夫人,抱歉打扰。"我一边往沙发走,一边说。

"哈维尔,用不着抱歉,"玛利亚·罗莎没有看我,"请坐。乱成这样,真是对不起。你知道吗?葬礼来了好多人。"

我想起在报纸上看到,葬礼是在一个多星期前举办的,但我什么都没说。

"听说所有人都来了。"玛利亚·罗莎接着说,"我没参加,我在妈妈家里生孩子。他们瞒着我,怕我太激动,把孩子弄没了。两天前,我才知道保罗-安德烈的事。很遗憾,我没参加他的葬礼,听说来宾跟我父亲的葬礼差不多,甚至更多。哈维尔,你去参加葬礼了吗?"

她说得很机械,像被人催了眠。

"之前因为罢工,我不在巴塞罗那,也不知道这个令人悲伤的消息。"我回答。为了不提葬礼这件事,我毫无过渡地跳到另一个话题,"老仆说她在您家做了三十多年。"

"塞拉菲娜?是的。我出生时,她就在我父母家做事。妈妈把她借给了我……用人们连招呼都不打,全跑了,恐怕还顺走了值钱的东西。"

"为什么您不留下跟母亲住?"

"我想暂时搬回来住,我又不知道这房子是个什么状况。萨里亚的别墅正在出售,你懂吧?是的,好几个人有意购买。这意味着人来人往,讨价还价,你可以想象,很折腾,我受不了。现如今,谁都知道我们需要钱,谁都想来占便宜,三文不值二文地把我们的东西买走。而这里,谁也不会来。这房子背了三个贷款。他们在商量好如何拍卖前,是不会来烦我的。科塔班耶斯说,可能要拖一年多。已经没什么可偷的了,你看见了吧？全都洗劫一空了。"

声音里没有悲伤。她更像一位闯荡过世界的老人，在回忆过去的点滴时，岁月抚平了一切，什么都无所谓了。

"他们说是来参加葬礼的，他们说谎。哎！我很清楚，他们是来顺东西的。哎！要是爸爸还在就好了！他不会让他们这么做，我觉得不会，那些卑鄙小人也不敢。可是，我们两个女人孤孤单单，能怎么办？科塔班耶斯想尽量挽救一些，至少他是这么说的，看起来，也没挽救多少。"

她不说话，整个人僵住，盯着天花板。

"说到底，保罗-安德烈还是死了好，免得看见没良心的这一幕。上帝啊！来死人家里打劫……更过分的是，连身上穿的衣服都是人家送的。爸爸掌管工厂时，他们大部分都是饿死鬼，开开修理铺子之类的。爸爸和保罗-安德烈让他们赚得盆满钵满……如今，他们反而认为有权来偷东西，来给死人泼脏水。我知道，他们在那儿偷偷说我丈夫坏话，说他经营不善，跟不上形势什么的。我真想看到，要不是可怜的保罗-安德烈多次向他们伸出援手，他们的处境会怎样？当初，他们排着队来这里，哭哭啼啼的，几乎跪下来跟他借钱，求他帮忙，就像过去对爸爸那样。如今，还是这些人想三文不值二文地把萨里亚的别墅弄到手。爸爸和保罗-安德烈人太好，都是慷慨解囊的主，有的给，没有的甚至也给，只是为了帮朋友一个忙。他们像绅士那样助人为乐，不收利息，不要担保，不去催缴，不留字据，相信别人会讲信誉，言而有信。这些人当年点头哈腰，赔着笑脸，退着出门，奴性十足的样子……可是现在，见我们身边没男人保护，瞧瞧他们干的事：抢！就是这个字：抢！上帝啊！我是多么孤单啊！至少，至少让尼古拉斯叔叔或可怜的佩雷·帕雷利斯活着也好呀……他们才不会允许这种事发生呢！他们爱我们，情同家人。可是，所有人都一个个没了，愿上帝保佑他们。"

她的眼睛第一次盯着我的眼睛，我感觉闪过一丝微光，没有仇恨，没有轻蔑，没有痛苦，让我恐惧，像在跟理智的世界说再见。我再次尝试转移话题：

"儿子好吗？像个小天使。"

"不是儿子，是女儿。我连这个都运气不好。要是儿子，生活会有目标：教育他，培养他，让他去接爸爸和外公的班。可怜的女儿能做什么？除了走我和妈妈的老路，除了受罪，还能做什么？"

女儿似乎听懂了妈妈的话，觉得人生实苦，哭了起来。老仆塞拉菲娜进来，抱着孩子哼单调的摇篮曲，轻轻摇。

"玛利亚·罗莎小姐，时间到了，我去喂奶，好不好？"

"很好，塞拉菲娜。"玛利亚·罗莎完全不感兴趣。

"小姐，您不想吃点什么？医生强烈建议您增加营养。"

"知道了，塞拉菲娜，别烦我。"

"少爷，您劝劝她，让她保重。"老仆求我。

"是啊。"我的话能派多大用场，我没信心。

"小姐，就算不为您自己，也要为了这个小天使。她在世上，最需要的人就是您。"

"够了，塞拉菲娜。出去，别烦我们。"

塞拉菲娜出去了，玛利亚·罗莎挣扎着想坐起来，最后还是无力地倒了下去。

"您没力气了，别动。"我说。

"你能帮我一个忙吗？那个柜子上面，有只压纹真皮盒子，里面有烟。你拿一根，给我拿一根。"

"我以为您不抽烟。"

"过去不抽，现在抽了。麻烦你帮我点上。"

我找到盒子，点了一根烟，从形状（椭圆形）和颜色（彩色）上，能认出这就是莱普林斯之流抽的那个牌子，普通店里很难买到。

"我觉得抽烟对您不好。"

"哦，你们全都滚一边儿去，让我爱干什么，就干什么。保重身体有什么用？"她没经验，抽得很猛，透着堕落女人的气息，模仿故事片里的场景，"啊？你告诉我，保重身体有什么用？保罗-安德烈成天把这些话挂在嘴边：你要多保重，别干这个,别干那个。你看看他现在,就算他一辈子不抽烟,又有什么用?哎,上帝啊,太不幸了!"

香烟似乎起到了安神的作用,她的脸松弛下来,大颗大颗的泪珠滚落在脸颊上。她咳嗽,无精打采地把烟头往地上扔。

"你走吧,哈维尔!非常感谢你来看我。我现在更想休息,如果你不介意的话。"

"完全理解。如果有什么事用得着我,给我打电话。您知道我的地址和电话号码。"

"非常感谢。对了,你夫人好吗?现在想想有点奇怪,她没跟你一起来。"

"她有点感冒……在家……很快就会好的。您放心,好了一定来。"

她似乎没在听我说话,草草地跟我挥手告别。我往门口走,尽量不碰到散落在各处的物品。

老仆抱着孩子——孩子像睡着了——送我去门厅。人到门厅,感觉楼上传来可疑的动静,像脚步声。我问老仆,家里还有没有别人。

"没有,先生。家里只有玛利亚·罗莎小姐、孩子和我……当然还有您。"

"我觉得楼上有人走动。"

"上帝啊!"老仆低声惊呼。

我俩保持安静,头顶上确凿无疑地传来窸窸窣窣的脚步声。塞拉菲娜开始哆嗦,低声祈祷。

"我去看看怎么回事。"我说。

"先生,您别上去!可能是小偷,是坏人,是正在逃亡的罢工分子。还是报警比较好,电话在书房。"

建议合情合理,但我心生疑虑,想亲眼去证实神秘来客的身份。我不知道来人是谁,但能肯定他既不是陌生人,也不是普通小偷。再说,最近这段日子,冒险对我而言,已是常态。

"您在此地不要动。要是十分钟后我没下楼,您就去报警。千万别告诉夫人。"

老仆向我保证,一定照办。我留下她指天骂地,蹑手蹑脚地上楼。走廊里一片漆黑,窗户和阳台门紧闭,我摸索着前行,不了解房间分布和家具位置,走得十分小心,生怕撞着什么,闹出动静。走廊尽头有一丝微光,估计是手电筒发出的。我往那儿走,窸窣声没了。我走到有光的房门口停下,看见有人打着小手电筒,正在翻看写字桌里的纸张文件。

"您在这儿干吗?"我问他。

那人回头,用手电筒照我。几乎同时,第二个人——我没想到有第二个人——扑上来揍我。我用手臂阻挡进攻,保护自己,人往后退。拿手电筒的人笑着说:

"别打了,军士,是我们的老朋友米兰达。"

那人不打了，说话的人开了一盏灯。

"都被发现了，没必要偷偷摸摸的。"他关掉手电筒，放进外套口袋。

来人的确不是陌生人，是巴斯克斯警长。他出现在巴塞罗那，我很惊讶。

"您以为是别人，对不对？"他还在低声笑，"米兰达，我的朋友，别再痴心妄想了。莱普林斯死了，他真的死了。"

我们让老仆放心，别怕，我陪巴斯克斯警长和他的助手离开。据巴斯克斯警长介绍，助手是托托诺军士。他瘦削，孤僻，笨拙，多年前，在剧院"盲人"卢卡斯袭击莱普林斯时中弹，失去了右臂。托托诺军士为自己的鲁莽行为道歉，嘟哝着"道歉总比被人捅脖子好"。雨还在下，巴斯克斯警长邀我坐他的车。在开往市中心的路上，他告诉我，已经回巴塞罗那一个多月了，最近部里调整，允许他去马德里上诉，重审关于他的调动，终于官复原职。尽管萨沃尔塔案件已被结案归档，他还是前脚来到巴塞罗那，后脚就跟从前一样，执着地投入到案件调查中去，搜查莱普林斯家就是调查的一部分。

"当然，我没有搜查令，也申请不到搜查令。于是，我决定自己冒险，单独行动。这么做是违法的，毫无疑问，但我希望您别去告发。"他用老朋友的语气对我说。

我请他放心,他请我去喝牛奶咖啡。

"我知道,有一阵子,我跟您相处得并不好。"他又说,"都过去了。请接受我的邀请,咱们冰释前嫌。"

我没法儿拒绝。再说,我知道他希望跟我分享他的发现。我高高兴兴地答应,跟他去了一家茶餐厅。托托诺军士显然不喜欢我——肯定是做得没错,却被迫向我道歉的缘故——跟我们告辞,回警局。我跟巴斯克斯警长进茶餐厅,要了两杯牛奶咖啡,隔窗观雨,看了很久。

"米兰达,我的朋友,"巴斯克斯警长喝了一口牛奶咖啡,点了一根烟,开口说道,"您知道吗?有段日子,我认为您是头号嫌疑人。别,您别上火。现在我没这么想,甚至我认为,当时您对发生的事毫不知情。但我对您起了疑心,您必须要原谅我,毕竟所有证据都指向您。这误导了我,但也为我提供了揭开谜底的关键。您还记得我闯进您家的那个晚上吗?您很愤怒,这个无关紧要的场景擦亮了我的双眼。一个自知有罪的人是不会那么做的。我以为您会坦白,或冰冷地掩饰,总之,精心准备一个不在场证明。如果是这样,那会证实我的猜测。但是您超级自信、几乎无所畏惧的态度让我放下了戒心。仔细思考之后,我明白了事情的原委。您没有不在场证明,是因为您本身就是不在场证明。您会问,您是莱普林斯的不在场证明吗?是的,那当然,不是他的,还能是谁的?啊!我认为现在,您对发生的事依然毫不知情。好吧,如果您接下来几个小时有空,请我抽烟,那我就从头说起。我的烟抽完了。"

我没有别的安排。可以想象,我迫切地希望知道巴斯克斯警长想要告诉我的事。我照实说,他又开始拿腔拿调,让我脑子里一闪而过在莱普林斯家,遇到他上门,听他半开玩笑半当真地就无政府主义和无政府主义者发表的鸿篇大论。但我说了,回忆只是一闪而过。很快,他的话就吸引了我的注意力。

"您听说过一个叫内梅西奥·卡布拉·戈麦斯的人吗?"他说,"没有,当然没有。但是,这家伙在我要跟您说的事情里扮演了重要的角色。在涉及此事的人当中,当然,当事人除外,他是第一个,并且在很长时间里唯一一个推断出真相的人。"回忆往昔,他露出微笑,"可怜的内梅西奥是个聪明的家伙,我认为是。尽管仔细想想,连他自己也没有完全意识到他已经看穿了所有事。不管怎样,据我所知,事情是这样发生的。"

巴斯克斯警长给我讲的故事发生在三十多年前。怪诞的千万富翁荷兰人雨果·冯德维奇应几位加泰罗尼亚贵族的邀请,来西班牙参加卡迪山大型狩猎活动,一位叫科塔班耶斯的年轻律师也参加了。休息时,猎枪的型号和品牌自然成为闲聊的话题。科塔班耶斯在某次闲聊中,说服荷兰人在巴塞罗那建一座制造猎枪的工厂。也许是因为计划制造的一款猎枪比当年市场上的所有猎枪都更完美,也许是出于别的考虑——比方说,财政上的考虑——冯德维奇决定实施这个奇思妙想的主意。总之,年轻的科塔班耶斯应该表现得极有说服力。他是个初出茅庐的律师,出身平民,没钱,没关系,只能靠聪明、精力和口才闯出一条路来。他想飞黄腾达,不光为了追名逐利,还想将巴塞罗那的一位美女名媛娶到手。门不当户不对的,人家父母不同意。野心勃勃的律师说来说去,说动了冯德维奇,计划成真。于是,科塔班耶斯开始一步步推行计划:在证券交易所最下面几级台阶上捞了一个叫恩里克·萨沃尔塔的商人,明明是个固执、贪婪的乡巴佬儿,被他说成是加泰罗尼亚精明能干的金融家,举荐给冯德维奇;之后,他又如法炮制,从该产业的不同领域拉了好几个来路不明的人,有尼古拉斯·克劳德德乌、佩雷·帕雷利斯和其他几位与本案无关者。冯德维奇信任科塔班耶斯,也就信任了萨沃尔塔,恐怕他始终没有察觉到自己已经受骗上当。他很快回国,不过问猎枪工厂的生意。在他一点点变疯的同时,那些一心想往上爬的人也在蚕食他的股份。等他离奇死亡时,科塔班耶斯和萨沃尔塔已经几乎将他的股份尽收囊中,是工厂实质性的老板。他们不再制造漂亮的猎枪,开始制造军火赚钱,科塔班耶斯也最终抱得美人归。似乎一切都顺心如意时,他的生活突然发生了意外,刚结婚一年,妻子便难产死了。这对一个深爱妻子、自信愉快的人来说,是个可怕的打击。他抑郁消沉,将名下股份打包卖给了萨沃尔塔,开了一家不起眼的律师事务所,将远大的梦想抛在脑后,打算就这么混日子。

"故事说到这里,有个疑点。"巴斯克斯警长顿了顿,点了一根烟,"对此,我有我的想法,您完全可以认为它是错误的。当然,我指的是科塔班耶斯的儿子:他怎么样了?是在难产中死掉了,还是没有死,父亲深爱母亲,将母亲的死迁怒于他,让他离自己远远的?没有人知道,科塔班耶斯似乎也不打算解开这个谜。不管怎样,如果他曾经有个儿子,这个儿子失踪了。"

科塔班耶斯退出后,萨沃尔塔工厂一直在走上坡路。三十年过去,没有什么变化,萨沃尔塔、帕雷利斯和克劳德德乌都老了。欧战爆发,工厂跟法国政府签约,产品全部供应给法国。这时,一位名叫保罗-安德烈·莱普林斯的年轻公子哥儿从巴黎来到巴塞罗那,声称嫌国内打仗烦得慌,便跑了出来。这个莱普林斯下榻在全城最好的酒店,奢侈显摆,一看就是钱多得不知道该怎么花。这个神秘的人究竟是谁?巴斯克斯警长跟法国警方联系过,对方表示,不知道这个人的存在。更奇怪的是,他所炫耀的财富也不存在。那他是个小骗子、国际冒险家、赌徒,还是个想娶富家小姐骗钱的主儿?正如之前所说,巴斯克斯警长有自己的假设。不管怎样，回顾莱普林斯走过的路，可以得知：他刚到巴塞罗那，就跟科塔班耶斯牵上了线，并通过他，认识了萨沃尔塔。按照这个假设推断，无疑，科塔班耶斯对莱普林斯欺世盗名的身份并非毫不知情，他利用自己的声誉和过去的交情打消了萨沃尔塔极有可能产生的疑虑。那么，是什么让当时已经年老疲惫的科塔班耶斯律师一扫三十年的颓废，跟人合伙去干这个只能被称为胡闹的勾当呢？这是个谜。

莱普林斯机灵，特别能干，在萨沃尔塔的健康状况严重滑坡时，很快博取了他的信任。萨沃尔塔甚至可能无意识间，被法国人的俊朗、仪态和做派迷住，也许视他为自己商业帝国和家族血脉理想的继承人。众所周知，萨沃尔塔膝下只有一女，正待字闺中。就这样，莱普林斯深得萨沃尔塔的宠幸，在工厂事务上权力无边。按正常情况发展，他会跟萨沃尔塔的女儿结婚，继承岳父的工厂，可他没耐心等。他野心勃勃，时间是他的敌人。如果他不希望自己虚假的人设意外曝光，如意算盘落空，就必须迅速采取行动。欧战将他正在寻觅的机会送上了门。他跟一个叫维克托·普拉茨的德国间谍取得联系，定期向同盟国运送军火，同盟国通过普拉茨直接付款给莱普林斯，萨沃尔塔和工厂的其他人均对此毫不知情。军火从仓库秘密运出，沿固定路线运送，跟沿线的走私犯事先说好。莱普林斯在工厂地位特殊，只要冒很小的风险，就能把军火偷运出来。他一定藏了笔私房钱，防止东窗事发，长此以往，计划搁浅。

生意做得顺风顺水，但麻烦总会不可避免地定期出现。工人们怨声载道，被迫在极其恶劣的条件下，大量增加工作时间，为莱普林斯的秘密合同制造不计其数的军火，薪水却没有相应提高。总之，他们想少干活或多拿钱。罢工的苗头出现了，在正常情况下，不会衍生出严重后果。主管人事的尼古拉斯·克劳德德乌精力旺盛，绰号"铁手人"，知道类似局面该如何掌控。可是，莱普林斯不能让他插手，一调查，自己的不正当交易就会败露。在科塔班耶斯和维克托·普拉茨的参谋下，莱普林斯决定抢在"铁手人"的前头，雇用两名杀手，在工人领袖中散布恐怖气氛。

"然而，这种行为是有风险的，莱普林斯不想去冒这个险。"巴斯克斯警长直直地盯着我眼睛，"要找一个与莱普林斯和普拉茨的行动毫无关系的好心人做第三者，事情一旦败露，就甩锅给他。一个背锅的，您懂我的意思，一个中间人。"

"您指的是我？"我猜到了接下来的故事。

"就是您。"巴斯克斯警长回答。

然而，莱普林斯犯了个错，他爱上了玛利亚·科拉尔，为此付出了惨重的代价。一个女人不至于把计划搞砸，但意志薄弱的他完全拜倒在她的石榴裙下。他让她离开同伴，住在公主街的那家酒店。三年后，她在那儿养病。我接她出来，让她成为我的妻子。

危险解除,但只是暂时解除,总要寻个长久之计,上天给了莱普林斯一个机会。一天晚上,他步行回家,正在琢磨事情,一个小混混卖给他一份宣传册。他机械地买下,无聊地看了看。是一份叫《正义之声》的小册子,刊登了一篇有关萨沃尔塔工厂的文章,署名为多明戈·帕哈里托·德·索托。想法油然而生,简直浑然天成。不到一个小时,一切计划完毕,全都决定好了。莱普林斯征求了维克托·普拉茨的意见,他觉得可行,只要不出差错地执行就好。

计划概括如下:帕哈里托·德·索托为人单纯,无法收买,跟政党或派别均无瓜葛,无后台,很容易被控制。给他提供方便,让他去调查,只要跟在后面,就可以利用他一步步调查出来的结果。这项处心积虑的调查目的有二:一为工人闹事,二为莱普林斯的违规生产。如果帕哈里托·德·索托发现了什么,他会写进报告,报告会直接呈给莱普林斯,莱普林斯就有机会纠错。

"帕哈里托·德·索托圆满完成了第一项任务。他们跟在他后面,找到了工人闹事的煽动者和头目,并采取了行动。至于第二项任务……嗯,他没看上去那么单纯。他发现了猫腻,嘴巴闭得紧紧的,一个字不说。也许,他想将来勒索莱普林斯;也许,他想报仇,因为被利用了。他犯下了不可饶恕的错,赔上了自己和许多人的命。"巴斯克斯警长感叹道。

倒霉的帕哈里托·德·索托调解社会纠纷失败，还被人利用，害人遭殃。绝望之余，他酗酒，开始大放厥词。负责密切监视他的人——莱普林斯的手下——听他提到了"某位先生，只要我愿意，可以让这位先生的日子很不好过"，莱普林斯下了清除令。12月的一天晚上，他在回家的路上被维克托·普拉茨杀害。

可是，不只莱普林斯在监视帕哈里托·德·索托。佩雷·帕雷利斯也起了疑心，将一切追溯到莱普林斯闪亮登场的日子。帕雷利斯脑子清楚，常识过人，不相信暴发户，对唾手可得的成功表示怀疑。他坚信莱普林斯意外插手工厂人事，一定有不可告人的目的。他决定跟踪帕哈里托·德·索托，去套他的话。为此，他找了一个不起眼、思路清奇的警局线人，名叫内梅西奥·卡布拉·戈麦斯，这人是个名副其实的社会渣滓。内梅西奥完成了任务，但他晚到一步，刚认识帕哈里托·德·索托，他就被普拉茨弄死了。但是，帕哈里托·德·索托预见到自己将死于非命，死前写了一封信，有关萨沃尔塔工厂内部的调查发现。内梅西奥看到了信，但没看到收信人的名字。他把信的存在告诉了帕雷利斯，后来又告诉了巴斯克斯警长。要么是内梅西奥不谨慎，要么是帕雷利斯疏忽，要么是通过手下，总之莱普林斯也得知了这封信的存在，发疯似的去查找它的下落。那段日子，他过得苦闷至极。日子一天天过去，信始终没有出现，达摩克利斯之剑始终悬在他头上。既然事情无论好歹，都没有得到解决，他决定孤注一掷，除掉萨沃尔塔。如果信在萨沃尔塔手里，危险就会解除。如果信不在他手里，莱普林斯即将坐上工厂一把手的位置——他和玛利亚·罗莎·萨沃尔塔的婚姻已经精心筹备完毕——相对而言，能免于被指控，至少能抵挡住第一波攻击。

跨年夜当晚，普拉茨和手下除掉了萨沃尔塔。可是，信还是没有出现。谋杀萨沃尔塔的罪名由恐怖分子背锅，恐怖分子被处决。

"是的，我知道是我的错。"巴斯克斯警长说，"但没必要惋惜。那帮人犯事儿太多，被枪毙，不冤。"

恐怖分子那边以为是内梅西奥反水，出卖了帕哈里托·德·索托，逼他去弄清真相，否则就要了他的命。内梅西奥去找巴斯克斯警长，警长没搭理他。当时，他没意识到记者的死和工厂主的死之间隐藏着错综复杂的关系。死了这么多人，内梅西奥负不起这个责任——都以为是他把恐怖分子送上了断头台——丧失了最后一点理智，被送进了精神病院。与此同时，恐怖分子暗杀了克劳德德乌。没了克劳德德乌，面对无所不能的莱普林斯，孤零零的帕雷利斯害怕也好，出于其他原因也好，就算知道什么，也什么都不会说。莱普林斯和普拉茨地位稳固之后，从暗处走到明处。前者坐上了萨沃尔塔的宝座，后者化名马科斯，成为莱普林斯的保镖。"盲人"卢卡斯袭击失败，这出悲剧的第一场落下了帷幕。

"那封信的收信人是谁？"我提问。

巴斯克斯警长叹了一口气。他一直在等我提问，对自己能回答这个问题十分满意。他从外套内袋里掏出一只皱巴巴的信封，递给我。是帕哈里托·德·索托的信，收信人是我。

"是您，是的，但没有寄到您家。您看地址，认出来了吗？当然了，是帕哈里托·德·索托自己家的地址。可怜的他不像所有人以为的那么蠢，他希望惹祸上身的发现能落到您手里，但只是在他遇害的情况下。那天晚上，他应该料到自己命不久矣，写下了那封信。如果他遇害了，您会去他家——他还请内梅西奥去找您，内梅西奥没去，因为他在为帕雷利斯做事，帕雷利斯不许他去。如果他没遇害，可以收回这封泄露天机的信，那些发现只有他一个人知道。思虑周全，不是吗？"

巴斯克斯警长坏笑。

"他没想到，"他接着说，"您和他妻子特蕾莎有一腿，给他戴了绿帽子。米兰达，我的朋友，别惊讶我怎么会知道，特蕾莎全都告诉我了。是的，我在她现在的住处找到了她。不，她在哪里，我不能告诉您。她求我别告诉您，您要明白，君子一言，驷马难追。我从特蕾莎那里得知您跟她好过，同时也得知了那封信的存在。您看看，说到底，信是寄给您的。当然，我已经拆了，您要再原谅我一次。您懂的，职业病……"

我打开信封，读信。信很短，匆匆几行，字写得抖抖索索。

"哈维尔：我是莱普林斯害死的。他和一个叫普拉茨的间谍背着萨沃尔塔卖军火给德国人。照顾特蕾莎，别信科塔班耶斯。"

我把信折好，放回信封，还给巴斯克斯警长。

"婚外情让您和特蕾莎感到内疚，你们决定不再见面。特蕾莎带着儿子，逃离巴塞罗那，带走了那封信。信在襁褓里，满西班牙颠沛流离之时，这里的人为了它而互相残杀。亲爱的米兰达，您瞧，生活如此复杂。"巴斯克斯警长感叹道。

巴斯克斯警长对事态的发展很不满意，决定把案子挖出来，在零散的头绪间寻找关联。于是，这出悲剧的第二场拉开了帷幕。他想起了内梅西奥·卡布拉·戈麦斯，决定去精神病院找他。他在那儿已经被关了一年多，如果状态允许，巴斯克斯警长想问他几个问题。内梅西奥又跟他提到了帕哈里托·德·索托那封信，还提到了我的名字。巴斯克斯警长觉得这回弄明白了，就来家里找我，我笨拙的反应帮自己洗脱了嫌疑。排除掉我，只剩下莱普林斯。莱普林斯始终在监视巴斯克斯警长的一举一动，其地位让他结识了许多有权有势的朋友。他赶紧设法将警长发配到很远的地方。

"也许,他想过把我干掉。"巴斯克斯警长夸口,"可是,堂堂社会案件调查组的警长,是不能随随便便干掉的。"

摆脱了巴斯克斯警长,莱普林斯总算松了口气。没想到,一个意外改变了他的生活:他依然深爱的玛利亚·科拉尔回到了巴塞罗那。普拉茨找到她——夜总会老板娘告诉我,我去打听她的住址,另一个男人捷足先登,也去打听过她的住址——没告诉莱普林斯,想直接把她干掉。几乎可以肯定,他下了毒。要不是我侥幸,冒冒失失地赶到,她早死了。莱普林斯和普拉茨应该大吵了一架,德国人执意要干掉这个十分危险的目击证人,莱普林斯劝他别这么做。他安排玛利亚·科拉尔跟我结婚,自己跟她继续偷情。

"现在,故事的寓意来了。"巴斯克斯警长说,"莱普林斯为了得到萨沃尔塔工厂,不惜杀人、盗窃、背叛。可是工厂到手时,却已经破产。"

仗打完了,兵工厂的商业前景也打水漂了。莱普林斯做生意不像帕雷利斯和萨沃尔塔那么灵活,不会因势而动,开辟新市场,缩减开支……一步步陷入了贷款、保证金、担保、抵押、各种其他文件和互相牵扯的泥潭中。科塔班耶斯建议他抛售股票,他在这方面做了些尝试。佩雷·帕雷利斯听说他如此操作,震怒之下,闹出轩然大波。那段日子,莱普林斯正打算投身政界,等工厂垮了,也好有个万全的退路。帕雷利斯闹得特别不是时候，再说，他又把帕哈里托·德·索托那封信的旧账翻了出来——莱普林斯当时以为，信在帕雷利斯那儿——结果被莱普林斯的手下干掉了。这么做毫无用处，信不在帕雷利斯手上，他的死也无法阻挡不可逆转的颓势。莱普林斯和玛利亚·科拉尔的关系很快曝光，她还自杀未遂——都说是莱普林斯害的——葬送了他的政治前程。莱普林斯成为弃子。维克托·普拉茨决定开溜，带走了玛利亚·科拉尔。没有钱，没有朋友，普拉茨和情人都弃他而去，莱普林斯感觉天崩地裂。但他不是那种不战而降的人，于是他来找我，派我去追他们。他知道他们会走哪条路，说白了，就是过去偷运军火出境的那条路。维克托·普拉茨正在被法国警方通缉，他别无选择。莱普林斯指望我开车，一定能追上。他估计两边对阵，我会丧命，这样他就能假手除掉一个目击证人，并让玛利亚·科拉尔离开普拉茨。他算准了，玛利亚·科拉尔对我还是有感情的。如果命运跟大家开玩笑，是我干掉了普拉茨，那他笃定我会带着玛利亚·科拉尔回到巴塞罗那。不管怎样，人都死了，他也不会知道结果。

"莱普林斯是怎么死的？"我想知道。

巴斯克斯警长不太愿意回答：

"我想，我们永远都不会知道。总之，也许是自杀，也许是事故。"

他顿了顿，似乎还想再说两句。后来，他压低嗓门，说得很匆忙：

"听着，米兰达，我老觉得莱普林斯只是……"他指指天花板，"上面某个人的棋子，您懂的。我觉得，有人想让他消失，但这只是假设。不要告诉别人，我跟您这么说过。"

他叫服务生，买单。他的脸色突然阴沉，似乎已经确信无疑地料到自己命不久矣。几天前，他神秘地死去。我们来到街上，雨已经小了。我跟他亲切地告别，再也没有见过面。

第二天，我去科塔班耶斯的律师事务所，抱着渺茫的希望，想解开几个疑团。天在下雨，城市一片泥泞。我好不容易找到一辆马车，到那儿已经淋成了落汤鸡，情绪很糟。一个貌似乡下来的年轻人给我开门，这人我不认识。

"先生有何贵干？"他腼腆地问。

"我想见律师科塔班耶斯先生。"

"请问怎么称呼？"

"米兰达先生。"

"请您稍候。"

他消失在办公室，不一会儿又出来，让在一旁。科塔班耶斯出现了，他气喘吁吁地向我走来，既有礼貌又亲热地拥抱了我，把小伙子看傻了。我随他进办公室，他把门关上。

"哈维尔，什么风把你吹来了？"

"科塔班耶斯先生,咱们有很多话要说。"

"孩子,你说。我想,不会是坏事吧……你不会是来找我借钱的吧……"

莱普林斯的死似乎对他触动不大,我想起巴斯克斯警长的某些暗示。也许是他吓坏了,假装若无其事。我决定不直入主题。

"塞拉马德里莱斯好像不在。"我说。

"是的,他两个月前离职了,你不知道?自己开了一家小律所。我给了他一些……小案子,活儿多、钱少的那种。假以时日,他就能慢慢培养出自己的客户,能在这个很难立足、很难爬升的领域里稍微蹦跶蹦跶。我觉得他快要结婚了,但还没给我介绍女朋友。这样也好,你不觉得?省得让我给他买结婚礼物,哈哈哈。"

"多洛雷塔斯呢?"

"还是老样子。可怜的女人,我觉得她身体好不了了。你瞧,这么短时间里,我接连失去了三位助手。现在来了这个小伙子,看上去还行。他刚来巴塞罗那,有点蒙。没关系,他会开窍的。我觉得他跟所有人一样,会开窍的。甚至他会想方设法抢走我的位子,自己坐。跟所有人一样,孩子,人生就是如此。"

他说话还是磕磕巴巴,每句话都要强调。我觉得该聊有关莱普林斯的话题了。

"哦,孩子,我什么都不知道,只知道报上登的那些,就算是那些，我也读得费劲，眼神一天不如一天了。后来流言满天飞，当然了，那是少不了的，说他破产了等等。就我个人而言，我认为工厂的状况的确不好，但是否到了破产的程度，我无法肯定。我知道他去各大银行讨贷款，都碰了一鼻子的灰。想想也是，仗都打完了。巴黎这么说，柏林这么说，哪儿都这么说。纠纷由那个什么国际联盟负责处理，军火只能用于阅兵、打猎、在博物馆展览。但愿此言不虚，尽管我还存疑。什么？啊，回到原来的话题。我觉得莱普林斯不会为了阻止工厂查封和拍卖，一把火把它烧了。没有人会做这种事。是的，当然，可能还是有可能的，但我告诉你，我不信。没有，我觉得除了常规保险，你知道的，火灾险、偷盗险什么的，应该没有买别的保险。火灾险是会赔付的，但金额抵不了债务一成。当然，谁也不会再把工厂建起来了。没有，萨沃尔塔死后，工厂的股票在证券交易所里没人买。其实，莱普林斯接管时，工厂已经不行了。我跟他说过，他就是理解不了。没错，他各种异想天开，听不进劝，这是他的毛病。自杀？上帝啊，救救我吧！我连想都不敢想。谋杀……有可能，但我没发现动机。坦白告诉你，什么动机我都发现不了。人类行为让我大跌眼镜……我说，恐怕是因为我老了。"

他说完，我起身表示感谢，正想离开，他又叫住我：

"现在你打算做什么？"

"我不知道,尽快找个工作。"

"这儿永远有你的位置,尽管薪水不会太高……"

"非常感谢,我还是想走另一条路。"

"理解,理解。啊,我都忘了!我的个天啊,怎么会这么健忘?莱普林斯去世前两天,来我这儿,给你留了样东西。"

"给我留的?"

科塔班耶斯应该是会错了意,赶紧说:

"别抱什么幻想!是一个信封,几张纸……手写的。我没拆,我以名誉发誓。但我对着光照过,请原谅我的好奇。老人和孩子多少有点特权,不是吗?我想是为了弥补劣势。我们并不占优……"

他翻抽屉,翻出一个正常大小的信封,封着火漆,足以解释为什么他不敢拆。我认出了莱普林斯的笔迹。这是我在不到二十四小时的时间里收到死者给我留下的第二封信。

"写了什么有意思的事,告诉我,好不好?"科塔班耶斯努力掩饰激动的心情。

他送我到门口。我们经过时,乡下小伙子站起身。

街上还在下雨,我叫了一辆马车,坐车回家。一到家,我就打开信封。里面有一封信和一份文件。莱普林斯在信上告诉我,他已经得知马科斯和玛利亚·科拉尔的死讯。"亲爱的哈维尔,现在我什么都没了,只能等待最后时刻的到来。"他知道巴斯克斯警长回来了,他写道:"这个老狐狸一定会来寻仇,不看到我死,他不会罢休。"这是含沙射影的控告?他没再往下说。他请我原谅,说真的很欣赏我。信里其实没说什么新鲜事,结尾如下:

几个月前,预感大难就要临头,我在美国公司购买了一份保险。没有人知道它的存在,所有文件都在纽约Hinder, Maladjusted & Mangle公司我律师手里。你要保守这个秘密,不要马上去领保险金,债主们会扑上来,把钱抢得一分不剩。你等几年,你认为合适等几年,就等几年,等局势平静下来,再去跟纽约的律师联系,去领保险金。为了避免别人怀疑,保险金的受益人是你。领到保险金之后,你去找我夫人和孩子,把钱交给他们。接下来的日子对他们来说是个考验,等孩子大了,要念书了,这笔钱会派上用场的。到时候你看见他们,跟他们交往,千万别让孩子知道他爸爸的遭遇,尽量别让他当律师。再见了,哈维尔。如果你能看到这封信的结尾,我会知道,临死时,我还有个朋友。

致以最亲切的问候!

保罗-安德烈·莱普林斯

X

我找了十五天工作，没有结果，我跟莱普林斯众所周知的关系让我到处都吃闭门羹。可怜的积蓄就要用光了，我开始贱卖家当，甚至考虑回巴利亚多利德投奔爸爸的老相识，明知这么做，我会生不如死。事实上，我没有勇气走另一条路。如果上天不垂怜我，我会沦落到当街乞讨。生活陷入困顿，结果，唯一能拯救我的事发生了。

一天晚上，我想了一个多小时，决定不吃饭，直接上床。这时，有人轻轻敲门。我不报希望，但是好奇地去开门，不会有人来找我的。楼梯间有个小小的身影，披着一床旧毯子。当我认出那是玛利亚·科拉尔时，差点晕了过去。我让她进来，她疲惫地倒在我怀里。简而言之，她在山上挨过了冷，躲过了狼，后来藏在牧民家。她病得很重，受了这么多苦，肚子里的孩子没了，若干天徘徊在生死边缘，最终靠体质扛了下来，身体慢慢恢复。她住在牧民——两个老人，一个年轻人——家，帮着做家务，直到有力气回巴塞罗那。路上走了许多天，小状况不断。她没钱，没吃的，靠人施舍——多多少少都抱了点私心——才活了下来，走了下来。她犹豫过，来不来见我，怕我瞧不起她。她不知道莱普林斯死了，也不知道后面发生的事。

她的出现为我注入了新的力量,因为我爱她,现在——写这几行字这会儿——依然爱她。我挖空心思地去找钱,一小笔一小笔地找,帮她康复。等她气色好了,人开心了,我们又重新拾起关于未来的话题。

"还记得我们的计划吗?说好了去好莱坞。哈维尔,还等什么?"

就这样,我们离开了巴塞罗那,没打算再回来。船票钱是跟科塔班耶斯借的,没想到他会慷慨解囊,或许是想把知道他太多底细的人送走。

我们没去好莱坞,在纽约住下,情况不像玛利亚·科拉尔想的那样。我们没钱,语言不通,申请延长居留证和工作签证,都有可能被拒。就这样,我们打拼了好几年。我干过各种各样的苦力,受过各种各样无法想象的屈辱。玛利亚·科拉尔在百老汇一家乌七八糟的小剧院里跑龙套,始终幻想着能在电影界大放异彩。她甚至约过道格拉斯·范朋克[1],大明星没说理由,压根儿没去赴约。只有凭着我们牢不可破的爱情,我和她才顽强熬过了那些年严酷的考验。

我们刚攒下钱,就把欠科塔班耶斯的还了。他亲笔回信,告诉我走之后巴塞罗那发生的最重要的事。很奇怪,除了1920

---

[1] 道格拉斯·范朋克(Douglas Fairbanks,1883—1939):美国好莱坞明星,代表作为《佐罗的面具》《罗宾汉》等。

年夏天多洛雷塔斯去世的消息，我觉得一切都那么遥远。

最后，我加入了美国籍，打入了华尔街金融圈，做普通的商务代理，工资不菲。玛利亚·科拉尔退出了演艺圈。我决定去完成莱普林斯的嘱托。保险公司对我的申请十分惊讶，拒绝赔付。莱普林斯的律师们劝我对簿公堂，审理和口供唤起了我的这些回忆。

我一个人在家，案子已经审完，只等明天出结果。律师们说很有希望，我的口供谨慎得体。玛利亚·科拉尔出门去了，我们没有孩子。她失去了莱普林斯的孩子，再也不能生育。我们一天天地变老，爱情变成亲情，彼此依靠照亮了我们的人生，让我们的生命有了意义。

我很意外地收到了一封玛利亚·罗莎·萨沃尔塔的来信。誊抄在此，作为故事的结尾，再合适不过。

亲爱的朋友：

您要从纽约给我们寄钱，您无法想象这让我和宝莉娜多么欢喜。律师来信，我们才得知先夫——愿他安息——在去世前购买了这份保险。律师已经把保险金迟迟没有赔付的原因告诉了我们。相信我，您这么安排，我们完全理解，对您没有任何怪罪。

这些年，我和宝莉娜的日子十分艰难。妈妈病了很长时间,很痛苦,已经去世很久了。一开始,我们靠科塔班耶斯接济,勉强度日。他是个不折不扣的君子,更是个善良的基督徒。他死后,我们以为一切都完了。幸好,一位知名的年轻律师佩德罗·塞拉马德里莱斯博士接管了律所。他时不时地给我一点活儿干,让我们好歹能活下来。您想想,我从来没工作过,居然做了打字员。塞拉马德里莱斯先生始终对我十分关照,他人好,有耐心。

现在,我只想尽量让小宝莉娜什么也不缺。不幸的是,她没受过多少教育,我又陆续在变卖首饰,可怜的孩子在中产阶级的环境中长大,跟她的出身完全不般配。不过,这孩子没有背叛她的出身,模样和举止都很出挑,您见了会吃惊的。不是当妈的说大话,我向您保证,她美若天仙,跟她可怜的父亲特别像,简直是一个模子刻出来的。

您要寄来的钱对我们母女而言,真是雪中送炭。我希望宝莉娜到了出阁的年纪,能嫁个好人家。要是娘家没钱,恐怕很难嫁得好。我知道许多贵公子会看上她,但考虑到门第,恐怕谁也不敢迈出最后那一步。您瞧,我们是多么需要您很快寄来的这笔钱啊!

您知道的,我们永远为您效劳。对您无私的帮助,我们无限感激。这笔钱能稍稍改善我们暗淡的生活前景,也能让我们重新认识到保罗-安德烈·莱普林斯的伟大。

  致以最亲切的问候!

玛利亚·罗莎·萨沃尔塔